강철로 된 무지개

다시 읽는 이육사

01 이육사(1934) ⓒ 서대문형무소역사관

02 이육사(1943) ⓒ 이육사문학관

〔그림 1〕은 30세 때 서대문형무소 수감 당시 신원카드(1934. 6. 20). 〔그림 2〕는 39세(1943) 때 베이징으로 떠나기 직전 친구와 조카들에게 나누어준 사진. 올백 머리, 둥근 안경, 넥타이를 맨 정장 차림으로 평소 이육사의 단아한 모습을 보여주며, 1943년 봄 베이징에서 이육사를 만난 백철의 묘사와도 대체로 일치한다.

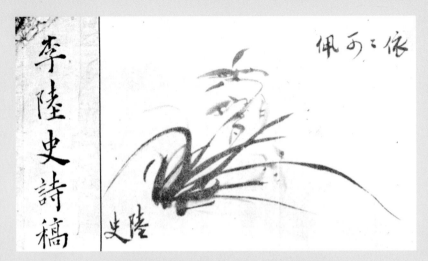

03 이육사의 묵란도 「의의가패」(24.2×33.8cm) ⓒ 이육사문학관

04 이육사의 묵란도 「청향가상」 ⓒ 이육사문학관

이육사의 묵란도 두점. 이육사가 자신의 시집 표지용으로 그린 묵란도. 〔그림 3〕에는 '의의가패(依依可佩)', 〔그림 4〕에는 '청향가상(淸香可賞)'이란 친필이 있다.

05 왕모산 갈선대에서 바라본 원촌 일대 ⓒ 이용덕

이육사의 고향 원촌은 산과 강으로 둘러싸여 있는 아름다운 곳이며, 「초가」「소년에게」「광야」 등
이육사의 많은 시는 고향과 관련되어 있다.

06 원촌 이육사 생가의 사랑채 ⓒ 이육사문학관   07 육우당 유허지비 ⓒ 도진순

이육사 6형제가 자란 곳이어서 당호를 육우당(六友堂)이라 하였다. 1976년 안동댐 건설로 안동시
태화동 672-9번지로 옮겼으며, 원래 자리에는 육우당 유허지비(遺墟址碑)가 서 있다. 2004년 이
육사 탄신 100주년 기념으로 이육사문학관이 건립될 때 문학관 뒤편에 육우당을 복원해놓았다.

08 이육사의 선조 퇴계 이황 묘비(전문 탁본) ⓒ 이성원

퇴계가 직접 지은 비명(碑名) '퇴도만은진성이공지묘(退陶晚隱眞城李公之墓)' 왼쪽에 퇴계의 「자찬묘갈명(自撰墓碣銘)」이 새겨져 있다. 「자찬묘갈명」에는 자신이 연마한 도학(道學)을 패물(佩物)에 비유하여, "내 패물을 누가 즐기리오(我佩誰玩)"라는 구절이 있다.

09 퇴계 종택 추월한수정의 완패당 편액 ⓒ 도진순

글씨는 홍낙섭(洪樂燮, 1874~1918)이 쓴 것이라 전해진다. 1715년 창설재(蒼雪齋) 권두경(權斗經)이 퇴계 선생의 패물(先生之佩)을 우리들이 보배롭게 즐기자(寶玩)는 내용의 시를 쓰고 '완패당(玩佩堂)'이라 명명하였다. 육사의 묵란도 제목 '의의가패(依依可佩)'의 패(佩)에도 자신의 시가 사람들이 사랑하는 패물과 같은 것이 되었으면 하는 염원이 포함되어 있다.

10 향산 이선생 순국유허비 ⓒ 도진순

11 유허비 탁본
ⓒ 경북독립운동기념관

1910년 경술국치에 맞서 향산 이만도가 24일간의 단식 끝에 순국하여, 안동과 전국의 독립운동에 큰 영향을 주었다. 1949년 9월, 향산이 순국한 장소에 '향산 이선생 순국유허비'가 세워졌다. 전면 비명(碑名)에는 백범 김구의 글씨로 향산이 살아생전 극구 사양했던 '선생(先生)'과 '순국(殉國)'이라는 말이 새겨져 있으며, 뒷면의 비문은 위당 정인보가 지었다.

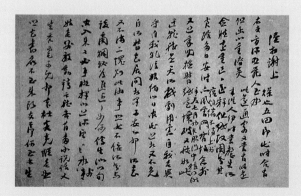

12 이육사의 조부 이중직(李中稙)이 진성 이씨 주촌(周村) 종가에 보낸 간찰(1911. 7)

이중직의 문집은 한국전쟁 당시 불타서 그에 관한 자료가 거의 없는데, 간찰이 더러 남아 있다. 1910년 향산은 순국하는 와중에 조카 이중직에게 진성 이씨 가문의 족보 편찬을 당부한 바 있는데, 이 간찰은 이중직이 실제 그 일을 담당하였음을 보여준다.

13 이육사의 어머니 허길
© 이육사문학관
14 한글로 쓴 『간독』 © 이원성

이육사의 어머니 허길(許吉)은 내간문학에 빼어났으며, 원촌 일대 진성 이씨 집안 여인들이 여러 경우에 쓰는 편지 양식을 『간독』으로 정리하였다. 이 책은 신부 모친이 신랑 모친에게 보내는 '상장(上狀)'〔査頓紙〕을 비롯해 26가지 각종 편지 양식이 등서(謄書)되어 있다.〔그림 14〕의 '상장'은 "존문(尊門)의 가랑(佳郞)을 마저〔맞이하여〕 약녀(弱女)의 만복지원(萬福之源)을 이루옵고, 서군(壻君)을 뵈오니 옥모영풍(玉貌英風)이 출어탈속(出於脫俗)하심이 소망의 넘사올 뿐"으로 시작된다.

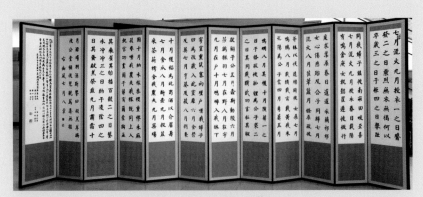

15 어머니 수연(壽宴)에 이육사 형제들이 헌상한 「빈풍칠월」 12폭 병풍(1936. 11. 18) © 이육사문학관

오른쪽에서부터 1~11폭에는 『시경』의 「빈풍칠월」을 썼고, 마지막 12폭에는 장남 이원기가 병풍의 내력을 밝혔다. 12폭 모두 이육사 형제 중에서 글씨에 가장 뛰어난 삼남 이원일이 썼다.

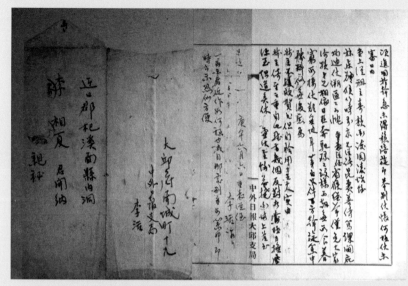

16 이육사(李活)의 친비(親秘) 편지(음력 1930. 6. 6: 양력 1930. 7. 1) ⓒ 이육사문학관

이육사가 영일군 기계면 현내동에 사는 증고종숙 이영우(李英雨)의 장남 이상하(李相夏)에게 보낸 것으로, "아침에는 끼닛거리가 없고 저녁이면 잠잘 곳이 궁벽하여 엎드려 탄식할 따름(朝無所食 暮窮所棲 伏歎無地耳)"이라며 가족의 어려운 형편을 호소하고 있다.

17 1931년 설날을 며칠 앞두고 이육사의 맏형 이원기가 증고종숙 이영우에게 보낸 간찰

(음력 1930. 12. 24: 양력 1931. 2. 11) ⓒ 이육사문학관

가정을 이끌고 있던 이육사의 맏형 이원기는 "이따위 세상에서는 비록 부처가 살아 있다 해도 막다른 길에서 통곡할 뿐 헤어날 수 없을 것이니, 차라리 확 죽어버리는 것이 나을 것 같습니다(然此世有雖活佛 只泣途窮 彷徨無路 返不如溘然之爲喩也)"라며 극도의 어려움을 호소하고 있다.

18 경주 불국사에서 맏형 이원기(왼쪽 끝)와 이육사(오른쪽 앉아 있는 사람) ⓒ 이육사문학관

촬영일이 불명이나, "뉘라서 날카로운 쟁기로 이 황무지를 갈아엎으리오"로 끝나는 이원기의 「절명시(絶命詩)」가 경주로부터 시작되기에, 「절명시」 창작 당시에 찍은 사진일 수도 있다. 이원기는 1942년 8월 24일(음력 7월 13일) 사망하였다.

19 윤세주

20 석정 윤세주의 항일투쟁 경로

자료제공: (사)밀양독립운동사연구소

이육사의 혁명동지 석정(石鼎) 윤세주(尹世冑)는 1933년 중반 상하이에서 이육사와 헤어지고, 이후 혁명 전선을 따라 중국 대륙을 전전하다 1942년 6월 초 타이항산(太行山)에서 전사하였다. 이육사의 시에는 윤세주로 대표되는 혁명동지와 의열투쟁에 관한 것이 많다.

21-23 1936년 7월 30일, 이육사는 다보탑이 그려진 엽서(이육사문학관 소장, [그림 21]과 [그림 22])를 절친한 시우(詩友) 신석초에게 보냈는데, 신석초를 '아체(我棣)' 즉 '나의 형제'라고 불렀다. 이 엽서에서 이육사는 경주 불국사에 다녀온 것을 언급하고 있다. 2년 6개월 정도 지난 1939년 1월, 이육사는 신석초와 같이 경주를 여행하며 불국사 백운교 계단에서 사진을 찍었다([그림 23], 왼쪽부터 최용, 신석초, 이육사). 신석초는 이듬해인 1940년 10월에 이육사를 초대해 자신의 고향 근처인 부여로 안내하였다.

<u>24</u> 둥창후퉁(東廠胡同) 28호의 동루(東樓) 바깥면

<u>25</u> 동루 지하 감옥의 환풍구

<u>26</u> 동루 1층 복도

1944년 1월 16일, 이육사가 순국한 둥창후퉁(東廠胡同) 28호(당시에는 1호) 모습. 현재 여러 가구가 사는 연립주택(大雜院)이지만, 일제강점기 일본영사관의 비밀 감옥으로 사용되어 항일인사들을 투옥·수감하였다. 동루 1층은 방의 규모가 작고 창에 철장이 설치되어 있었다((그림 24)). 물고문용 수조 등 고문 장비가 있던 지하 감옥에서 지상으로 통하는 환풍구((그림 25)의 화살표가 가리키는 곳)가 보인다. 1층 복도((그림 26))도 이렇게 어두우니, 이육사가 순국한 지하 감옥은 말할 것도 없었을 것이다.

<u>27</u> 이육사 시인과 부인 안일양 여사의 묘 ⓒ 도진순

이병희 여사가 베이징의 일제 경찰로부터 이육사의 유해를 인도받아 화장하였고, 이육사의 동생 원창이 베이징에 가서 유골을 인수받아 국내에 들어와 장례를 치르고 미아리 공동묘지에 안장하였다. 1960년 봄, 이육사의 유해는 고향 원촌마을 이육사문학관 뒤 건지산 마차골로 이장되었고, 묘지에는 1988년 10월 김종길(金宗吉)이 찬한 묘비가 세워졌다.

28 한(漢) 화상석의 형가자진왕(荊軻刺秦王) ⓒ 張道一   29 윤봉길의 유묵

〔그림 28〕의 왼쪽은 진시황, 오른쪽은 머리카락이 관(冠)을 뚫고 하늘로 솟구쳐오르며 분기탱천한 형가(荊軻), 아래 상자 안은 진시황을 만나기 위해 가져간 번어기(樊於期)의 목, 엎드려 있는 이는 동행한 진무양(秦武陽)이다. 형가가 진시황을 암살하러 가면서 이수(易水)에서 노래(「이수가」)를 부르자, 하늘에는 "흰 무지개가 해를 찔렀다(白虹貫日)"고 한다. 1930년 3월 윤봉길 의사가 중국 망명길에 오르면서 남긴 유묵(〔그림 29〕)의 글 "장부가 집을 나서면 살아서 돌아오지 않는다(丈夫出家生不還)"는 형가의 「이수가」에 나오는 구절 "장사(壯士) 한번 가면 다시 돌아오지 않으리(壯士一去兮不復還)"에서 비롯된 것이다. 이육사의 「절정」 「서풍」 등은 형가가 「이수가」를 부를 때 하늘에 나타났다는 '흰 무지개'를 노래한 시이다. 육사가 청색과 백색의 어울림을 즐겨 환호한 것도 푸른 하늘에 나타나는 검(劍)의 날과 같은 흰 무지개, 즉 '강철로 된 무지개' 때문이다.

30 이육사의 「루쉰 추도문」 연재 1회(1936. 10. 23)
　ⓒ 조선일보사

이육사는 중국의 대문호 루쉰(魯迅) 서거 불과 나흘 후에 「루쉰 추도문」을 『조선일보』에 5회에 걸쳐 연재하였다. 이 글은 단순한 추도문을 넘어 본격적인 루쉰론이며, 육사 자신의 문학론을 강하게 피력한 일종의 문학적 출사표이다.

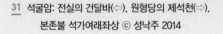

31 석굴암: 전실의 건달바(⇦), 원형당의 제석천(⇨),
본존불 석가여래좌상 ⓒ 성낙주 2014

32 석굴암 전실의 건달바

석굴암의 원형당은 제석천이 주재하는 수미산의 도리천궁을 재현한 것이며, 그 전실 왼쪽 세번째 사자관을 쓰고 있는 신장이 건달바(乾闥婆)이다. 건달바는 도리천궁에서 부처님의 진리를 사자후(獅子吼) 같은 노래로 전파하는 역할을 한다. 이육사는 외골수로 독립운동을 노래하는 건달바로 자처하였다.

33 1942년 6월 22일 밤 10시 서울의 밤하늘: 달(○), 견우성(☆), 남두육성(□)과 은하수 ⓒ Stellarium

1942년 이후 한글로 된 시의 발표가 금지되자, 이육사는 가까운 시우(詩友)들과 한시 모임을 가졌다. 1942년 6월 초여름 밤 은하수 주변에 빛나는 남두육성과 견우성을 보고 "하늘 끝 만리에 내 뜻 아는 친구 있으니(天涯萬里知音在)"라는 한시(「酒暖興餘」)를 읊음으로서 혁명동지에 대한 애틋한 그리움을 표현하였고, 이듬해(1943년) 봄 지음(知音)을 찾아서 베이징으로 갔다.

34 『육사시집』(서울출판사 1946)   35 『육사시집』(범조사 1956)

36 『육사시문집: 청포도』(범조사 1964)   37 『육사시집: 광야』(형설출판사 1971)

38 『나라사랑』16집 이육사 특집호

(외솔회 1974)

39 심원섭 편주 『원본 이육사 전집』

(집문당 1986)

40 김용직·손병희 편저 『이육사 전집』

(깊은샘 2004)

41 박현수 엮음 『원전주해 이육사 시전집』

(예옥 2008)

34 최초의 『육사시집』(서울출판사 1946년)은 이육사 순국 2년 만에 아우 이원조가 이육사의 시 20편을 모아 발간하였다. 이 시집에는 시우(詩友) 신석초·김광균·오장환·이용악이 공동으로 쓴 「서(序)」와 이원조의 「발(跋)」이 있다. 표지는 시 「자야곡」의 "노랑나븨도 오쟎는 무덤 우에 이끼만 푸르리라"라는 구절과 제자(題字)의 타이포그래피만 이용한 절제된 디자인으로, 화가 길진섭의 작품이다.

35 초간본이 발간된 지 10년 후 조카 이동영의 주도로 초간본에다 시 「편복」, 수필 「산사기」를 추가하여 『육사시집』 재간본(범조사 1956)을 발행하였다. 청마 유치환의 「서」와 이동영의 「발」이 들어 있다.

36 이육사 탄신 60주년이 되는 1964년 '이육사선생기념비건립위원회'를 조직하고, 위원회 이름으로 3간본 『육사시문집: 청포도』(범조사)를 발간하였다. 초판본의 「서」를 다시 수록하였고, 시 「춘수삼제」와 「실제」 2편을 추가하여 총 23편, 한시 「근하 석정선생 육순(謹賀石庭先生六旬)」 「만등동산(晚登東山)」 「주난흥여(酒暖興餘)」 3편, 평론 「루쉰 추도문」과 수필 「산사기」를 추가하였으며, 그외 이은상의 「육사소전」, 조지훈의 「비명」, 이동영의 「발문」이 들어 있다.

37 4간본 『육사시집: 광야』(형설출판사 1971)는 이전의 3간본에다, 시 「한개의 별을 노래하자」와 수필 「계절의 오행」 「연인기」가 추가되었고, 신석초의 「서(序)」와 이육사의 육촌동생 이원성(李源星)의 「후기」가 들어 있다.

38 『나라사랑』16집(외솔회 1974)은 이육사 순국 30주년 특집호로 새로 발굴한 작품을 대거 수록하였다. 「바다의 마음」 등 시 7편을 발굴하여 이육사의 시는 총 34편에 이르게 되었고, 그외에도 일반 평문 5편, 문학평론 4편, 번역 2편 등 11편, 이육사의 묵란도 2점 등 다양한 자료를 새로 발굴·소개하였다. 이 『나라사랑』16집은 이후 발간되는 이육사 문학전집에 중요한 기초가 된다.

39 심원섭 편주의 『원본 이육사 전집』(집문당 1986)은 수필 「고란」 등 미발굴 자료 2편을 추가하였고, 시 36편을 포함하여 전체 77편의 작품을 수록하고, 처음으로 원본비평을 시도하였다.

40 이육사 탄생 100주년을 기념해 출간된 김용직·손병희 편저 『이육사 전집』(깊은샘 2004)은 이육사의 엽서·편지 5편, 『시학』 앙케에트에 대한 응답」, 「대구 약령시의 유래」 등 7편을 발굴해 추가하였다. 시와 서간문은 원본 그대로, 수필과 평문은 현행 맞춤법으로 고쳐 소개하였다. 이 책에 수록된 이육사의 시는 일반시 36편, 한시 3편, 시조 1편, 총 40편이다.

41 박현수가 엮은 『원전주해 이육사 시전집』(예옥 2008)은 이육사의 시사평론 「대구 장 연구회 창립을 보고서」와 엽서 2편, 그리고 김기림, 이용악, 오장환이 이육사에게 보낸 엽서 3편을 새로 소개하였고, 이육사의 시에 대해서는 원본과 더불어 각종 연구 성과를 주석으로 소개하였다.

42 육사 시비(「광야」) 제막식 당일의 부인 안일양 여사(1968)

ⓒ 이육사문학관

43 안동민속촌으로 옮겨진 육사 시비 ⓒ 도진순

1964년 음력 4월 4일 이육사 탄생 100주년을 맞이해 장조카 이동영(李東英)이 시비 건립운동을 펴서 신석초·조지훈 등의 협조를 얻어 '이육사선생기념비건립위원회'를 조직하였다.〔그림 43〕은 이 위원회에서 세운 시비로, 전면에는 김충현이 쓴 '陸史詩碑' 네글자와 그 아래 「광야」 전문이, 조지훈이 쓴 후면의 음기(陰記)에는 "天賦의 錦心繡腸을 滿腔의 熱血로 꿰뚫은 이가 있으니 志節詩人 李陸史님이 그분이다"라는 구절이 새겨져 있다. 비의 측면에 씌어 있는 "1964년 4월 세움"은 시비 건립운동이 시작된 시기를 일컬으며, 실제로는 1968년 5월 5일이 되어서야 안동 시내 낙동강 변에 세워졌다. 이육사 시비로는 제1호 시비이다. 그후 도로를 확장하면서 이 시비는 1978년 지금의 안동민속촌으로 옮겨졌다. 이육사의 「광야」 시비는 충남 천안의 독립기념관에도 있다.

44 고향 원촌의 「청포도」 시비(1993) ⓒ 도진순

이육사의 생가 터에 화강석으로 만든 7개의 포도알 조형물 위에 세운 것으로, 전면에는 육사의 얼굴과 「청포도」 전문이, 후면에는 김종길의 비음(碑陰)이 새겨져 있다.

45 포항시 호미곶의 「청포도」 시비(1999) ⓒ 도진순

포항시와 한국문인협회 포항 지부에서 아름다운 호미곶 바닷가에 세운 시비. 뒷면의 글은 포항의 아동문학가 손춘익이 지었는데, "시인(육사)의 발길이 영일만을 찾고 일월지 포도원에 이르지 않았더라면 어찌 명시 청포도가 창작되었으리오"라며 포항과 이육사의 인연을 강조하고 있다.

46 포항시 남구 동해면 면사무소 앞의 「청포도」 시비(2013) ⓒ 도진순

이육사의 시 「청포도」와 동해면 청포도 간의 인연을 강조하고 있는 시비이다. 인근
에 청포도 문학공원도 조성되어 있다.

47 고향 원촌의 「절정」 시비(2004) ⓒ 도진순

이육사문학관 개관 당시 세운 것으로, 육사의 좌상은 조각가 이춘의의 작품이고,
시 전문은 황재국의 글씨이다.

강철로 된 무지개

다시 읽는 이육사

도진순 지음

창비

| 책머리에 |

역사에 길이 남는 사람들이 있다. 그것은 그들의 인생이 길어서가 아니라 그들 내면 깊숙이에서 발산된 '공간을 넘어서는 섬광'과 '시간을 벗어나는 울림' 때문일 것이다. 이러한 섬광과 울림은 인간 누구에게나 영혼 깊숙이 자리하고 있을 터, 문제는 그것을 잡아채 자기의 것으로 발산하는 일이다.

역사학은 대개 지나간 행동을 추적, 정리하는 학문이다. 따라서 역사적 인물에 대한 연구가 여차하면 지나간 사실이나 행동 결과에 대한 연구로 흐를 위험성이 농후하다. 지나간 사실의 기록이 아니라 그것이 비롯된 내면의 시원이 되는 섬광과 울림을 찾아 엮어내, 우리 모두의 내면 깊숙이에도 이러한 섬광과 울림이 있다는 공감을 두루 나누고 싶었다. 이를 위해 꽤 오랫동안 민족운동가나 역사적 인물들이 남긴 시, 휘호, 자서전, 자료 등을 찾아다녔다.

그 과정에서 '우연히', 아니 어쩌면 '운명적으로' 이육사와 그의 시를 만나게 되었다. 치열한 법리투쟁의 산물인 신문조서나, 사건의 피상(皮相)을 요란스럽게 전하는 신문 자료로는 인간 내면 깊이 존재하는 섬광과 울림의 진면목을 제대로 알 수 없다. 그것을 가장 은밀하게 고백한 것이 시라고 할 수 있다. 때문에 시와 역사의 만남에는 우연인 듯한 어떤 필연이 내장되어 있다고 생각한다.

2015년 추석 연휴 기간에 이육사의 시가 사자후(獅子吼)처럼 나를 깨웠다. 흔히 이육사의 독립운동 관련 부분은 아직 많이 밝혀지지 않았지만 그의 문학은 거의 해명되었다고들 말한다. 그러나 나에게 찾아온 육사의 시는 지금까지 배워왔고 알려져 있는 것과 너무나 달랐다. 순국 70년이 지났건만 아직까지 육사의 시가 마치 물구나무서 있는 듯하여 참으로 불편했다. 이후 육사와 그의 시는 잠시도 나를 떠나지 않았다.

불현듯 찾아온 이육사와 함께하는 여정은 나의 학문 인생에서 가장 흥분되고 즐거운 여행이었다. 육사는 나를 『시경』과 두보와 한시, 사마천의 『사기』와 역사, 퇴계 이황과 다산 정약용, 향산(響山) 이만도(李晚燾)와 독립운동, 루쉰(魯迅)과 중국의 혁명문학, 니체와 예이츠, 경주와 불교, (청)포도와 매화의 식물학, 달과 별의 천문학 등으로 종횡무진 이끌고 다녔다. 육사와 함께하면서 옛사람을 만나는 즐거움이란 이런 것이 아닐까, 생각한 적이 한두번이 아니었다.

이육사로 해서 참으로 많은 곳을 답사 다녔지만, 무엇보다 최고의 경험은 육사 내면과의 만남이었다. 육사의 육신은 겨우 40년간 이 세상에 있었지만, 그의 내면은 광활하고 깊었으며, 그 밑바닥은 금강석처럼 단단하고 빛이 났다. 이러한 금강석 같은 내면이 일제의 삼엄하고 촘촘한 검열망을 헤집고 나온 것이 육사의 시라 생각된다. 시를 따라 역으로 그의 내면 깊숙이 자리하고 있는 빛과 울림을 찾아가는 것은 너무나 흥분되고 즐거운 탐사였지만, 차디찬 겨울 베이징의 일제 지하 감옥에서 눈도 감지 못하고 돌아가셨던 육사의 울분과, 옥중에서 마분지 조각에 남긴 그의 유작을 생각하면 가슴이 먹먹해지곤 했다. 필자는 2012년 베이징대학에서 강의하면서도 오래전 육사가 그 대학에 다닌 것에 무심했고, 육사가 순국한 곳의 지척을 답사하면서도 그의 마지막 신음소리를 듣지 못했으니, 눈을 뜨고도 보지 못하고 귀를 가지고도 듣지 못하는 것이 이런 것이리라. 그 부끄러움이 이제라도 이 일을 해야 한다는 생각을 하게 했다.

독립운동가의 내면 깊숙이 자리하고 있는 섬광과 울림을 추적하다 이육사의 시에 이르렀고, 육사의 시에 이르니 역사학자가 외람되이 문학 연구까지 하게 되었다. 이것이 가능했던 것은 선진 연구의 은덕과 여러 분들의 각별한 도움과 격려 덕분이었다.

김용직·김학동·김희곤·심원섭·박현수 교수님의 기초 연구는 필자가 이육사에 입문하는 데 발판이 되었다. 육사의 따님이신 이옥비 여사님, 향산 이만도의 외증손자이신 류일곤 선생님, 육사의 외숙 허규의 아들 허술 선생님, 외숙 허발의 손자 허벽 선생님, 육사의 시우(詩友) 이민수 선생의 아드님이신 이신복 교수님 등은 책에서 얻을 수 없는 귀한 증언을 해주셨고, 이육사문학관의 신준영 사무차장, 국사편찬위원회 박진희·김대호 연구관, 창원대 도서관의 조민지 선생 등은 귀한 자료를 구해 주었다.

이육사의 독서와 지식은 동서고금을 종횡하여, 필자는 많은 분들로부터 자문을 받았다. 초서 해독에는 서울대 규장각 한국학연구원 양진석 학예연구관님, 예이츠의 시에 대해서는 원로이신 김용권 교수님, 니체에 대해서는 건국대 철학과 양대종 교수님, 루쉰에 대해서는 이대 중문과의 홍석표 교수님, 천문학에 대해서는 한국천문연구원의 양홍진 박사님, (청)포도에 대해서는 농촌진흥청의 박서준 박사님 등이 도움을 주셨다.

역사학자인 나는 문학 분야에는 초보자라 첫 논문을 쓰는 대학원생이 된 기분으로 초고를 작성한 이후 다시 여러 분들에게 자문을 구하였다. 한국 현대시 전공이신 남해대 김은영 교수님은 필자의 원고를 처음부터 꼼꼼히 점검해주셨으며, 인문학의 대가이신 김우창 선생님은 역사학자가

문학을 연구한다는 것 자체를 높이 평가하고 격려해주셨다. 창원대 독문과 홍성군 교수님, 인하대 국문과 김명인 교수님, 서울대 사회학과 박명규 교수님, 대구대 사회학과 김영범 교수님, 경북지역 독립운동사 전공인 권대웅 교수님 등은 해당 전공 분야를 중심으로 많은 도움을 주셨다. 사서삼경과 한시에 해박한 수원대 하태형 교수와 태평양로펌 대표 김성진 변호사, 육사 집안의 주손(主孫)인 미래로 대표 이재철 변호사 등 외우(畏友)들도 전문가 이상의 지적과 일반 독자로서의 감상으로 많은 도움을 주었다. 육사 연구는 가족과도 소통을 넓히는 망외의 선물을 주었다. 학술지에 투고할 때마다 영문 초록을 아들 도유승이 도왔고, 중국 관련 역사와 고전에 대해서는 아내 김정현 박사가 조언을 해주었다.

이러한 과정을 거쳐 2016년 상반기에만 여섯편의 논문을 작성하여 역사와 문학 학술지에 두루 발표하였다. 논문 발표 이후 다행히 학계와 언론에서도 적지 않게 조명을 받았고, 책 출간까지 제의받았다. 책으로 엮으면서 육사의 시세계 전반에 대한 '소개글'을 추가하고, 발표하였던 여섯편의 논문을 대폭 수정, 보완하였으며, 「광야」에 대해서는 또 한편의 글을 추가하였다. 마지막으로 육사의 생애와 작품연보에 혼선이 많아서 공을 들여 두 종류의 연보를 추가하였다.

필자의 원고를 아름다운 책으로 만들어준 창비사에 특별히 감사드린다. 백낙청 선생님은 필자의 모든 초고에 대해 자상한 논평을 주셨고 강영규 부장, 김선영 팀장은 꼼꼼하게 필자의 원고를 다듬어주었다.

육사는 자신의 인생을 돌아보면서 문(文)과 무(武) 어느 쪽에도 만족하지 못하여 스스로 "서검 공허 40년(書劍空虛四十年)"이라 풍자하였지만, 온갖 고독과 비애를 맛볼지라도 '시 한편'만 부끄럽지 않게 쓰면 될 것이라 다짐하였다. 이 책을 마무리할 즈음에서야 이 말의 의미를 겨우 이해하게 되었다. 육사는 1944년 1월 일제의 베이징 지하 감옥에서 죽임을 당하여,

그의 일생은 그야말로 '서검 공허 40년'의 허무한 패배로 끝난 듯하였다. 그러나 그는 금강심의 시를 남겼다. 역사는 자주 패배로 끝나지만 그것이 '시'가 되었을 때, 그것은 또다른 시대, 또다른 장소에서 살아나 새로운 역사를 추동한다. 그렇기에 육사는 '시 한편'에 일생을 걸었던 것이다.

육사는 자신의 시가 아름다운 난의 향기처럼 퍼져나가길 희망하여 시집 표지로 묵란도(墨蘭圖)를 그려놓기도 했다. 사실 그의 시에는 난꽃의 아름다운 향기와 더불어 현실을 베어내는 서늘한 난잎의 검기(劍氣)가 서려 있다. 그가 말하는 '서검 40년'의 '시 한편'이란 바로 난과 검의 오묘한 합일점에서 탄생하는 것이다. 난(蘭)이 고전의 세계와 결합된 그윽한 예술성의 상징이라면, 검(劍)은 그가 시에 싣고자 했던 의열투쟁의 혁명성을 의미한다. 육사가 난과 검의 아름다운 합일을 절창으로 노래한 구절이 '강철로 된 무지개'라 생각하여 책의 제목으로 삼았다.

시를 통해 육사의 내면 깊숙이 자리하고 있는 섬광과 울림을 만난다는 것은 그의 원통(冤痛)을 해원하고, 물구나무 세워진 그의 시세계를 바로잡는 것 이상의 의미가 있다고 생각한다. 필자는 육사의 시를 연구하면서 전통과 현대, 동양과 서양, 남과 북, 역사와 문학과 철학, 그 사이사이에서 현재의 우리가 얼마나 편중되고 갇혀 있는지 새삼 실감하게 되었다. 이 책이 육사 내면의 섬광과 울림에 공감하면서, 이러한 편중과 갇힘의 경계를 넘어서려는 작은 계기가 되기를 감히 기대해본다.

돌이켜보면 아둔한 필자가 육사의 진의를 잘못 받아쓴 것도 한둘이 아닐 터, 부실한 내용은 전적으로 필자의 몫이다. 눈과 귀 밝은 독자 여러분의 편달로 다듬고 다듬으리라 약속할 따름이다.

2017년 11월
도진순

본문 화보

일러두기

1. 이육사의 작품을 인용할때 한자로 표기된 부분은 한글로 바꾸거나, 한자를 괄호로 묶고 앞에다 음을 달았다.

2. 이육사의 작품을 인용할 때 발표 당시의 표기 그대로 적는 것을 원칙으로 하되('分娩'의 오식인 듯한 '妢娩', 장음 표시의 이음줄 대신 들어간 느낌표도 그대로 두었다) 가독성을 고려해 띄어쓰기를 하였고, 본문 해설 시에는 현대 표기법에 맞춰 고쳐 적기도 하였다.

3. 인용문에서 〔 〕안의 내용은 원문의 뜻을 원활히 전달하기 위해 저자가 넣은 것이다.

4. 외국어 표기는 발음 나는 대로 표기하는 것을 원칙으로 하되 우리말로 굳어진 경우는 국립국어원의 외래어 표기법이나 관행을 따랐다.

5. 중국 인명 지명의 경우 1911년 신해혁명 전후로 구분해 1911년 이전의 인명과 고대 지명(예: 長安)은 우리의 한자음대로 표기하고, 1911년 이후는 현대 중국어 발음대로 표기하였다.

6. 논문명 안의 작품 표시는「」의 중복을 피하기 위해 〈 〉으로 표시하였다. (예:「육사의 〈절정〉」)

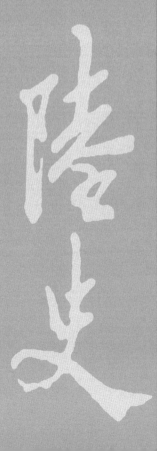

I.

蘭　劍

난과 검의 노래

1. 묵란도: 「의의가패」와 「청향가상」

권두 화보의 〔그림 3〕 「의의가패(依依可佩)」 묵란도는 이육사가 자신의 시집 표지용으로 그린 것이며, '이육사 시고(李陸史詩稿)'는 육사의 친필 제호라고 한다.[1] 그림에서는 '육사(陸史)'라는 서명 위로 뿌리를 살짝 드러낸 노근(露根) 난초가 꽃을 피워 그윽한 향기를 발산하고 있는 듯하다. 1974년 이 묵란도를 사진으로 처음 소개한 육사의 절친 시우(詩友) 신석초(申石艸, 1909~1975)에 의하면, 육사는 "홍이 나서 붓을 들면 글씨도 능하였고, 난초나 매화 절지(折枝) 따위도 곧잘 그렸다"[2]라고 한다.

2010년 9월 16일, 예술의전당에서 '한일강제병합 100주년 기념특별전'으로 '붓길, 역사의 길'이 연장 전시되는 과정에서 이 묵란도의 실물이 처음으로 공개되었다.[3] 당일 언론들은 묵란도 우측 상단 '의의가패(依依可

---

1 외솔회 엮음 『나라사랑』 16집(외솔회 1974)의 권두에 있는 「이육사 선생 특집 화보」 참조.
2 신석초 「이육사의 인물」, 같은 책 101면.
3 '붓길, 역사의 길'의 전시 기간은 원래 2010년 7월 23~8월 31일이었는데, 예술의전당 서

佩)'를 "풀이 무성하여 싱싱하게 푸르니 가히 경탄할 만큼 훌륭한 지경"이라고 해석하였고, 전시를 기획한 학예연구사도 이러한 해석의 연장선상에서 "절체절명의 일제 치하에서도 끝내 독립의 열망만큼은 버릴 수 없다는 육사의 뜻을 읽어낼 수 있다"[4]고 설명하였다.

'의의(依依)'는 서로 가까이 기대어 의지하는 모양이니 '무성하다'라는 해석도 가능하지만,[5] 이 그림의 제목에 맞는 적당한 해석이 아니다. 또 육사 묵란도의 실제 모습도 결코 무성하다고는 할 수 없다. 여기서 '의의'는 일제에 대해 꿋꿋하게 맞서는 모습이 아니라, 동지 또는 연인들이 "서로 의지하고 사모해서 헤어지지 못하는 모양(依戀不舍的樣子)"[6]으로 해석하는 것이 타당하다.

이러한 의미로 '의의'가 쓰인 대표적인 예로는 중국 고대의 사랑시로 유명한 「공작동남비(孔雀東南飛)」가 있다.[7] 이 시는 가히 '중국판 로미오와 줄리엣'이라 할 수 있는데, 신랑과 신부가 눈물로 마지막 이별을 하는 장면에서 서로 연모하는 정이 마치 하나인 듯 '의의(依依)하다'라고 표현하였다.

예박물관 사상 처음으로 연장 전시되면서 9월 16일 육사의 묵란도가 처음으로 공개되었다. 따라서 2010년 7월 예술의전당에서 발행한 전시도록『붓길, 역사의 길』에는 육사의 묵란도가 포함되어 있지 않다.

4 「'광야'의 시인 이육사 묵란도 공개」,『연합뉴스』2010년 9월 16일자(http://www. yonhapnews.co.kr/culture/2010/09/16/0906000000AKR20100916142400005.HTML).

5 '의의(依依)'를 '무성하다'로 해석한 것은『시경(詩經)』「소아(小雅)」 채미(采薇)"의 "내가 출정 나갈 때/버들가지 의의(依依)하더니(昔我往矣, 楊柳依依)"(성백효 역주『시경집전』상, 전통문화연구회 2010, 376면)에서 취한 듯한데, 여기서도 '의의'는 '무성하다'보다 '어울려 흩날리다'로 해석하는 쪽이 더 타당할 것이다.

6 『百度百科』: http://baike.baidu.com/item/%E4%BE%9D%E4%BE%9D/33508.

7 「공작동남비(孔雀東南飛)」는 중국 남북조 때 남진(南陳)의 서릉(徐陵, 507~583)이 편찬한『옥대신영(玉臺新詠)』에 수록되어 있는데, 중국 민간전승으로는 가장 긴 5언 서사시이다.(吳冠文·談蓓芳·章培恒『玉台新咏汇校』, 上海古籍出版社 2011; 송철규「죽음으로 사랑을 지키다: 중국판 로미오와 줄리엣, 공작동남비」,『주간조선』2110호, 2010. 6. 21)

거수장노노(擧手長勞勞): 손을 들어 오래도록 서로 흔드니
이정동의의(二情同依依): 두 사람 정이 서로서로 엉겼다.

이처럼 의의는 남녀 간 떨어질 수 없는 사모의 정을 표현하는 데 사용되며, 동성 간의 각별한 우정이나 동지애를 표현하는 데도 사용된다. 중국의 저명한 문인이자 학자이며, 육사도 매우 존경한 궈모뤄(郭沫若)가 후배 시인 쉬츠(徐遲)에게 보낸 서신에서도 그러한 사례를 볼 수 있다. 1942년 12월 25일 홍콩이 일제에 함락되기 직전, 쉬츠는 홍콩을 겨우 탈출하여 천신만고 끝에 충칭(重慶)에 도착하여 1943년 3월 25일 궈모뤄를 만났다. 당시 궈모뤄는 애국역사극 「굴원(屈原)」을 창작한 직후였다. 3월 26일 밤, 쉬츠는 「굴원」을 완독하고 그 흥분으로 잠을 못 이뤄 궈모뤄에게 "일찍이 홍콩에서 루쉰(魯迅)의 「아Q정전」을 읽을 때와 같은 감동을 느꼈다"라는 편지를 보냈다. 이틀 후 궈모뤄가 답신을 보내왔다.

당신이 2개월간 길 위에서 고생을 하였지만, 홍콩에서 빠져나온 것은 참으로 기쁜 일입니다. 25일 당신이 내 앞에 나타난 것은 기적과 같았습니다. 당신도 나에 대해 애틋한 정서(依依的情緒)를 표시하였습니다. 사람은 열달간 서로 보지 못하면 수척해지고 그 정의(情誼)는 더욱 커집니다. (…) 「굴원」이 당신을 그렇게 감동시켰다는 것이 나에게는 최대의 위안이 됩니다.[8]

이처럼 '의의(依依)'는 애인이나 부부는 물론이고 친구나 동지 간에 애

---

8 王鑄令 「想起徐遲的兩次"激動萬分"」, 『文匯報』 2014. 9. 15(http://wenhui.news365.com.cn/images/2014-09/15/8/wh140915008.pdf).

툿하게 사랑하는 정의(情誼)를 표현할 때 사용되는 형용사이다.

'의의가패(依依可佩)'에서 '패(佩)'는 몸에 '달다' '지니다' '휴대하다'라는 의미로, 패옥(佩玉) 패물(佩物)의 예와 같이 쓰인다. 이 '패'가 마음으로 연결되면 '명심하다' '감복하다' '경탄하다'라는 의미가 된다. 그런데 육사도 익히 알고 있었을 선조 퇴계 이황(1501~1570)의 「자찬묘갈명(自撰墓碣銘)」(권두 화보의 〔그림 8〕)에도 이 '패(佩)'란 글자가 나온다. 다음은 「자찬묘갈명」에서 가장 심오하고 난해한 구절이다.

아회이조(我懷伊阻): 내 흉중에 거리낌이 있다면[9]
아패수완(我佩誰玩): 내 패물[道]을 누가 즐기리오.

여기서 '내 패물(我佩)'은 퇴계가 평생 연마한 학문, 즉 도학(道學)을 의미한다. 퇴계는 자신의 흉중에 일말의 거리낌도 없어져 후세 사람들이 자신의 도학(道學)을 즐겨 사용하기를 희원하였다고 말할 수 있다.

퇴계 사후 근 150년이 되는 1715년 창설재(蒼雪齋) 권두경(權斗經, 1654~1725)은 퇴계의 유적지를 조선의 도학연원방(道學淵源坊)으로 표방하고자 추월한수정(秋月寒水亭)이라는 기념비적인 건물을 짓고,[10] 가운데 마루 좌측의 방을 '완패당(玩佩堂)'(권두 화보의 〔그림 9〕)이라 명명하고 그 연유를 시로 남겼다.

선생지패(先生之佩): 선생님의 패물[道]은

---

9 이 구절은 해석이 만만치 않다. 그리하여 거의 반대로 해석한 경우도 많다. 그 예로는 '아회이조(我懷伊阻)'를 "No one knows my heart"라고 한 Jinwoo Kim, *Design for Experience: Where Technology Meets Design and Strategy*, Springer 2015, p. 211 참조.
10 권오봉 「계상도학연원방(溪上道學淵源坊)의 고증과 복원 보존: 탄생 50주년 기념사업의 1」, 『퇴계학보』 94권 1호, 퇴계학연구원 1997, 9~10면.

옥수금정(玉粹金精): 옥과 금처럼 순수하고 귀하네.

(…)

원언오제(願言吾儕): 간절히 생각건대 이제 우리들

잠심보완(潛心寶玩): 마음 가라앉히고 보배롭게 즐기세.[11]

이것은 퇴계가 「자찬묘갈명」에서 "누가 내 패물(道)을 즐기리오(我佩誰玩)"라고 한 것에 대한 아름다운 화답이다. 육사가 자신의 시집 표지를 위해 아름다운 난초를 그리고 '의의가패(依依可佩)'라 특기한 것은 '아패수완(我佩誰玩)'이라는 퇴계의 자찬묘지명과, 150년 이후 권두경이 '완패당(玩佩堂)'이란 당호(堂號)와 시를 지어 화답한 것과 무관하지 않다. 권두경이 사람들이 퇴계의 패물(道學)을 가까이하며 즐기기(玩佩)를 희망하였듯이, 육사는 묵란도에 '의의가패(依依可佩)'라고 특기함으로써 본인의 시가 고운 향기를 내는 난초처럼 사람들이 가까이에 두고 패물처럼 즐기는 작품이 되기를 염원하였던 것이다.

육사가 시집 표지용으로 그린 또다른 묵란도(권두 화보의 〔그림 4〕)가 있다. 이 묵란도도 「의의가패」 묵란도와 마찬가지로 1974년에 신석초가 소개한 것으로,[12] 분에 담긴 분란(盆蘭)을 그리고 우측 상단에 친필로 '청향가상(淸香可賞)' 네 글자를 썼다. '청향가상'은 "맑은 향기가 흠상(欣賞)할 만하다"라는 의미이니, 자신의 시가 맑고 그윽한 난향(蘭香)을 풍기길 희망한 말이라 할 수 있다. 육사는 이처럼 자신의 시고(詩稿)를 엮으면서 표지그림으로 난초를 그리고 '청향가상' 또는 '의의가패'란 화제(畫題)를 붙임으로써, 자신의 시가 맑고 그윽한 향기를 내는 난초와 같아서 사람들이 곁에 두고 사랑해주는 작품이 되길 염원하였다.

---

11 현재 추월한수정에는 권석우가 쓴 권두경의 「계상유지당재찬(溪上遺址堂齋贊)」이 걸려 있으며, 그중에 「완패당」이란 시가 있다.

12 신석초, 앞의 글 99면.

2. 문자향 서권기: 전통과 전복

난초는 사군자를 대표하는 꽃으로 조선시대 선비들이 특별히 애호하였다. 이육사의 14대 선조인 퇴계 이황도 제자들을 향해 군자는 난초와 같아야 한다고 각별하게 강조한 바 있다.

> 마치 깊은 산 무성한 숲속에 한떨기 난초가 꽃을 피워 종일 그윽한 향기를 풍기고 있지만, 난초 스스로는 향기를 내고 있는 줄 모르는 것과 같다.[13]

공자는 일찍이 "지초(芝草)와 난초(蘭草)는 깊은 숲속에서 자라 사람이 없다고 해서 향내를 감추지 않는다. 군자는 도를 닦고 덕을 세움에 곤궁하다고 하여 절개를 바꾸지 않는다"[14]라고 한 바 있고, 이후 난초는 곤궁한 처지에서도 절개를 지키며 아름다운 향을 피우는 선비의 표상이 되었다. 퇴계의 언급은 공자의 이러한 상찬과 연결된다.

이육사는 성인이 된 이후 사회주의 사상과 의열투쟁에 열중하였고 유교의 봉건적 질곡을 비판하였지만, 한국과 동양의 건전한 전통에 대해서는 강한 자부심을 지니고 있었다.[15] 특히 선비의 수양과 덕목을 강조하는 퇴계의 향취는 성인이 되고 난 이후에도 육사에게 뿌리 깊게 남아 있었다. 절친한 후배 시인 이병각(李秉珏)이 육사에게 종종 "늬, 조상 뼈다귀 작

---

13 원문은 "如深山茂林之中有一蘭草, 終日薰香而不自知其爲香"이다. 『퇴계전서』 4, 성균관대학교 대동문화연구원 1985(영인본), 32면; 김기현 「퇴계의 자기성찰 정신」, 『유교사상문화연구』 37집, 성균관대학교 유교문화연구소 2009, 50면 참조.

14 『공자가어(孔子家語)』의 「재액(在厄)」에 있는 말로 원문은 "芝蘭生於深林 不以無人而不芳 君子修道立德 不爲困窮而改節"이다.

15 도진순 「육사의 비명, 〈나의 뮤-즈〉: '건달바'와 '영원한 과거'의 본래면목」, 『국어국문학』 175호, 국어국문학회 2016, 124~26면(이 책의 174~77면) 참조.

작 팔아묵어라. 퇴계 뼈다귀가 앙상하겠구나"라고 놀린 것은 영남 친구들이 육사를 퇴계의 후예라 하여 '선생댁 자제'로 대우하는 데 대한 비판이었지만,[16] 육사에게는 퇴계로부터 내려오는 선비의 풍모가 도저하게 남아 있었다.

이런 배경에서 이육사는 묵란도로 자신의 시집 표지를 장식하고 싶었던 것이다. 묵란도는 특히 추사 김정희(1786~1856)의 영향으로 조선 후기 사군자 중에서 최고의 지위에 있었으며, 이 흐름이 육사에게 이어지고 있었다. 육사는 어려서 그림 그리기에 몰두한 적이 있었다.

우리가 시골 살던 때 우리집 사랑방 문갑 속에는 항상 몇봉의 인재(印材)[도장 재료]가 들어 있었다. 그래서 나와 나의 아우 수산(水山)군[원일]과 여천(黎泉)군[원조]은 그것을 제각기 제 호(號)를 새겨서 제 것을 만들 욕심을 가지고 한바탕씩 법석을 치면, 할아버지께서는 웃으시며 "장래에 어느 놈이나 글 잘하고 서화 잘하는 놈에게 준다"고 하셔서, 놀고 저운 마음은 불현듯 하면서도 뻔히 아는 글을 한번 더 읽고 글씨도 써보곤 했으나, 나와 여천은 글씨를 쓰면 수산을 당치 못했고 인재(印材)는 장래에 수산에게 돌아갈 것이 뻔한 일이었다. 그래서 나는 글씨 쓰길 단념하고 화가가 되려고 장방에 있는 당화(唐畵)를 모조리 내놓고 실로 열심으로 그림을 배워본 일도 있었다.[17]

할아버지 이중직(李中稙, 1847~1916)은 어린 손자들에게 일찍부터 글과 더불어 서화(書畵)를 가르쳤는데, 육사는 서(書)에서 아우 원일(源一)에게 뒤떨어진다고 생각하고 화(畵)에 몰두하였다는 것이다.

---

16 신석초 『시는 늙지 않는다』, 융성출판 1985, 70면.
17 이육사 「연인기(戀印記)」(1941. 1), 김용직·손병희 엮음 『이육사 전집』, 깊은샘 2004, 179면.

이육사의 그림 공부는 어린 시절에만 국한된 것이 아니었다. 1920년 육사는 근대 학문을 배우기 위해 형제들과 함께 대구로 갔고, 거기서 아우 수산(水山) 이원일과 함께 석재(石齋) 서병오(徐丙五, 1862~1935)에게서 그림을 배웠다. 서병오는 시(詩), 서(書), 화(畵), 문(文), 금(琴), 기(碁), 박(賭博), 의(醫) 등 여덟가지에 두루 능해 '팔능거사(八能居士)'라 불리며, 흥선대원군과의 각별한 인연으로 유명하다. 흥선대원군 이하응이 운현궁에서 울적한 생활을 보내면서 자신의 재능을 알아줄 대화 상대자를 찾던 중 재주 있는 청년이 있다는 소리를 듣고 18세의 서병오를 초청하였다. 흥선대원군은 서병오의 재주를 높이 평가하며, "내 호가 석파(石坡)인데 너의 호는 석재(石齋)로 하라"고 하며 호를 내리고 화첩까지 하사하였다고 한다.

석재는 이후 일본과 중국을 다니면서 수많은 사람들과 교류하였지만, 그의 사군자에 가장 큰 영향을 준 사람은 단연 추사 김정희였다. 추사는 석재가 태어나기 6년 전에 사망했지만, 흥선대원군을 비롯해 당시 많은 문인들이 추사를 숭모하고 있었고, 석재는 운현궁에 머물면서 추사의 묵란과 화론을 충분히 접할 수 있었다. 이러한 영향으로 석재는 추사와 같이 '문자향(文字香) 서권기(書卷氣)'를 강조하였고, 화제(畵題)로 추사의 문구를 자주 사용하였다.[18] 대표적인 구절 중의 하나로 다음이 있다.

난초를 그리기 위해서는 신기(神氣)가 찾아와야 한다. 이를 배우려면 먼저 가슴속에 오천권의 책(胸中五千卷), 팔에는 금강 같은 필력(腕下金剛)이 있는 후라야 난초를 이야기할 수 있다.[19]

---

18 이인숙 「석재(石齋) 서병오(徐丙五, 1862~1936) 묵란화 연구」, 『영남학』 26호, 경북대학교 영남문화연구원 2014.

19 원문은 "寫蘭 有神來氣來處 學此者 先有 胸中五千卷 腕下金剛 然後 始可與語蘭"이다. 석재 시서화집간행위원회 엮음 『석재 시서화집』, 이화문화출판사 1998, 도판 59; 이인숙, 앞의 글 402면의 주 14; 김정희 『추사집』, 최완수 옮김, 현암사 2014, 622면.

추사는 이처럼 '문자향 서권기'를 유독 강조하였는데, 석재도 난 그림에서 중요한 것은 모양(形似)이 아니라 문기(文氣)임을 강조하였다.[20] 이육사의 묵란도는 '문자향 서권기'를 강조하는 추사와 석재를 계승하고 있다고 할 수 있다.

이육사의 시도 은유와 절제의 틀을 헤집고 들어가보면 문인화 같은 회화성을 지향하고 있다. 「청포도」(1939. 8)에서는 항일혁명가 동지의 지친 귀향에 대한 최고의 환대를 준비하는 아름다운 정경을, 「절정」(1940. 1)에서는 일제의 매서운 탄압에 쫓기는 항일혁명가가 의열투쟁을 결단하는 장면을, 「광야」(유고시)에서는 고향과 조국이 황폐화되어 절망적인 광야(曠野)가 된 현실에 저항하면서 가난한 노래의 씨를 뿌리며 죽음을 넘어서려는 몸부림을 형상화하고 있다.[21]

그러나 이육사의 시에서 회화성의 진의(眞意)를 파악하기란 쉬운 일이 아니다. 그 첫번째 이유는 신석초가 언급한 바 있듯이 "당시의 가혹한 관헌의 검열을 피하기 위해서" 육사가 "즐겨 은유의 상징을 사용"하였기 때문이다.[22] 문학평론가 백철(白鐵)은 매일신보사 베이징 지사를 맡고 있던 시절 일본 헌병대 사복(私服)이 찾아와서, 육사와 「청포도」에 대해 다음과 같이 조사한 바 있다고 썼다.[23]

---

20 이인숙, 앞의 글 403면의 주 17; 석재시서화집간행위원회 엮음, 앞의 책 도판 93.

21 이 책의 "Ⅱ.「청포도」와 향연"과 "Ⅲ.「절정」과 의열(義烈)" 및 "Ⅶ. 유언「광야」" 참조.

22 신석초「이육사의 생애와 시」, 『사상계』1964년 7월호 249면.

23 백철은 헌병대라고 하면서 찾아온 사복이 실은 육조공관(六條公館: 일본의 정보기관)의 정보원이나 영사관 형사라고 추정하였다. 백철은 사복이 찾아온 시기를 1944년 이른 가을로 회고하였지만, 육사가 1944년 1월 16일 순국했기 때문에 1943년 가을로 보는 것이 타당할 듯하다.(백철『續·진리와 현실: 문학자서전』, 박영사 1976, 149면, 222면, 226~27면) 일본 사복이 어느 판본으로 읽었는지는 불분명하지만, 「청포도」는 김소운에 의해 두 차례 일본어로 번역·소개된 바 있다.(金素雲 訳編『乳色の雲: 朝鮮詩集』, 東京: 河出書房 1940, 240~41면; 金素雲 訳編『朝鮮詩集』(中期), 東京: 興風館 1943, 258~59면)

사복(私服)은 "이육사는 철저한 민족주의자가 아니요?" 하고, 일본말로 번역된 육사의 「청포도」를 내 앞에 내놓았다. 나는 그때 일본의 정보망이 이렇게 철저하게 되어 있다는 것에 놀랄 수밖에 없었다. "여기서 기다리는 귀인(貴人)이 누구냐…"고까지 물었다. 그리고 나아가서는 육사의 아우인 이원조에 대한 이야기까지 묻고 있었다.[24]

이육사는 첫번째 시라고 할 수 있는 「춘수삼제(春愁三題)」(1935. 6)[25]에서부터 일제의 검열로 1연 3행이 "아마도 ×에 간 맏아들의 입맛(味覺)을 그려나보나봐요"처럼 '옥(獄)'자가 복자(覆字)로 처리된 경험을 했다. 사정이 이러했기 때문에 육사는 일제의 정보력을 무력화하기 위해 고도의 은유와 상징을 구사하였고, 따라서 육사의 시가 전하고자 하는 진의를 이미지로 파악하는 것은 쉽지 않다.

이육사의 시에서 회화성을 파악하기 어려운 또 하나의 이유는 그의 시가 실경(實景)이나 구체적인 형상(形象)이 아니라 '흉중 오천권(胸中五千卷)'의 '문자향 서권기'를 통해 자신이 전하고자 하는 메시지나 사상(思想)을 그려내고 있기 때문이다. 이런 점에서 육사의 시는 글에 도(道)를 싣는 전통적 '재도문학(載道文學)'의 일면을 계승하고 있다고 할 수 있다. 그리하여 육사 시의 회화성은 실경이나 형상을 넘어서 마치 『주역』의 괘상(卦象)을 뿌려놓은 것과 같은 형국이다. 실제 동양에서 시의 뿌리는 『주역』의 괘상과 연결되어 있다. 『주역』에서 공자는 이렇게 말했다.

---

24 백철, 앞의 책 226면.
25 '李活'이란 이름으로 1930년 1월 3일 『조선일보』에 발표된 「말」이라는 시가 육사의 작품인지는 논란이 있기 때문이다. 「춘수삼제(春愁三題)」 원문은 박현수 엮음 『원전주해 이육사 시전집』, 예옥 2008, 32~33면 참조.

글은 말을 다 할 수 없고, 말은 뜻을 다 할 수 없다. 그렇다면 성인의 뜻을 볼 수 없는가? (…) 성인은 상(象)으로써 그 뜻(意)을 다 하고, 괘(卦)로써 참과 거짓(情僞)을 보여주시고, 계사(繫辭)로써 말(言)을 다 한다.[26]

『주역』의 괘상은 마치 시처럼, 말과 글이 다 하지 못한 바를 드러낸다는 것이다. 이육사의 시 중에서 『주역』의 괘상을 뿌려놓은 것 같은 예로는 「서풍」(1940. 10)이 있다.

서리 빛을 함복 띠고
하늘 끝없이 푸른 데서 왔다.

강(江)바닥에 깔여 있다가
갈대꽃 하얀 우를 스처서.

장사(壯士)의 큰 칼집에 숨여서는
귀향 가는 손의 돋대도 불어주고.

젊은 과부의 뺨도 히든 날
대밭에 벌레소릴 갓구어놋코.

회한(悔恨)을 사시나무 잎처럼 흔드는
네 오면 불길(不吉)할 것 같어 좋와라.[27]

---

26 『周易』「繫辭上傳」第十二章: 子曰 "書不盡言, 言不盡意, 然則聖人之意 其不可見乎" (…) 子曰 "聖人立象以盡意, 設卦以盡情僞, 繫辭焉以盡其言"
27 이육사 「서풍」, 박현수 엮음, 앞의 책 132~33면.

이 시에는 어려운 어휘가 전혀 없지만, 현대의 일반 독자들은 물론 국문학도들도 진의를 파악하기가 쉽지 않다. 그러나 전통적인 음양오행 사상에 초보적인 지식만 있다면 시의 진면목에 쉽게 접근할 수 있다. 육사가 자신의 내면적 일대기를 심오하게 묘사한 수필 「계절의 오행」(1938. 12)에서 보듯이, 육사는 '오행(五行)'에 대해 잘 알고 있었다.

전통사상에서 오행(五行)은 오방(五方), 오색(五色), 오상(五常), 오성(五聲) 등으로 연결된다. 예를 들면, 해가 뜨는 동쪽은 5행에서 목(木), 5상으로는 만물을 소생시키는 인(仁), 5색으로는 좌청룡의 푸른색(靑), 계절로는 봄(春)에 해당한다. 그리하여 경복궁 동문의 이름이 '건춘문(建春文)'이며, 동대문은 인을 일으킨다는 뜻의 '흥인지문(興仁之門)'이다. 반면 서쪽은 금(金), 흰색(白), 의(義), 가을(秋)에 해당하여, 서대문은 의를 도탑게 한다는 뜻의 '돈의문(敦義門)', 경복궁 서문은 '영추문(迎秋門)'이다. 가을바람(秋風)을 서풍(西風) 또는 금풍(金風)이라 하는 것도 마찬가지 원리이다.

5행의 관점에서 「서풍」을 보면, 서쪽(서풍), 가을, '서릿빛' '갈대꽃' '과부의 뺨도 희던 날'의 흰색, '장사의 큰 칼집'의 금(金) 등이 그림과 같이 선연한 배치를 이루고 있다. 서(西)―가을(秋)―흰색(白)―금(金)에 해당하는 오상(五常)은 '의로움(義)'이다. 따라서 이 시는 '의로움(義)'을 노래하고 있는 것이다. 늦가을 소슬한 서풍이 불자 끝없이 푸른 하늘에서 흰색의 기운이 내려와 강바닥에 흰 서리로 깔려 있다가 다시 하얀 갈대꽃 위를 스쳐서, 드디어는 의로운 장사의 큰 칼집에 숨어 국내로 들어온다. 뭔가 비상한 기운을 품은 가을바람에 벌레들이 불안하게 울어대고 젊은 과부는 하얗게 질리는데, 한스러운 정한을 뒤흔들며 불러일으키는 이러한 서풍이 불어오면 뭔가 불길한 사건이 일어날 것 같아서 좋다고 시적 화자는 말한다.

이러한 일련의 연쇄는 "서리 빛을 함복 띠고/하늘 끝없이 푸른 데서"

내려온 흰 기운에서 비롯되는데, 그것은 다름 아닌 '흰 무지개(白虹)'를 지칭하고 있다. B.C. 227년 형가(荊軻)가 진시황을 암살하러 진나라로 가는 길에 국경 근처 이수(易水)에서 이별의 노래 「이수가(易水歌)」를 부른다. 이때 형가의 외침〔노래〕이 하늘로 뻗쳐 '흰 무지개'가 되어 해를 찔렀다(白虹貫日)고 한다. 여기서 해는 진시황, '흰 무지개'는 진시황을 찌르는 칼의 이미지이다. 이후 '흰 무지개'는 국가적 변란이나 반역의 상징이 되어 문학은 물론 천문 현상으로도 자주 등장했다. 물론 대부분 불온한 흉조를 뜻한다.[28]

그러나 육사는 '형가' '이수가' '흰 무지개' 등을 항일 의열투쟁의 상징으로 대환호하였다. 그리하여 「서풍」은 "네 오면 불길할 것 같아 좋아라"로 마무리된다. 이는 「절정」이 "겨울은 강철로 된 무지갠가보다"로 마무리되는 것과 흡사하다. 즉, 두 시 모두 하얗게 날이 선 검의 기세로 해를 찌르는 '흰 무지개'를 노래하고 있는 것이다. 여기서 해〔日〕는 물론 일제(日帝)를 의미한다. 그러니까 두 시 모두 '흰 무지개'를 통해 일제에 대한 의열투쟁을 노래하고 있는 것이다. 육사는 이렇게 흰 무지개를 상징적으로 사용함으로써 일제의 엄혹한 검열망을 피하고, 자신이 추구하는 도(道)를 시(詩)에 그림처럼 실었다.

이육사의 시세계에는 이처럼 동양의 음양오행 사상이나 『주역』, "시문학의 세계적 고전이며 그 광휘가 황황"[29]하다고 상찬한 『시경』, 한시의 최고봉인 두보(杜甫)의 시 등 동양 고전의 광대한 세계가 '흉중 오천권'으로 자리하고 있다. 그러나 육사의 시가 그려내고자 하는 궁극(窮極)은 이러한 동양 고전의 직선적 연장이 아니라, 오히려 그것을 반대로 뒤집고야 마는 대대적인 전복이다. 즉, 육사의 시는 전통적인 '문이재도(文以載道)'의 일

---

28 이 책의 "Ⅲ. 「절정」과 의열(義烈)" 참조.
29 이육사 「계절의 표정」(1942. 1), 김용직·손병희 엮음, 앞의 책 194면.

단을 이어받고 있지만, 「절정」과 「서풍」의 결구에서 단적으로 알 수 있듯이, 그 도(道)의 종국적 귀결은 전통과 반대지점으로 향하는 경우가 허다하다. 대표시 「청포도」와 「광야」도 마찬가지이다. 두보가 안녹산(安祿山)을 난신적자로 규탄하면서 사용한 '청포백마(靑袍白馬)' 이미지를, 육사는 「청포도」에서 석정(石鼎) 윤세주와 같은 민족혁명가의 긍정적 이미지로 완전히 바꾸어 사용하였다. 베이징 일제 지하 감옥에서의 옥중 유언시 「광야」 역시 두보가 왕소군(王昭君)을 노래한 「영회고적(3)」과 비슷하게 시작하지만 시의 귀결은 전혀 다른 차원으로 마무리된다.[30]

이러한 전통의 전복과 관련하여 아호인 '육사(陸史)'의 의미를 다시 음미해볼 필요가 있다. 증언에 의하면 이육사가 처음부터 '陸史'를 아호로 사용한 것은 아니었다고 한다. 육사가 1930년 옥고를 치른 후 영일군 기계면 현내동에 사는 증고종숙 이영우(李英雨)[31]의 집에 요양하면서 매화 한폭을 그리고 '육사(戮史)'라고 서명하자, 옆에 있던 이영우가 이를 보고 "戮史는 역사를 죽인다는 표현이니, 혁명을 일으키겠다는 말이 아닌가? 의미가 너무 노골적으로 드러난다. 차라리 같은 의미를 가지면서도 온건한 표현이 되는 陸史를 쓰는 게 좋을 것 같다"고 권해서 '陸史'로 바꾸어 썼다고 한다. 실제로 1932~1934년 '戮史'를 아호로 사용하였던 자료도 두 점 남아 있다.[32]

'陸史'는 이처럼 '戮史'에서 비롯된 아호이기 때문에, 그냥 '대륙의 역사'가 아니라, 역사를 '베어버리다' 또는 '새로 쓰다'라고 해야 그 아호의 진면목을 제대로 말하는 것이다. 이육사의 시는 전통적인 동양 고전과 연

---

30 이 책의 "II. 「청포도」와 향연" 및 "VIII. '내' '노래' 「광야」" 참조.

31 영일군(迎日郡) 기계면(杞溪面) 현내동(縣內洞)에 사는 이영우는 이육사의 증고종숙(曾姑從叔)으로 가까운 친족이라고 할 수 없다. 그러나 이영우 집안은 이육사 집안과 각별하게 가까웠고, 700석을 수확할 정도로 부유하였으며, 이육사 집안을 많이 후원하였다고 한다. 육사도 요양이 필요할 때 이 집을 자주 찾았다.

32 김희곤 『이육사 평전』, 푸른역사 2010, 38~40면; 박현수 엮음, 앞의 책 250면.

결되긴 하지만, 종국적으로는 그것을 전복하는 경우가 많기 때문에, 이 점에 각별하게 유의하지 않으면 육사의 시를 거꾸로 뒤집는 우를 범할 수도 있다.

3. 이활(李活)에서 육사(陸史)로, 혁명문학의 길

이육사로 하여금 '흉중 오천권'의 고전을 전복하게 한 전환의 동력은 무엇인가? 『시학』 앙케에트에 대한 응답'(1940. 1)에서 "내가 사숙(私淑)까지 했던 사람은 없습니다"[33]라고 밝힌 바 있듯이, 육사의 창작은 어느 특정 문인이나 서책에 의존하고 있지 않다. 육사의 생애 전반과 그가 상찬한 '창작 모랄'을 살펴보면, 전환의 동력은 다름 아닌 '지금' '여기'의 '현실'(reality)에 대한 '진정성'(sincerity)에서 비롯되었다고 할 수 있다.

똘스또이는 예술에서 가장 중요한 것은 '진정성'이며, 이것은 학교에서 가르칠 수 있는 것이 아니라 예술가의 참된 생활에서 나오는 것이라고 강조하였으며,[34] 이에 대해서는 육사도 "'씬세리테'가 없는 곳에는 참다운 생활은 있을 수 없다"[35]며 동감을 표시한 바 있다. 다만 똘스또이가 촌부의 명랑한 노래 한 곡조가 베토벤의 소나타보다 더 훌륭하다며 계급을 강조한 반면, 육사는 작가의 태도를 더 중시하였다. 육사는 「루쉰 추도문(魯迅追悼文)」(1936. 10. 23~29)에서도 "프롤레타리아의 계급성이 없다"는 루쉰 비판에 대한 반비판으로, 중요한 것은 "창작에 있어서 진실하게 명확하게 묘사하는 태도"라고 주장하였다(권두 화보의 〔그림 30〕 참조).[36]

---

33 김용직·손병희 엮음, 앞의 책 379면.

34 똘스또이 『예술이란 무엇인가』, 동완 옮김, 신원문화사 2007, 159면, 199~202면. 이 책은 'sincerity'를 '진실성'으로 번역하였다.

35 이육사 「질투의 반군성(叛軍城)」(1937. 3), 김용직·손병희 엮음, 앞의 책 135면.

이육사의 이같은 진정성에 대한 언급은 '리얼리즘'에 대한 강조와도 연결된다. 그는 "문학 하는 사람들이 편시(片時)〔잠시〕라도 잃지 못할" 것이 "인간 생활의 '레알리틔'"라고 강조하였다. 육사는 영화 「대지(大地)」에 대하여 "중국 민중 전체의 운명이 놀랄 만한 '레알리틔'를 가지고 보는 사람들을 육박"한다면서, 개인을 넘어서는 '집단의 리얼리티'를 강조하였다. 심지어 육사는 1937년 토오꾜오(東京)에서 무용가 박외선을 인터뷰하며 "무용과 레알리즘은?" 하고 질문하기도 하였다.[37]

이육사는 일본과 중국에서 유학을 하기도 하였고, 신석초를 비롯하여 박영희·김기림·김광균·윤공강 등과 교분도 있었으며, 계급문학과 모더니즘 등 국내의 다양한 문학사조에 대해서도 잘 알고 있었다. 그러나 육사는 우리 문단의 특정 유파에 적극 가담하여 활동하진 않았으며, 어느 유파에서도 볼 수 없는 독특하고 강렬한 시적 경지를 개척하였다.[38] 이러한 특징은 식민지 조국의 '피의 현실'을 정시(正視)하면서 그것을 개변하기 위한 혁명(革命)을 하려는 사무친 '진정성'(sincerity)에서 비롯되었다고 할 수 있다.

기실 이육사가 처한 현실은 어려서부터 '눈물'과 '피'로 얼룩져 있었다. 육사가 불과 세살 때[39]인 1907년, 나라(대한제국)의 군대가 해산되었다. 이에 저항하는 가문의 의병활동 때문에 고향에 있는 퇴계 종택의 기념비적인 건물인 추월한수정과 인근 동네가 불타는 난리를 겪게 되어 육사는 '돌이'라는 하인에게 업혀 산중으로 피난을 가게 된다. 이 일을 그는 "아주 어렸을 때 (…) 평생에 처음 되는 여행"이라고 표현한 바 있지만,[40]

36 이육사 「루쉰 추도문」(1936. 10), 같은 책 217면.
37 이육사 「씨나리오 문학의 특징: 예술형식의 변천과 영화의 집단성」(1939. 5) 「무희의 봄을 찾아서: 박외선 양 방문기」(1937. 4), 같은 책 232면, 238면, 352면.
38 김학동 『이육사 평전』, 새문사 2012, 55~56면, 69~70면.
39 이 책에서 육사의 나이는 만 나이로 표기한다.
40 이육사 「계절의 오행」, 김용직·손병희 엮음, 앞의 책 158~59면.

그것은 여행이 아니라 눈물의 피난이었으니, 육사가 "눈물을 흘리지 않는 사람이 되리라고 배워온 것이 세살 때부터 버릇"[41]이라 토로한 것도 이때의 수난과 무관치 않을 것이다.

또한 이육사는 여섯살 때인 1910년, 일제에 의해 나라가 병합되는 경술국치를 겪게 되는데, 당시 진성 이씨 가문의 기둥이었던 향산(響山) 이만도(李晚燾, 1842~1910)가 24일간의 단식으로 장엄하게 순국하는 사건이 있었다. 향산의 순국으로 육사의 고향 일대는 한편으로는 비분과 순국의 독립운동이 이어졌고, 다른 한편으로는 체포와 투옥으로 황폐화되었다. 이러한 내력 때문에 육사는 "내 집안이 대대로 지켜온 이 땅에는 말도 아니고 글도 아닌 무서운 규모가 우리들을 키워주었"다고 고백하였다.[42]

박쥐에 빗대어 자신을 노래한 유고시「편복(蝙蝠)」앞부분에서 육사는 고향의 이러한 모습을 아래와 같이 노래하였다.

> 광명(光明)을 배반(背反)한 아득한 동굴(洞窟)에서
> 다 썩은 들보와 문허진 성채(城砦)의 너덜로 도라단이는
> 가엽슨 빡쥐여! 어둠에 왕자(王者)여![43]
>
> 쥐는 너를 버리고 부자집 고(庫)간으로 도망햇고
> 대붕(大鵬)도 북해(北海)로 날러간 지 임이 오래거늘
> 검은 세기(世紀)에 상장(喪裝)이 갈갈이 찌저질 기-ㄴ 동안
> 비닭이〔비둘기〕같은 사랑을 한번도 속삭여보지도 못한
> 가엽슨 빡쥐여! 고독(孤獨)한 유령(幽靈)이여![44]

41 같은 글 150면.
42 같은 글 151면.
43 이 다음에 연을 나눈 것은 김학동의 의견(『이육사 평전』 133면)을 따랐다.
44 이육사「편복(蝙蝠)」(부분), 박현수 엮음, 앞의 책 200~201면.

즉, 이육사에게 병탄과 망국의 시기는 암흑이 지배한 '검은 세기'였으며, 망국을 추모하는 상장(喪章)마저 '갈갈이 찢어지는 긴 시기'였다.[45] 그가 "불개가 그만 하나밖에 없는 내 날[해]을 먹었다"[46]며 태양이 빛을 잃어버린 일식을 노래한 것도 같은 맥락이다.[47] 육사는 이처럼 태어난 지 얼마 되지 않아 "광명(光明)을 배반(背反)한 아득한 동굴(洞窟)에서" 생활하는 '가엾은 박쥐' '고독(孤獨)한 유령(幽靈)'이 되었다.

이런 암담한 와중에서도 할아버지 이중직의 탄탄한 전통교육을 통해, 이육사는 15세에 이미 '흉중 오천권'의 경지에 도달하였다고 자부한다. "내 일찍이 눈물을 흘리지 않는 사람이 되려고 맘먹어본 열다섯 애기 시절은 '수신제가치국평천하(修身齊家治國平天下)'의 도(道)를 다 배웠다고 스스로 달떠서 남의 입으로부터 '교동(驕童)'이란 기롱(譏弄)까지도 면치 못하였"다는 고백[48]에서 그러한 점을 알 수 있다. 그러나 이러한 전통의 '흉중 오천권'은 '지금' '여기'의 현실, 즉 일제의 근대(近代) 앞에 무력하기만 했다.

그리하여 이육사가 선택한 길은 도시인 대구로, 다시 제국의 수도인 일본 토오꾜오로 유학을 가서 근대를 배우는 것이었다. 그러나 막상 토오꾜오에 도착하여 목도한 현실은, "눈물이 무엇입니까, 얼마 안 있어 국화가 만발할 화단도 나는 잃었고 내 요람도 고목에 걸린 거미줄처럼 날려 보냈나이다"[49]라고 고백한 바와 같이, 눈물 이상의 비극이었다.

1923년 9월 1일 칸또오 대지진(關東大震災) 당시 일제의 무자비한 조선

---

45 김학동, 앞의 책 75~78면.
46 이육사 「일식(日蝕)」, 박현수 엮음, 앞의 책 124면.
47 1910년 5월 9일 망국의 흉조인 양 실제로 일식이 있었다. 이 책 뒤에 나오는 '이육사 연보'의 해당 연도 참조.
48 이육사 「계절의 오행」, 김용직·손병희 엮음, 앞의 책 150면.
49 같은 글 152면.

인 학살 여파로 토오꾜오의 조선인은 분위기가 격앙되어 있었다. 1923년 9월 3일 박열(朴烈)이 체포되었고, 1924년 1월 5일 김지섭(金祉燮)은 천황이 있는 황거(皇居)의 니주우바시(二重橋)에 폭탄을 던졌다. 1924년 4월 이육사가 토오꾜오로 건너가 체류하던 내내 박열과 김지섭의 재판이 계속되었다.[50] 당시 육사는 박열이 주도하였던 조선인 무정부주의 단체 흑우회(黑友會)에 참여하였다고 하며,[51] 안동 선배인 김지섭을 통해 일제에 정면으로 맞서는 의열단의 모습을 보았다. 육사가 근대를 배우기 위해 나섰던 여정은, "내가 배우던 『중용』 『대학』은 물리니 화학이니 하는 것으로 바꾸이고 하는 동안 그야말로 살풍경의 10년"[52]이라고 설명한 바와 같이 실패와 좌절의 연속이었다.

1925년 1월 이육사는 조국으로 돌아와 민족혁명운동에 투신하였고, 얼마 지나지 않아 중국 베이징으로 가게 된다. 당시 베이징은 반일운동으로 들끓고 있었는데, 그 정점이 1926년의 '3·18참변(慘案)'이었다. 1926년 3월 18일 베이징의 각계 시민과 학생 10만여명이 톈안먼(天安門) 광장에서 일제의 중국 주권 침략[53]에 반대하는 항의집회를 열었는데, 돤치루이(段祺瑞) 집정부의 발포로 47명이 죽고 200명이 다치는 '참변'이 일어났던 것이다.

---

50 야마다 쇼오지 『가네코 후미코: 식민지 조선을 사랑한 일본 제국의 아나키스트』, 정선태 옮김, 산처럼 2003, 473~77면; 김인덕 『박열: 극일에서 분단을 넘은 박애주의자』, 역사공간 2013, 83~108면, 178~79면; 경상북도독립운동기념관 엮음 『추강 김지섭』, 디자인 판 2014. 42~152면.

51 김희곤, 앞의 책 80~81면.

52 이육사 「연인기(戀印記)」, 김용직·손병희 엮음, 앞의 책 179면.

53 1926년 3월 펑위샹(馮玉祥)의 국민군과 장쭤린(張作霖) 등의 펑톈군벌(奉天軍閥)이 전쟁을 벌일 때, 일본군이 펑톈군 엄호를 핑계로 다구커우(大沽口)를 포격하여 국민군 10여명이 사상하였고, 국민군이 이에 맞서 일본군에 총격을 가했다. 3월 16일 일본은 돤치루이(段祺瑞) 정부에 영국·미국 등 8국 연합 명의로 국민군의 전투 중지와 군사시설 철거 등 중국의 주권을 침략하는 무리한 요구를 하며 최후통첩을 보냈다.

이육사가 베이징에 다녀온 시기에 대해서 일제(日帝)의 자료들은 '1925년 8월' '1926년 7월' 등 다소 엇갈리게 기록하고 있지만,[54] 어느 때에 다녀왔든 '3·18참변'으로 인해 들끓어오른 베이징의 항일 분위기는 충분히 실감하였을 것이다. 10년 뒤, 「루쉰 추도문(魯迅追悼文)」(권두 화보의 [그림 30])에서 육사는 "붓으로 쓴 헛소리는 피로 쓴 사실을 만착(瞞着)(엄폐)하지 못한다"라는 루쉰의 표현을 특별히 상찬한 바 있는데,[55] 이 구절은 루쉰이 '3·18참변' 당일 베이징에서 쓴 것이다.

1925년 일본 토오꾜오에서의 귀국이 민족운동 투신으로 이어졌다면, 1927년 여름 중국 베이징에서의 귀국은 투옥으로 이어졌다. 1927년 10월 18일에 이육사는 장진홍의 '대구 조선은행 폭탄사건'에 연루되어 4형제가 같이 끌려가 피범벅이 되도록 고문을 받았고, 1년 7개월 동안 감옥생활을 하였다. 1929년 5월 석방 이후 육사는 3년 정도의 모색기를 거쳐, 1932년 5월경 중국으로 망명, 10월 20일 난징(南京)에 있는 조선혁명군사정치간부학교(이하 '간부학교'로 약칭)에 제1기생으로 입학하여 6개월간 수학하였다.[56]

난징 간부학교에서 보낸 뜨거운 6개월간은 육사의 인생과 문필활동에

---

54 京城本町警察署 「李活 訊問調書」 제1회(1934. 6. 17), 국사편찬위원회 편역 『한민족독립운동사 자료집』 30권, 국사편찬위원회 1997, 398면; 安東警察署 陶山警察官駐在所 「李源祿 素行調書」(1934. 7. 20), 같은 책 423면; 김희곤, 앞의 책 94~99면; 야오란(姚然) 「이육사 문학의 사상적 배경 연구: 중국 유학체험을 중심으로」, 서울대학교 대학원 석사논문 2012, 11~22면; 홍석표 『근대 한중 교류의 기원』, 이화여자대학교출판부 2015, 50~59면 참조.

55 루쉰의 원문은 "墨写的谎说, 决掩不住血写的事实"이다. 「루쉰 추도문」에 나오는 이 표현에 대해서는 홍석표, 『루쉰과 근대 한국: 동아시아 공존을 위한 상상』, 이화여자대학교출판문화원 2017, 444면; 김용직·손병희 엮음, 앞의 책 220면 참조. 루쉰은 중국 당국의 탄압 때문에 1926년 8월 베이징을 탈출하여, 샤면(厦門)과 광저우(廣州)를 전전하다 1927년 10월부터 상하이에 정착하였다.

56 김영범 「이육사의 독립운동 시·공간(1926~1933)과 의열단 문제」, 『한국독립운동사연구』 34집, 독립기념관 한국독립운동사연구소 2009; 김희곤, 앞의 책 103~41면 참조.

서 중요한 의미를 지닌다. 간부학교 1기 졸업생들이 대부분 동북지방(만주) 파견을 선택하였지만, 육사는 "조선으로 돌아가 (…) 노동자 농민에게 독립사상을 고취"하고, 특히 "도회지의 노동자층을 파고들어서 공산주의를 선전하여 노동자를 의식적으로 지도 교양하는 것"을 희망하였다.[57] 이 선택은 향후 육사의 일생에서 매우 중요한 의미를 지닌다. 육사는 농촌보다는 도시, 외국보다는 모국어를 사용할 수 있는 국내 문필·선전활동을 가장 중요한 투쟁방법으로 선택하였던 것이다. 이것이 육사의 일생에서 주된 흐름으로 이어진다.

이육사가 귀국하여 벌인 문필·선전활동의 내용은 간부학교에서 수학한 정치과목과 깊은 관련이 있다. 난징의 간부학교에서 개설된 정치과목에는 유물사관, 변증법, 경제학, 삼민주의, 중국혁명사, 의열단사(義烈團史), 조선 정세, 세계 정세 등이 포함되어 있었다. 육사가 1933년 간부학교 재학 시기부터 1936년까지 발표한 시사평론 글은 「자연과학과 유물변증법」「레닌주의 철학의 임무」「5중대회를 앞두고 외분내열의 중국 정정(政情)」「국제무역주의의 동향」「1935년과 노불관계 전망」「위기에 임한 중국 정국의 전망」「공인 '깽그'단 중국 청방(靑幇) 비사 소고」「중국의 신국민운동 검토」「중국 농촌의 현황」등 9편이다. 이상 9편은 모두 간부학교 정치과목의 연장선상에서 발표한 글인데,[58] 9편 중 「레닌주의 철학의 임무」만 '이육사(李戮史)'[59]란 필명으로, 나머지는 8편은 모두 '이활(李活)'이란 필명으로 발표하였다.[60]

---

57 京城本町警察署 「李活 訊問調書」 제1회(1934. 6. 17), 국사편찬위원회 편역 『한민족독립운동사 자료집』 30권, 국사편찬위원회 1997, 157면; 京畿道警察部 「證人 李源祿 訊問調書」 (1935. 5. 15), 국사편찬위원회 편역 『한민족독립운동사 자료집』 31권, 국사편찬위원회 1997, 192면.

58 야오란(姚然), 앞의 글 32면.

59 「자연과학과 유물변증법」과 「레닌주의 철학의 임무」는 『대중』 창간임시호(1934. 4. 1)에 함께 수록될 예정이었기 때문에 필자를 '이활(李活)'과 '이육사(李戮史)'로 구분하였

1933~1936년에 주로 이활(李活)이라는 이름으로 9편의 시사평론을 발표한 데 비해, 육사(陸史)라는 이름으로 발표한 문학작품은 「창공에 그리는 마음」(1934. 10) 수필 한편과, 「춘수삼제」(1935. 6) 「황혼」(1935. 12) 「실제(失題)」(1936. 1) 등 시 세편으로, 시사평론의 절반도 되지 않는다. 1927년 베이징에서 귀국할 당시 육사가 유체적으로 활동하는 독립운동 사건과 연루되어 투옥되었다면, 1933년 난징에서 상하이를 통해 귀국한 이후에는 펜으로 투쟁하는 시사평론가 이활(또는 李戮史)이 주류였다. 이때 문학가 육사(陸史)는 부수적이었다.

그런데 1936년 9월 발표한 「중국 농촌의 현황」을 마지막으로 이활(李活)이란 이름으로 발표된 시사평론은 한편도 보이지 않는다. 「영화에 대한 문화적 촉망」(1939. 2)이 이활(李活)이라는 이름으로 발표되었지만 시사평론이라 할 수 없고, 그외는 모두 육사(陸史)라는 이름으로 발표된 시, 소설, 수필, 번역, 문예비평이다. 즉, 이육사는 1937년부터 시사평론가 이활(李活)에서 문인 육사(陸史)로 바뀐 것이다. 백철이 육사가 "시인으로 문단에 알려진 것은 1937년 무렵"[61]이라고 회고한 것도 같은 맥락에서 이해할 수 있다.

이육사의 이러한 방향 전환은 우선 당시 객관적 정세의 변화와 관련이 있다. 1937년 7월 7일 중일전쟁이 일어났고, 일제는 중국대륙 침략을 앞두고 조선에서 사상 통제를 강화하였다. 따라서 일본에 저항하는 시사평론의 입지는 줄어들 수밖에 없었다. 육사는 정세 변화에 맞설 출구를 문학에서 찾아나갔다. 그 획기가 될 만한 글이 「루쉰 추도문」(1936. 10. 23~29)이

으나, 「레닌주의 철학의 임무」는 검열 때문에 수록되지 못하고 '싣지 못한 글의 목록'에 제목만 남게 되었다.

60 김학동은 시사평론가 이활(李活)이 어떤 경우엔 육사와는 다른 사람일 가능성을 배제할 수 없다고 지적하였다.(김학동, 앞의 책 157~58면) 중요한 지적이긴 하나 여기서는 육사와 동일 인물이라는 통설에 따른다.

61 백철『진리와 현실: 문학자서전』, 박영사 1976, 340면.

다. 이 글은 단순한 추도문이 아니라 본격적인 루쉰론이며, 무엇보다 육사 자신의 문학론을 강하게 피력한 일종의 문학적 출사표이다.[62]

　루쉰이 서거한 지 불과 나흘 후인 1936년 10월 23일부터 장문의 추도문을 연재하는 것이 가능했던 것은 육사가 그전부터 루쉰에 대해 많이 연구하고 준비했기 때문일 것이다. 육사는 1926년 베이징대학 시절부터 지도교수 Y를 통해서 루쉰을 알고 있었던 것으로 보인다.[63] 그리고 1933년 6월 20일 상하이에서 루쉰을 직접 만나 악수까지 했다. 이런 일이 루쉰 연구의 본격적인 계기가 되었던 것으로 보인다. 이후 육사는 루쉰과의 만남을 평생 소중한 추억으로 간직하였던바, 평소 과묵한 육사가 루쉰에 대해 이야기할 때에는 의외로 다변이었고 열렬하였다고 한다.[64] 이러한 정황을 고려하면 1936년 후반 육사는 문학에 본격적으로 투신하면서 루쉰의 창작론과 문학을 깊이 연구했던 것으로 보인다.[65] 이는 「루쉰 추도문」을 쓴 직후 루쉰의 소설 「고향」을 번역(1936. 12)한 것만 봐도 알 수 있다.

　이육사가 루쉰에 특별하게 주목한 것은 무엇보다 루쉰의 문학론, 창작론에 동감했기 때문일 것이다. 육사가 「루쉰 추도문」에서 "뼈에 사무치고도 남을 만한 시사(示唆)!"라며 절대적 동감을 표현한 루쉰의 '창작 모랄(moral)' 인용 중에 다음과 같은 구절이 있다.

　　푸로〔혁명〕문학가는 반드시 참된 현실〔혁명〕과 생명을 같이하고, 혹은 보다 깊이 현실〔혁명〕의 맥박을 감수하지 않으면 안된다. (〔 〕는 인용자)[66]

다 이 글은 단순한

62　야오란, 앞의 글 40면; 홍석표『루쉰과 근대 한국: 동아시아 공존을 위한 상상』, 238~39면.
63　야오란, 앞의 글 23~29면, 38~39면. 이 책의 '이육사 연보' 1926년 7월 참조.
64　신석초「이육사의 인물」, 101면.
65　홍석표『루쉰과 근대 한국: 동아시아 공존을 위한 상상』, 207~10면.
66　이육사「루쉰 추도문」, 김용직·손병희 엮음, 앞의 책 218면.

『조선일보』에 발표된 「루쉰 추도문」에서 '푸로'와 '현실'은, 루쉰의 원문(「上海文藝之一瞥」)에는 둘 다 '혁명(革命)'으로 표기되어 있다.[67] 육사가 일제의 검열 때문에 이렇게 고친 것으로 생각된다. 육사는 시사평론가에서 문학가로 전환하면서 혁명과 문학이 결합되는 '혁명문학'을 창작의 지침으로 삼고자 하였다. 이렇게 하여 육사에게는 간부학교에서 배운 의열 혁명투쟁, 즉 무(武)와 더불어 문(文)이 중요한 진로가 되었다. 문과 무를 하나로 연결시켜주는 것은 '지금' '여기'의 '피의 현실'에 대한 '혁명'이었고, 이것은 '흉중 오천권'의 광대한 고전의 세계를 육사의 문학으로 녹여내는 용광로가 되었다.

4. 서검 공허 40년과 금강심의 시 한편

이육사는 1936년 하반기 이후 문학가로서 본격적으로 활동하게 된다. 오늘날 육사의 대표작으로 꼽히는 시들은 1939년의 「청포도」, 1940년의 「절정」, 1944년 순국 직전의 옥중시 「광야」 「꽃」 등 모두 1939년 이후 작품들이다. 이것은 우연일까? 먼저 「계절의 오행」(1938. 12)에 의하면 35세를 앞둔 육사는 자신의 인생을 돌이켜보면서 문(文)과 무(武) 어느 쪽에도 스스로 만족하지 못한다는 소회를 밝히고 있다.

애달픈 일로는 속담에 칼을 10년을 갈면 바늘이 된다고 하지 않습니까? 그래서 그 바늘로 문구멍을 뚫어놓았던들 그놈 코끼리란 놈이 내 방으로 기어들어오는 것을 보기나 할 게 아닙니까? 사람이 야금(冶金)

---

[67] 원문은 "所以革命文學家, 至少是必須和革命共同著生命, 或深切地感受著革命的脈搏的"이다.(『魯迅全集』 4卷, 北京: 人民文學出版社 1981)

에 관한 책을 봐서 안금(贋金)을 만들어보지 못하고, 칼을 갈아서 바늘을 만들지 못한 내 생애? 시골 촌 접장을 불러 물으면 '서검 공허 40년(書劍空虛四十年)' 운운하고 풍자를 할지도 모르는 것입니다.[68]

여기서 "칼을 10년을 갈면 바늘이 된다"라는 말은 '마부작침(磨斧作針)' 또는 '마저작침(磨杵作針)'이라는 이백(李白, 701~762)의 고사에서 나온 것이다. 이백이 젊은 시절 쓰촨성(四川省) 평산현(彭山縣) 샹얼산(象耳山)에서 공부를 하다 중도 포기하고 돌아가다 한 노파가 냇가 바위에 도끼(또는 쇠 절굿공이)를 갈고 있는 모습을 보았다. 이백이 사연을 물으니, 노파가 "바늘을 만들려고 한다"라고 답하였다. 이에 이백은 크게 깨달은 바 있어 다시 용맹정진하여 대시인이 되었다는 것이다.[69] 이후 '마부작침' 또는 '마저작침'은 일로매진하여 일가를 이루는 것을 의미하게 되었다.

"서검 공허 40년(書劍空虛四十年)"이란 말은 맹호연(孟浩然, 689~740)이 30세 무렵에 지은 「낙양에서 월 땅으로 가다(自洛之越)」라는 시의 1연에서 유래한 것이다.

황황삼십년(遑遑三十年): 삼십년을 허둥지둥 보내다가
서검양무성(書劍兩無成): 글과 검 둘 다 이루지 못했네.[70]

그러니까 이육사는 「계절의 오행」에서 스스로 시에 매진하여 이백과 같은 대가가 된 것도 아니고, 그렇다고 칼을 갈아 바늘을 만들듯 사소한 의열투쟁도 이룬 것이 없다고 자조적으로 풍자하였다. 맹호연의 30년에

---

68 이육사 「계절의 오행」, 김용직·손병희 엮음, 앞의 책 158면.
69 '마부작침(磨斧作針)' '마저작침(磨杵作針)'은 남송(南宋) 때 축목(祝穆)이 지은 『방여승람(方輿勝覽)』 「마침계(磨針溪)」에 나온다.
70 孟浩然 「自洛之越」, 『全唐詩』 卷160.

다 10년을 더하여 문(文)과 무(武) 양면에서 이룬 것이 없다고 "서검 공허 40년"이라 한탄한 것이다.

그럼에도 불구하고 이육사는 "온갖 고독이나 비애를 맛볼지라도 '시 한편'만 부끄럽지 않게 쓰면 될 것"[71]이라고 다짐한다. 육사는 문(文)과 무(武) 양면의 실패를 보완할 수 있는 탈출구로 '시 한편'을 제시한 것이다. 육사의 대표작이 1939년 이후에 집중된 것은, '시 한편'으로 "서검 공허 40년"을 넘어서고자 한 처절한 몸부림의 소산이었던 것이다. 이처럼 육사는 몸으로 투쟁하는 의열투쟁에서 시작해, 펜으로 투쟁하는 시사평론가를 거쳐, 혁명과 생명을 같이하는 '시 한편'의 창작에 골몰하였다.

따라서 1939년 이후 이육사의 대표작을 이해하기 위해서는 그 이전, 1937~1938년에 보여준 시인으로서의 몸부림을 먼저 이해하여야 한다. 앞에서 언급한 바와 같이 육사는 자신의 문학적 출사표라고 할 수 있는 「루쉰 추도문」을 발표하고, 이어서 루쉰의 소설 「고향」을 번역하였다. 루쉰의 「고향」은 다음과 같은 유명한 구절로 마무리된다. "희망이란 본래 있다고도 할 수 없고, 없다고도 할 수 없다. 그것은 마치 땅 위의 길과 같은 것이다. 걸어가는 사람이 많아지면 그게 곧 길이 되는 것이다."[72]

사람들은 흔히 이 구절에서 '희망'을 중시하면서 "명랑한 언설로 앞길의 광명을 생각하며 걷기 시작하는 자들의 구령처럼 인용하는"(나까노 시게하루) 경우가 많다. 그러나 이 구절은 "희망을 주고자 하는 말이 아니다. 희망은 없지만 걷는 수밖에 없다. 걸어야만 한다. 그것이야말로 바로 '희망'이라는 이야기다."[73] 루쉰이 이야기하고자 하는 것은 '희망'이 아니라 오히려 '절망'에 대한 것이다. 루쉰은 소설 「과객(過客)」에서 희망이 보이지

---

71 이육사 「계절의 오행」, 김용직·손병희 엮음, 앞의 책 161면.
72 루쉰 「고향」(이육사 옮김), 같은 책 130면.
73 서경식 『시의 힘: 절망의 시대, 시는 어떻게 인간을 구원하는가』, 서은혜 옮김, 현암사 2015, 108면. 바로 앞 나까노 시게하루(中野重治)의 말은 이 책에서 재인용한 것이다.

않는데도, 아니, "앞에 무덤이 있다는 것을 뻔히 알면서도 기어이 나아가는"[74] 나그네를 묘사한 바 있다. 값싼 희망이 아니라 두터운 절망을 정시(正視)하고, 이에 반항하면서 기어이 나아가는 과객, 이런 사람이 희망의 길을 만들어낸다는 것이다.

이런 점에서 루쉰의 '과객'은 니체의 '초인'과 닮아 있다. 니체의 '초인'은 역사를 지배하는 영웅이나 신비한 힘을 지닌 초능력자를 의미하는 것이 아니다. 니체에 의하면 인간의 고통스러운 삶은 영원히 반복되는데, 외부의 신이나 도움에 의지하지 않고 자기극복을 통해 이 영원회귀(永遠回歸)를 받아들이면서 나아가는 사람을 '초인'(Übermensch)이라 하였다.[75] 루쉰의 '과객'은 바로 이러한 '초인'과 맥락을 같이하는데, 1936년 10월 「루쉰 추도문」 이후 육사의 문학적 행로도 이러한 '과객' 또는 '초인'의 모습을 방불케 한다.[76]

이육사의 1937~1938년 작품은 모두 이러한 내면의식을 보여주고 있는데, 특히 소설 「황엽전(黃葉箋)」(1937. 10~11)에는 절망적 고난 속에서도 멈추지 않고 걸어가는 사람들의 모습이 여러 군데에 묘사되어 있다.

사람들은 이빨을 물고 있는 힘을 다하여 전진합니다. 지나온 길이 얼마이며 가야 할 길이 얼마인 것도 모르면서 죽으나 사나 가야 한다는 것밖에는. 그들은 한 사람도 자기만을 생각하는 사람은 없었습니다. 그들의 동반자의 발소리와 호흡이 그들과 같은 운명을 결정한다는 것은

---

74 루쉰 「致趙其文」(1925. 4. 11), 『노신선집(4): 서간문·평론』, 노신문학회 옮김, 여강출판사 2004, 473면.

75 박찬국 『니체를 읽는다: 막스 셸러에서 들뢰즈까지』, 아카넷 2015년, 35~40면.

76 루쉰과 육사의 비교에 대해서는 박성창 「한중 근대문학 비교의 쟁점: 이육사의 문학적 모색과 루쉰」, Comparative Korean Studies, 23권 2호, 국제비교한국학회 2015, 193~203면; 홍석표 『루쉰과 근대 한국: 동아시아 공존을 위한 상상』, 229~33면 참조. 루쉰의 '過客'은 '길손' '나그네' 등으로도 번역된다.

이 잔혹한 자연과 싸워가는 무리들의 금과옥조이었습니다.

　　(…)

　유령도 그때야 잠이 깨었습니다. 그리고 몸서리를 치는 것입니다. 얼마나 지루한 꿈이며 괴로운 꿈이겠습니까? 유령은 다시 일어나 걷는 것입니다. 캄캄 암흑 속을 영원히 차고 영원히 새지 못할 듯한 밤을 제 혼자 가는 것입니다.[77]

「황엽전」에 등장하는 유령이나, 눈 내리는 광야에서 '엎어지락자빠지락' 걸어가는 사람들은 육사의 '또다른 자아'(Alter Ego)라 할 수 있다. 「질투의 반군성(叛軍城)」(1937. 3)에서도 육사는 자신의 문학적 여정을 태풍이 불고 폭우가 내리는 암흑 속에서 '가시넝쿨에 엎어지락자빠지락' 나아가는 과객(過客)의 그것으로 묘사하였다.

　태풍이 몹시 불던 날 밤,[78] 온 시가는 창세기의 첫날 밤같이 암흑에 흔들리고 폭우가 화살같이 퍼붓는 들판을 걸어 바닷가로 뛰어나갔습니다. 가시넝쿨에 엎어지락자빠지락, 문학의 길도 그럴는지는 모르지마는, 손에 들린 전등도 내 양심과 같이 겨우 내 발끝밖에는 못 비치더군요. 그러나 바닷가를 거의 닿았을 때는 파도소리는 반군(叛軍)의 성(城)이 무너지는 듯하고, 하얀 포말(泡沫)에 번개가 푸르게 비칠 때만은 영롱하게 빛나는 바다의 일면! 나는 아직도 꿈이 아닌 그날밤의 바닷가로 태풍의 속을 가고 있는지도 모릅니다.[79]

---

77 이육사 「황엽전」, 김용직·손병희 엮음, 앞의 책 101~102면.
78 육사가 포항 동해송도원(東海松濤園)에 체류하던 1936년 8월 20~28일, 역대 최대의 태풍 '3693'호가 한반도를 관통하여 전국에서 1232명이 사망 또는 실종하였다. 「질투의 반군성」에는 이때의 경험이 반영되어 있다. 이 책의 '이육사 연보' 1936년 8월 참조.
79 이육사 「질투의 반군성」, 김용직·손병희 엮음, 앞의 책 137~38면.

육사가 이렇게 고난 속에서 '엎어지락자빠지락'하면서 나아가던 지난 일생을 시로 노래한 것이 「노정기」(1937. 12)이다.[80]

목숨이란 마ー치 께여진 배쪼각
여기저기 흐터저 마을이 한구죽죽한 어촌(漁村)보다 어설푸고
삶의 틔끌만 오래 묵은 포범(布帆)처름 달어매엿다.

남들은 깃벗다는 젊은 날이엿건만
밤마다 내 꿈은 서해(西海)를 밀항(密航)하는 「쩡크」와 갓해
소금에 짤고 조수(潮水)에 부프러 올넛다.

항상 흐렷한 밤 암초(暗礁)를 버서나면 태풍(颱風)과 싸워가고
전설(傳說)에 읽어본 산호도(珊瑚島)는 구경도 못하는
그곳은 남십자성(南十字星)이 빈저주도〔비춰주지도〕 안엇다.

쫏기는 마음! 지친 몸이길래
그리운 지평선(地平線)을 한숨에 기오르면
시궁치는 열대식물(熱帶植物)처럼 발목을 오여쌋다

새벽 밀물에 밀여온 거믜인 양
다 삭어빠진 소라 깍질에 나는 부터왓다.
머ー·ㄴ 항구(港口)의 노정(路程)에 흘너간 생활(生活)을 드려다보며[81]

80 박현수 「이육사의 현실인식의 재구성과 작품 해석의 방향: 〈노정기〉와 〈광인의 태양〉을 중심으로」, 『어문학』 118집, 한국어문학회 2012.
81 이육사 「노정기」, 박현수 엮음, 앞의 책 62~64면.

「노정기」가 "태풍과 싸워가"면서 "쫓기는 마음 지친 몸"으로 "그리운 지평선을 한숨에 기오르"는 험난한 전진을 노래한 것이라면, 그러한 전진을 가능케 하는 내면의 단련을 염원하는 시가 「해조사(海潮詞)」(1937. 4)이다. 다음은 「해조사」 5∼9연이다.

쇠줄에 끌여 것는 수인(囚人)들의 무거운 발소리!
넷날의 기억(記憶)을 아롱지게 수(繡)놓는 고이한 소리!
해방(解放)을 약속하든 그날밤의 음모(陰謀)를
먼동이 트기 전 또다시 속삭여 보렴인가?

검은 벨을 쓰고 오는 젊은 여승(女僧)들의 부르지즘
고이한 소리! 발밑을 지나며 흑흑 늣기는 건
어느 사원(寺院)을 탈주(脫走)해온 어엽뿐 청춘(靑春)의 반역(反逆)인고?
시드렀든 내 항분(亢奮)도 해조(海潮)처름 부폭러오르는 이 밤에

이 밤에 날 부를 이 업거늘! 고이한 소리!
광야(曠野)를 울니는 불 마진 사자(獅子)의 신음(呻吟)인가?
오 소리는 장엄(莊嚴)한 네 생애(生涯)의 마지막 포효(咆哮)!
내 고도(孤島)의 매태 낀 성곽(城郭)을 깨트려다오!

산실(産室)을 새여나는 분만(娩娩)의 큰 괴로움!
한밤에 차자올 귀여운 손님을 마지하자
소리! 고이한 소리! 지축(地軸)이 메지게 달녀와
고요한 섬 밤을 지새게 하난고녀.

거인(巨人)의 탄생(誕生)을 축복(祝福)하는 노래의 합주(合奏)!

하날에 사모치는 거룩한 깃봄의 소리!

해조(海潮)는 가을을 볼너〔불러〕내 가슴을 어르만지며

잠드는 넉을 부르다 오— 해조(海潮)! 해조(海潮)의 소리![82]

「해조사」는 니체의 『차라투스트라는 이렇게 말했다』에 나오는, 초인에 이르는 인간 정신의 3단계 발전을 연상시키는 시다. 니체는 인간이 무거운 짐을 잔뜩 지고 남의 명령에 묵묵히 복종하는 '낙타'의 단계를 넘고, 모든 짐을 훌훌 털어버리고 자유를 쟁취하여 광야(曠野)에서의 주인이 되는 '사자'의 단계를 거친 후, 자기 스스로 창조적 세계를 구축할 수 있는 '어린이'로 다시 태어나야 '초인'(Übermensch)이 될 수 있다고 주장하였다.[83] 「해조사」에서 육사는 「노정기」에서 노래한 바 있는 '청춘의 반역'을 상기시키면서 "시들었던 내 항분(亢奮)도 해조(海潮)처럼 부풀어오르"게 하여 '낙타'의 단계를 벗어나고, '사자'의 '포효'로 자신의 "매태 낀 성곽(城郭)을 깨뜨"리며, 나아가 "산실(産室)을 새어나는 분만(分娩)의 큰 괴로움!"을 거쳐 '거인(巨人)의 탄생'으로 나아가고자 한다. 그리하여 수필 「질투의 반군성(叛軍城)」에서 "반군(叛軍)의 성(城)이 무너지는 듯"했던 바로 그 "파도소리"가, 시 「해조사」에 이르러 "거인의 탄생을 축복하는 노래의 합주!" "하늘에 사무치는 거룩한 기쁨의 소리!"로 사자후(獅子吼)같이 울려퍼지게 되는 것이다.

---

82 이육사 「해조사(海潮詞)」(부분), 박현수 엮음, 앞의 책 57~59면.

83 니체 「세번의 탈바꿈」, 『짜라두짜는 이렇게 말했다: 차라투스트라에 대한 살아 있는 재해석』, 박성현 옮김, 심볼리쿠스 2015, 65~70면; 니체 「세 변화에 대하여」, 『차라투스트라는 이렇게 말했다』, 정동호 옮김, 책세상 2000, 38~41면; 정동호 『니체』, 책세상 2014, 528~30면.

1937~1939년 이육사는 이처럼 반군(叛軍)의 거센 파도에 맞서면서 '거인'으로 새롭게 탄생하는 경지에 도달하고자 하였다. 그러한 바람과 노력의 내면적 요체가 '피의 현실'에 정면으로 맞서는 '금강심'이었다.

내가 들개에게 길을 비켜줄 수 있는 겸양을 보는 사람이 없다고 해도, 정면으로 달려드는 표범을 겁내서는 한발자국이라도 물러서지 않으려는 내 길을 사랑할 뿐이오. 그렇소이다. 내 길을 사랑하는 마음, 그것은 내 자신에 희생을 요구하는 노력이오. 이래서 나는 내 기백을 키우고 길러서 금강심(金剛心)에서 나오는 내 시를 쓸지언정 유언은 쓰지 않겠소. (…) 다만 나에게는 행동의 연속만이 있을 따름이오. 행동은 말이 아니고, 나에게는 시를 생각한다는 것도 행동이 되는 까닭이오.[84]

자신에게 희생을 요구하는 노력으로 기백을 키우고 길러서 금강심(金剛心)으로 '피의 현실'에 맞서 시를 노래하려는 이러한 자세는 니체의 '초인', 그 '비극적 영웅'을 방불케 한다.

세계는 자신의 무궁무진함에 기쁨을 느끼면서 삶의 최고의 전형인 '비극적 영웅'까지도 아낌없이 희생한다. 그러나 비극적 영웅은 이러한 희생과 고통에도 불구하고 세계를 긍정한다. 아니 그는 오히려 고통을 찾아다니고 그것과 대결하면서 자신의 힘을 시험해본다. 비극은 이러한 인간에 대한 찬양이며 이러한 인간이 갖는 힘의 충일 상태 속으로 관객들을 끌어들이려고 한다. 이러한 인간에게는 고통조차도 삶을 보다 충실하게 만드는 자극제로 작용한다. 비극적 영웅은 창조와 파괴를 거듭하는 세계의 현실을 흔쾌히 받아들이면서 세계의 충일함을 반복

---

84 이육사 「계절의 오행」, 김용직·손병희 엮음, 앞의 책 162면.

한다. 니체는 이런 의미에서 세계와 비극적인 영웅을 '디오니소스적인 것'이라고 부르며 진정한 예술은 이러한 디오니소스적인 정신으로 충만해 있다고 본다.[85]

이육사 스스로 이러한 '비극의 히어로'에 대해 깊이 생각하고 있음을 고백한 바 있다. 1941년 여름 그는 경주 'S사'에 가서 요양한 바 있는데, 신석초로 추정되는 S군에게 자신은 "영원히 남에게 연민은커녕 동정 그것까지도 완전히 거부할 수 있는 비극의 히어로에 대해" 숙고하고 있다고 밝혔다.[86] '지금' '여기' 피의 현실이 지닌 비극을 정시하면서, 이에 정면으로 맞서는 비극적 영웅의 금강심, 이것이야말로 "온갖 고독이나 비애를 맛볼지라도 '시 한편'만 부끄럽지 않게 쓰면 될 것"이라는 다짐의 요체가 되어, 1939년 이후 육사의 대표작을 탄생시킨 동력이 되었다.

5. 노래와 행동

이육사가 원하는 부끄럽지 않은 한편의 시는 '행동의 연속'이 되어야 했다. 시가 행동이 되기 위해서는 타인의 마음을 감동시켜 행동을 촉발하여야 한다. 시가 타인의 마음을 감동시키는 데서 중요한 고리는 운율과 리듬, 즉 음악성이다. 그리하여 육사는 그의 시(詩)가 리듬과 운율을 통해 '노래'가 되길 염원하였다.

육사의 시 중에서 '노래'라는 어휘가 제목으로 들어간 것으로는 「강 건너간 노래」 「한개의 별을 노래하자」가 있다. 또한 "거인의 탄생을 축복하

---

85 박찬국, 앞의 책 68면.
86 이육사 「산사기」, 김용직·손병희 엮음, 앞의 책 190면.

는 노래의 합주!"라는 표현의 「해조사」, "부르는 노래란 목청이 외골수요"라는 표현의 「나의 뮤-즈」도 노래와 직결되는 시이다. 또한 그의 마지막 시라 할 수 있는 「광야」도 "내 여기 가난한 노래의 씨를 뿌려라" "이 광야에서 목 놓아 부르게 하리라"에서 보듯이 '노래'에 관한 시이다.

이육사가 시의 운율과 리듬을 중시했다는 것은 그의 번역에서도 쉽게 확인할 수 있다. 육사는 1941년 중국 쉬즈모(徐志摩)의 「재별강교(再別康橋)」를 번역한 바 있는데, 그의 번역 처음과 마지막 부분을 1975년 하정옥의 번역과 비교하면 다음과 같다.[87]

徐志摩(1928)	이육사 번역(1941)	하정옥 번역(1975)
再別康橋	재별강교(再別康橋)	다시 케임브리지를 떠나며

輕輕的我走了,	호젓이 호젓이 나는 돌아가리	조용히 나는 떠나간다
正如我悄悄的來;	호젓이 호젓이 내가 온거나 같이	마치 내가 조용히 왔듯이
我輕輕的招手,	호젓이 호젓이 내 손을 들어서	나는 조용히 손 흔들어
作別西天的雲彩.	서쪽 하늘가 그른[88]과 흐치리리	西天의 구름에 作別한다

悄悄的我走了,	서럽듸 서럽게 나는 가고 마리	조용히 나는 떠나간다.
正如我輕輕的來;	서럽듸 서럽게 내가 온거나 같이	마치 내가 조용히 왔듯이,
我揮一揮衣袖,	나의 옷소맨 바람에 날려 날리며	나는 옷소매 훌훌 털어
不帶走一片雲彩.	한쪽 구름마저 짝 없이 가리라	한 조각 구름도 지니잖고 떠나간다

---

87 徐志摩 「再別康橋」(1928. 11. 6), 『徐志摩全集』, 上海書店出版 1995. 육사의 번역은 『춘추』 1941년 6월호에 발표한 「중국 현대시의 일단면」(김용직·손병희 엮음, 앞의 책 271~72면) 참조. 하정옥의 번역은 『중국현대시선』(민음사 1975) 62~63면 참조. 그외 심원섭 편주 『원본 이육사 전집』, 집문당 1986, 382~83면; 야오란, 앞의 글 49~51면 참조.
88 '그른'은 '구름'의 오식이다.

1연 1구 '경경적아주료(輕輕的我走了)'를, 육사는 "호젓이 호젓이 나는 돌아가리"로, 하정옥은 "조용히 나는 떠나간다"로 번역하였다. 결련 1구 '초초적아주료(悄悄的我走了)'를, 육사는 "서럽되 서럽게 나는 가고 마리"로, 하정옥은 1연 1구와 마찬가지로 "조용히 나는 떠나간다"로 번역하였다. 육사가 '호젓이 호젓이' '서럽되 서럽게'처럼 부사 및 형용사 첩어의 반복 리듬이 있는 말로 번역하였다면, 하정옥의 번역은 그냥 '조용히'라는 의미 위주의 번역을 선택하여 정형적인 리듬감을 찾기는 힘들다.

이육사의 번역은 작품 전반에 걸쳐 거의 정형시에 가까울 정도로 분명한 4음보의 율격을 유지하고 있다. 이러한 엄격한 율격 통제는 쉬즈모의 「재별강교(再別康橋)」가 지닌 운율적 특성을 살리려는 의도도 있었겠지만, 시다운 운율과 격조로 독자들에게 널리 낭송되기를 희망하였기 때문일 것이다. 이는 곧 단순한 번역의 차원을 넘어 시의 음악성에 대한 육사의 입장, 나아가 육사의 창작시 전체가 지닌 중요한 특징을 드러내고 있는 것이다.[89]

이육사의 시가 지닌 운율과 음악성은 그의 시 창작이 한시(漢詩)의 영향을 받았다는 사실과도 깊은 관련이 있다. 신석초가 "그〔육사〕의 시작(詩作)에 있어서는 언제나 한시적인 영향이 작용하고 있다. 대개 그가 귓법〔句法〕이 오율(五律)이나 칠률(七律), 혹은 오언 칠언 고시(古詩)의 그것과 흡사한 것을 볼 수 있다"[90]라고 한 바와 같이, 육사의 시가 지니는 운율과 음악성의 기저에는 한시의 영향이 있다.

이는 육사가 '낭송(朗誦)'에 능통했다는 점과도 연결된다. 육사는 어려서부터 할아버지 이중직으로부터 『시경』 등 고전을 배웠는데, 그 중요한

---

89 심원섭 편주, 앞의 책 384면.
90 신석초 「이육사의 인물」, 104면.

교육방법이 낭송이었다. 육사의 어린 시절 고향 원촌에서는 밤중에 길거리에서도 아이들의 글 외는 소리가 들리곤 했다.

저녁 먹은 뒤에는 거리로 다니며 고시(古詩) 같은 것을 고성(高聲) 낭독을 해도 풍속에 괴이할 바 없었다. 그뿐만 아니라 명랑한 목소리로 잘만 외면 큰 사랑마루에서 손(손님)들과 바둑이나 두시던 할아버지께선 "저놈은 맹랑한 놈이야" 하시면서 좋아하시는 눈치였다.[91]

고전이나 시 교육에서 낭송은 매우 중요하다. 동양 고전은 대부분 종이 책이 보편화되기 이전에 생성되었기 때문에 텍스트 자체가 낭송적 감각에 초점을 맞추어 지어졌다. 때문에 낭송을 전제하지 않으면 저자의 내면으로 들어가기가 쉽지 않다. 육사 또한 닭 우는 소리가 들리도록 고전을 낭송하며 외우던 시절을 길게 회상한 바 있다.

경서(經書)는 읽는 대로 연송(延頌)을 해야만 시월 중순부터 매월 초하루 보름으로 있는 강(講)을 낙제치 않는 것이었다. 그런데 이 강이란 것도 벌서 경서를 읽는 처지면 『중용』이나 『대학』이면 단권 책이니까 그다지 힘들지 않으나, 『논어』나 『맹자』나 『시전(詩傳)』 『서전(書傳)』을 읽는 선비라면 어느 권에 무슨 장이 날는지 모르니까 전질을 다 외우지 않으면 안되므로 여간 힘드는 일이 아니었다. 그래서 십여세 남짓했을 때 이런 고역을 하느라고 장장추야(長長秋夜)에 책과 씨름을 하고, 밤이 한시나 넘게 되야 영창(映窓)을 열고 보면 하늘에는 무서리가 나리고 삼태성이 은하수를 막 건너선 때 먼데 닭 우는 소리가 어지러이 들리곤 했다.[92]

---

91 이육사 「은하수」(1940. 10), 김용직·손병희 엮음, 앞의 책 172면.

어릴 때부터 낭송 교육으로 단련된 육사는 "옛날 시의 명구를 암송할 때는 매우 감격적이고 재치가 있어 보였"으며, 시 낭송에 빼어난 명수였다.

시의 낭독은 아주 명수이다. 하찮은 낱말이라도 그(육사)의 입에 올라 낭송되면 그냥 시로 된다. 약간 가늘고 맑고 감동적인 그 억양, 음조에 누구나 매료되지 않을 수 없었다. 어느 때는 그의 낭독으로 좋다고 생각되었던 시작(詩作)이 나중에 조용히 읽어보면 별스럽지 않아 웃은 때도 없지 않다.[93]

이육사가 워낙 낭송을 잘해서 하찮은 시도 그럴 듯하게 만들곤 하였다는 신석초의 회고이다. 낭송에서 중요한 것이 운율과 리듬인바, 이에 대한 감각을 육사는 어려서부터 『시경』 등의 한시 공부를 통해 터득한 것이었다. "여름이 되면 낮으로 어느 날이나 오전 열시쯤이나 열한시경엔 집안 소년들과 함께 모여서 글(시)을 짓는 것"[94]이 육사에게는 일과였다. 할아버지의 시 수업에서 가장 중요한 책이 『시경』이었고, 육사도 『시경』을 늘 지니고 다녔다고 한다. 신석초는 육사가 시작(詩作)에서 늘 경구(驚句)와 같이 말하던 구절이 "낙이불음 애이불상(樂而不淫 哀而不傷)"이었다고 말한 바 있다.[95] "즐거워도 음(淫)하지 않고 슬퍼도 상(傷)하지 않는다"는 뜻의 이 구절은 『시경』의 「관저(關雎)」에 대한 공자의 논평이다.[96]
이처럼 육사 시세계의 연원은 『시경』과 연결되어 있다. 이 『시경』의 「모

92 같은 글 173면.
93 신석초 「이육사의 인물」, 101~102면.
94 이육사 「은하수」, 김용직·손병희 엮음, 앞의 책 170면.
95 신석초 「이육사의 인물」, 104면.
96 성백효 역주, 앞의 책 29면.

시 서(毛詩序)」와, 주자가 쓴 「시경집전 서(詩經集傳序)」는 모두 시의 발생을 음악 및 가락과 연결시키고 있다.

시는 마음속 뜻이 움직여 나아가는 곳에 있나니, 마음속에 있으면 뜻이 되고, 언어로 나타내면 시가 된다. 감정이 마음속에서 움직여서 언어로 나타나는데, 언어로 다 하지 못하면 탄식하게 되고, 탄식으로 다 하지 못하면 노래하게 되고, 노래로 다 하지 못하면 자신도 알지 못하는 사이에 손이 춤추듯 움직이고 발이 뜀뛰듯 움직이게 된다.[97]

말로써 다 하지 못하는 바를 탄식하고 영탄하게 되는데, 반드시 자연스러운 음향(音響)과 가락[節族]이 있게 되니, 이것이 시를 짓게 된 이유이다.[98]

이육사가 시의 운율과 리듬을 중시한 것은 어릴 때의 『시경』 공부와 시작(詩作)에서 비롯되긴 했지만, 그는 한시가 아니라 한글 시에서 이러한 리듬과 운율을 살려야 했다. 일찍이 퇴계는 「도산십이곡(陶山十二曲)」이라는 한글 노래를 만든 이유를 아래와 같이 밝힌 바 있다.

오늘의 시는 옛날의 시와 달라서 읊을 수는 있겠으나 노래하기에는 어렵게 되었다(可詠而不可歌). 이제 만일 노래를 부른다면 반드시 이속(俚俗)의 말로 지어야 할 것이니, 이는 대체로 우리 습속의 음절이 그렇지 않을 수 없기 때문이다. (⋯) 아이들로 하여금 조석(朝夕)으로 이를 연습하여 노래[歌]를 부르게 하고는 궤(几)[책상]를 비겨[기대어] 듣기도

---

97 「모시 서(毛詩序)」, 같은 책 29~30면 참조.
98 「시경집전 서(詩經集傳序)」, 같은 책 21면 참조.

하려니와, 또한 아이들로 하여금 스스로 노래를 부르는 한편 스스로 무도(舞蹈)를 한다면[춤을 춘다면] 거의 비린(鄙吝)을 씻고 감발(感發)하고 융통(融通)할 바 있어서, 가자(歌者)와 청자(聽者)가 서로 자익(資益)이 없지 않을 것이다.[99]

단순한 시가 아니라 노래가 되어야 풍속을 바꿀 수 있다는 퇴계의 말이다. 육사가 시 번역에서는 물론 시 작품 전반에서 정형에 가까울 정도로 4음보의 율격을 유지하고 있는 것도 이렇게 노래가 되기를 염원하였기 때문이다.

시가 노래가 되고 전파되어야 민족적 현실을 타개하는 힘이 된다는 사실을 루쉰도 매우 강조하였다. 루쉰은 1907년에 쓴 「마라시력설(摩羅詩力說)」에서 바이런(Byron, 1788~1824) 등 악마파 시의 미학을 높이 평가하였는데,[100] 시의 힘에 대해서 이렇게 언급하였다.

후세 사람들에게 남겨놓은 인문 가운데 가장 힘 있는 것은 마음의 소리(心聲)만한 것이 없다. 옛사람의 상상력은 자연의 오묘함에 닿아 있고 삼라만상과 연결되어 있어, 그것을 마음으로 깨달아 그 말할 수 있는 바를 말하게 되면 시가(詩歌)가 된다. 그 소리가 세월을 넘어 사람의 마

---

99 이황 「도산십이곡 발(跋)」, 열상고전연구회 엮음 『한국의 서·발』, 바른글방 1992, 263~64면. 원문은 다음과 같다. "然今之詩, 異於古之詩, 可詠而不可歌也. 如欲歌之, 必綴以俚俗之語, 蓋國俗音節, 所不得不然也. (…) 欲使兒輩朝夕習而歌之, 憑几而聽之, 亦令兒輩自歌而自舞蹈之, 庶幾可以蕩滌鄙吝, 感發融通, 而歌者與聽者, 不能無交有益焉."(『退溪先生文集』卷43, 跋, 陶山十二曲跋)

100 '마라(摩羅)'는 인도에서 유래한 말로 '악마'나 '사탄'을 의미한다. 루쉰은 18세기 말에서 19세기 중엽 사이의 유럽의 혁명적 낭만주의 시인을 "반항에 뜻을 세우고 행동하는" '마라시파(摩羅詩派)'라고 불렀다. 루쉰은 이러한 악마시파로 바이런 외에도 셸리(Shelley), 뿌시낀(Pushkin), 레르몬또프(Lermontov), 미츠키에비치(Mickiewicz), 스워바츠키(Słowacki), 크라신스키(Krasinski), 페퇴피(Petöfi) 등을 소개하였다.

음속에 파고들어 단절되지 않고 만연되면 그 민족을 돋보이게 한다. 반면 점차 문사(文事)가 희미해지면 민족의 운명도 다하고 뭇사람의 울림이 끊기면 민족의 영화도 빛을 잃는다.[101]

루쉰은 시가 노래가 되어 마음을 울릴 수 있다는 점, 그리고 그러한 시가(詩歌)가 민족의 흥망을 좌우한다는 점에 주목하여 시의 힘을 높이 평가하였다. 루쉰은 조국이 처한 피의 현실에 맞서고자 시사성이 강한 잡문을 많이 썼지만, 시도 65편 정도 창작하였다.[102] 시가 노래가 되어 다른 사람의 마음을 울리게 되면, 그것은 단순한 말이나 글이 아니라 행동이 된다. 이것이 육사가 "온갖 고독이나 비애를 맛볼지라도 '시 한편'만 부끄럽지 않게 쓰면 될 것"이라 다짐한 이유이다.

이육사가 발 딛고 있었던 식민지 조선의 현실은 피와 눈물로 얼룩져 있었다. 그는 이러한 '피의 현실'에 한치의 양보도 없이 정면으로 맞서면서 흔들리지 않는 금강심을 배양하고, 이러한 금강심으로 '피의 현실'을 베어버릴 수 있는 검(劍)의 기운을 가슴속 광활한 고전의 세계와 결합하여 시로 토해내고자 하였다. 그리고 그것이 사자후처럼 우렁차고 난의 향기처럼 아름다운 노래가 되어 다른 사람의 심금(心琴)을 울리게 되길 열망하였다.

이육사, 그의 일생은 짧았고 패배했다. 그러나 "패배로 끝난 저항이 시가 되었을 때, 또다른 시대, 또다른 장소의 '저항'을 격려한다."[103] 난의 향기인 양, 검의 기세인 양, 금강심에서 자라난 그의 시, 이것이 육사가 죽음을 넘어 우리와 함께하는 이유이다.

---

101 루쉰 『무덤』, 홍석표 옮김, 선학사 2003, 86~87면. 번역은 필자가 원문을 참조하면서 부분적으로 수정하였다.
102 루쉰 『루쉰, 시를 쓰다』, 김영문 옮김, 역락 2010.
103 서경식, 앞의 책 5면.

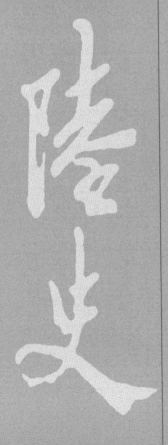

Ⅱ.
「청포도」와 향연

1. 머리말

내 고장 칠월(七月)은
청포도가 익어가는 시절

이 마을 전설이 주저리주저리 열리고
먼데 하늘이 꿈꾸려[1] 알알이 들어와 박혀

하늘 밑 푸른 바다가 가슴을 열고
흰 돛단배가 곱게 밀려서 오면

내가 바라는 손님은 고달픈 몸으로

---

1 기존에 알려진 '꿈꾸며'는 이원조 엮음 『육사시집』(서울출판사 1946)에서의 오식이다.
원본은 '꿈꾸려'라는 미래형 또는 의도형이다.(박현수 엮음 『원전주해 이육사 시전집』,
예옥 2008, 108면의 각주 6 참조)

청포(靑袍)를 입고 찾아온다고 했으니

내 그를 맞아 이 포도를 따 먹으면
두 손은 함뿍 적셔도 좋으련

아이야 우리 식탁엔 은쟁반에
하이얀 모시 수건을 마련해 두렴

　이육사(李陸史)를 '청포도의 시인'이라 부를 정도로 「청포도」는 육사의 대표시라 할 수 있다. 육사도 "내가 어떻게 이런 시를 쓸 수 있었을까?" 대견해하면서 「청포도」를 가장 아끼는 작품이라고 고백한 바 있다고 한다.[2] 「청포도」에 대해서는 여러가지 해석이 있지만, 오래전부터 주류적 견해는 대체로 '청포도' '하늘' '푸른 바다' '청포'의 푸른색과, '흰 돛단배' '하이얀 모시 수건'에 나타나는 흰색의 대비를 통해 청신하며 고결한 이미지를 표현한 시로 해석하고 있다.
　이러한 이미지와 관련하여 가장 논란이 많은 부분이 4연의 "내가 바라는 손님은 고달픈 몸으로/청포(靑袍)를 입고 찾아온다고 했으니" 부분이다. '손님'이 조국의 독립 또는 독립투사를 의미한다는 데에는 이론이 거의 없으나, 그 손님이 "고달픈 몸으로 청포를 입고 찾아온다"는 것에 대해서는 온전하게 해독해내지 못하고 있다. '청포(靑袍)'를 '조선시대 벼슬아치가 공복(公服)으로 입던 푸른 도포', 즉 관복 또는 고급 예복으로 해석하여, "청포를 입고 오는 손님은 해방의 상징이 될 수밖에 없는데 그 손님이 광복의 기쁨으로 뒤설레이기는커녕 '고달픈 몸'으로 찾아오는 까닭이 무엇인지 납득되지 않는다"고 하거나, 「청포도」를 "고난의 노래이기에는 너

---

2 김희곤 『이육사 평전』, 푸른역사 2010, 199면.

무 사치스럽고 투쟁 없는 기다림"이라 평하기도 한다.[3]

이러한 해석은 우선 민족독립과 혁명에 투신하고자 했던 이육사의 신산한 삶과 그것의 반영인 시의 기조와 어긋난다. 아우 이원조(李源朝)가 언급한 바와 같이, 육사의 삶은 "빈궁과 투옥과 유입(流込)의 사십 평생에 거의 하루도 영일(寧日)이 없었"으며, 육사의 시는 "그의 혁명적 정렬과 의욕"이 드러난 것이었다.[4] 육사의 시를 바로 해독하기 위해서는 그의 독립운동에 대한 깊은 이해가 필수적 전제라 생각된다.

이육사의 시세계를 이해하기 위한 또 하나의 중요한 기초는 한시(漢詩)이다. 육사는 어릴 때부터 할아버지 이중직(李中稙)으로부터 매일 장원급제를 다투듯이 한시를 연마하였으며, 육사 시세계의 정곡을 가장 잘 알고 있는 신석초도 육사의 시작(詩作)에서는 "언제나 한시적인 영향이 작용하고 있다"고 강조한 바 있다.[5] 이 글에서는 육사의 대표작 「청포도」를 그의 독립 및 혁명운동, 그리고 한시와 연계해서 살펴보고자 한다.

2. 빈풍칠월: 인장과 병풍

내 고장 칠월(七月)은
청포도가 익어가는 시절

「청포도」는 이렇게 '내 고장 칠월'로 시작한다. 그런데 이 '7월'이란 때

---

3 김용직 「저항의 논리와 그 정신적 맥락: 이육사 연구」, 『한국현대시연구』, 일지사 1974, 368면; 조동일 『한국문학통사』 5, 지식산업사 2005, 519면.
4 이원조 엮음, 앞의 책 69면.
5 이육사 「은하수」, 김용직·손병희 엮음 『이육사 전집』, 깊은샘 2004, 170~74면; 신석초 「이육사의 인물」, 외솔회 엮음 『나라사랑』 16집, 외솔회 1974, 104면.

는 이육사가 1941년 1월 『조광』에 발표한 「연인기(戀印記)」에도 등장한다. 육사는 28세이던 1932년 5월 말 중국 펑톈(奉天)으로 가서 이전부터 잘 알던 석정(石鼎) 윤세주(尹世胄)를 만나, 그의 안내를 받으며 함께 의열단의 본진이 있는 난징(南京)으로 가서, 9월 난징 근교 탕산(湯山)에 있는 조선혁명군사정치간부학교(이하 '간부학교'로 약칭함) 1기생으로 같이 입학하였다.[6] 이듬해 1933년 4월 23일 육사는 이 학교를 졸업하고 한달 정도 난징에 머무는데, 이때 골동점에서 인장 하나를 구입하여 각별하게 사모하게 된 사연을 밝힌 것이 「연인기」이다.

그때(1933년) 봄비 잘 오기로 유명한 남경(南京)의 여관살이란 쓸쓸하기 짝이 없는 것이라, 나는 도서관을 가지 않으면 고책사(古冊肆)나 고동점(古董店)에 드나드는 것으로 일을 삼았다. 그래서 그곳에서 얻은 것이 비취인장(翡翠印章) 한개였다. 그다지 크지도 않았건만 거기다가 『모시(毛詩)』(『시경』) 「칠월장(七月章)」 한편을 새겼으니, 상당히 섬세하면서도 자획(字劃)이 매우 아담스럽고 해서 일견 명장(名匠)의 수법임을 알 수 있었다. 나는 얼마나 그것이 사랑스럽던지 밤에 잘 때도 그것을 손에 들고 자기도 했고, 그뒤 어느 지방을 여행할 때도 꼭 그것만은 몸에 지니고 다녔다. (…) 나는 내 고향이 그리울 때나 부모형제를 보고저울 때는 이 인장을 들고 보고 「칠월장」을 한번 외도 보면 속이 시원하였다. 아마도 그 비취인에는 내 향수와 혈맥이 통해 있으리라.[7]

이육사는 1933년 봄에 이 인장을 구입하여 9월 10일 상하이에서 '최후의 만향(晩餉)'을 할 때까지 잘 때에도 손에서 인장을 놓지 않을 정도로 애

---

6 김영범 「이육사의 독립운동 시·공간(1926~1933)과 의열단 문제」, 『한국독립운동사연구』 34집, 독립기념관 한국독립운동사연구소 2009, 338~43면; 김희곤, 앞의 책 122~41면.
7 이육사 「연인기」, 김용직·손병희 엮음, 앞의 책 179~80면.

지중지하였고, 그 인장을 "내 향수와 혈맥과 통해 있"다고 고백하였다. 이처럼 이 인장을 특별히 사랑하게 된 것은 이 인장에 그가 좋아하는 『모시(毛詩)』의 「칠월장(七月章)」이 새겨져 있었기 때문이다.

『모시』「칠월장」이란 『시경(詩經)』「국풍(國風)」 중 '빈풍(豳風)'의 「칠월(七月)」이란 시를 말한다(이하 「빈풍칠월」이라고 표기함).[8] "칠월이면 화성이 서쪽으로 흐르고(七月流火)"로 시작하는 「빈풍칠월」은 모두 8장이며, 각 장은 11구로 구성되어 있다. 「빈풍칠월」은 주나라 주공(周公)을 따라 동쪽 정벌에 나섰던 빈(豳) 사람들이 향토를 생각하며 지은 것이라는 설도 있고, 이를 기반으로 주공(周公)이 나이가 어리고 경험이 부족한 성왕(成王)에게 백성들의 농사짓는 어려움을 인식시키기 위하여 지은 것이라는 말도 있다. 송나라 왕안석(王安石)이 「시의(詩義)」에서 언급한 「빈풍칠월」의 취지는 다음과 같다.

위로는 별과 해(星日), 서리와 이슬(霜露)의 변화를 관찰하고, 아래로는 곤충과 초목의 변화를 살펴 천시(天時)를 알아 백성들에게 농사일을 일러준다. 여자는 안에서 일하고 남자는 밖에서 일하며, 윗사람은 정성으로 아랫사람을 사랑하고 아랫사람은 충성으로 윗사람을 이롭게 하며, 아버지는 아버지답게 자식은 자식답게, 남편은 남편답게 부인은 부인답게, 노인을 봉양하고 어린이를 사랑하며 일하여 먹고, 약한 자를 도와주며, 제사를 때에 맞게 하고, 연향(燕饗)을 절도에 맞게 하였으니, 이것이 칠월시의 의(義)이다.[9]

이후 「빈풍칠월」은 중국과 한국의 농경사회에서 유명해져 병풍이나 그

---

8 성백효 역주 『시경집전』 상, 전통문화연구회 2010, 321~32면.
9 같은 책 332면.

립 등 여러 형태로 전하고 있다. 원대(元代)의 저명한 서예가 조맹부(趙孟頫)의 서체로 대리석에 새긴 「빈풍칠월」이 국립고궁박물관에 보관되어 있고, 조선 후기 이방운(李昉運)의 「빈풍칠월도」 8폭 그림이 국립중앙박물관에 소장되어 있다. 아울러 「빈풍칠월도」에서 파생한 풍속도도 다양하게 남아 있다.[10] 중국에는 청나라 장조(張照)의 해서체 「빈풍칠월」 시축(詩軸)이 중국 베이징의 고궁박물관에 소장되어 있다.

그런데 육사는 「빈풍칠월」이 새겨진, '목숨 이외에 사랑하는' 그 귀중한 인장을 1933년 상하이(上海)에서 귀국하기 직전에 가진 '최후의 만향'에서 'S'에게 선물하였다.

그뒤 나는 상해(上海)를 떠나서 조선으로 돌아오게 되었고 언제 다시 만날는지도 모르는 길이라 그곳의 몇몇 문우들과 특별히 친한 관계에 있는 몇 사람이 모여 그야말로 '최후의 만향(晩餉)'을 같이하게 되었는데, 그중 S에게는 나로부터 무엇이나 기념품을 주고 와야 할 처지였다. 금품을 준다 해도 받지도 않으려니와 진정을 고백하면 그때 나에겐 금품의 여유란 별로 없었고, 꼭 목숨 이외에 사랑하는 물품이라야만 예의에 어그러지지 않을 경우이라, 나는 하는 수 없이 그 귀여운 비취인 한 면에다 '贈 S. 1933. 9. 10. 陸史'[11]라고 새겨서 내 평생에 잊지 못할 하루를 기념하고 이 땅으로 돌아왔다.[12]

---

10 정병모 「빈풍칠월도류 회화와 조선조 후기 속화」, 『고고미술』 174호, 한국미술사학회 1987.

11 1935년 5월 15일자 京畿道警察部 「證人 李源祿 訊問調書」(국사편찬위원회 편역 『한민족 독립운동사 자료집』 31권, 국사편찬위원회 1997)에서 육사는 "나는 7월 15일에 상해를 출발하여" 귀국하였다고 했는데, 「연인기(戀印記)」에는 상하이의 '최후의 만향'이 9월 10일로 되어 있다.

12 이육사 「연인기(戀印記)」, 김용직·손병희 엮음, 앞의 책 180면.

여기서 'S'는 육사를 난징의 간부학교로 이끈 석정(石鼎) 윤세주(尹世胄)의 이니셜로 생각된다.[13] 육사가 인장에 실제로 영문 이니셜 'S'를 새겼는지, '석정(石鼎)'이라는 윤세주의 호를 새겼지만 「연인기(戀印記)」발표 시 보안상의 문제로 'S'라 한 것인지는 불확실하지만, 아무래도 후자일 가능성이 크다.[14]

석정과 육사의 인연은 각별했다. 고향이 밀양과 안동으로, 각각 밀양청년동맹과 대구청년동맹에서 활동하였고, 둘 다 중외일보사에서 근무한 바 있다.[15] 무엇보다 앞서 언급했듯 간부학교 1기를 같이 수학한 것은 두 사람의 독립·혁명운동 인생에서 특별한 경험이었다. 삼십 전후의 피 끓는 젊은 그들은 매일같이 간부학교의 '슬로건'인 '일본제국주의 타도!' '중국혁명 성공 만세!' '조선혁명 성공 만세!' '세계혁명 성공 만세!' '중한합작 성공 만세!'를 외쳤고, "우리는 피끓는 젊은이 혁명군의 선봉대"로 끝나는 「혁명군가」를 불렀으며, 각종 정치·군사교육을 같이 받았다.[16] 이런 각별한 인연으로 석정이 상하이까지 와서 직접 귀국자금 80원을 건네주면서 육사와 이별하는 '최후의 만향'을 가졌으며, 그 자리에서 육사는 자신이 아끼던 인장을 석정에게 선사하였던 것이다.

이육사가 「빈풍칠월」을 얼마나 좋아하였는지는 귀국 3년 후인 1936년 음력 10월 5일(양력 11월 18일), 모친 허길(許吉, 1876~1942)의 수연(壽宴)에서 다시 확인할 수 있다. 이날 우애 좋은 육사 형제들은, 육사가 "내 향수와 혈맥이 통해 있으리라"고 했던 「빈풍칠월」을 12폭 병풍으로 만들어 어머

13 강만길 「조선혁명군사정치간부학교와 육사 이활」, 『민족문학사연구』 8호, 민족문학사연구소 1995, 175면; 김희곤, 앞의 책 128~29면.

14 김영범, 앞의 글 88면.

15 같은 글 341~42면; 김영범 『윤세주: 의열단·민족혁명당·조선의용대의 영혼』, 역사공간 2013, 64~73면.

16 「홍가륵 신문조서(洪加勒 訊問調書)」(제7회), 국사편찬위원회 편역, 앞의 책 188~89면, 334~35면.

니에게 헌상하였다(권두 화보의 [그림 15] 참조).

육사의 어머니 허길은 한말 의병장 왕산(旺山) 허위(許蔿)의 종질녀이고, 대한민국 임시정부 국무령을 지낸 석주(石州) 이상룡(李相龍)의 손부 허은(許銀)의 고모이자, 독립투사 일헌(一軒) 허규(許珪)의 친누이이며, 만주에서 '백마 타고 무장투쟁을 하던' 허형식(許亨植)의 사촌누이였다.[17] 육사 형제의 줄기찬 항일투쟁에는 친가인 진성(眞城) 이씨와 더불어 외가인 임은(林隱) 허씨 가문의 영향도 도저하였다. 1927년 장진홍의 '대구 조선은행 폭탄사건'으로 육사를 포함한 네 아들이 구속되자, 어머니 허길은 네 아들의 피 묻은 옷을 빨아야 했으며, 자식들과 친정 허씨 가문의 독립운동으로 하루도 편할 날이 없었다.

육사는 친구들에게 집안 이야기를 거의 하지 않았지만 어머니의 현명함에 대해서는 여러번 언급하였는데, 모친상 자리에서는 어머니가 돌아가실 줄 미리 알고 그전에 며느리들을 불러 세세하게 지시하셨다고 '감동적인 어조'로 신석초에게 말한 바 있다.[18] 1943년 봄 베이징에 갔던 육사가 그해 6월 1일 어머니 소상(小祥) 참여차 귀국하였다가 체포되어 결국 순국하게 되는데, 모친에 대한 육사의 애정은 이렇게 각별했다.[19]

1936년 막내 이원홍(李源洪)이 먼저 저세상으로 가고,[20] 남은 육사 5형제

---

17 허형식(1909~1942)은 육사의 외숙이지만, 나이는 육사보다 오히려 다섯살이 적다. 허형식과 육사의 시 「광야」에 대해서는 장세윤 「허형식, 북만주 최후의 항일 투쟁가: "백마 타고 오는 초인"」, 『내일을 여는 역사』 2007년 봄호(27호); 심송화 「백마 타고 사라진 허형식 할아버지」(http://m.blog.daum.net/skxogkswhl/17956544), 2004 참조. 심송화는 허형식 누이의 외손녀이며, 그녀의 글은 허형식 서거 62돌을 맞이해서 발표한 것이다.

18 신석초, 앞의 글 103면.

19 육사의 시에는 굳센 남성적 이미지와 더불어 대자연과의 모성적 친근 관계를 보이는 요소가 등장하는데, 이것이 그가 어머니에 대해 가진 각별한 애정에서 비롯되었다는 주장도 있다.(김임구 「나르시스-디오니소스적 축제와 비극적 현실수용」, 『동서문화』 30집, 계명대학교 인문과학연구소 1998, 152면)

20 이원홍이 국전에서 입상하여 가족들이 모여 축하자리를 마련했는데 그날 급사했다고

가 어머니 수연에 바친 「빈풍칠월」 12폭 병풍의 발문은 눈물겨운 바 있다.

이 시(「빈풍칠월」)는 첫머리에 의복을 말하고 다음에 음식을 말하며 마지막으로 제사와 잔치(祭祀讌樂)를 언급하였는데, 누에치고 농사짓는 데 근실함은 남녀가 각각 그 직분을 다해야 하니, 집안을 다스리는 도리가 이것을 버리고는 나올 곳이 없다. 돌아보건대 우리 형제 다섯이 장가들고 난 이후 부모님을 제대로 배워 섬기지 못하고, 스스로 가난하게 살지 못하고 부모님을 제대로 봉양하지 못하였다. 오늘 어머님의 수연을 맞아 양을 잡고 술잔을 올리는 것으로 이 경사에 부족한 바 있어 우리 형제 필생의 지극한 한이 될 것이니, 이 시를 써서 병풍을 꾸미고 노래로 송축하여 만수무강을 빌며, 또한 아침저녁으로 항상 바라보며 허물을 반성하여 훗날의 경계로 삼고자 한다.

쥐의 해(1936년) 초겨울 시월 초닷새 어머님 수연날 아침, 불초 아들 원기(源基)는 삼가 글을 짓고, 원삼(源三)(육사)이 술을 올리며, 원일(源一)은 삼가 글을 쓰고, 원조(源朝)는 시를 창(唱)하며, 원창(源昌)은 색동춤(彩舞)을 추고, 조카 원균(源均)은 꽃을 바친다.[21]

5형제가 「빈풍칠월」 병풍을 바치고, 다섯째인 22세의 원창(1914~?)이 중국의 효자 노래자(老萊子)와 같이 어린애 모양으로 색동옷을 입고 춤을 추었다.[22] 더욱이 아들들은 결혼한 이후 스스로 '가난하게 살지 못한 것(不遵

한다. 이육사문학관의 신준영 사무차장이 제공한 이원홍의 일제강점기 제적부(이육사문학관 소장)에 의하면 사망일이 1936년 3월 25일이다.

21 원문은 다음과 같다. "此詩 首言衣 次言食 終及于祭祀讌樂 而蠶桑稼穡之勤 男女各盡其職 治家之道 舍此無由也 顧吾兄弟五人 竝具室家庭而不學事 而不遵貧不能養二親 今於壽母之席 羊羔兕觥 又未足稱慶 爲吾兄弟畢生至恨 遂書此作屛 謌以頌之 眉介無疆 且晨昏常目 庶補愆尤 以備來後之戒云爾 / 東鼠 冬十月五日壽母朝, 不肖男 源基 拜識, 源三 奉酒, 源一 敬書, 源朝 唱 詩, 源昌 彩舞, 從子 源均 獻花."

貧)'을 송구하다 했으니, 이렇게 감동적인 수연도 드물 것이다.

이육사에게 「빈풍칠월」 병풍이 그리운 고향과 보고 싶은 부모 형제 등의 '향수와 혈맥이 통하는' 것이 되었다면, 애지중지하던 「빈풍칠월」 인장은 3년 선배이자 혁명동지인 석정 윤세주의 분투와 무강을 기원하는 징표가 되었다.

나는 상해에서 S에게 주고 온 비취인을 S가 생각날 때마다 생각해보는 것이다. 지금 S가 어디 있는지 십년이 가깝도록 소식조차 없건마는, 그래도 S는 그 나의 귀여운 인(印)을 제 몸에 간직하고 천대산(天臺山) 한 모퉁이를 돌아 많은 사람들 틈에 끼어서 강으로 강으로 흘러가고만 있는 것같이 생각된다. 나는 오늘밤도 이불 속에서 『모시(毛詩)』 「칠월장(七月章)」이나 한편 외보리라. 나의 비취인과 S의 무강을 빌면서.[23]

여기서 주목할 점은 S가 대한민국 임시정부 요인처럼 충칭(重慶)에 정착해 있지 않고, "천대산(天臺山) 한 모퉁이를 돌아 많은 사람들 틈에 끼어서 강으로 강으로 흘러가고만 있는 것", 즉 이동하고 있다고 육사가 묘사한 것이다.

「연인기(戀印記)」가 발표된 1941년 1월 전후 석정 윤세주는 무엇을 하고 있었는가. 그는 중일전쟁 이후인 1938년 10월 중국 우한(武漢)에서 군사조직인 조선의용대 창설을 주도하였다. 그후 우한이 일본군에 함락되자, 윤세주는 구이린(桂林) 등 여러 곳에서 활동하다 1940년 4월 6일 충칭에 도착했다. 여기서 윤세주와 조선의용대는 '북상항일'의 중요한 결단을 내리

---

22 '채무(彩舞)'는 중국 고대에 노래자(老萊子)라는 효자가 나이 70세에 노부모 앞에서 색동옷을 입고 어린애 모양으로 춤을 춰서 부모님으로 하여금 나이 든 것을 잊게 한 고사에서 비롯되었다.

23 이육사 「연인기(戀印記)」, 김용직·손병희 엮음, 앞의 책 181면.

게 된다. 1940년 9월 윤세주는 조선의용대 2주년을 회고하면서 '적(일제) 과의 육박전'을 강조하였고, 11월 4일 의용대 확대간부회의는 육박전을 위해 '북상항일', 즉 전선이 있는 화베이(華北) 지방으로의 진출을 결정하였다.

1941년 1월 초, 윤세주와 조선의용대는 충칭을 출발하여 창장(長江)을 타고 북상을 시작했다. 출발에 앞서 윤세주는 "금년에 화북 근거지를 건설하고, 명년에는 동북 근거지를 건설할 것이며, 내명년에는 조국으로 진입하겠다"고 선언한다.[24] 그것은 1932년 육사와 함께 다닌 간부학교의 슬로건 '일본제국주의 타도!' '중국혁명 성공 만세!' '조선혁명 성공 만세!' '세계혁명 성공 만세!' '중한합작 성공 만세!'의 구체적 실현이기도 했다.

이 충칭 근교에는 톈타이산(天臺山)이 있다.[25] 그러니까 육사가 1941년 1월 「연인기」를 발표하기 수개월 전에 윤세주와 의용대는 톈타이산이 있는 충칭으로 와서 북상항일을 꿈꾸고 있었고, 「연인기」가 발표되던 시기에는 창장(長江)을 따라 북상하고 있었다. 물론 「연인기」에서 언급한 S의 행적과 윤세주의 동선은 우연의 일치일 수도 있다. 그러나 육사는 윤세주와 조선의용대의 소식을 민감하게 추적하고 있었을 가능성이 크다. 육사의 시세계에 내밀하게 자리하고 있는 S, 즉 석정 윤세주의 이미지는 간부학교에서 같이 부른 「혁명군가」의 "생사를 같이하자"라는 표현처럼 이후에도 계속 나타난다.[26]

이육사의 문학적 심상지도(心象地圖)에서 시 「청포도」와 산문 「연인기」는 내밀한 관계로 이어진다. 「연인기」가 인장(印章)을 통해 고향에 대한 향수에서 시작하여 혁명동지에 대한 연대와 애정으로 귀결되는 것처럼,

---

24 김영범, 앞의 책 143~57면.
25 톈타이산(天臺山)이 중국의 여러 지역에 있지만, 「연인기」의 '천대산'은 충칭시 바난구 (巴南区)의 톈타이산을 가리키는 것으로 보인다.
26 이 책의 "Ⅳ. 한시 「만등동산」과 「주난흥여」" 및 "Ⅵ. 초혼가 「꽃」" 참조.

시 「청포도」는 '내 고장'으로 시작하여 혁명동지를 위한 '향연'으로 끝난다. 그리고 두 글에는 배경음악처럼 「빈풍칠월」이 깔려 있다. 육사 5형제의 병풍 발문에서 「빈풍칠월」이 '의복'과 '음식' 및 '제사와 잔치'를 노래했다 하였는데, 「청포도」는 「빈풍칠월」처럼 '7월'로 시작하여, '청포도'라는 '음식'과, '청포(靑袍)'라는 '의복'과, '은쟁반에 하얀 모시 수건'을 준비한 '향연'으로 귀결되고 있다.

3. '청'포도와 '풋'포도

(1) 포도와 미쯔와포도원

이육사의 고향 원촌(遠村)에는 「청포도」와 관련한 기념물이 많이 세워져 있다. 1993년에 세워진 '청포도 시비'(권두 화보의 〔그림 44〕)가 있고, 2004년 육사 탄생 100주년 기념으로 문을 연 '이육사문학관' 바깥에는 '청포도 샘'이, 문학관에서 육사 묘에 이르는 2.8km 구간에는 '청포도 오솔길'이 조성되어 있다. 그런데 육사 고향 원촌에는 일제강점기는 물론 지금도 청포도가 없다. 육사의 생가 한편에 청포도가 심어져 있었다는 말도 있지만,[27] 확실한 근거는 없다.

그래서 이육사가 「청포도」 시상을 얻은 장소는 고향 원촌이 아니라 포항 동해면 도구리의 미쯔와포도원(三輪葡萄園)이라는 주장이 제기되었다. 구체적 시기에 대해서는 1936년 7월, 1938년 초여름, 심지어 「청포도」 발표 이후인 1940년 여름[28] 등 적지 않은 혼선이 있지만, 음력 1936년 7월경

---

27 김학동 「민족적 염원의 실천과 시로의 승화」, 김용직 엮음 『이육사』, 서강대학교출판부 1995, 35면; 김학동 『이육사 평전』, 새문사 2012, 110면.
28 강순식 「이육사와 초인의 고향 원천」 『동양문학』 1988년 9월호(3호) 246면.

육사가 미쯔와포도원에 간 것은 사실인 듯하다.[29]

『포항시사』에 의하면 육사와 깊은 교류가 있었던 김대청이 육사를 미쯔와포도원으로 안내하였다고 한다. 후일 그는 육사와 주고받은 「청포도」 시 관련 이야기를 한흑구에게 전하였고, 한흑구는 다시 손춘익과 박이득에게 시 「청포도」의 고향이 포항 미쯔와포도원과 영일만이라고 알려주었다고 한다. 이런 인연으로 1960년대 이후 포항에서는 '청포도 다방'이 문화예술의 중심 거점이 되어 '청포도 문화쌀롱의 시대'를 열었다고 한다.[30]

1934년 당시 미쯔와포도원은 면적이 60만평(200정보)에 달하는 대규모 포도농원으로, 조선인 인부가 연인원 3만 2천여명에 이르렀다고 한다.[31] 미쯔와포도원이 있었던 곳은 현재 해병부대 영내로 편입되어 일부는 골프장, 일부는 군 시설이 들어서 있다. 포항시는 미쯔와포도원이 「청포도」의 착상지라며 널리 선전하고 있다. 2013년 미쯔와포도원이 있었던 동해면 면사무소 앞에 모형 청포도를 빙 두른 「청포도」 시비(권두 화보의 〔그림 46〕)를 세웠으며, 2014년에는 해병부대가 들어선 미쯔와포도원 자리 대신에 인근 남구 일월동 679-47번지에 '청포도 문학공원'을 조성하고서 청포도나무를 심어놓았다.

「청포도」에 대한 포항의 인연을 강조한 것의 원조로 1999년 포항시와 한국문인협회 포항 지부가 해맞이로 유명한 호미곶에 세운 「청포도」 시비(권두 화보의 〔그림 45〕)를 들 수 있다. 이육사―김대청―한흑구로 이어지는 청포도 관련 이야기를 들었다는 포항의 아동문학가 손춘익(1940~2000)이 쓴 비의 뒷면 음기(陰記)는 아래와 같다.

---

29 이 책의 '이육사 연보' 1936년 7~8월의 내용 참조.
30 포항시사편찬위원회 『포항시사』 3, 포항시 2010, 76~77면.
31 포항시사편찬위원회 『포항시사』 1, 포항시 2010, 585면.

(…) 이육사 시인은 1937년 포항 송도에 우거하며 요양한 적이 있고 또 이듬해에는 경주 남산 삼불암에서도 머무른 적이 있었다.[32] 그 무렵 어느날 시인은 홀연히, 현재는 해병 사단이 주둔하고 있으나 당시에는 유명한 포도원이었던 일월지(日月池) 둔덕에서 그윽이 영일만을 바라보았으니, 하늘 밑 푸른 바다가 가슴을 열고 흰 돛단배가 곱게 밀려서 오는 청포도의 시상은 그때 시인의 뇌리에 각인된바, 마침내 1939년 명시 청포도가 발표되어 인구에 회자되기에 이르렀느니라. 시인의 발길이 영일만을 찾고 일월지 포도원에 이르지 않았더라면 어찌 명시 청포도가 창작되었으리오.

한반도에 포도가 전래된 시기는 오래전이지만, 널리 재배된 것은 아니었다. B.C. 126년 서역 정벌에 나섰던 한나라의 장건(張騫)이 중앙아시아에서 중국으로 처음 포도를 가져왔고, 당나라 때 한반도에 포도가 전래되었으나, 당의 멸망과 함께 한반도에서의 포도 재배도 사라졌다고 한다. 그후 원나라(1271~1368)가 페르시아 지역을 정복하여 포도와 포도주를 수입하였고, 그것이 다시 고려에 전해졌다. 조선시대『농가집성(農家集成)』이나『증보산림경제(增補山林經濟)』에는 포도에 대한 약간의 기록만 남아 있다.[33] 또한 고려청자와 조선백자에도 포도 그림이 종종 등장하며, 신사임당과 황집중(黃執中)의 묵포도(墨葡萄) 그림은 유명하다. 그러나 조선시대에 포도가 널리 재배된 것은 아니었고, 양반층에게 관상용이면서 다산

---

32 이육사가 포항 동해송도원(東海松濤園)에 간 시기는 1937년이 아니라 1936년 7월 29일 밤이다(이 책의 '이육사 연보' 1936년 7월 참조). 한편, 육사가 대구에서 부친 회갑연을 열고 이후 신석초 등과 같이 경주를 여행한 것은 1938년 말이 아니라 1939년의 1월의 일이다. 참고로 육사 부친의 회갑일은 음력 1938년 11월 29일, 양력 1939년 1월 13일이다. 육사가 경주 남산 삼불암에서도 요양하였다고 하지만(김용직·손병희 엮음, 앞의 책 409면), 이에 대한 뚜렷한 근거 자료는 없는 듯하다.
33 김진국·김학재·조용효『최신 와인학 개론』, 백산출판사 2013, 18면.

(多産)과 자손의 번성을 상징하는 귀한 과일로 주로 인식되었다. 요컨대 전통시대 한반도에서 포도나 포도주는 낯선 것이었다.

포도가 상업적으로 식용 또는 양조용으로 재배되기 시작한 것은 20세기에 들어와서이다. 그것도 전통시대의 포도와는 전혀 다른 품종으로 전혀 다른 루트, 즉 서양과 일본을 통해 전래되었다. 근대 이후 포도가 전래된 것은 외국 신부들에 의해서였고, 미사용 포도주를 만들기 위해서였다. 1900년 남프랑스 깜블라제 출신의 안또니오 꽁베르 신부가 안성 지방에 올 때 미사용으로 쓰기 위해 뮈스까(Muscat) 포도를 들여왔다. 또한 1906년 서울 뚝섬에 일본인들이 세운 '권업모범장'에서 7종의 포도 품종을 이식하여 재배법을 연구하기 시작하였다.[34]

1918년 2월에 이르러 미쯔와포도원이 설립되었지만,[35] 한반도에서 포도는 여전히 보기 힘든 과일이었다. 1924년 3월 22일자『동아일보』에 실린「조선의 포도주와 과실주」라는 기사에 의하면 당시까지도 포항의 미쯔와포도원은 한반도에서 거의 유일한 포도원이었다.

양조사업(釀造事業)은 최근의 일이나 목하 민간으로는 포항에 미즈와포도원(三輪葡萄園)이 있어 약 사만석(石)의 수확이 있고 약 오백석의 생포도주를 양조한다. 또 경성 동대문 내 독일인 경영의 수도원 내에도 학생 전습(傳習)용으로 포도원이 있어 연년 약 십석의 포도주 급 과실주를 양조한다. 또 기외 과실주로는 평과주(苹果酒)[사과주]를 시험적으로 양조하는 것도 있으나 극소량에 불과하며 총독부 중앙시험소에서는 대정 팔년(1919년)부터 원료에 공(供)하는 포도의 재배를 시험 중으로서 각국에서 각종의 포도를 모집하야 시험을 하고 있은즉 근근 적당한 종

---

34 같은 책 18~19면.
35 『포항시사』1, 585면.

류와 재배방법도 확립될 것이라고 한다.

이 기사는 이육사가 20세 때 씌어진 것이다. 그러니까 육사가 어릴 때 살았던 고향 안동 원촌이나 신평(듬벌이)에서는 포도를 보기 힘들었다. 육사 스스로 C군에게 자신이 '풋된 시절' 포도를 보지 못했다는 사실을 언급한 바 있다.

　　아는 바와 같이 내 나이가 열살쯤 되었을 때는 그 환경이 그대와는 달랐다는 것은, 그대는 (…) 줄 포플러가 선 신작로를 달음질치면 우선 마차가 지나가고, 소구루마가 지나가고, 기차가 지나가고, 봇짐장수가 지나가고, 미역 뜯어 가는 할머니가 지나가고, 며루치〔멸치〕 덤장이 지나가고, 채전 밭가에 널린 그물이 지나가고, 솔밭이 지나가고, 포도밭이 지나가고, 산모퉁이가 지나가고, 모랫벌이 지나가고, 소금 냄새 나는 바람이 지나가고, 그러면 너는 들숨도 날숨도 막혀서 바닷가에 매여 있는 배에 가 누워서 하늘 위에 유유히 떠가는 흰 구름 쪽을 바라보는 것이 아니었나? 그러다가 팔에 힘이 돌면 목숨 한정껏 배를 저어 거친 물결을 넘어가지 않았나? 그렇지마는 나는 그 풋된 시절을 너와는 아주 다른 세상에서 살고 있었던 것이었다. 마치 지금 생각하면 남양(南洋) 토인(土人)들이 고도의 문명인들과 사귀는 폭도 됨직하리라.[36]

C군이 자란 곳에는 포도밭과 바다 그리고 배가 등장하여 마치 「청포도」의 현장을 보는 듯하다. 신작로 및 기차와 가까운 곳에서 자란 C군이 '고도의 문명인'이었다면, 이런 것이 전혀 없는 외딴 시골 원촌에서 자란 육사는 스스로를 '남양 토인'과 같다고 하였다.

---

36 「연륜(年輪)」(1941. 6), 김용직·손병희 엮음, 앞의 책 182~83면.

이처럼 1920년대까지 포도는 C군이나 볼 수 있는 것이었고, 육사의 어린 시절 추억이나 향수를 상기시키는 과일이 아니었다. 오히려 그것은 포도주라는 근대 문명과 결합되는 새롭고 귀한 것이었다. 그러니까 「청포도」 1연의 '내 고장'은 육사가 나고 자란 '고향' 원촌을 특정한 것이 아니라 더 넓은 공간, 즉 조국으로 확대하는 것이 타당할 것이다. 또한 '내 고장'이 내포하는 의미도 어린 시절의 '전통적인 향수'라기보다는, 전통이 새로운 문물 및 문명과 결합하여 변화·성숙해가는 모습으로 해석하는 것이 더 타당할 것이다.

1943년 7월 육사는 경주 옥룡암에서 이식우에게 자신의 「청포도」에 대해 다음과 같이 말한 바 있다.

'내 고장'은 '조선'이고, '청포도'는 우리 민족인데, 청포도가 익어가는 것처럼 우리 민족이 익어간다. 그리고 일본도 끝장난다.[37]

여기서 육사가 「청포도」의 '내 고장'은 '조선'이라고 한 지적은 매우 타당하다고 생각된다. 「청포도」 3연 "하늘 밑 푸른 바다가 가슴을 열고/흰 돛단배가 곱게 밀려서 오면"의 '푸른 바다'가 영일만 동해 바다를 보고 착상했다고 해서, 그것이 곧 '동해' 바다를 가리키는 것은 아니다. 즉, 육사가 동해 바다를 보면서도, 「노정기(路程記)」(1937. 12)에서 "내 꿈은 서해(西海)를 밀항(密航)하는 「쩡크」와 같애"[38]라는 표현을 쓴 것처럼 '서해' 바다를 연상할 수도 있는 것이다. 요컨대, 육사가 포항에서 포도를 보고 「청포도」를 착상했다고 해서, '내 고장'이 포항으로 특정되거나 고향 원촌이 배제될 필요는 없는 것이다. 육사의 말대로 '내 고장'은 조선으로 보는 것이

---

37 김희곤, 앞의 책 199면.
38 이육사 「노정기」, 박현수 엮음, 앞의 책 62면.

여러모로 타당하다.

(2) 청포도는 청포도가 아니다

「빈풍칠월」은 1년 열두달을 노래한 시이지만, 8편 중 5편이 7월로 시작한다. 7월은 자연의 생명력이 가장 왕성한 시기이며 마지막 농사일에 매진하는 달로서, 수확의 미래가 달려 있다. 「청포도」는 '현재'가 아니라 '미래'를 노래한 시로, 이는 시의 첫머리 "내 고장 칠월은/청포도가 익어가는 시절"의 '익어가는'이란 말에서도 나타나지만, 무엇보다 4연의 청포를 입고 찾아오는 손님과도 연관된다.

그 미래의 손님을 위한 최고의 향연을 노래한 것이 5~6연인데, 여기서 향연을 위한 준비물인 '하이얀 모시 수건'이 '청포도'와는 전혀 어울리지 않는다는 주장이 제시된 바 있다.

"내 그를 맞아 이 포도를 따 먹으면 두 손은 함뿍 적셔도 좋으련"이란 표현도 그렇다.

미국에서 자주 보는 청포도를 아무리 먹어도 손에 물이 들지 않는다. (…) 이육사는 이 포도즙에 "두 손"을 "함뿍 적셔도" 좋다고 했다. 하이얀 모시 수건이 있기 때문이다. 검푸른 포도즙이 하얀 모시 수건에 적셔지는 모습을 상상해보라. 얼마나 멋진 색조 대비인가? 청포도 먹다가 손에 물들었다는 사람 들어본 적 있는가?

어찌됐든 내 상상 속에 펼쳐지는 하이얀 모시 수건과 대비되는 포도는 그냥 검푸른, 우리가 한국에서 일상적으로 먹는, 그런 포도이지, 연두색 청포도는 절대 아니다.[39]

---

39 최응환 「이육사의 '청포도'는 청포도가 아니다」, *Acropolis Times*(아크로폴리스 타임스),

이 말처럼 청포도는 품종으로서 '청'포도가 아니라 익기 전의 '풋'포도여야 시 「청포도」가 제대로 독해된다. 이미 지적한 바 있지만, 「청포도」 발표 당시에는 일반 포도도 아주 귀한 것이었다. 품종으로서 청포도가 미쯔와포도원에서 양조용으로 재배되긴 했겠지만, 시에서처럼 손님을 접대하기 위한 용도로는 거의 재배되지 않았다.

『강희자전』에 의하면 '청(靑)'이란 접두사는 생물이 태어날 때의 색상이라는 의미로도 쓰이며(靑, 生也. 象物之生時色也), 우리말의 '풋'에 해당한다.[40] '풋포도'를 '청포도'라 표현한 것이 지금의 시점에서 보면 어색한 표현이지만, 한자어 접두사를 즐겨 쓰던 당시의 풍습에서 '청(靑)'은 '풋'을 강조한 것으로 이상한 낱말이 아니다. 유사한 예를 들면 시인 김달진은 아직 익지 않아 떫은 풋감(땡감)을 노래하고 '청시(靑柿)'라 제목을 붙였으며, 동일 제목의 시집을 출간하기도 하였다.[41] 요컨대, 「청포도」에서 '청포도'가 어느 지역의 포도인가보다는, '아직 익지 않은 풋포도'를 의미한다는 것이 중요하다.

7월의 포도가 아직 '풋포도'라면, '하늘이 꿈꾸려' 들어와 박혀서 8월 중순 이후 그 꿈이 완성되면 잘 익은 검붉은 포도가 된다. 고달픈 몸으로 오는 지친 손님을 맞아 이 잘 익은 검붉은 포도로 향연을 베풀 때면, '함뿍 적신 두 손'을 닦을 '하이얀 모시 수건'이 필요하다. 육사가 "'청포도'는 우리 민족인데, 청포도가 익어가는 것처럼 우리 민족이 익어간다. 그리고 일본도 끝장난다"라고 언급한 데에서도 방점은 '익어간다'라는 말에

2011년 3월 2일, http://www.acropolistimes.com/news/articleView.html?idxno=1298.

40 『康熙字典』: http://tool.httpcn.com/Html/KangXi/39/KOXVMEKOMERNMEUYCQ.shtml.

41 '청시(靑柿)'는 김달진의 시 제목이자 첫 시집(청색지사 1940) 제목이기도 하다. 이 시집은 1991년 미래사에서 한국대표시인 100인 선집으로 복간된 바 있다.

있다. 즉 '청포도'를 '풋포도'로 해석해야 '익어간다'란 말의 의미가 온전해진다. 포도의 성숙과정을 보더라도 4월 중순경 새순이 나기 시작하여, 5월에 잎이 자라며, 6월에 꽃이 피고 진 뒤 열매가 영글기 시작하고, 7~8월에 열매가 익는다. 초여름 동안 포도알은 초록색을 띠고 있지만, 8월 중순경이 되면 보라색으로 바뀌며, 9월에 수확을 한다.[42]

이육사가 노래한 '내 고장 7월'이 양력인지 음력인지는 불분명하지만,[43] 어느 쪽이든 7월에는 아직 푸른 '풋'포도이다. 양력 9월(음력 8월)이 되어야 포도가 검붉게 익어 본격적인 수확철이 된다. 이 검붉게 익은 포도가 '하이얀 모시 수건'과 함께 청포 입은 손님을 위한 향연에 올려지는 바, 5연에서 "내 그를 맞아 이 포도를 따 먹으면", 즉 '청포도'가 아니라 그냥 '이 포도'라고 표현한 것도 그런 연유가 아닌가 한다. 청포도가 영어로 'white grape'라 불리는 것에서 알 수 있듯, '하이얀 모시 수건'의 흰색과 선명하게 대비되는 색상은 아니다.

(3) 마을의 전설과 하늘의 꿈

2연은 이처럼 익지 않은 '청포도'가 익어가는 과정을 노래하고 있다.

이 마을 전설이 주저리주저리 열리고
먼데 하늘이 꿈꾸려 알알이 들어와 박혀

이육사가 말한 바와 같이 "내 고장은 조선이고, 청포도는 우리 민족"이

---

42 김진국·김학재·조용효, 앞의 책 57~58면.
43 육사는 1937년 7월 29일(음력 6월 22일) 밤에 「청포도」의 배경이 되는 동해송도원에 도착하여, 8월 내내 체류했다(권말 '이육사 연보' 참조). 즉, 「빈풍칠월」의 음력 7월과 일치하는 시기이다.

라면, 청포도에 열리는 '이 마을 전설'에는 식민지 조선 전지역의 독립·혁명운동의 염원과 전설이 포괄될 것이다. 육사는 "내 집안이 대대로 지켜온 이 땅에는 말도 아니고 글도 아닌 무서운 규모가 우리들을 키워주었습니다"[44]라고 말한 바 있는데, 이는 고향 일대의 거대한 독립운동이 전설처럼 전해내려오는 것을 언급한 것으로 보인다. 그 전설은 육사 나이 여섯살 때 순국한 향산(響山) 이만도(李晩燾, 1842~1910)와 관련된다.

1910년 8월 29일 대한제국이 일본에 병합되자 자결을 결행한 자정순국(自靖殉國) 지사들이 여럿 나왔다. 그 대표적인 인사가 벽초 홍명희의 부친인 충청도 금산 군수 일완(一阮) 홍범식(洪範植, 1871~1910), 전라도 구례의 재야선비 매천(梅泉) 황현(黃玹, 1855~1910), 그리고 예안 하계의 향산 이만도였다. 홍범식은 국치일 당일 저녁 40세의 나이로 목을 매달았고, 열흘 남짓 후인 9월 10일에는 56세의 황현이 독약을 먹었다. 매천이 음독하기 3일 전인 9월 7일, 이만도가 단식을 시작하여 24일째 되던 10월 10일 절명하였다. 자정순국한 세 사람 중 이만도가 가장 연장자이자 정2품에 오른 최고위직이었으며, 단식하는 24일간 수많은 사람들이 찾아와 문후하였고, 따라서 순국 이후에 영향력도 막대하였다.

향산 이만도의 자정순국 과정은 장엄했다. 이만도는 자신의 단식을 외부로 알리는 것을 엄금하였지만, 그의 단식 소식은 후손과 안동 유림 사이에 급속하게 퍼져나갔다. 이만도의 단식과정을 기록한 「청구일기(靑邱日記)」에 의하면 단식 열흘째인 9월 26일에는 문후하러 온 사람이 백여명에 이르렀다고 한다.[45] 바로 그날, 제자인 영양 의병장 벽산(碧山) 김도현(金道鉉, 1852~1914)이 문안하였다. 「청구일기」는 향산 선생이 "두 사람의

---

44 이육사 「계절의 오행」, 김용직·손병희 엮음, 앞의 책 151면.

45 이만도 『향산전서(響山全書)』 하, 한국국학진흥원 국학자료부 엮음, 한국국학진흥원 2007, 403면. 「청구일기(靑邱日記)」는 『향산전서(響山全書)』 하권에 영인, 탈초, 번역되어 있다. 여기서는 『향산전서(響山全書)』의 면수로 표기한다.

마음이 서로 통한 지가 이미 여러해 되었거늘 어찌 이렇게 먼 곳까지 고생하면서 만나러 왔는가"라고 말씀했다고만 전한다.[46] 김도현은 그날밤을 스승과 같이 보냈다.

그날밤, 두 분 방 등잔불은 밤새 꺼지지 않았다. 무슨 이야기를 나누었는지는 알 수 없었다. 날이 밝아 스승이 밥을 먹지 않으니 김도현도 그대로 떠났다. 향산이 "잘 가게" 하니, 김도현은 "선생님 그럼 쉬이 뵙겠습니다" 했다. 1914년 11월 7일(음력), 김도현은 동해 바다 속으로 영화처럼 천천히 들어가 순국했다. '쉬이 뵙겠습니다'는 '곧 이렇게 뵙겠다'는 뜻이었다. 그 누구도 그 말뜻을 몰랐지만 두 분은 알고 있었다.[47]

그날밤 김도현은 '스승을 따라가겠다'는 뜻을 밝혔고, 향산은 '부친이 살아 계시는데 불효를 해서는 안된다'고 말렸다고 한다. 결국 김도현은 부친상을 치른 후 1914년 12월 23일(음력 11월 7일), 차디찬 겨울바다 속으로 걸어들어가 '도해자정(蹈海自靖)'하였다.[48] 김도현이 헤어지면서 "쉬이 뵙겠습니다"라고 한 것은 이런 뜻이었다.

향산 이만도가 순국하자 기우만(奇宇萬, 1846~1916)이 「묘갈명(墓碣銘)」을 썼는데, 이만도의 역사적 위치를 선언하는 구절로 시작된다.

아! 우리나라가 융성할 때는 퇴계 선생께서 도학(道學)으로 크게 다스리는 문명〔一治文明〕의 길을 여시었고, 나라가 망하려 할 때에는 그 후

---

46 같은 책 369면, 400면, 403면.

47 이성원 『천년의 선비를 찾아서: 농암 17대 종손이 들려주는 종택 이야기』, 푸른역사 2008, 249~50면.

48 영덕 대진해수욕장 주변 관어대(觀魚臺)에는 벽산 김도현의 도해순국을 기리는 도해단(蹈海壇)이 서 있다.(김희곤 『나라 위해 목숨 바친 안동 선비 열 사람』, 지식산업사 2010, 156면)

손이신 향산 선생께서 절의(節義)로써 만세강상(萬世綱常)의 위엄을 세우셨도다.[49]

기우만은 "뒷날 죽는 사람들/그 묘소 곁에 묻히고 싶으리(他日有死 願埋 其側)"라는, 향산 이만도의 자정에 대한 찬양으로 명문(銘文)을 마무리하였다. 과연 이만도가 순국하던 바로 그날(1910년 10월 10일), 족질 이중언(李中彦)이 단식에 들어갔다. 그는 "향산옹(響山翁)이 빨리 오라 재촉하네"라는 시를 남기고 27일간의 단식 끝에 순국하였다.[50] 안동지역에서 한일병탄 이후 자정순국한 사람이 열 손가락만으로 헤아릴 수 없는[51] 데에는 향산의 단식이 절대적인 영향을 끼쳤다. 향산의 생가가 있는 하계(下溪)마을은 무려 25명의 독립운동가를 배출한 성지가 되었고,[52] 안동시는 우리나라에서 독립운동가를 가장 많이 배출한 지역이 되었다.

향산 이만도의 자정은 전설처럼 구전되며 한국 독립운동의 거대한 뿌리가 되었다. 그리하여 해방 이후 1948년 9월, 이만도가 자정순국한 장소에 '향산 이선생 순국유허비(響山李先生殉國遺墟碑)'가 세워졌다(권두 화보의 〔그림 10〕과 〔그림 11〕 참조). 앞면 비의 이름(碑名)은 백범 김구의 글씨로, 살아생전 향산이 외람되다고 하면서 극구 사양했던 '선생(先生)'과 '순국(殉國)'이라는 말이 선명하게 새겨져 있고, 뒷면에는 위당 정인보가 지은 비문이 새겨져 있다.[53]

49 『향산전서(響山全書)』 하, 80면.
50 박민영 『향산 이만도: 거룩한 순국지사』, 지식산업사 2010, 166~73면; 김희곤 『나라 위해 목숨 바친 안동 선비 열 사람』, 63~94면.
51 김희곤 『나라 위해 목숨 바친 안동 선비 열 사람』, 13~23면.
52 김희곤 「하계마을 선비정신과 민족운동의 만남」, 안동대학교 안동문화연구소 엮음 『터를 안고 仁을 펴다: 퇴계가 굽어보는 하계마을』, 예문서원 2005. 이 하계마을은 지금 수몰되었지만, 입구에 '하계마을 독립운동 기적비'가 있다.
53 박석무(황헌만 사진) 『조선의 의인들: 역사의 땅 사상의 고향을 가다』, 한길사 2010, 448~51면 참조.

향산 이만도의 생가가 있는 하계마을에서 당재라는 작은 고개만 넘으면 바로 이육사의 생가가 있는 원촌(遠村)이다. 1910년 향산의 자정순국으로 인한 진성 이씨 가문의 비극과 울분은 이웃한 원촌에도 막대한 영향을 끼쳤다. 향산 이만도의 친족 형이며, 육사의 할아버지 이중직을 무척 아끼던 원촌의 이만현(李晩鉉, 1832~1911)은 경술국치 이후 자신의 아호를 '부끄러운 바위' 치암(恥巖)으로 바꾸고 비분강개하다 이듬해 세상을 떠났다.[54] 그렇기에 육사는 "내 집안이 대대로 지켜온 이 땅에는 말도 아니고 글도 아닌 무서운 규모가 우리들을 키워주었습니다"라고 한 것이다. 때문에 「청포도」 2연의 '이 마을 전설'은 육사의 고향에 전해내려오는 향산 이만도와 친족·문인들의 순국 및 항일 염원과 무관하지 않을 것이다.

이육사를 흔히 '민족시인'이라 부르지만, 그는 결코 협애한 민족주의자가 아니었다. 육사는 조선의 해방이 조중합작 및 세계혁명과 결합되어 있다고 믿었으며, 그의 호 육사(陸史)는 한국을 포함하여 아시아 대륙의 역사를 새로 쓰고 싶다는 의지의 표현이었다. 육사가 하늘을 유달리 사랑한 것도 국경을 넘어서고자 한 그의 꿈과 연관되어 있을 것이다. 2연에서 '이 마을 전설'이 '조선'의 전통과 독립운동의 염원을 상징한다면, '꿈꾸려 들어온 먼데 하늘'은 식민통치 아래에 있는 한반도의 바깥과 연결된 해방의 새로운 소식 및 사상과 연관된다고 할 수 있다. 이렇게 이 땅의 전설과 먼데 하늘의 꿈이 결합되며 청포도가 익어가는 것이다.

---

54 「치암 이만현 선생 행장(恥巖李晩鉉先生行狀)」. 원문은 국학진흥원에 소장되어 있고, 번역은 진성 이씨 인터넷 카페(http://cluster1.cafe.daum.net/_c21_/bbs_search_read?grpid=7J3U&fldid=JbzJ&datanum=75&openArticle=true&docid=7J3UJbzJ7520060512181124)에서 볼 수 있다.

4. 청포와 청포백마

(1) 청포(靑袍): 두보의 「도보귀행(徒步歸行)」

하늘 밑 푸른 바다가 가슴을 열고
흰 돛단배가 곱게 밀려서 오면

내가 바라는 손님은 고달픈 몸으로
청포(靑袍)를 입고 찾아온다고 했으니

이육사의 「청포도」에는 한시의 기승전결 구도가 깊숙이 내장되어 있다. 일찍이 원(元)나라의 범팽(范梈)은 "무릇 기(起)는 평이·정직해야 하고, 승(承)은 은은히 널리 퍼져야 하며, 전(轉)은 변화를 일으켜야 하고, 결(結)은 깊고 아득해야 한다"[55]라고 시의 정곡을 찌른 바 있다. 그중에서도 시의 방향을 전환하는 전(轉)은 시의 승패를 결정하는 가장 중요한 부분으로 '시 전체의 주인'이라 불린다.[56] 육사의 「청포도」도 그러하다. 1연 "내 고장 칠월은/청포도가 익어가는 시절"로 평이하게 시작하여, 2연 "이 마을 전설이 주저리주저리 열리고/먼데 하늘이 꿈꾸려 알알이 들어와 박혀"로 은은히 널리 퍼져나가다, 이 3~4연에 이르러 돌연 청포를 입고 흰 돛단배를 타고 오는 고달픈 손님으로 해서 시는 대대적으로 전환된다.

이 전환에서 핵심어가 되는 것은 한자로 특별히 강조된 '청포(靑袍)'이

---

55 이 구절은 범팽의 문인(門人)인 부여려(傅與礪, 1304~1343)가 스승의 뜻을 서술한 것으로 알려진 『시법원류(詩法源流)』에 보인다. 여기서는 구본현 「한시 절구(絶句)의 기승전결 구성에 대하여」, 『국문학연구』 30호, 국문학회 2014, 266면에서 재인용했다. 중국에서는 기승전결에서의 결(結)을 합(合)이라 부른다.

56 구본현, 앞의 글 266면, 275면.

다. 그런데 그간 '청포(靑袍)'는 '조선시대 고위 벼슬아치가 공복(公服)으로 입던 푸른 도포'인 관복, 또는 경사스러운 날 입는 고급예복으로 해석돼왔다. 그 결과 청포의 고귀한 이미지가 '고달픈 몸'과 잘 연결되지 않는다는 지적과 아울러, 시 「청포도」가 '사치스럽고 투쟁 없는 기다림'이라고 평가되기도 하였다.

그러나 전통적인 한시에서 청포(靑袍)는 이런 고급스러운 이미지와는 반대로 미관말직(微官末職)이나 벼슬을 하지 못한 비천한 사람의 복장(賤者之服)을 가리키는 말로 일찍이 저명한 시에서 쓰인 바 있다.[57] 식민지 조선의 지식인들은 '국파산하재(國破山河在)'의 시인 두보(杜甫)를 즐겨 암송하였고, 이육사 역시 두보의 한시를 특별히 좋아하였다. 두보의 「도보귀행(徒步歸行)」에 다음과 같이 '청포'가 등장한다.

봉상천관차포반(鳳翔千官且飽飯): 봉상(鳳翔)의 많은 관리 그럭저럭 먹기는 하지만
의마불복능경비(衣馬不復能輕肥): 옷과 말의 행색은 보잘것이 없어라
청포조사최곤자(靑袍朝士最困者): 청포 입은 조정의 관리, 가장 가난해
백두습유도보귀(白頭拾遺徒步歸): 백발의 좌습유 걸어서 돌아가네[58]

757년 46세의 두보는 안사의 난(安史之亂)[59] 와중에 위험을 무릅쓰고 장안(長安)을 탈출하여 봉상(鳳翔) 행재소로 가서 숙종(肅宗)을 배알하고, 그 공으로 좌습유(左拾遺) 벼슬을 받았다. 그러나 반군 토벌에 실패한 방관(房

---

57 『百度百科』: http://dict.baidu.com/s?wd=%E9%9D%92%E8%A2%8D&ab=12.

58 『杜詩詳註』, 北京: 中華書局 1999(第5次), 385면.

59 안사의 난은 755년 12월 16일에서부터 763년 2월 17일까지 당나라의 절도사인 안녹산과 그 부하인 사사명 등이 일으킨 대규모 반란이다. '안녹산의 난' 또는 '천보의 난(天寶之亂)'이라고도 한다.

琯)을 변호하다 숙종의 미움을 사 파직되는 바람에 처자식이 있는 부주(鄜州)로 돌아가게 된다. 이때 몹시 곤궁하여 말(馬) 없이 먼 길을 걸어가야 했던 두보는, 빈주(邠州)를 지나면서 이사업(李嗣業)[60]에게 말을 빌리고자 이 시를 지었다.

이 시에서 두보는 스스로에 대해 '청포조사최곤자(靑袍朝士最困者)'라고 하였다.『두시언해』에서는 "靑袍ᄂᆞᆫ 卑官之服ㅣ라. 甫ㅣ 自謂ᄒᆞ니"[61]라고 하였다. 즉, 청포는 말단관리의 복장으로 두보 자신을 지칭한다는 것이다. 반면, 중국에서 이 구절에 대한 주류적 해석은 '말단관리의 복장'도 못되는 비천한 자들이 입는 옷이라는 것이다.『두시상주(杜詩詳註)』는 "공이 행재소로 가서 삼으로 엮은 신발(麻鞋)로 황제를 알현하였고, 청포는 있었으나 조복은 없었다(有靑袍而無朝服)"[62]라고 당시 상황을 기록하고 있다. 즉, 두보가 황제를 만나는데 관복이 없어 입은 옷이 바로 청포라는 것이다.

(2) 청포백마(靑袍白馬), 반란자 또는 혁명가: 두보의「세병마(洗兵馬)」

「청포도」는 3연에서 청포를 입은 손님이 "푸른 바다가 가슴을 열고" 나면 '흰 돛단배'를 타고 온다고 했다. 이것은「광야」에서 '초인'이 "백마 타고 오는" 광경을 연상케 한다. 달리 말하면, '흰 돛단배'는 파도치는 바다를 건너는 또다른 백마인 것이다.

우리에게 현재 백마는 서양식 이미지가 도저한바, '백마를 탄 왕자'(Prince Charming)가 무도회에서 신데렐라와 사랑에 빠지거나 백설공

---

60 이사업(?~759)은 일찍이 고선지 장군을 따라 서역 정벌의 공을 세워 특진의 직위를 받았고, 안녹산의 난을 평정하는 데도 큰 공을 세웠다. 두보가 이 시를 지을 당시 빈주(邠州)를 관할하고 있었으리라 추정된다.
61 『두시언해』(중간본), 조위·유윤겸·의침 엮음, 대제각 1985(1632 영인본), 9면.
62 『杜詩詳註』385면.

주가 잠들어 있을 때 와서 키스하여 잠을 깨우는 것에서 보듯, 수호천사를 연상시킨다. 한시에서 백마는 다양한 이미지로 사용되지만, 그것이 청포와 결합하여 '청포백마(靑袍白馬)'가 되면, '비천한 자' 또는 '난신적자(亂臣賊子)'를 의미한다.[63] 즉, 일반적인 백마의 이미지와 반대가 되는 것이다.

청포백마의 난신적자 이미지는 『남사(南史)』 「적신전(賊臣傳)」의 후경(侯景)에 대한 유명한 고사에서 비롯된다. 남조(南朝)의 양(梁)나라 무제(武帝) 때 "푸른 실고삐의 백마를 타고 수양에서 온다(靑絲白馬壽陽來)"라는 동요가 유행하였다. 548년 후경(侯景)은 동위(東魏)에 크게 패하고 난 뒤 800명을 이끌고 양나라 경내에 있는 수양(壽陽)으로 망명하였다. 얼마 후 후경(侯景)의 군사들은 동요의 이미지를 이용하여 청포를 입고 푸른 실로 고삐를 만들어 백마를 타고 난을 일으켜 자신을 받아준 양나라의 수도를 함락했다. 후경의 고사 때문에 이후 '청포백마(靑袍白馬)'나 '청사백마(靑絲白馬)'는 '반란자' '난신적자'를 의미하게 되었다.[64]

'청포백마'가 시에서 '반란자' '난신적자'로 사용된 예로는 두보의 「동지 후(至後)」와 「세병마(洗兵馬)」가 있는데, 여기서는 보다 유명한 「세병마」를 살펴보도록 하자.[65] 758년 안사의 난 중에 잠시 정세가 호전되어 당나라가 수도 장안(長安)을 수복하자, 그해 말 두보는 그리던 뤄양(洛陽: 낙양)으로 돌아왔다. 이듬해 봄 두보는 이제 하늘의 은하수로 무기를 씻어 영원히 쓰지 않게 하였으면 하는, 간절한 평화의 바람으로 「세병마」를 지었다.[66] 이 「세병마」는 임진왜란을 겪은 조선에서도 널리 애송되어 조경(趙

63 『漢典』: http://www.zdic.net/c/2/fd/268662.htm.

64 『百度百科』: http://baike.baidu.com/view/373021.htm.

65 『杜詩鏡銓』, 上海古籍出版社 1980, 215~18면. 도진순 「육사의 〈청포도〉 재해석: '청포도'와 '청포', 그리고 윤세주」, 『역사비평』 2016년 봄호(114호) 461~64면 참조.

66 두보의 소망과는 달리 다음달 정부군은 반란군에 대패하였고, 두보는 뤄양을 떠나 전전하다 청두(城都)로 들어간 뒤 다시는 뤄양으로 돌아오지 못한다.

絧)이나 박세당(朴世堂)이 차운한 시가 있으며,[67] 1604년(선조 37년) 완공한 조선 삼도수군 통제영의 객사인 통영 '세병관(洗兵館)'의 이름도 이 시의 마지막 연에서 따온 것이다.

안득장사만천하(安得壯士挽天河): 어이하면 장사(壯士)로 하여금 은하 수를 끌어다
정세갑병장불용(淨洗甲兵長不用): 갑옷과 병기를 깨끗이 씻어 영원히 쓰지 않을는지

「세병마」는 6연(12구)씩 4단으로 나눠지는데, '청포백마'라는 용어가 등장하는 것은 3단의 마지막 연에서이다.

청포백마갱하유(靑袍白馬更何有): 푸른 도포에 백마 탄 반란자 다시 어 찌 있겠는가
후헌금주희재창(後漢今周喜再昌): 후한(後漢)과 주(周)처럼 다시 창성함 을 기뻐하네

이 시는 한(漢)나라의 장자방(張子房: 장량)만큼 훌륭한 장호(張鎬) 공이 다시 기용되어 안사의 난을 진압하고 황실을 안정시키니, 후한(後漢) 광무 제(光武帝)가 왕망(王莽)에게 찬탈당한 나라를 회복하고, 선왕(宣王)이 주 (周)나라를 부흥시킨 것과 같이 숙종(肅宗)도 안사의 난을 진압하고 당(唐) 을 부흥시키리라. 그러니 어찌 푸른 도포에 백마 탄 반란자들이 다시 있 을 수 있겠는가 하고 노래한 것이다. 여기서 '청포백마'는 말할 것도 없이 안녹산 같은 '난신적자' '반란자'를 의미한다.

---

67 조경『용주유고(龍洲遺稿)』권5; 박세당『서계집(西溪集)』권4.

「청포도」의 '청포'는 바로 이러한 '청포백마'에서 온 표현이다. 그러나 이육사는 두보가 부정적인 반란자로 표현한 이 '청포백마'를 긍정적인 혁명가의 이미지로 전환하였다. 이것이 역사를 한탄하는 두보와, '역사를 새로이 쓰겠다'는 혁명의지를 지닌 육사의 결정적 차이이다. 그 핵심개념은 바로 '청포'이다. 그리하여 '청포'는 '고달픈 몸으로 오는 손님'과 아무런 모순도 일으키지 않게 된다. '고달픈 몸'은 혁명가의 신산한 삶을 상징하는 표현이며, 육사의 시 곳곳에 혁명가의 이런 모습이 있다. 그의 대표작 「절정」 또한 일제에 쫓기는 혁명가의 위기로 시작하거니와,[68] 바다를 건너 들어오는 혁명가의 신산한 삶은 자신의 경험을 노래한 「노정기」(1937. 12)에서는 더욱 확연히 드러난다.

목숨이란 마-치 깨여진 배쪼각
여기저기 흐터저 마을이 한구죽죽한 어촌(漁村)보다 어설푸고
삶의 틔끌만 오래 묵은 포범(布帆)처럼 달어매엿다.

남들은 깃벗다는 젊은 날이엿건만
밤마다 내 꿈은 서해(西海)를 밀항(密航)하는 「쩡크」와 갓해
소금에 짤고 조수(潮水)에 부프러 올넛다.

항상 흐렷한 밤 암초(暗礁)를 버서나면 태풍(颱風)과 싸워가고
전설(傳說)에 읽어본 산호도(珊瑚島)는 구경도 못하는
그곳은 남십자성(南十字星)이 빈저주도 안엇다.

쫏기는 마음! 지친 몸이길래

68 신석초, 앞의 글 102면.

그리운 지평선(地平線)을 한숨에 기오르면
시궁치는 열대식물(熱帶植物)처름 발목을 오여쌋다.[69]

「청포도」는 목숨을 걸고 바다를 밀항하는, 지치고 쫓기는 혁명가들을 맞이하는 시인 것이다.

그런데 우리나라에서는 일찍이 동학(東學)에서 청포(靑袍)가 사용된 적이 있다. 백범 김구는 계사년(癸巳年)인 1893년에 동학에 입교하기 위해 오응선의 집을 방문했는데, 『백범일지』는 그때의 정황을 이렇게 전한다.

그런데 그 집을 찾아가는 예절은 "육류(肉類)를 먹지 말고 목욕하고 새 옷을 입고 가야 접대를 한다"고 한다. 어육(魚肉)도 먹지 않고 목욕하고 머리를 빗어 따 늘이고 (十八歲 되던 正初) 청포(靑袍)에 녹대(綠帶)를 띠고 포동(浦洞) 오씨(吳氏)댁을 방문하였다.[70]

이 구절만으로는 백범이 입은 '청포'가 동학 측이 요구했던 복장인지 백범이 스스로 선택한 복장인지 명확하지 않다. 그러나 동학은 청포(靑袍) 또는 청포의 푸른색과 깊은 관련이 있으며, 동학민요 「파랑새」에 나오는 '청포장수'도 '푸른 옷을 입은 청포장수(靑袍將帥)'로 보는 것이 타당할 것이다.[71]

---

69 이육사 「노정기」(부분), 박현수 엮음, 앞의 책 62~64면.

70 김구 『정본 백범일지』, 도진순 탈초·교감, 돌베개 2016, 128면.

71 김도형 「동학민요 파랑새 노래 연구」, 『한국언어문학』 67집, 한국언어문학회 2008, 230~32면. 동학의 청포는 음양오행에서 청색이 동쪽을 의미하는 것과 깊은 관계가 있을 것이다.(김구, 앞의 책 64면 참조) 후경(侯景)의 청포(靑袍) 고사와 연결되는 것인지는 좀 더 많은 검토가 필요하다.

5. 맺음말

영국 시인 T. S. 엘리엇은 나쁜 베끼기와 성공적 변용에 대해 다음과 같이 언급한 바 있다.

미숙한 시인은 흉내 내지만 성숙한 시인은 훔친다. 나쁜 시인은 훔친 것을 훼손하고 좋은 시인은 더 낫거나 최소한 다른 무엇으로 만든다. 좋은 시인은 훔친 것을 원래와는 판이한 자기만의 전체적인 감정 속에 녹여내지만, 나쁜 시인은 어울리지 않게 버성기게 엮어놓는다. (T. S. Eliot, *The Sacred Wood*, 1920)

이육사 시세계의 저변에는 『시경』이나 두보의 한시가 깊이 자리하고 있으며, 「청포도」에는 한시의 기승전결 구도를 방불케 하는 짜임새가 내장되어 있다. 그러나 육사와 「청포도」는 결코 두보나 한시의 직선적 연장선상에 있지 않다. 오히려 현격한 차이와 반대로의 전복이 있다. 두보는 전쟁과 반란을 혐오하고 평화를 간절히 기원하였지만, 평생 뤄양(洛陽: 낙양)으로 돌아가 관리가 되길 소원하였다. 식민지 독립운동의 해방전사를 꿈꾼 육사는 일제와의 전쟁을 하려고 했고, 혁명동지들과 연대해 행동으로 참여하고자 하였다. 육사의 시는 그러한 행동의 일부였으며, 그리하여 육사는 두보가 사용한 단어와 개념을 자신의 독자적인 시세계로 끌어와 전혀 다른 의미로 재창조해냈다.

그러한 전복적 변용의 핵심어가 바로 '청포(靑袍)'이다. 「청포도」에서 청포를 입고 고달픈 몸으로 오는 손님, 즉 혁명가의 이미지는 누구와 관련된 것일까? 아무래도 「연인기(戀印記)」의 S, 즉 석정 윤세주를 먼저 생각지 않을 수 없다. 1938년 윤세주는 조선의용대를 조직하여 이육사와 같이 외친 중한합작으로 조국해방의 꿈을 실현하고자 노력하였고, 1939년 8월

육사는 「청포도」를 발표하여 고달픈 몸으로 청포를 입고 오는 해외 혁명가를 맞이할 향연을 준비하자고 노래하였다. 청포 입고 오는 고달픈 손님이 구체적으로 윤세주인가 아닌가는 문학적으로 중요치 않을 수 있지만, 「청포도」가 이러한 민족해방의 혁명가를 위한 향연을 노래한 시임은 분명하다고 생각된다.

'은쟁반에 하이얀 모시 수건'으로 인해서 「청포도」를 사치스러운 기다림이라고 비판하기도 한다. 그러나 육사 형제들은 어머니에게 「빈풍칠월」 병풍을 올리면서 부모님을 잘 모시기 위해 스스로 '가난하게 살지 못한 것(不遵貧)'을 송구해하였다. 또한 1941년 늦게 얻은 귀한 외동딸에게는 '비옥해서는 안된다'는 의미로 '옥비(沃非)'라는 이름을 지어주었다. '자신은 가난하게, 동지에게 부요한 접대를.' 이는 육사가 해방전선의 귀한 손님을 위한 향연을 준비하는 자세였고, 「청포도」의 시세계였다. 그간의 「청포도」 해석이 지은이 육사에게서 멀리, 또는 반대방향으로 너무 비옥하게 나아가진 않았는지?

Ⅲ.

「절정」과 의열義烈

1. 머리말

매운 계절(季節)의 챗죽에 갈겨
마츰내 북방(北方)으로 휩쓸려오다

하늘도 그만 지쳐 끝난 고원(高原)
서리빨 칼날진 그 우에 서다

어데다 무릎을 꾸러야 하나?
한발 재겨디딜 곳조차 없다

이러매 눈깜아 생각해볼밖에
겨울은 강철로 된 무지갠가보다.[1]

---

1 『문장』 1940년 1월호에 발표된 원본에 의거해 표기했다.(박현수 엮음 『원전주해 이육사

1940년 1월 『문장』에 발표된 「절정」은 전형적인 기승전결 구조이다. 그런데 "내 고장 칠월은/청포도가 익어가는 시절"처럼 기(起)는 일반적으로 평이하게 시작해야 시적 전개에 용이한데, 「절정」은 아주 강하게 "매운 계절의 챗죽〔채찍〕에 갈겨"로 시작한다. 물론 '매운 계절의 채찍'은 시인이 살고 있는 일제 전시 파시즘의 엄혹함을 표현한 것이요, 그 채찍에 갈겨 시적 화자는 북방으로 쫓겨간다. 겨울의 북방이니 엄혹함을 의미하는 추위는 시공간으로 중첩된다.

2연 승(承)에서는 1연에 이어 수평적으로 더 쫓겨갈 수 없는 한계에서 다시 수직적으로 내몰려 고원의 "서릿발 칼날진 그 우〔위〕에 서"게 되는 극한상황을 묘사한다. 이 시가 구상되었다는 시상지(詩想地)가 시인의 고향에 있는 왕모산 칼선대라는 뾰쪽한 바위 끝이라는 주장도 있긴 하지만,[2] 시적 화자는 북방 고원의 어느 칼날진 극점으로 몰린다.

2연까지 쫓기는 피동(被動)의 입장에 있던 시적 화자는 3연 전(轉)에서 전환하여 "어데다 무릎을 꿇어야 하나?"라고 자문해보지만, 결국 "한발 재겨디딜 곳조차 없"는 상황만 목도할 뿐이다. 육사는 "행동이란 것이 있기 위해서는 나에게 무한히 너른 공간이 필요"하다고 하였지만, 그가 다시 확인한 것은 "숫벼룩이 꿇앉을 만한 땅도 가지지 못한" 극한상황뿐이었다.[3]

그리하여 4연 결(結)에서 시적 화자는 눈을 감고 곰곰이 생각한다. 그 결론이 "겨울은 강철로 된 무지개"라는 사실이다. 이는 '매운 계절의 채찍'이란 기구(起句)에 대응하는 결구(結句)이며, 3연 전구(轉句) "어데다 무

시전집』, 예옥 2008, 111면 참조) 이원조가 엮은 최초의 『육사시집』(서울출판사 1946) 25면에는 3연 첫 행의 물음표와 4연 마지막 행의 마침표가 없다.

2 안상학 「서릿발 칼날진 그 우에 서다」, 『영남일보』 2008년 10월 20일.

3 이육사 「계절의 오행」(1938. 12), 김용직·손병희 엮음 『이육사 전집』, 깊은샘 2004, 162면.

릎을 꿇어야 하나?"라는 '질문'에 '마침표'로 마무리하는 단호한 답변이기도 하다. 이처럼 "겨울은 강철로 된 무지개"라는 결구야말로 「절정」의 미학적 성패를 좌우하는 핵심구절이다.

이육사의 시세계를 누구보다 잘 아는 아우 이원조는 해방 후 『육사시집』을 발간하면서 쓴 발문에서 육사의 '초강(楚剛)하고 비타협적'인 시의 대표작으로 「절정」을 지목한 바 있다.[4] 이 초강(楚剛)의 의미도 "겨울은 강철로 된 무지개"라는 구절의 해명 없이는 이해할 수 없다.

시의 결(結)은 "깊고 아득해야(要淵永)" 하는데,[5] "겨울은 강철로 된 무지갠가보다"라는 표현은 과연 깊고 아득하여 육사의 시 중에서 가장 논쟁이 많은 구절이다. '비극적 황홀' '비극적 초월' '초인(超人: Übermensch)' 등등의 상찬이 있는가 하면, "의분에 들끓는 저항자의 그것이 아니다"라거나 "단지 장식적인 이미지에 지나지 않는다"라거나 "절망의 절정"이라는 부정적 평가도 있다.[6]

이 글의 목적은 「절정」의 성패를 가름하는 결구 "겨울은 강철로 된 무지갠가보다"의 의미를 바로 해명하는 것이다. 그것은 또한 현재 오리무중인 논쟁을 해결하는 것이기도 하다.

---

4 이원조 엮음 『육사시집』, 서울출판사 1946, 69면.
5 구본현 「한시 절구(絶句)의 기승전결 구성에 대하여」, 『국문학연구』 30호, 국문학회 2014, 266면.
6 김용직 「시와 역사의식: 이육사론」, 김용직·손병희 엮음, 앞의 책 397면; 홍기삼 「혁명의 지와 시의 복합」, 『문학사상』 1976년 1월호 213면; 마광수 「이육사의 시 〈절정〉의 또 다른 해석」, 『현대문학의 연구』 16호, 한국문학연구학회 2001, 46면.

2. 오리무중의 '강철로 된 무지개'

(1) 무지개: '비극적 황홀' 또는 '비극적 초월'

'강철로 된 무지개'에 대한 1970년대 중반부터 지금까지의 주류적 견해는 김종길의 '비극적 황홀'이라는 해석에서 비롯된다고 할 수 있다. 그는 시인 예이츠(William Butler Yeats)의 '비극적 환희'(tragic joy)란 말을 차용하여 '비극적 황홀'이란 개념으로 '강철로 된 무지개'를 설명하였다.

「절정」은 하나의 한계상황을 상징하지만, 거기서도 그는 한발자국의 후퇴나 양보가 없을 뿐 아니라, 오히려 '매운 계절'인 겨울, 즉 그 상황 자체에서 황홀을 찾는 것이다. 그러나 그 황홀은 단순한 도취를 의미하는 것이 아니다. 그것은 강철과 같은 차가운 비정(非情)과 날카로운 결의를 내포한 황홀이다.[7]

김종길의 '비극적 황홀'은 강철의 냉정함에 무지개의 황홀한 이미지가 결합되어 만들어진 개념이다. 김재홍은 이러한 '비극적 황홀' 개념을 이어받으면서, '강철로 된 무지개'를 '비극적 자기초월'의 아름다움이라고 주장하였다.

'겨울'이 표상하는 현실 인식이 '강철'이라는 광물적 이미저리의 대결정신과 결합하고, 이것이 다시 '무지개'가 상징하는 예술의식으로 탁월한 상승을 성취한 모습일는지도 모른다.[8]

---

7 김종길 「육사의 시」, 외솔회 엮음 『나라사랑』 16집, 외솔회 1974, 78면.
8 김재홍 「육사 이원록」, 『한국현대시인연구』, 일지사 1986, 275면.

이들의 주장에서 강철이나 무지개는 다 긍정적 이미지로, 강철은 쉽게 사라지는 무지개의 약점을 보완하는 단련과 굳셈을, 무지개는 현실을 초월하는 아름다움과 황홀함을 상징한다. 약간의 차이는 있지만, 김종길의 '비극적 황홀'이나 김재홍의 '비극적 자기초월'이 '강철로 된 무지개'에 대한 주류적 해석이 되어, '강철같이 굳은 의지와 무지개 같은 동경(憧憬)과 꿈' '강철과 같이 견고한 봄으로 가는 무지개 다리' '금세 사라지지 않는 무지개' '강철과 같은 고형(固形)으로 물질화된 무지개' 등의 주장으로 이어졌다.[9]

한편 오세영은 이들과 달리, 강철이 겨울과 같은 부정적 이미지로 쓰였다고 주장하였다.

　　강철이 구속, 죽음, 압박, 도구적, 물리적 삶을 표상함에 비해, 무지개는 자유, 생성, 해방, 정신적, 실존적 삶을 표상하는 이미지임을 드러내 보여준다. 이러한 모순의 관계는 분명히 시적 역설을 형상화해내고 있다. (…) '겨울은 강철로 된 무지갠가보다'는 이렇게 이 시의 전체적 역설구조인 삶의 비극적 초월 혹은 의식공간의 축소(강철)와 확대(무지개)라는 기본 공식을 단 한 귀절로 함축 제시하고 있다.[10]

즉, '강철로 된 무지개'는 강철의 부정적 이미지가 무지개의 긍정적 이미지로 승화되는 '비극적 초월'(tragic transcendence)이라는 것이다. 류순

9 정한모「육사 시의 특질과 시사적 의의」, 외솔회 엮음, 앞의 책 66면; 오하근「시작품 해석의 오류 연구: 이육사 〈절정〉의 경우」, 『한국언어문학』 40집, 한국언어문학회 1998, 478면; 한명희「절망의 절정에서 생각하는 지지 않는 무지개」, 이숭원 외 『시의 아포리아를 넘어서』, 이룸 2001, 209면; 김학동 『이육사 평전』, 새문사 2012, 119면 참조.

10 오세영「육사의 〈절정〉: 비극적 초월과 세계인식」, 『한국 현대시 작품론』, 문장 1981, 271~72면.

태의 견해도 이와 궤를 같이한다.[11]

지금까지도 김종길의 '비극적 황홀'류의 개념이 '강철로 된 무지개'에 대한 주류적 해석으로 자리하고 있다. 오세영의 경우처럼 강철에 대한 정반대의 해석도 있지만, 무지개가 아름답고 황홀한 채색 무지개로 귀결된다는 점에서는 차이가 없다. 따라서 '강철로 된 무지개'가 황홀한 채색 무지개가 아니라면 이러한 견해의 근거는 매우 취약하게 된다. 이 점에 대해 뒤에 다시 논하도록 하겠다.

(2) 강철: 부정 또는 절망

장도준은 '강철로 된 무지개'에서 '강철'과 '무지개'를 이질적이며 대립적인 이미지로 보는 것에 반대하면서, 핵심어는 '무지개'가 아니라 '강철'이라고 주장한다.

'강철로 된 무지개'는 곧 겨울이며, 그러므로 진실로 아름다운 무지개가 아닌 강철로 된 무지개, 즉 무지개로 위장된 강철인 부정의 세계를 상징하는 것이다.[12]

마광수는 장도준의 '무지개로 위장된 강철인 부정의 세계'에서 한걸음 더 나아가, 「절정」이 '절망의 절정'을 노래하고 있다고 주장하였다.

시인(또는 우리 민족)이 처하고 있는 고난의 상징으로서의 무지개는

---

11 류순태 「이육사 시 〈절정〉의 비극적 실존 의식과 저항성 연구」, 『우리문학연구』 38집, 우리문학회 2013.
12 장도준 「최종적 행위와 세계 인식: 이육사의 〈절정〉 재론」, 『연세어문학』 18집, 연세대학교 국어국문학과 1985, 179면.

비가 온 다음에 하늘에 아름답게 걸려 있는 보통의 그런 무지개가 아니라 "강철로 된 무지개"인 것이다. 강철로 무지개 모양을 만들어놓고 거기다가 '빨주노초파남보'로 페인트칠을 해놓은 무지개 — 그런 무지개가 사라질 리 없다. 그러므로 이 구절은 '고난(겨울)은 영원하다'는 의미가 되고, 따라서 '절정'이라는 제목이 뜻하는 것은 '절망의 절정'이 된다.[13]

한편, 박민영은 「절정」이 절망을 노래하였다는 점에서는 이들의 주장을 이어받고 있지만, '강철로 된 무지개'는 일반적인 '오색 무지개'와 대비되는 '무채색 무지개' 즉 '흰 무지개'라고 주장하였다는 점에서 특기할 만하다. 그는 "무지개는 아름다우나, 태양과 흰 무지개의 만남은 비정상적인 것, 위험한 것을 상징한다"라는 『한국문화상징사전』의 구절을 근거로 다음과 같이 주장하였다.

오색 무지개가 희망이라면, 흰 무지개는 절망이다. 이육사의 '강철로 된 무지개' 역시 강철의 색처럼 무채색일 것이며, 따라서 희망이 아닌 절망을 상징한다고 볼 수 있다. 게다가 이 무지개는 강철로 만들어졌으므로, 여느 무지개처럼 잠시 나타났다 사라지지도 않는다.[14]

박민영의 주장은 '강철로 된 무지개＝무채색 무지개＝흰 무지개＝절망의 영속'으로 정리할 수 있다. 그리하여 그는 「절정」을 '절망과 탄식의 시'로 규정한다.

---

13 마광수, 앞의 글 46면.
14 박민영 「고원에 뜬 흰 무지개: 이육사의 〈절정〉」, 『시안』 2009년 겨울호 165~66면.

이 시는 비극적 현실을 초극하려는 강렬한 의지의 시가 절대 아니다. 이 시 어디에도 비극적 현실에 대하여 능동적 태도를 찾을 수 없다. 오히려 시인은 지극히 소극적이고 수동적인 모습이다. (…) 그 역시 두려웠을 것이다. (…) 시인으로서 이육사는 적어도 이 시 안에서만큼은, 당시 많은 문인들이 그렇게 생각하고 절망했듯, 그 겨울이 영원히 끝나지 않을 것이라 믿고 있었음이 분명하다.[15]

이 세 사람의 주장은 '강철로 된 무지개'가 채색 무지개가 아닐 수 있다고 한 점에서 나름 의의가 있지만, 그것이 '부정의 세계'나 '절망'을 의미한다고 단정한 것은 비약이며, 근거가 불충분하다. 특히 '흰 무지개'가 어떤 돌파구가 될 수 있음에도 불구하고, 박민영은 협애한 사전적인 의미에 구애되어 「절정」을 '절망과 탄식의 시'로 보았다. 이렇게 보면 '매운 계절의 채찍'으로 시작한 「절정」은 직선적 연장으로 싱겁게 끝나버리는 시가 되고 만다. 그러나 '강철로 된 무지개' 또는 '흰 무지개'는 부정이나 절망의 세계가 아니라 오히려 그 반대이다. 이에 대해서는 뒤에 논하겠다.

(3) 무지개가 아니다

앞의 두 주장은 모두 무지개를 상정하고 논의를 전개한 것이다. 그런데 무지개라는 해석으로는 시가 독해되지 않았던지, '강철로 된 무지개'는 무지개가 아니라는 주장도 있다. 먼저 정한숙은 자신의 고향 사투리를 거론하면서 '강철로 된 무지개'는 '쇳덩어리로 만든 물지게'이며, 그것은 짊어지고 다니기 어려운 고통을 의미한다고 해석하였다.[16]

---

15 같은 글 166~67면.
16 권영민 「이육사의 〈절정〉과 '강철로 된 무지개'의 의미」, 국립국어원 『새국어생활』 1999년 봄호(9권 1호), 135~36면.

한편 오탁번은 '강철로 된 무지개'가 햇빛에 반짝이는 눈꽃〔雪花〕 또는 빙설(氷雪)에서 비롯되어 '낫이나 작두날에서 보던 무지갯빛'으로 이어진다고 주장하였다.

시의 화자는 엄동설한에 이제 더이상 나아갈 수도 없는 북방의 어느 고원에 처해 있다. 그의 앞에는 매운바람과 햇빛에 반짝이는 무수한 설화(雪花)가 펼쳐져 있다. 그의 앞에는 매운바람과 어울려 지금 빙설(氷雪)이 언뜻언뜻 무지갯빛으로 비쳐난다. 여기에 곁들여 낫이나 작두날에서 보던 무지갯빛이 생각난다.[17]

겨울철 강 위의 빙설이나 산의 설화(雪花)가 햇빛에 반짝일 수 있고, 그것이 낫이나 작두날에 서리던 무지갯빛으로 이어질 수 있다. 그러나 설령 거기서부터 '강철로 된 무지개'의 이미지가 시작되었다 해도, 그것이 과연 무엇을 의미하는지에 대해서는 여전히 설명이 필요하다.

한편, 권영민은 '강철로 된 무지개'에서 '강철'은 강철(鋼鐵)이 아니며, '무지개'도 무지개가 아니라는 일견 흥미로운 해석을 전개하였다.

'강철'은 독룡(毒龍)을 의미한다. 용이 되어 승천하지 못한 큰 뱀을 강철이라고 일컫는다. '강철이 지나간 데에 봄가을이 없다'는 속담이 있다. 농사철에 알맞게 비가 내리지 않고 한발이 계속되면 사람들은 흔히 용이 되어 승천하지 못한 큰 뱀 강철이가 심술을 부려서 비를 오지 못하게 한다고 생각한다. 그래서 강철이 간 데에는 농사를 지을 수가 없고, 봄가을이 없는 것처럼 모두가 황폐해진다. (…) '무지개'와 유사한 말 가운데 '무지기'라는 말이 있다. '무지기'는 대사(大蛇), 즉 큰 뱀을

---

17 오탁번 『한국현대시사의 대위적(對位的) 구조』, 고려대학교 민족문화연구원 1988, 215면.

일컫는 말이다. 지금은 이 단어를 거의 찾아보기 어렵지만, 내 고향인 충청도에서 내가 어렸을 때 들었던 말이다. 구한말에 게일(H. Gale)이 펴낸 우리말 사전에도 분명히 '무지기(무직이)'라는 단어가 등재되어 있고, 그 뜻이 큰 뱀으로 풀이되어 있다. 이 단어와 유의적인 관계를 이루는 '이무기'라는 말은 누구나 알고 있을 것이다. 나는 이 시에서 '무지개'를 '무지기'의 오식으로 보고자 한다.[18]

'오식(誤植)'까지 주장하면서 시를 고치는 권영민의 주장에는 여러모로 무리수가 있다. 첫째, 육사는 다른 시에서도 '무지개'란 단어를 쓰고 있는데, 그것들을 큰 뱀이나 이무기로 바꾸면 전혀 의미가 통하지 않는다. 유독 「절정」의 무지개만이 '무지기', 즉 큰 뱀이 되어야 할 이유는 없는 것이다. 둘째, '강철'도 마찬가지이다. 독룡을 의미하는 '강철'이라면 일반적인 강철(鋼鐵)과 구분하여 한문으로 '强鐵', 한글로 '강철이' '꽝철이' 등으로 표현하지 않을 이유가 없다. 셋째, 독룡을 의미하는 '강철'이나 큰 뱀을 의미하는 '무지기'는 둘 다 비슷해서 모두 이무기를 가리킨다고 할 수 있다. 권영민도 앞의 인용구에서 강철을 '큰 뱀 강철이'라고 했고, 또 무지기를 '대사(大蛇), 즉 큰 뱀'이라 하였다. '강철'과 '무지기'는 같은 것이어서 둘 사이에는 변하고 말고 할 것이 없다. 넷째, '강철이 지나간 데에 봄가을이 없다'라는 말은 원래 '강철이 간 데는 가을도 봄'이라는 말에서 온 것인데, 이것은 가을 수확기에 강철이가 나타나 봄부터 시작된 1년 농사가 헛되게 된다는 말이다. 그러나 「절정」의 시간적 배경은 수확기인 가을이 아니라 '매운 계절' 즉 '겨울'이다.

---

18 권영민, 앞의 글 141~42면.

3. 육사의 아름다운 채색 무지개

'강철로 된 무지개'를 검토하기 전에 육사가 시에서 언급한 다른 무지개 네가지를 먼저 살펴보자. 제일 먼저 등장하는 것은 「강 건너간 노래」(1938. 7)인데, 이 시는 "섣달에도 보름께 달 밝은 밤/앞내강(江) 쨍쨍 얼어 조이던 밤에"로 시작하여 마지막 연 "밤은 옛일을 무지개보다 곱게 짜내나니"에서 무지개가 등장한다.[19] 여기서 무지개는 '곱게'라는 표현에서 추정할 수 있듯이 아름다운 채색 무지개이지만, 겨울이고 그것도 밤이기 때문에 실제의 무지개가 아니라 비유로서 사용된 것이다.

두번째로 무지개가 등장하는 「아편」(1938. 11)은 "나릿한 남만(南蠻)의 밤"으로 시작하는 봄밤의 노래로, 마지막 연 "무지개같이 황홀(恍惚)한 삶의 광영(光榮)/죄(罪)와 곁들여도 삶즉한 누리"[20]에 등장하는 무지개도 채색의 황홀한 이미지이다.

세번째는 「독백」(1941. 1)으로 「절정」 이후의 작품이다. 항구의 달밤을 노래한 이 시의 4연 "선창(船窓)마다 푸른 막 치고/촛불 향수(鄕愁)에 찌르르 타면/운하(運河)는 밤마다 무지개 지네"[21]에 등장하는 무지개도 역시 채색의 아름다운 이미지이다.

네번째로 「파초(芭蕉)」(1941. 12)는 가을밤을 읊은 시인데, 마지막 7연 "그리고 새벽하늘 어데 무지개 서면/무지개 밟고 다시 끝없이 헤어지세"에 무지개가 등장한다.[22] 여기서 무지개는 일출 전 무지개 모양의 오색구름을 의미하는데, 지상과 하늘이 만나고 헤어지는 연결다리의 이미지로 사용되고 있다.

---

19 이육사 「강 건너간 노래」, 박현수 엮음, 앞의 책 73~74면.
20 이육사 「아편」, 같은 책 82~83면.
21 이육사 「독백」, 같은 책 139면.
22 이육사 「파초」, 같은 책 161면.

이상 네가지 무지개는 모두 우리가 아는 채색 무지개의 아름답고 황홀한 이미지를 상정하고 있다. 무지개의 이러한 이미지는 아직도 일반적이며, 그것은 전통사회에서도 마찬가지였다. 전통사회에서 오색영롱한 채색 무지개는 봄부터 가을까지 이어지는 생명현상과 함께하는 것으로 믿었다. 무지개를 의미하는 한자인 홍(虹)을 비롯하여 예(蜺)·체(螮)·동(蝀) 등은 모두 '벌레 충(虫)' 변인 것은, 무지개가 '벌레의 입김'에서 비롯된다고 생각했기 때문이다. 무지개 홍(虹)자는 예술가(工人)가 벌레(虫)들의 입김을 아름답게 배열해놓은 것 같다는 의미이다.[23]

그런데 겨울에는 벌레들이 겨울잠을 자기 때문에 아름다운 채색 무지개가 사라진다고 생각했다. 가령『월령(月令)』에서 관련 구절들을 보면, 음력 1월에는 하늘의 기운이 아래로 내려오고(天氣下降) 땅의 기운은 위로 올라가며(地氣上騰), 하늘과 땅이 화동하여(天地和同) 초목의 싹이 튼다(草木萌動). 음력 2월이 되면 칩복하던 벌레들이 다 생동하여(蟄蟲咸動) 구멍을 뚫고 밖으로 나온다(啓戶始出). 그리하여 음력 3월이 되면 무지개가 드디어 나타나기 시작한다(虹始見)고 되어 있다.[24]

이렇게 늦봄에 나타난 무지개는 벌레 소리 요란한 여름철에 가장 왕성하다가 초겨울이 되면 사라진다. 즉, 음력 10월이 되면 물이 얼기 시작하고(水始冰), 땅이 얼기 시작하며(地始凍), 드디어 무지개는 감추어져서 보이지 않는다(虹藏不見). 이 달에는 하늘 기운이 위로 올라가고(天氣上騰), 땅 기운은 아래로 내려가서(地氣下降), 하늘과 땅의 기운이 서로 통하지 않고(天地不通), 막혀서 겨울이 된다(閉塞而成冬). 요컨대, 동양 전통에서 채색 무지개는 늦봄인 음력 3월에 비로소 나타나기 시작하여, 초겨울인 음력 10월에는 사라진다는 것이다. 겨울에도 봄과 같이 따뜻한 날이 되면 무지개가

---

23 이덕무(李德懋)『청장관전서(靑莊館全書)』권7,「예기억일(禮記臆一)」.
24 『月令』: http://baike.baidu.com/view/902742.htm.

나올 수도 있지만, 그것은 어디까지나 예외적인 경우이다.

4. '흰 무지개'와 '강철로 된 무지개'

(1) '흰 무지개'와 검(劍)

일제의 "매운 계절의 채찍에 갈겨" "서릿발 칼날진 그 위에 선" 육사가
눈을 감고 곰곰이 생각한 것은 "겨울은 강철로 된 무지개"라는 사실이다.
이 겨울 무지개는 벌레들의 입김에서 비롯되는 아름다운 채색 무지개는
분명 아니다. 육사는 이와 전혀 다른 무지개를 생각했다. 이 특이한 무지
개에 대한 이야기는 2200여년 전 한 비장한 사나이의 고사와 관련된다. 그
는 진시황 암살에 나선 형가(荊軻)이다.

중국 전국시대 연(燕)나라의 태자 단(丹)은 진(秦)나라 인질생활에서 도
망쳐와 복수를 도모하는데, 진시황을 암살할 자객으로 형가를 선택하였
다. B.C. 227년, 드디어 형가는 진나라로 가게 되고, 국경 가까이 있는 이
수(易水)에서 이별의 노래를 부른다. 『사기(史記)』의 「자객열전(刺客列傳)」
과 『전국책(戰國策)』의 「연책 3(燕策三)」이 전하는 이수의 이별 장면은 눈에
잡힐 듯 생생하며 장엄하기 그지없다.

태자를 비롯해 암살 음모를 아는 이들은 형가의 장례를 미리 치르는 듯
모두 흰옷에 흰 관을 쓰고 이수 강가까지 와서 형가를 배웅한다. 그 이별
의 의식에서 고점리(高漸離)가 현악기의 일종인 축(筑)을 타고, 형가는 노
래를 두번 부른다. 먼저 비장한 변치성(變徵聲)[25]으로 노래하니 듣는 사람

---

[25] 중국의 음계는 고래로 궁(宮), 상(商), 각(角), 치(徵), 우(羽) 5음이었으나, 서양의 7음계
가 전해진 후로 5음에다가 '반음'에 해당하는 변치(變徵)와 변궁(變宮)을 더해 7음계를
사용하였다.

이 모두 눈물을 흘리며 울었다. 형가가 다시 한음 높여 강개한 우성(羽聲)으로 노래하니 "모두 두 눈을 부릅뜨고(士皆瞋目), 머리카락은 솟구쳐올라 관을 찔렀다(髮盡上指冠)." 슬프고도 강개한 이별의 의식을 짧게 치른 뒤 형가는 홀연히 떠나며 다시 뒤돌아보지 않았다.

이수의 이별 현장에서 형가가 부른 노래를 「이수가(易水歌)」라 하는데, 15자의 짧은 2구이지만 꾸밈이 없고 비장하다.

풍소소혜이수한(風蕭蕭兮易水寒): 바람은 쓸쓸하고 이수 강물은 차구나
장사일거혜불부환(壯士一去兮不復還): 장사 한번 가면 다시 돌아오지 않으리

그런데 『사기』 「추양열전(鄒陽列傳)」에는 형가가 진시황을 암살하러 가던 당시 하늘에서 "흰 무지개가 해를 꿰뚫었다(白虹貫日)"라고 한다. 그후 형가의 외침(노래)이 하늘에까지 기운이 뻗쳐 흰 무지개가 되어 해를 찔렀다는 고사(故事)가 생겨났다. 여기서 해는 진시황 같은 군주를, '흰 무지개'는 그를 찌르는 검(劍)을 의미한다. 형가가 불렀다는 「이수가」는 앞의 2구 15자에 다시 아래의 2구 15자가 추가되어 회자되곤 하였다.

탐호혈혜입교궁(探虎穴兮入蛟宮): 호랑이 굴을 찾음이여! 이무기 궁에 들어가도다
앙천허기혜성백홍(仰天噓氣兮成白虹): 하늘 우러러 외침이여! 흰 무지개를 이루었도다

진시황 암살 시도는 다 아는 바와 같이 실패하고, 형가는 처참하게 죽임을 당한다. 사마천은 「자객열전」에서 형가의 뜻이 높고 의로워 "그 이름이 후세에 전하여 잊히지 않는다"라고 특별히 기록하였다. 진나라 다음

왕조인 한(漢)나라에서 형가는 폭군에 맞서는 의사(義士)로서 인기가 높아 화상석(畫像石)에도 여러 모습으로 등장한다.[26] 또한 형가로 인해서 '이수송별(易水送別)' '발진지관(髮盡指冠)' '백홍관일(白虹貫日)' 등의 고사성어가 탄생하였다.

형가에 대한 평가는 시대마다 부침이 있었지만, 폭군이 지배하는 시기나 난세에는 그를 의롭게 기리는 경우가 더러 있었다. 도연명(陶淵明)은 「영형가(咏荊軻)」에서 "그 사람 비록 이미 세상을 떠났으나(其人雖已沒)/천년이 지나도 그 정한 남아 있도다(千載有餘情)"라고 하였고, 이백(李白)은 15세 전후에 태산(泰山)에 올라 형가의 한(恨)을 노래한 「의한부(擬恨賦)」에서 이렇게 표현하였다.

형경입진(荊卿入秦): 형가가 진나라에 들어가고자
직도이수(直度易水): 곧바로 이수를 건넜다네
장홍관일(長虹貫日): 긴 무지개 해를 꿰뚫고
한풍삽기(寒風颯起): 스산한 바람 일어나도다.
원수시황(遠讐始皇): 원수 진시황을 죽여
의보태자(擬報太子): 태자 단의 은혜에 보답코자 하였건만
기모불성(奇謀不成): 장한 도모 성사되지 못하고
분완이사(憤惋而死): 분통하게 죽고 말았도다.

'백홍' 즉 '흰 무지개'가 검(劍)의 의미로 사용된 경우가 『삼국지』에 등장한다. 오(吳)나라 손권(孫權)에게 여섯점의 명검이 있었는데, 그중 제1보검이 바로 백홍검(白虹劍)이었다.[27] '흰 무지개(白虹)'는 타원형이 아니라

---

26 張道一『汉画故事』, 中國: 重庆大学出版社 2006, 86~88면. 권두 화보의 〔그림 28〕 참조.
27 "三國吳大帝孫權有六柄寶劍, 一曰白虹, 二曰紫電, 三曰辟邪, 四曰流星, 五曰靑冥, 六曰百里."(崔豹『古今注』)

칼처럼 길쭉한 모습이라고 해서 이백의 「의한부(擬恨賦)」에서처럼 '긴 무지개(長虹)'로 불리기도 한다.

(2) '흰 무지개'는 불온의 상징?

형가 이후 '흰 무지개(白虹)'는 국가적 변란의 징조로 시와 문학은 물론 천문 기록에도 자주 등장한다. 물론 대부분 불온한 흉조이다.

우리나라의 경우만 보아도 『삼국사기』에서부터 『조선왕조실록』에 이르기까지 '백홍(白虹)'이란 말이 여러번 등장한다. 예컨대, 『삼국사기』 「백제본기」에는 551년 정월 백홍관일(白虹貫日) 현상이 있었는데, 그해 10월 백제의 성왕(聖王)이 중국 양(梁)나라에서 '후경(侯景)의 난'이 일어난 사실을 알지 못하고 조공하였다가 사신들이 낭패를 당한 일이 기록되어 있다.[28] 『조선왕조실록』 웹사이트에서는 '백홍(白虹)'이 409건이나 검색되는데,[29] 역시 대부분 불길한 징조이다. 대표적인 경우로 1616년(광해 8년) 윤선도의 상소문을 보자.

> 태양은 모든 양(陽)의 종주(宗主)로서 임금을 의미하기 때문에, 『춘추(春秋)』에는 공(公)이 일식(日食)이나 하늘 운행의 상도(常度)를 매번 기록하였습니다. 또 주자가 주석을 단 『시경집전(詩經集傳)』에는 〔일식이〕 '첩부(妾婦)가 그 지아비를 누르거나, 신하가 정권(政權)을 농단하거나, 오랑캐가 중국을 침범하는 형상이니, 모두가 음(陰)이 왕성하고 양(陽)

---

28 『삼국사기』 권26, 「백제본기」 4, 성왕(聖王) 27년 춘(春) 1월 "흰 무지개가 해를 가로지르다."; 성왕(聖王) 27년 동(冬) 10월 "양에 사절을 파견하다." 국사편찬위원회 한국사 데이터베이스(http://db.history.go.kr/item/level.do?levelId=sg_026r) 참조.

29 국사편찬위원회의 『조선왕조실록』 웹사이트(http://sillok.history.go.kr/main/main.do) 참조.

이 미약한 증거'라고 하였습니다. 더구나 흰 무지개가 해를 꿰뚫는(白虹貫日) 참혹함은 일식에 견줄 바가 아닙니다. 재변은 까닭 없이 생기는 것이 아니니, 어찌 그 이유가 없겠습니까.[30]

'흰 무지개'는 이처럼 변란이나 역모를 예고하는 불길한 징조였다. 그리하여 『한국문화상징사전』에서 "무지개는 아름다우나, 태양과 흰 무지개의 만남은 비정상적인 것, 위험한 것을 상징한다"[31]라고 설명하게 된 것이다.

그런데 태평한 시기에는 백홍(白虹)이 불길한 징조지만, 폭군 치하의 난세에는 희망과 변화의 상징이다. 결국 백홍(白虹)을 어떻게 보는가는 그 시대를 보는 척도가 된다. 독립운동의 최대 목표는 식민권력을 무너뜨리고 조국의 해방을 쟁취하는 것이었다. 그러므로 식민지 조선의 독립운동가들에게 '흰 무지개'와 그 원조인 형가는 의열(義烈)투쟁의 대표적 상징이 되었다. 그 단적인 예가 윤봉길 의사이다.

윤봉길 의사는 1930년 3월 6일 23세의 젊은 나이에 둘째아이가 아직 태어나지도 않았을 때, 독립투쟁의 꿈을 안고 중국으로 망명하였다. 망명길에 오르면서 그는 "장부가 집을 나서면 살아서 돌아오지 않는다(丈夫出家生不還)"라는 유묵(권두 화보의 〔그림 29〕)을 남겼다. 이 구절은 다름 아닌 형가의 「이수가」 중 "장사(壯士) 한번 가면 다시 돌아오지 않으리(壯士一去兮不復還)"라는 구절에서 비롯되었음은 말할 것도 없다. 이에 화답이나 하듯, 미주 독립운동신문인 『신한민보』의 주필 홍언(洪焉)은 윤봉길의 의거를

---

30 원문은 "日者, 衆陽之宗, 而人君之表, 故日食乃天行之常度, 而春秋每公必書. 傳曰: '或妾婦乘其夫, 或政權在臣下, 或夷狄侵中國, 皆陰盛陽微之證也.' 況白虹貫日之慘, 不可比諸日食. 變不虛生, 豈無所由然"이다. 국사편찬위원회의 『조선왕조실록』 웹사이트에 있는 번역이 어색하여 필자가 수정하였다.

31 한국문화상징사전편찬위원회 『한국문화상징사전』, 동아출판사 1992, 278면.

"이수의 비가는 지기의 노래(易水悲歌知己音)"[32]라는 시 구절로 찬양하였다. 홍언은 윤봉길 의사가 「이수가」를 부른 형가의 각오로 의거를 단행했음을 알고 있었던 것이다.

이처럼 '형가' '이수가' '흰 무지개' 등은 식민지 지식인들에게 항일 의열투쟁의 상징으로 사용되었다. 일제로 인해 "매운 계절의 채찍에 갈겨" "서릿발 칼날진 그 위에 서서" 육사가 눈을 감고 곰곰이 생각한 '강철로 된 무지개'는 바로 이러한 무지개, 즉 검의 기세로 해를 찌르는 '흰 무지개'였다. 여기서 해(日)는 물론 일제(日帝)이다.

(3) '흰 무지개(白虹) 사건'과 '강철로 된 무지개'

이육사는 왜 「이수가」의 '흰 무지개(白虹)'라는 유명한 상징을 그대로 사용하지 않고 '강철로 된 무지개'로 바꾸었을까? 여기에는 그럴 만한 시대적 상황이 있다.

먼저 한·중·일 삼국의 지식인은 대개 「이수가」를 잘 알고 있었으며, 이를 활용한 다양한 변주들이 있었다. 예컨대, 1910년 17세의 마오쩌둥(毛澤東, 1893~1976)이 고향을 훌쩍 떠나면서 아버지께 남긴 칠언절구의 앞 두 구절은 다음과 같다.

해아입지출향관(孩兒立志出鄕關): 사나이 뜻을 세워 고향을 나서매
학불성명서불환(學不成名誓不還): 배움으로 명성 얻지 못하면 돌아오지 않으리[33]

---

32 이 구절은 홍언의 「윤봉길 의사 홍커우 작격 10수(尹奉吉義士 虹口炸擊 十首)」 중에서 마지막 10수의 제2행이다. 이 시는 독립기념관에 소장되어 있는 홍언의 『동해시초(東海詩抄)』(1932)에 수록되어 있으며, 『매헌 윤봉길 전집』 6권(매헌윤봉길의사기념사업회 2012), 41~42면, 786~88면에서 볼 수 있다.

그런데 마오쩌둥은 자신의 이 시가 일본의 사이고오 타까모리(西鄕隆盛, 1828~1877)의 시를 약간 고친 것이라고 밝혔다(改西鄕隆盛詩贈父親). 마오쩌둥의 이 말로 인해 이 시의 원작자는 사이고오 타까모리로 널리 알려져 있으나, 실제의 원작자는 일본의 존왕양이파 스님인 겟쇼오(月性, 1817~1856)이며, 원제는 「장동유제벽(將東遊題壁)」이다. 사이고오 타까모리가 이 시를 좋아해 적어서 늘 가지고 다녔다고 한다. 젊은 시절 마오쩌둥은 일본의 메이지유신에 지대한 관심을 가지고 있었기 때문에 이 시를 사이고오의 시라고 생각한 것으로 보인다. 겟쇼오의 원시, 마오쩌둥이 사이고오 타까모리의 시라고 언급한 것, 그리고 마오쩌둥의 시는 약간의 차이가 있지만 의미는 대동소이하다.[34]

중요한 것은 겟쇼오—사이고오—마오로 이어지는 이 시의 앞부분이 모두 형가의 「이수가」의 "장사(壯士) 한번 가면 다시 돌아오지 않으리(壯士一去兮不復還)"에서 온 것이라는 점이다. 「이수가」의 이 구절이 고향과 집을 떠나 배움과 구국 등의 어떤 결의를 다지는 것으로 변주된 것이다. 이처럼 한·중·일 삼국의 지식인들은 형가의 「이수가」를 잘 알고 있었으며, 다양한 형식으로 변주하곤 했다.

그렇지만 식민지 시기에는 「이수가」의 '흰 무지개'를 드러내놓고 노래할 수 없었다. 그것은 1918년 일본에서 유명한 '쌀 소동(米騷動)'과 더불어 이른바 '흰 무지개 사건(白虹事件)'이 일어났기 때문이다. 당시 '타이쇼오

---

33 중국 『인민일보』 웹사이트(人民网) '中国共产党新闻〉〉领袖人物纪念馆〉〉毛泽东纪念馆〉〉毛泽东传'(http://cpc.people.com.cn/GB/69112/70190/70192/70270/4764043.html)의 「一, 出乡关」에서 "一九一〇年秋天"으로 시작하는 문단 뒷부분 참조.

34 이 시의 1~2구를 ① 겟쇼오, ② 사이고오 타까모리, ③ 마오쩌둥 순으로 소개하면 다음과 같다. 1구: ① 男兒立志出鄕關, ② 男兒立志出鄕關, ③ 孩兒立志出鄕關, 2구: ① 學若無成不復還, ② 學不成名死不還, ③ 學不成名誓不還.(『百度百科』 웹사이트: https://baike.baidu.com/item/七绝·改西乡隆盛诗赠父亲 참조)

(大正) 데모크라시'의 선두에 서 있던 『오오사까 아사히신문(大阪朝日新聞)』
은 1918년 8월 26일자 보도로, 테라우찌 마사따께(寺內正毅) 내각의 시베리
아 출병과 쌀값 폭등을 격렬하게 비판하면서 아래와 같은 표현을 사용하
였다.

　　완전무결을 과시하던 우리의 대일본제국은 이제 두려운 최후의 심판
　　일에 가까워지는 것은 아닌가. 옛사람들이 백홍관일(白虹貫日)이라고 하
　　던 불길한 징조가 소리 없이 사람들의 머리에 뇌성과 같이 울린다.

　여기서 문제가 된 구절은 바로 내란을 암시하는 '백홍관일(白虹貫日)'이
었다. 신문사의 편집 간부가 이 구절을 뒤늦게 발견하고 위험하다고 판단
하여 인쇄 중단을 지시하였지만, 이미 1만부 가량이 배포되고 난 후였다.
검찰 당국이 신문 발행을 중단시켰고, 우익단체 흑룡회(黑龍会) 회원들이
무라야마 료오헤이(村山龍平) 사장을 습격하여 옷을 벗기고 전라(全裸)로
전신주에 동여맨 뒤 머리에 '국적 무라야마 료오헤이(国賊 村山龍平)'라고
써붙이는 대소동을 일으켰다. 테라우찌 내각은 쌀 소동에 책임을 지고 9
월 21일 총사퇴하였고, 비교적 자유를 허용하던 '타이쇼오 데모크라시'는
이로써 끝이 났다.
　이육사는 칸또오 대지진과 조선인 학살사건 직후인 1924년 일본 토오
꾜오로 건너가 근 1년간 유학한 적이 있다. 또한 국내에서는 중외일보 기
자로 활동하기도 하였다. 그렇기에 대역반란을 의미하는「이수가」의 '흰
무지개'라는 표현이 '목 놓아' 부를 수 없는 금지어라는 사실을 육사는 잘
알고 있었을 것이다. 육사는 한·중·일 삼국의 지식인들이 잘 아는「이수
가」의 '흰 무지개'를 일제의 삼엄한 검열을 넘어서 새롭고 창의적으로 표
현해야 했다. 육사의 시세계를 누구보다 깊이 이해했던 신석초 역시「절
정」에 대해 다음과 같이 언급한 바 있다.

겨울은 그것이 바로 일정(日政)의 서슬 선 총칼 밑에 떨고 있는 우리 어두운 현실상황의 비유이었을 것이다. 그가 시 제작에 있어서 상징적 수법을 쓴 것은 반드시 그의 본령은 아니었다. 그가 즐겨 은유의 상징을 사용한 것은 당시의 가혹한 관헌의 검열을 피하기 위해서이고, 실은 그의 작품들의 밑바닥에는 예리한 현실감각과 강한 의지가 숨어 있는 것들이다.[35]

이육사는 당시의 가혹한 검열 때문에 '흰 무지개'를 '강철로 된 무지개'라고 표현하였던 것이다. 생철(生鐵)을 제련하면 강철(鋼鐵)이 되고, 강철 중 가장 좋은 것으로 검(劍)을 만드니, 강철은 검(劍)이 되며, 검의 칼날에 비치는 '서릿발' 기운을 '흰 무지개'로 표현한 것이다.

육사가 일제 치하에서 불온을 상징하는 검(劍)의 흰 무지개를 대환호하며 은밀하게 표현하였다는 것은 「절정」과 같은 해에 발표한 「서풍(西風)」 (1940. 10)에서도 알 수 있다. 「서풍」의 결구인 "회한(悔恨)을 사시나무 잎처럼 흔드는/네 오면 불길할 것 같아 좋아라"에서 '네'는 바로 늦가을 서풍이 초래한 흰 무지개이며, '강철로 된 무지개'의 또다른 표현인 것이다.[36]

(4) 김창숙의 '긴 무지개'

일제강점기에는 1918년 '흰 무지개 사건(白虹事件)' 이후 '흰 무지개(白虹)' 또는 '긴 무지개(長虹)'라는 말을 공개적으로 사용할 수 없었다. 그러나 비공개의 한시 등에서는 의열투쟁의 표징으로 은밀하게 사용하였고,

---

35 신석초 「이육사의 생애와 시」, 『사상계』 1964년 7월호 249면.
36 이 책의 24~26면 참조.

1945년 해방 이후에는 공개적으로 사용하였다. 여기서는 그 대표적인 예로 심산(心山) 김창숙(金昌淑)의 시 두편을 소개하고자 한다.

① 정수기(정내익) 추도시

먼저 살펴볼 것은 김창숙의 「추도 정내익·수기(追悼鄭乃益守基)」라는 시이다. 정내익의 본명은 정수기(鄭守基)로, 김창숙의 17년 후배이며, 육사의 8년 선배이다. 정수기는 1925년 '제2차 유림단 사건' 당시 김창숙과 긴밀히 연락하며 경북지역의 모금운동을 담당하였고, 1928년 8월 김창숙과 함께 대구감옥에 투옥되었다. 정수기는 1928년 11월 대구지방법원에서 징역 2년 6월형을 받고 옥고를 치렀으며, 고문으로 인하여 불구의 몸으로 출옥하였지만, 1936년 1월 10일 40세로 한 많은 일생을 마감하였다.[37]

정수기의 삶과 죽음에 절대적인 영향을 미친 김창숙의『심산유고(心山遺稿)』에「추도 정내익·수기」가 수록되어 있다. 이 추모시를 읽으면 육사를 추모하고 있는 것이 아닌가 할 정도로 이육사와 정수기는 흡사한 면이 있다. 두 사람 모두 베이징에서 김창숙을 만났고, 베이징대학을 다녔으며, 만 40세에 별세하였다. 특히 두 사람 모두 순국 당시 눈을 감지 못하였다고 한다. 바로 이 부분에 '긴 무지개(長虹)'가 등장한다. 「추도 정내익·수기」의 제5수이다.

문설군귀시불명(聞說君歸視不瞑): 듣건대, 그대 운명할 때 눈을 감지 못했다 하니

---

37 정수기에 대해서는 독립운동사편찬위원회 엮음『독립운동사 자료집』12집(문화투쟁사 자료집), 독립유공자사업기금운용위원회 1977; 국가보훈처 엮음『대한민국 독립유공인물록: 1947~1997년도 포상자』, 국가보훈처 1997; 국가보훈처 엮음『독립유공자 공훈록』5, 국가보훈처 1988 참조. 1968년 '의사 일천정수기선생 기념사업회'에서는 경주시 건천읍 송선1리에 기념비를 건립하였고, 정부에서는 1990년 건국훈장 애국장을 추서하였다.

영혼적막읍가성(英魂寂寞泣佳城): 영특한 그대의 혼 무덤(佳城)에서 적
막히 울겠네.

성두홀견장홍기(城頭忽見長虹起): 그대 무덤 위에 홀연히 긴 무지개 일
어나니

인시당년열렬정(認是當年烈烈精): 이것은 분명히 그대의 열렬한 정기
라네.[38]

김창숙은 정수기의 무덤에서 '긴 무지개'가 일어났으며, 그것은 다름
아닌 정수기의 의기가 쏘아올린 열렬한 표징이라고 찬양하고 있다.

② 안중근 의사 숭모시

'긴 무지개(長虹)'는 심산 김창숙의 또다른 시, 「안중근 의사 숭모비」로
시의 마지막 부분에도 등장한다. 1961년 심산은 '안중근 의사 기념사업
회' 회장으로서 광주 무등산의 광주공원에 '안중근 의사 숭모비'를 세우
는 일을 주도하였다. 그가 쓴 비문의 마지막 부분은 다음과 같다.

전유문승상(前有文丞相): 예전엔 문승상 있었고
후유안장사(後有安壯士): 지금은 안의사 있도다.[39]

문승상은 남송(南宋)의 충신 문천상(文天祥, 1236~1282)을 말한다. 그는
남송 멸망 후 원(元)의 수도인 대도(大都: 지금의 베이징)에 끌려가 3년간 감

---

38 「추도 정내익·수기(追悼鄭乃益守基)」는 김창숙『심산유고(心山遺稿)』권1, 국사편찬위
원회 1973, 33면; 심산사상연구회 엮음『김창숙 문존』, 성균관대학교출판부 1994, 23~25
면 참조. 번역은『김창숙 문존』을 참고하면서 필자가 조금 수정하였다.

39 김창숙『심산유고(心山遺稿)』권4, 국사편찬위원회 1973, 242면;『김창숙 문존』151~54
면. 역시 번역은『김창숙 문존』을 참고하면서 필자가 수정하였다.

옥에 갇혀 있었다. 원나라 세조 쿠빌라이가 간곡하게 벼슬을 권했지만 끝내 거절하는 바람에 그는 사형을 당했고, 이후 제갈량(諸葛亮) 및 악비(岳飛)와 더불어 중국의 삼충(三忠)으로 현양되었다. 심산은 안중근 의사를 중국의 대표적인 충신 문천상에 비교한 것이다.

시시벽혈비(柴市碧血飛): 시시에 푸른 피 흐르고
합빈장홍기(哈濱長虹起): 하얼빈엔 긴 무지개 뻗쳤도다.

'시시(柴市)'는 문천상이 사형당한 곳이며, '푸른 피(碧血)'는 주(周)나라 장홍(萇弘)이 충간(忠諫)하다가 촉(蜀)으로 쫓겨나자 할복자살하였는데 그때 흘린 피가 3년 후 푸른 옥으로 변했다는 고사에서 나온 것이다.[40] 이후 푸른 피, 즉 벽혈(碧血)은 충신(忠臣) 의사(義士)의 피를 의미하게 되었고, 여기서는 문천상의 피가 그러하다는 것이다.

앞의 구절이 문천상을 노래했다면 뒤의 구절은 안중근 의사를 찬양하고 있는바. 하얼빈(哈尔濱)의 의로운 긴 무지개(長虹)가 일어나서 해를 찔렀다(貫日)는 것이다. 여기서 해는 물론 이또오 히로부미(伊藤博文)를 의미한다.

장홍관벽혈(長虹貫碧血): 긴 무지개 푸른 피와 이어지니
정기결불사(正氣結不死): 바른 기운 연결되어 죽지 않았네.

안중근의 긴 무지개가 긴 세월의 역사를 넘어서 문천상의 의로운 푸른 피(碧血)와 연결되니, 역사에서 바른 기운(正氣)은 죽지 않고 결합한다는 것이다. 두분의 의기를 길이길이 이어받자는 다짐이 다음의 결구이다.

---

40 『장자(莊子)』「외물(外物)」.

오호천백세(嗚呼千百世): 아! 천백세 후인들이여

후인앙이자(後人仰二子): 이 두분을 함께 우러러볼지어다.

　김창숙의 시를 통해서 해방 이후까지도 한시에 소양이 있는 사람들은 '흰 무지개'나 '긴 무지개'를 의열투쟁의 상징으로 사용하였음을 알 수 있다. 이러한 흐름이 단절되면서 '흰 무지개'는 생소한 것이 되었고, 육사가 검열을 피하기 위해 사용한 '강철로 된 무지개'의 진의는 더욱 오리무중에 빠지게 되었다.

5. '비극적 황홀'과 'Terrible Beauty'

　지금까지도 '강철로 된 무지개'에 대한 주류적 견해는 김종길이 예이츠의 '비극적 환희'를 차용한 '비극적 황홀'의 연장선상에 있다고 할 수 있다. '비극적 환희'가 예이츠의 시세계를 이해하는 데 중요한 개념인 것은 분명하다.[41] 김종길은 이를 죽음의 비극 앞에서도 초연한 태도로 해석하여, 1910년 한일병탄 때 자결한 매천 황현, 1944년 베이징 지하 감옥에서 순국한 이육사, 1945년 후꾸오까 감옥에서 순국한 윤동주 등의 시세계에 적용하면서 「절정」의 '강철로 된 무지개'를 그러한 '비극적 황홀'로 해석하였다.[42]

　그러나 '강철로 된 무지개'는 비극이나 죽음을 초연한 태도로 받아들이는 '비극적 환희'나 '비극적 황홀'과는 다르다. 그것은 일제의 겨울과 '매

---

41 임도현 「예이츠의 비극적 환희와 영웅주의」, 『현대영미드라마』 23권 2호, 한국현대영미드라마학회 2010.

42 김종길 「한국시에 있어서의 비극적 황홀」, 『심상』 1973년 11월호.

운 계절의 채찍'에 맞서는 장렬한 투쟁선언인 것이다. 형가가 「이수가」를 부를 때 듣는 사람들이 모두 '두 눈을 부릅뜨고 머리카락이 솟구쳐오른' 그에게서 강개한 아름다움을 느낀 것이나, 아우 이원조가 「절정」을 이육사의 '초강(楚剛)'을 대표하는 작품으로 지목한 것은 같은 맥락이다.

「절정」이 '비극적 환희'와 직결되는 것은 아니지만, 육사를 예이츠의 시세계와 연결하는 것은 나름 의미가 있다고 생각된다. 일제 식민 치하 조선의 지식인들은 영국의 식민지인 아일랜드에 대해 동병상련의 친근감으로 각별한 관심을 가지고 있었으며, 아일랜드 시인 예이츠에 대해서도 일찍부터 관심을 기울이고 있었다. 김억(金億)은 1918년에 예이츠의 시 「하늘의 융단」(He wishes for the Cloths of Heaven)을 번역 소개한 바 있고, 그의 제자 김소월이 대표작 「진달래꽃」에서 썼던 구절, "가시는 걸음걸음 놓인 그 꽃을/사뿐히 즈려밟고 가시옵소서"가 바로 「하늘의 융단」의 마지막 구절과 유사하다는 사실은 전부터 지적되어온 바이다.[43] 1923년 예이츠가 노벨문학상을 수상한 이후 그에 대한 관심은 더욱 고조되었다. 이육사도 「계절의 표정」(1942. 1)에서 "윌리엄 버틀러 예이츠의 「낙엽」 시도 읽으면 어덴가 전설의 도취와 청춘의 범람(氾濫)과 영원에의 사모에서 출발한 이 시인의 심각해가는 심경을 볼 수 있어 좋"다고 밝힌 바 있다.[44]

「절정」의 최후·최고의 문제는 마지막 구절의 '겨울'과 '강철로 된 무지개' 사이의 관계이다. 여기서 '겨울'은 일제의 엄혹한 탄압을 상징하며, '강철로 된 무지개'는 이에 대한 강개한 의열투쟁으로 서로 적대적 대치관계에 있다. 그럼에도 불구하고 육사는 둘 사이를 등치관계로 표현하였다. 즉, '겨울에도 강철로 된 무지개가 뜬다'는 식이 아니라, '겨울'

---

43 김용권 「예이츠 시 번(오)역 100년: "He wishes for the Cloths of Heaven"을 중심으로」, *The Yeats Journal of Korea*(한국 예이츠 저널), Vol. 40, 한국예이츠학회 2013.

44 이육사 「계절의 표정」, 심원섭 편주 『원본 이육사 전집』, 집문당 1986, 244면.

이 곧 '강철로 된 무지개'라는 식이다. 이것은 일종의 역설적 모순어법 (oxymoron)이다. 바로 이 결구의 모순어법은 예이츠의 시 「1916년 부활절」(Easter 1916)에 나오는 유명한 모순어법인 'terrible beauty'[45]에 비견할 수 있다.

제1차 세계대전이 한창이던 1916년 4월 24일 월요일, 아일랜드의 부활절은 온통 핏빛이었다. 더블린의 중심가 중앙우체국에서 무장한 일단의 아일랜드인들이 임시정부 수립을 선포했다. 영국은 즉각 이를 반란으로 규정하고 진압에 나섰다. 시가전 끝에 봉기군의 총사령관 피어스(P. Pearse)가 4월 29일 무조건 항복함으로써 봉기는 막을 내렸다. 아일랜드 시민과 봉기군 300명 이상이 사살되었고, 1800여명이 체포되었다. 무모한 봉기는 이렇게 실패로 돌아갔다.[46]

그러나 영국군의 과도한 폭력 진압으로 이 봉기는 아일랜드 민족운동을 부활시키는 계기가 되었다. 영국군이 봉기 지도자 15인을 군사재판에 넘겨 총살하였는데, 가혹한 처형은 아일랜드 민중을 격분시켰고 민족적 자각을 불러일으켰다. 대중들은 그간 극단주의자라고 지지하지 않던 봉기 지도자들을 순국영웅으로 받들었고, 봉기에 동정적이지 않던 여론도 이 사건 이후 독립을 지지하게 되었다.[47] 그리하여 아일랜드는 1921년 런던 조약을 통해 비록 불완전하나마 영국으로부터 자치권을 얻게 되었다.

봉기 지도자의 처형 후 예이츠는 3개월에 걸쳐 시 「1916년 부활절」을 창작하여 그해 9월에 발표하였다. 시는 네 단락으로 구성되어 있는데, 첫 단락의 앞부분은 영국의 오랜 지배에 익숙해져버린 예속된 평화의 일상

---

45 'terrible beauty'에서 'terrible'은 함의가 많아 '무서운' '엄청난' '끔찍한' '섬뜩한' '오싹한' 등 여러 뜻으로 번역할 수 있다.

46 최재희 「1916년 부활절 봉기, 아일랜드 민족운동의 전환점」, 『역사비평』 2004년 여름호 (67호) 240면.

47 김재봉 「집단추모의 한 양식: 예이츠의 〈1916년 부활절〉」, *The Yeats Journal of Korea*(한국 예이츠 저널), Vol. 33, 한국예이츠학회 2010, 50면.

을 노래한다. "클럽 벽난로 가에서/동료를 즐겁게 할/농담이나 조롱거리를 생각하였네." 그러나 마지막에서 시는 이렇게 비약한다.

결국 그들이나 나나
어릿광대짓이나 하고 살 수밖에 없던 것이 틀림없었으니까.
그런데 모든 것이 변했어, 완전히 변했어.
무서운 아름다움이 태어났네.

Being certain that they and I
But lived where motley is worn:
All changed, changed utterly:
A terrible beauty is born.[48]

특히 마지막 2행 내용은 봉기 관련자들이 총살당하는 혹심한 탄압으로 인해 모든 것이 변하고 사람들이 달라지는 '무서운 아름다움'(terrible beauty)이 탄생하였다는 것이다. 무서운(terrible) 피의 희생으로 민족의식과 독립의지가 부활하는 아름다움(beauty)을 역설적 모순어법으로 축약한 것이다. 시의 네 단락 중 세 단락이 후렴처럼 "무서운 아름다움이 태어났네"(A terrible beauty is born)로 귀결된다.

예이츠는 '그레고리 여사에게 보낸 서신'에서 1916년 부활절에 대한 시를 쓸 예정이라면서, 이미 "무서운 아름다움이 태어났다"라는 표현을 사용하였다.[49] 예이츠는 먼저 이 구절을 시의 핵심으로 생각하고 시를 창작

---

48 한글 번역본으로 이창배『W. B. 예이츠 시 연구』, 동국대학교출판부 2002, 148면, 151면; 윌리엄 버틀러 예이츠『예이츠 서정시 전집(1): 아일랜드』, 김상무 역주, 서울대학교출판문화원 2014, 284~87면; 김재봉, 앞의 글 54면 등을 참고하였다.
49 이창배, 앞의 책 154~55면.

하였던 것이다. 그리하여 이 구절은 「1916년 부활절」에서 가장 중요한 후 렴구가 되었다.

예이츠의 시에는 식민지 현실과 어느정도 초연한 거리를 유지하는 '비 극적 환희'(tragic joy)라 부를 수 있는 시들이 여러편 있다.[50] 그러나 「1916 년 부활절」은 그러한 비극적 환희와는 차원이 다른 작품이다. 이 시는 예 이츠의 시 가운데서 드물게 현실에 밀착한 작품이며, 특히 '무서운 아름 다움'(terrible beauty)이란 표현은 그 정점이라고 할 수 있다.

예이츠와 이육사는 유사점도 있지만 차이점도 적지 않다. 가장 중요한 차이는 역시 식민지 현실에 대한 대응이다. 예이츠의 시세계가 대개 아일 랜드 독립투쟁과 상당한 거리를 두고 초연한 입장에 있었다면, 육사는 적 극적으로 투쟁에 참가하고자 하였다. 따라서 "겨울은 강철로 된 무지개" 라는 표현은 예이츠 시에 많이 나타나는 '비극적 환희'가 아니라, 좀더 특 별하게 사용된 표현 '무서운 아름다움'과 비교하는 것이 더 타당하다고 생각한다.

예이츠의 「1916년 부활절」이 식민지의 일상에서 시작하여 '무서운 아 름다움'으로 귀결되었다면, 「절정」은 식민권력의 '채찍'에 쫓기는 피동 (被動)에서 시작하여 이에 맞서는 능동(能動)의 선언, 즉 "겨울은 강철로 된 무지갠가보다"로 끝난다. '매서운'(terrible) 추위의 겨울은 그 맞대응인 아름다운(beautiful) '강철로 된 무지개'를 불러오지 않을 수 없다는 '무 서운 아름다움', 그것으로 「절정」은 마무리되는 것이다.

---

50 윌리엄 버틀러 예이츠(김상무 역주), 앞의 책 514~614면에는 '비극적 환희'란 항목으로 여러편의 시가 소개되어 있다. 물론 「1916년 부활절」은 여기에 포함되어 있지 않다.

6. 맺음말

이육사와 그의 시를 바로 이해하는 데 중요한 화두가 그의 아호 '육사
(陸史)'이다. 원래 그의 아호는 '역사를 베어버린다' 또는 '새로 쓰다'라는
의미의 '육사(戮史)'에서 비롯되었다.[51] 이육사가 당시 지배적인 담론과 개
념을 베어내거나 전복(顚覆)해서 사용하는 경우가 많았기 때문에, 이 점
을 각별하게 유의하지 않으면 육사를 다시 물구나무 세우는 오류를 범할
수 있다. '흰 무지개'를 발견하고도 그것을 '절망의 노래'라고 평가한 것
이나, 청포도의 '청포(青袍)'를 '귀한 자들이 입는 복장'으로 본 것 등이 그
대표적인 사례이다.[52]

'강철로 된 무지개'는 일제에 정면으로 맞서겠다는 투쟁선언에 그치는
표현이 아니다. 아시아의 장구한 역사에서 '흰 무지개'는 대개 '불온의 상
징'이었다. 육사는 해박한 안목으로 '흰 무지개'의 원천으로 올라가 그 건
강성을 회복하고, 이를 바탕으로 오랫동안 권력에 의해 전복되어온 이미
지를 다시 전복하고자 하였다. 변혁을 가로막아온 권력 주도의 넓고도 긴
역사를 베어내는 절창의 표현이 바로 '강철로 된 무지개'인 것이다. 이런
측면에서 보면 '강철로 된 무지개'야말로 '戮史' 또는 '陸史'의 진면목이
라고 할 수 있다.

또한 이 '강철로 된 무지개'란 표현으로 해서, "매운 계절의 채찍에 갈
겨"로 비상(非常)하게 시작하는 기구(起句)도, "서릿발 칼날진 그 위에 서
다"라는 승구(承句)의 현실 인식도, "어데다 무릎을 꿇어야 하나?"라는 전
구(轉句)의 자문(自問)도, "이러매 눈감아 생각해볼밖에"라는 결구(結句)의
시작도, 다시 말해 「절정」의 모든 구절들이 새로운 힘과 의미를 획득하게

---

51 이 책의 27면 참조.
52 이에 대해서는 도진순 「육사의 〈청포도〉 재해석: '청포도'와 '청포', 그리고 윤세주」,
  『역사비평』 2016년 봄호(114호) 참조.

된다. 그러기에 '강철로 된 무지개'를 접하고 나면 독자도 눈을 감고 생각하지 않을 수 없고, 시를 재음미하지 않을 수 없다.

「절정」의 '절정'은 역시 '강철로 된 무지개'가 '겨울'과 결합된다는 데에 있다. 절망이 절망으로 끝나는 것이 아니라 희망이나 부활과 짝하는 '무서운 아름다움'이 되어, '매운 계절'인 겨울마저도 다시 해석할 수 있게 되는 것이다. 이 '강철로 된 무지개'야말로 오색영롱한 그 어떤 채색 무지개보다 아름다운 무지개가 아닐까? 우리 국문학사에서 가장 아름답고 소중한 무지개가 아닐는지?

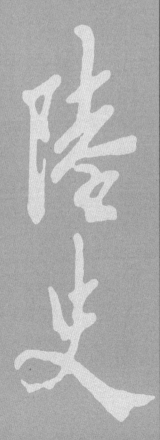

IV.
한시 「만등동산」과 「주난흥여」

1. 머리말

이육사는 어려서부터 할아버지에게서 한시를 배워 일찍이 한시에 능통하였으며, 1942년 한글로 된 시의 발표가 금지되자 한시는 육사에게 '최후의 피난처'가 되었다. 그러니까 육사의 시세계에서 한시는 처음이자 마지막에 해당한다. 자연히 그의 한글 시 30여편도 그 깊은 기초에는 한시의 세계가 자리하고 있다. 육사의 한시는 시어의 깊은 함축으로 인해 해석이 만만찮은 면도 있지만, 그러하기에 목 놓아 '노래' 부를 수 없는 식민 폭압기 육사의 내면을 깊이 들여다볼 수 있는 비밀의 창이기도 하다. 요컨대, 육사의 시세계에서 한시는 여러 면에서 매우 중요하다고 할 수 있다.

이육사가 쓴 한시는 적지 않았을 것으로 추정되지만, 현재 남아 있는 한시는 단 세편뿐이다. 세편의 한시는 육사 탄생 60주년이 되던 1964년에 이육사선생기념비건립위원회가 편찬한 『육사시문집: 청포도』(범조사)에 번역 없이 원문이 처음으로 소개되었다. 그후 10년이 지나 『나라사랑』 16집(외솔회 1974)에서 최초로 번역되었고, 다시 10여년이 지나 심원섭 편주『원본 이육사 전집』(집문당 1986)에서 창작 시기와 경위가 고증된 바 있으며, 탄생 100주년인 2004년에 김용직·손병희가 엮은『이육사 전집』(깊은샘)에서와 이육사문학관(김명균 번역)에서 각각 다시 번역된 바 있다. 그러나 육사의 한시 세편에 대한 관심과 비중은 한글 시에는 훨씬 못 미친다. 심원섭에 의해 창작 경위와 시기가 고증되었다고는 하지만 불완전하며, 세차례에 걸쳐 번역되었으나 군데군데 요령부득으로 뜻이 제대로 통하지 않기도 한다.

이육사의 한시 세편 중에서 「근하 석정선생 육순(謹賀石庭先生六旬)」(1943)은 육사의 열두살 아래 후배 이민수의 선친 육순을 축하하는 시이다.[1] 이것을 제외하면, 육사의 한시는 같은 날 지은 두편만 남아 있다. 그하나는 오언율시 40자의 「만등동산(晚登東山)」이고, 다른 하나는 칠언절구 28자의 「주난흥여(酒暖興餘)」이다. 두편의 한시는 모두 합하여 불과 68자에 지나지 않지만, 당시 육사의 시세계와 내면을 이해하는 데 매우 중요한 작품이다.

이 글에서는 육사의 한시 「만등동산」과 「주난흥여」에 대한 기존 해석을 살펴본 뒤 좀더 온전한 해석을 도모하고, 두 시의 창작 시기를 새롭게 고증하려고 한다. 더 나아가 「만등동산」은 그의 절친 시우(詩友)인 석초(石艸) 신응식(申應植), 「주난흥여」는 "생사를 같이하자"고 다짐했던 혁명 동지 석정(石鼎) 윤세주(尹世胄)와 관련된 작품임을 밝히고자 한다. 이러한 시도는 민족해방운동과 문학이라는, 육사가 필생 동안 견지한 두 세계의 내면을 들여다볼 수 있는 하나의 창이 될 것으로 기대한다.

---

1 한산 이씨 족보에 의하면 이민수의 부친 석정(石庭)은 1884년(갑신년) 음력 5월 7일생이므로(2016년 2월에 고 이민수 선생의 아들 이신복 교수와의 전화 인터뷰에서 확인함), 석정의 육순은 1943년 음력 5월 7일, 양력으로는 6월 9일이다. 이 전후에 육사는 이 한시를 썼을 것이다.

2. 육사와 한시: 동년(童年)의 추억, 최후의 피난처

(1) 한시: 육사 시세계의 처음이자 마지막

이육사는 어려서부터 할아버지 치헌(痴軒) 이중직(李中稙)을 통해 한시를 열심히 연마하였다. 이중직은 손자들의 교육에 남다른 능력과 열의를 보였으며, 이러한 할아버지로부터 한시를 연마한 '동년(童年)의 추억'은 육사의 수필 「은하수」(1940. 10)에 자세하게 묘사되어 있다.

내 나이가 7, 8세쯤 되었을 때 여름이 되면 낮으로 어느날이나 오전 열시쯤이나 열한시경엔 집안 소년들과 함께 모여서 글을 짓는 것이 일과이었다. 물론 글을 짓는다 해도 그것이 제법 경국문학(經國文學)도 아니고 오언고풍(五言古風)이나 줌도듬을 해보는 것이었지마는 그래도 그때는 그것만 잘하면 하는 생각에 당당히 열심을 가졌던 모양이었다.

그래서 글을 지으면 오후 세시쯤 되어서 어른들이 모여 노시는 정자나무 밑이나 공청(公廳)에 가서 고르고 거기서 장원을 얻어 하면, 요즘 시 한편이나 소설 한편을 써서 발표한 뒤에 비평가의 월평 등류에서 이러니 저러니 하는 것과는 달라서 그곳에서 좌상에 모인 분들이 불언중(不言中) 모다 비평위원들이 되는 것이고, 글을 등분을 따라서 좋은 것은 상지상(上之上), 그만 못한 것은 상지중(上之中), 또 그만 못한 것은 상지하(上之下)로 급수를 매기는 것인데, 거기 특출한 것이 있으면 가상지상(加上之上)이란 급이 있고, 거기도 벌써 철이 난 사람들이 칠언대고풍(七言大古風)을 지어 고르는데, 점수를 그다지 후하게 주는 것이 아니라 이상(二上), 삼상(三上), 이하(二下), 삼하(三下)란 가혹한 등급을 매겨내는 것이었다.

그런데 문제는 항상 가상지상(加上之上)이란 것이었다. 이 등급을 얻

어 한 사람은 장원을 했는 만큼 장원례를 한턱내는 것이었다.[2]

1904년생인 육사가 7, 8세 되던 어린 시절의 일로서, 이때는 일제에 의한 합병 직후의 어두운 시기였다. 당시 육사는 안동의 시골 원촌에서 매일매일 5언으로 운을 다는 오언고풍(五言古風)이나, 우리나라 특유의 칠언대고풍(七言大古風) 등을 마치 과거 급제를 다투듯 연마하였다. 육사가 "남의 입으로부터 '교동(驕童)'이란 기롱(譏弄)까지도 면치 못하였"[3]고 한 것으로 봐서 어린 시절 육사는 한시나 경서 공부에 탁월하였던 것으로 보인다. 이러한 한시 공부는 그의 한글 시에도 결정적인 영향을 미쳤다.

그의 시작(詩作)에 있어서는 언제나 한시적인 영향이 작용하고 있다. 대개 그가 귓법〔句法〕이 오율(五律)이나 칠률(七律), 혹은 오언 칠언 고시(古詩)의 그것과 흡사한 것을 볼 수 있다.[4]

일제의 식민통치는 1937년 중일전쟁 이후 점점 폭압적으로 되었다. 1940년 8월 『동아일보』와 『조선일보』를 폐간하였으며, 1941년 4월에는 이육사가 왕성하게 작품을 발표하던 문예지 『문장』도 폐간하였다. 일제의 이러한 조선어 말살정책으로 조선 문단은 일대 위기에 처하였다.

그후로 글 쓰는 사람들은 일본어로 쓰거나 일본을 찬양하고 전쟁을 고무하는 것이 아니면 안되게 되었다. (…) 우리는 모두 자유를 박탈당하였다. 항간에는 지식인들의 '염마장(閻魔帳)'이 작성되고 있다는 설이 파다하게 떠돌고 있었다. 시인들은 붓을 꺾고 침묵을 지키고 그리고

---

2 이육사 「은하수」, 김용직·손병희 엮음 『이육사 전집』, 깊은샘 2004, 170~71면.
3 이육사 「계절의 오행」(1938. 12), 같은 책 150면.
4 신석초 「이육사의 인물」, 외솔회 엮음 『나라사랑』 16집, 외솔회 1974, 104면.

흩어졌다. 우리는 거리에서 사랑방으로 숨어들어갔다. 몇몇 친한 친구끼리 장소를 옮겨가며 작은 모임을 가졌다. 이러한 때일수록 술과 시가 없을 수 없다. (…) 이 같은 모임에는 한시가 아주 적격이다.[5]

'염마장'은 살아생전의 죄상을 기록하여 염라대왕 앞에 놓아둔다는 장부이다. 이러한 '염마장'이 돌아다니는 숨 막히는 상황에서 대다수 조선 문인들은 친일시를 쓰게 되었고, 소수 양심적 문인들은 흩어져 침묵과 은둔생활을 하게 되었다. 반면, 육사는 신석초 등과 더불어 이런 엄혹한 상황에 '아주 적격'인 한시의 세계로 들어갔다.

이렇게 하여 이육사는 어린 시절 연마했던 한시의 세계로 다시 돌아가게 되었다. 그러나 그것은 퇴보나 도피가 아니었다. 한시와 고전은 풍전등화 같은 우리 민족 얼의 '최후적인 피난처'이자 '유일한 숨통 구멍'이었다. 당시 육사와 친한 시우들의 좌우명은 두보의 비장한 시구인 "시어가 사람을 놀라게 하지 않으면 죽어서도 쉬지 않으리라(語不驚人死不休)"였다.[6] 이러한 결의로 그들은 장소를 옮겨가며 작고 은밀한 한시 시회(詩會)를 열곤 했다.

(2) 시회와 신석초

이육사의 한시 「만등동산(晚登東山)」과 「주난흥여(酒暖興餘)」는 같은 날의 시회에서 쓴 것이다. 그리고 이날 시회에 참석한 인물도 같은 듯한데, 이 시가 발굴되어 처음 수록된 『육사시문집: 청포도』(범조사 1964)에 의하

---

5 같은 글 105~106면.

6 같은 글 103~104면, 106면. '어불경인사불휴(語不驚人死不休)'는 두보의 「강상치수여해세료단술(江上值水如海勢聊短述)」에 나오는 구절로, 『두시언해』(중간본), 조위·유윤겸·의침 엮음, 대제각 1985(1632 영인본), 84면 참조.

면 「만등동산」에는 "여(與) 석초(石艸), 여천(黎泉), 춘파(春坡), 동계(東溪), 민수(民樹) 공음(共吟)"이라 시 뒤에 씌어 있어 육사를 비롯하여 여섯명이 함께한 것을 알 수 있고, 「주난흥여」의 부기(附記)에는 여기에 육사의 아우인 '수산(水山)'이 추가되어 있다.[7] 수산만 뒤에 합류한 것인지, 아니면 앞의 「만등동산」 부분에서 누락된 것인지는 확인 불명이다.

이날 시회에 참여한 사람은 이렇게 이육사 포함 모두 일곱명인데, 이들 중에서 육사가 1904년생으로 가장 나이가 많고, 한시에도 가장 능통했다. 나이로나 실력으로나 시회의 중심 리더였음이 분명하다.

이육사의 두 동생 수산(水山) 이원일(李源一)과 여천(黎泉) 이원조(李源朝)도 시회에 참여하였는데, 이들은 어려서부터 할아버지 이중직으로부터 육사와 같이 한시 교육을 받은 바 있다. 육사의 수필 「연인기(戀印記)」(1941. 1)에 의하면 수산 이원일은 육사 3형제 중에서 서화에 가장 뛰어났으며, '산고수장(山高水長)' '오거서일로향(五車書一爐香)'이라고 자신이 새긴 인장들도 있었다.[8] 육사 5형제가 1936년 어머니 허길(許吉, 1876~1942)의 수연(壽宴)에 「빈풍칠월」을 12폭 병풍으로 만들어 헌상할 때에도 글씨는 원일이 썼으며, 그의 글씨는 『독립운동가 서한집』에서 볼 수 있다.[9]

여천 이원조는 활동 분야가 언론, 문학 등으로 육사와 가장 가까웠고, 당대에는 육사 못지않게 문명(文名)을 떨치고 있었다. 1944년 육사 순절 이후 육사의 장례를 치르고 유골을 미아리 공동묘지에 안장하는 일을 주도하였고, 해방 후에는 눈물겨운 발문을 첨부하여 『육사시집』(서울출판사 1946)을 간행하기도 하였다.

---

7 이육사선생기념비건립위원회 엮음 『육사시문집: 청포도』, 범조사 1964, 64면.

8 이육사 「연인기(戀印記)」, 김용직·손병희 엮음, 앞의 책 179~81면.

9 도진순 「육사의 〈청포도〉 재해석: '청포도'와 '청포(靑袍)' 그리고 윤세주」, 『역사비평』 2016년 봄호(114호) 447~49면(이 책의 62~64면 참조); 독립기념관 한국독립운동사연구소 엮음 『한국독립운동사 자료총서(20): 독립운동가 서한집』, 독립기념관 한국독립운동사연구소 2005, 262면.

이들 두 동생은 이육사와 더불어 1927년 '대구 조선은행 폭탄사건'에 연루되어 같이 고초를 겪었다. 서울에 와서도 우애는 여전하여 신석초가 아우 신하식과 함께 서울 혜화동에 살 때 "빨래를 해댈 정도로 늘 와서 살다시피 했다"는 '육사 3형제'가 바로 그들이다.[10] 이들은 사회주의적 사상이 농후하였고, 두 동생 모두 해방 이후 월북하여 언제 어떻게 생을 마쳤는지 정확하게 알 수 없는 비운의 인물들이다.

시회에서 육사 3형제를 제외하면 네명이 남는다. 심원섭은 춘파(春坡) 이영규(李泳珪)를 '총독부 하급관리'라고 했지만,[11]『총독부 직원록』에는 그의 이름이 나오지 않는다. 오히려 동계(東溪) 전문수(田文秀)가 1941년 조선총독부 직속기관인 '금화세무서 세무리(稅務吏)'로 국사편찬위원회의 한국사 데이터베이스에서 검색되어,[12] 심원섭이 이영규와 전문수를 혼돈한 것으로 보인다.

윤길중의 회고록에는 1945년 해방 직전 한학자 이영규를 통해 몽양(夢陽)도 만났다는 내용이 있어,[13] 이영규는 몽양 여운형의 조선건국동맹과 관련이 있는 한학자로 보인다. 이육사의 외숙 허규(許珪)는 평소 육사를 각별하게 아꼈고, 1943년 봄 육사가 베이징으로 가기 전까지 서울 수유리에서 같이 은거생활을 하였다. 이즈음 허규는 여운형 측 인사들과 가까이 지냈으며, 1944년 여운형의 조선건국동맹에 참여하여 활동하기도 하였다.[14] 저간의 사정을 고려하면 육사는 여운형 측 인사들과 친분이 있었던

10 신하식의 증언 참조.(조용훈『신석초 연구』, 역락 2001, 229면)
11 심원섭 편주『원본 이육사 전집』, 집문당 1986, 349면.
12 국사편찬위원회의 한국사 데이터베이스 검색 결과(http://db.history.go.kr/search/searchResultList.do?sort=&dir=&limit=20&page=1&setId=1&totalCount=1&kristalProtocol=&itemId=jw&synonym=off&chinessChar=on&searchTermImages=%E7%94%B0%E6%96%87%E7%A7%80&searchKeywordType=BI&searchKeywordMethod=EQ&searchKeyword=%E7%94%B0%E6%96%87%E7%A7%80&searchKeywordConjunction=AND) 참조.
13 윤길중『이 시대를 앓고 있는 사람들을 위하여』, 호암출판사 1991, 62~64면.

것으로 보이며, 그중 한 사람이 한학자 이영규였던 것으로 짐작된다.

한편, 이민수는 한산(韓山) 이씨로 충남 예산에서 태어나 예동사숙에서 수학한 한학자로 해방 이후에도 오랫동안 활동하였다. 그는 육사보다 열두살이나 아래였지만, 육사가 1943년 6월 그의 부친 육순을 축하하는 한시를 지어 줄 정도로 교류가 깊었고, 신석초와는 동향(同鄕)이었다.

육사 3형제 이외의 네명 가운데 핵심은 석초(石艸) 신응식(申應植)이었다. 석초는 육사보다 다섯살 아래로 육사의 동생 여천 이원조와 동년배였다. 석초는 1935년경 서울 내수동(內需洞) 정인보 집[15]에서 육사를 처음 만난 이후 각별한 사이가 되었다고 여러차례 밝힌 바 있다.

내가 친하였던 친구 가운데 가장 잊을 수 없는 이의 한 사람은 이 육사이다. 1935년경에 나는 그를 처음 만났는데, 어느덧 죽마고우같이 막역한 사이가 되었다. (…) 우리는 매일같이 명동 거리와 진고개 거리의 다방과 바아를 헤매며 시와 인생을 이야기하였다. (…) 우리는 늘 함께 다녔다. 이것은 좁은 서울에서는 곧 유명하여졌다. 어쩌다 혼자 나가면 사람들이 육사는 어디 갔느냐고 물었다. 친구들이 육사의 소식은 내게 물었고, 나의 소식은 육사에게 물을 정도였다.[16]

이는 신석초의 일방적인 주장이 아니다. 1936년 7월 30일, 육사는 포항에서 신석초에게 엽서를 보낼 때 수신자 이름 신응식(申應植: 신석초의 본명) 다음에 '아체(我棣)'라는 말을 적었다(권두 화보의 〔그림 22〕 참조). 체(棣)는 아

---

14 정병준 「조선건국동맹의 조직과 활동」, 『한국사연구』 80호, 한국사연구회 1993, 105면, 108면.

15 당시 정인보의 집은 '경성부 수창동 198번지'에 있었다.(『담원 정인보 전집』 1, 연세대학교출판부 1983, 389~402면) 현 주소는 서울 종로구 내수동 167번지, 도로명 주소는 종로구 새문안로 3길 30이다. 현재 정인보 집은 없어지고 국민은행 사옥이 들어서 있다.

16 신석초 『시는 늙지 않는다』, 융성출판 1985, 68면.

가위나무로 꽃이나 열매가 겹으로 어우러져 피고 열리며, 『시경』「상체(常
棣)」에서는 이 나무를 통해 형제간의 아름다운 우애를 노래하였다.[17] 친형
제를 가리키는 '아체(我棣)'라는 말로 육사는 석초에게 극진한 우애를 표
현한 것이다.

이육사는 경북 안동 출신으로 퇴계 이황의 후손이고, 신석초는 충남 한
산(韓山) 출신으로 영조 때 관리이자 문인인 석북(石北) 신광수(申光洙)의
후손이라[18] 둘 다 전통문화와 한시에 해박하였다. 그리고 둘 다 신학문을
좇아 일본 유학을 다녀온 경험도 있다.[19] 이들은 민족문화의 요람인 경주
와 부여 여행을 같이하면서 더욱 각별한 사이가 되었다. 육사는 1939년 1
월 13일 대구에서 열린 선친 회갑연에 석초를 초대했고 이후 같이 경주를
여행하였다.

육사와의 교유에서 가장 내 추억에 생생하게 되살아나는 일은 경주
여행이다. 1938년 겨울 그의 대인(大人) 수신(晬辰)〔회갑〕에[20] 초대되어 나
는 대구를 방문했었는데, 그때 우리는 경주에 들렀었다. (…) 서라벌 옛
서울을 두루 살펴보았다. 낙엽과 같이 꽃잎과 같이 산재해 있는 신라
천년의 유적들, 박물관에 수장되어 있는 아름다운 꿈의 파편과 같은 보

---

17 성백효 역주 『시경집전』 상, 전통문화연구회 2010, 360~65면. 경북 안동시 풍산읍의 체
화정(棣華亭)이나 충북 청원의 체화당(棣華堂)도 형제간의 아름다운 우애를 선양하고자
붙인 이름이다.

18 신석초의 고향 충남 한산에 있는 봉서사(鳳棲寺) 극락전의 편액은 석북 신광수가 쓴 것
이다.(조용훈, 앞의 책 214~17면)

19 김희곤 『이육사 평전』, 푸른역사 2010, 79~82면; 조용훈, 앞의 책 193~220면.

20 이육사 부친의 회갑은 음력 1938년 11월 29일, 양력으로는 1939년 1월 13일이다. 따라
서 석초가 '1938년 겨울'이라 한 것은 음력에 따른 것이다. 육사가 부친 회갑연 이후 신석
초 등과 경주로 여행 간 때는 양력으로 1939년 1월이다. 여행 시기가 '1938년 12월' 또는
'1938년 겨울'로 된 연보(박현수 엮음 『원전주해 이육사 시전집』, 예옥 2008, 279면; 김희
곤, 앞의 책 권두 연보)는 음력 표시를 추가하거나 1939년 1월로 수정되어야 한다.

물들, 일찍이 화려난만(華麗爛漫)했던 동경(東京)의 각가지 모습, 인공(人工)으로 도저히 되었다고 볼 수 없는 신비스럽고도 교치(巧緻)한 다보탑이며 석굴암 불상이며, 저녁 연기에 떠오르는 삭막한 고도(古都)의 풍경들을 마음껏 관상했다. 우리는 이 무비(無比)한 고적에서 받은 각가지 인상과 감흥을 시로 쓰자고 약속하였다.[21]

이육사와 신석초가 경주를 다녀온 지 1년 8개월 정도 지난 1940년 9월,[22] 이번에는 석초가 선친 회갑에 육사를 초대하였고 같이 부여 여행을 하였다.

1940년 9월에는 나의 선친 수신(晬辰)으로 그를 초청하여 경주의 보답으로 백제 구경(舊京) 부여를 함께 갔었다. 부여는 우리 시골에서 멀지 않다. 부여는 경주만큼 규모도 크지 못하고 화려했던 면영(面影)도 자취가 없지만 천여년 전의 융성한 도읍이었던 만큼 매우 고도(古都)의 맛이 난다. 유리와 같이 맑고 푸른 사비수(泗沘水)에 배를 띄며 단풍에 덮인 고란사와 낙화암을 바라보며 부운(浮雲)에 싸인 황량한 풍치(風致)에 접했다. 강상(江上)의 기러기는 우리를 따랐다. 부여에서는 겨우 하루를 묵고 이튿날 노상에서 작별하는 손이 되었지만, 지금 생각하면 두번의 이 고도 방문은 우리 교유에 최고의 즐거움이었던 것이다.[23]

이육사는 부여 여행 중 무량사(無量寺)에서 문인 최정희에게 보낸 엽서

---

21 신석초 「이육사의 추억」, 『현대문학』 1962년 12월호 239~40면.
22 이육사와 신석초의 부여 여행 시기가 1938년 가을로 된 연보(박현수 엮음, 앞의 책 279면; 김희곤, 앞의 책 권두 연보)는 착오이다. 초청자인 신석초의 글에서 알 수 있는 것처럼 1940년 9월이 맞다. 다만 이 글의 내용이나 신석초의 다른 글에서 볼 때 9월은 음력이며, 양력으로는 10월에 해당한다.
23 신석초 「이육사의 추억」, 240면.

에서 "그 옛날 화려하던 대각(臺閣)의 자취로 알려진 곳, 깨어져 와전(瓦甎)을 비치고 가는 가냘픈 가을 빛살을 이곳 사람들은 무심히 보고 지나는 모양"[24]이라며 부여의 황량한 풍경을 안타까워했다.

두번의 여행으로 두 사람은 더욱 절친한 시우가 되었지만, 여행 이후 둘 사이의 만남은 더 어려워졌다. 석초는 부친 병환으로 자주 시골집에 내려가게 되었고, 육사는 폐결핵으로 서울을 벗어나 자주 요양생활을 하였기 때문이다. 1941년 가을 육사가 폐병으로 명동 성모병원에 입원하자, 그해 겨울 석초가 상경하여 문병하면서 잠깐 만난 바 있지만,[25] 퇴원 이후에는 자주 만나지 못하였다. 그러던 어느날 이들은 반갑게 만나 시회를 가지게 된 것이다.

3.「만등동산(晩登東山)」과 식민지 시인의 비애

오언율시「만등동산」은 '늦게 동산에 올라'로 제목을 번역할 수 있는데, 동산(東山)은 서울 삼선교에 있던 이민수 자택 뒷산이라고 한다.[26] 이 시에 대한 대표적인 번역으로는 다음 세가지가 있다.

① 외솔회 엮음『나라사랑』16집, 외솔회 1974.
② 김용직·손병희 엮음『이육사 전집』, 깊은샘 2004.
③ 이육사문학관 홈페이지(http://264.or.kr/bbs/content.php?co_id=yuksa04_2), 김명균 번역 2004.

---

24 김용직·손병희 엮음, 앞의 책 367면.
25 신석초「이육사의 추억」, 240면.
26 심원섭 편주, 앞의 책 349면.

(1) 전문 해석

1연: 복지당천석(卜地當泉石) 상탄공한양(相歎共漢陽)
① 천석(泉石) 좋은 곳을 택하여/서로 즐겨서 서울에 같이 있더라
② 시냇가 돌이 있는 좋은 곳을 골라서/서로 모여 즐겨하니 서울이라네
③ 샘 돌 있는 곳에 거처 점하여/한양에 같이 살아감을 즐거워했었네

  번역은 대동소이하다. 천석(泉石)은 '천석고황(泉石膏肓)'의 천석인바, 산수 좋은 곳을 의미한다. '천석 좋은 곳' '시냇가 돌이 있는 좋은 곳' '샘 돌 있는 곳'보다는 '산수 좋은 곳'이라 번역하는 것이 더 자연스러울 듯하다. 다음의 '상탄공한양(相歎共漢陽)'에 대한 해석으로 ①과 ②는 거의 의미 불통이고, ③의 "한양에 같이 살아감을 즐거워했었네"가 원래의 뜻에 가깝다. 1연의 전반적인 의미는 "사는 곳을 택하는 데는 마땅히 산수가 중요한데, 산수 좋은 한양에서 우리가 함께 살고 있는 것을 모두 즐거워하네"이다. 이렇게 시는 산자수명(山紫水明)한 한양에 대한 자부심으로 시작한다.

  2연: 거작과심대(舉酌誇心大) 등고한일장(登高恨日長)
  ① 술잔을 드니 마음이 큰 것을 자랑하고/해가 다 지도록 높은 곳에 올랐더라
  ② 술잔 들어 거침없는 마음을 자랑하고/언덕 올라 긴 하루도 아쉬워한다
  ③ 잔 들어 담대함을 자랑하고/높은 데 올라 해 깊을 한하였네

  역시 번역은 대동소이하다. 1연의 즐거움은 2연 1구 "술잔을 드니 마음이 호탕해지고"로 이어진다. 이것은 술을 마시니 마음속 생각을 거리낌

없이 드러내 보인다는 의미이다. 그런데 속마음을 드러내고 보니 '한(恨)'스럽다는 것이다.

바로 2구의 '한일장(恨日長)' 세 글자가 문제이다. "해가 다 지도록" "긴 하루도 아쉬워한다" "해 긺을 한하였네" 등 위의 번역은 문자적 직역으로는 가능하지만, 의미가 와닿지 않는다. 이에 대해서는 뒤에서 다시 살펴보겠다. 다만 '일장(日長)' 즉 "해〔낮〕가 길다"라고 하였으니, 이 시를 쓴 시기는 여름 하지 전후라는 추정이 가능하다. 이 역시 뒤에서 다시 살펴볼 것이다.

3연: 산심금어랭(山深禽語冷) 시성야색창(詩成夜色蒼)

① 산이 깊으니 새의 지껄임이 차고/시(詩)를 이루매 밤빛이 푸르러라

② 뫼 깊어 새소리는 차갑게 느껴지고/시가 되니 밤빛은 푸르기만 하구나

③ 산은 깊어 새소리 차갑고/시를 이룸에 밤빛 푸르러라

3연은 전(轉)에 해당하는 구절로 낮이 밤으로 전환되는 정경을 시각적으로 묘사하고 있다. 해가 뉘엿뉘엿 넘어가니 산 그림자가 짙어져 산이 '깊어〔深〕' 보이고, 지저귀는 새소리도 저녁 산바람과 함께 차게 느껴져 '금어랭(禽語冷)'이라 표현하였다. 이어서 밤빛〔夜色〕이 '창(蒼)'하다 하였는데, 색상이 명확하게 구분되는 '푸르다(靑, 碧)'보다는 '어둑하게 짙푸르고 아득하다', 즉 '창망(蒼茫)하다'로 보는 것이 더 타당할 것이다.

4연: 귀주나가급(歸舟那可急) 성월만원방(星月滿圓方)

① 돌아가는 배가 왜 이리 급한가/별과 달이 천지에 가득하다

② 배를 돌려 집에 감이 무어 바쁠가〔까〕/별과 달이 하늘땅에 가득 찼

134

는데

③ 돌아가는 배 어찌 서둘리오/별과 달이 하늘에 가득하다

삼선교에 있던 이민수 자택의 뒷산이 어디인지는 명확하지 않지만, 북한산 자락 어디쯤일 것이다. '귀주(歸舟)'라는 표현이 있으므로 한강이 보이는 곳에 올라 이 시를 쓴 것으로 추정되지만, 분명한 것은 알 수 없다. '귀주'를 직역하면 '돌아가는 배'이지만, 그냥 '집으로 돌아가는 것'을 의미할 수도 있다.

그런데 신석초는 "내가 시골로 내려가려던 전날 모여서 읊은 것"이라 "'귀주(歸舟)'란 말이 나온다"고 하였다.[27] 즉, 「만등동산」은 절친 시우인 석초와 이별하는 아쉬움을 노래한 작품이라는 증언이다. 육사와 석초의 각별한 관계를 생각하면 물론 이 말도 맞겠지만, 시상의 출발이 개인의 구체적 경험에서 비롯되었다고 하더라도 시의 결(結)에는 그것을 넘어서는 더 깊고 아득한 함의가 있을 수 있다. '달과 별이 가득한 이 밤의 시회가 좋으니, 석초를 비롯한 친구들이여, 서둘러 돌아갈 필요가 없지 않는가?'라는 의미일 것이다. 그리하여 밤의 시회가 이어지면서 육사는 또 한 편의 한시를 읊게 된다.

한가지 더 확인할 것은 결구 "별과 달이 하늘에 가득하다(星月滿圓方)"에서의 달이 구체적으로 무슨 달인가 하는 점이다. 바로 앞의 연에서 해가 지고 밤으로 변하는 풍경을 묘사하였고, 이어 별과 달이 하늘에 가득하다 하였으니, 이는 그날 해가 질 때 이미 달이 떠 있었음을 의미한다. 이것은 상현달이나 보름달이다.

상현달은 낮 12시경에 떠서, 저녁 6시경에 이미 최대고도로 남중(南中)하고, 밤 12시경에 진다. 반대로 하현달은 밤 12시경이 되어야 뜬다. 보름

---

27 신석초 「이육사의 인물」, 106면.

달은 저녁 6시경에 떠서 밤 12시경에 남중하고 아침 6시경에 진다.

(2) 낮과 밤, 해와 별

한시에서 전(轉)은 '시 전체의 주인'으로, 「만등동산」을 제대로 이해하기 위해서는 이러한 전에 해당하는 3연의 전후를 제대로 파악하여야 한다. 「만등동산」에서 1~2연은 낮 풍경, 3~4연은 밤 풍경으로 확연한 대비를 이룬다. 그 양 극점이 2연 2구 '등고한일장(登高恨日長)'과, 4연 2구 '성월만원방(星月滿圓方)'이다. 전자가 낮에 높은 곳에 올라 고개 숙여 아래의 시가지를 내려다보는 것이라면, 후자는 밤에 고개 들어 밤하늘의 달과 별을 올려다보는 모습이다.

먼저, 이육사는 왜 2연 1구에서 술잔 들어 호탕함을 자랑하고는, 2구에서 높은 데 올라 해가 긴 것을 한탄하였을까.『상서(尙書)』「탕서(湯誓)」에는 하(夏)나라 걸(桀)왕이 포악하여 백성을 많이 죽이자 참다못한 백성이 대규모 반란을 일으키면서 "시일갈상(時日曷喪) 여급여개망(予及汝皆亡)"이라 한탄했다는 유명한 이야기가 있다. 그 한탄의 말을 직역하면 "이 해(日) 어찌 없어지지 않나, 나와 너 모두 망하게 되었네"로, 의역하면 "이놈의 세상 언제 망하려나, 우리 모두 죽게 되었네"라는 뜻이다. '시일갈상(時日曷喪)'이라는 말은『백범일지』에도 등장한다. 한일합병 이후 일제가 '안악사건'과 '105인 사건'을 조작하자, 백범은 "'시일갈상(是〔時〕日曷喪)'의 악감정이 격발(激發)될 기분이 농후"하였다고 당시의 민심을 표현하였다.[28]

요컨대, "해가 긴 것을 한탄한다(恨日長)"라는 시구에서 '해〔日〕'는 일제(日帝)를 의미하는 동시에 '시일갈상(時日曷喪)'의 '일(日)'을 의미한다. 일제의 해가 쇠약해지지 않고 길게 이어지니 그것이 못내 한스럽다는 말이

---

28 김구『정본 백범일지』, 도진순 탈초·교감, 돌베개 2016, 378면.

다. 이육사의 심오한 수필 「계절의 오행」(1938. 12)을 보면 그가 일제 식민의 낮을 얼마나 혐오했는지 잘 알 수 있다. 육사는 자식 걱정으로 노심초사하는 어머니를 생각하면서 골통대 담배를 피운다. 피어오르는 담배연기를 보면서, 그는 일본의 활화산 아사마산(淺間山)의 분연(噴煙)과 비교하다가, 급기야 '폼페이 최후의 날'을 상상하고, 나아가 로마를 불태운 네로가 되고 싶어한다.

나 자신은 라마(羅馬)〔로마〕에 불을 지르고 가만히 앉아서 그 타오르는 광경을 보는 폭군 네로인지도 모릅니다. 그 거미줄같이 정교한 시가(市街)! 대리석 원주! 극장! 또는 벽화! 이 모든 것들이 타오르는 것을 보는 네로의 마음은 얼마나 통쾌하오리까? (…)
지금 내 머리 속에 타고 있는 내 집은 그 속에 은촛대도 있고 훌륭한 현액(懸額)도 있기는 하나 너무도 고가(古家)라 빈대가 많기로 유명한 집이었나이다. 이 집은 그나마 한쪽이 기울어서 어느 때 어떻게 쓰러질는지도 모르는 것입니다. 나폴레옹이 우리집을 쳐들어오면 나는 그것을 모스코〔모스끄바〕같이 불을 지를 집이어늘, 그놈의 빈대란 흡혈귀를 전멸한다면 나는 내 집에 불을 싸지르고 라마를 태워버린 네로가 되오리다.[29]

일제를 의미하는 '그놈의 빈대라는 흡혈귀'를 태울 수만 있다면 자신의 집도 불사르고 싶다는 것이다. 그런데 담배를 피워물고 이렇게 상상하며 바라보는 서울의 밤하늘은 여전히 아름답다. 그것은 별이 있기 때문이다.

거리의 상공에는 별이 빛나는 밤이었소. 밤이라도 캄캄한 한밤중은

---

29 이육사 「계절의 오행」, 김용직·손병희 엮음, 앞의 책 153~54면.

별들의 낱수가 훨씬 더 많이 보이는 것이지마는, 우리 서울 하늘에는, 더구나 가을밤 서울 하늘에는 너무나 깨끗이 개인 하늘이라 별조차 낱수가 그다지 많지는 않아서(않아도), 하이네가 본다면 황금 사북(鉄)을 흩트려놓은 듯하다고 감탄할는지도 모르겠소.[30]

이육사는 황금 사북(압정)을 뿌려놓은 것 같은 서울의 밤하늘은, "바다에는 진주/하늘에는 별"로 시작하는 당시 널리 알려진 사랑시("Nachts in der Kajüte", 영역 제목은 "Of Pearls and Stars")의 작가 하인리히 하이네(Heinrich Heine)도 부러워할 것이라고 자부하였다. 그러나 그가 낮에 보는 식민지 경성의 모습은 불태우고 싶은 것이었다.

하기야 서울도 예전 같으면 아라비아의 전설에나 나올 듯한 도시이었기에 해외에서 다른 나라 사람들을 만나면 서울의 자랑을 무척도 하였겠지마는, 오늘의 서울은 아주 그 모습을 볼 수가 없는 것이오. 거리를 나서면 어느 집이라도 의례히 지금(地金)(금괴)을 판다거나 산다거나 금광을 어쩐다는 간판들이 쭉 내리붙어서, 이것은 세계를 처음 여행하는 사람에게는 우리의 서울과 알래스카의 위치를 의심쩍게 할는지도 모르겠소. 그래서 사실인즉 내 마음에 간직해온 서울의 자랑도 이제는 그 밑천을 잃어버린 셈이오.[31]

이른바 '황금광 시대' 서울의 낮 거리는 식민 권력과 금력이 횡행하는 도시로 전락해버렸다는 것이다. 그리하여 그는 시 「일식(日蝕)」(1940. 5)에서 우리의 해가 일식으로 "벌레가 좀치렷다"라고 탄식하고, "또 어데 다

---

30 같은 글 155면.
31 같은 글 156면.

른 하늘을 얻어 이슬 젖은 별빛에 가꾸련다"라고 다짐한다.[32] 또한 일제 식민주의자들의 엄혹한 감시를 '광인의 태양'이라 일컫고, "거칠은 해협마다 흘긴 눈초리/항상 요충지대를 노려가다"[33]라고 묘사한 바 있다.

엄혹한 일제 파시즘이 횡행하던 시기, 육사는 산수 좋은 한양을 자랑스러워하면서 술 한잔하고 난 뒤, 높은 곳에 올라 태양 아래 펼쳐진 식민 경성의 한스러운 모습, 즉 산수 좋은 한양이 식민 도시 경성으로 급전직하한 광경을 목도한다. 그러므로 '한일장(恨日長)'에서 '일(日)'은 식민 경성의 낮 모습이기도 하고, 그것을 만든 일제(日帝)이기도 하다. '한일장(恨日長)'이란 식민 경성의 낮이 길게 지속됨을 한탄한다는 뜻인 것이다.

2연에서 해가 긴 것을 한스러워한 것과는 대조적으로 3~4연 밤의 풍경은 아름답게 묘사된다. 육사는 「계절의 오행」에서 하이네도 서울의 밤하늘을 본다면 감탄할 것이라 했거니와, 「은하수」(1940. 10)에서는 어려서 여름밤 별자리를 공부했던 '너무나 행복스러웠던 동년(童年)의 기억'에 대해 밝힌 바 있다.

밤이 으슥하고 깨끗이 개인 날이면 할아버지께서는 우리들을 불러 앉히고 별들의 이름을 가르쳐주시는 것이었다. 저 별은 문창성(文昌星)이고 저 별은 남극노인성(南極老人星)이고 또 저 별은 삼태성(三台星)이고 이렇게 가르치시는데, 삼태성이 우리 화단의 동편 옥매화나무 우에 비칠 때는 여름밤이 뜻이 없어 첫닭이 울고 별의 전설에 대한 강의도 끝이 나는 것이었다.

(…) 그런데 그때도 신기하게 들은 것은 남북으로 가로질러 있는 은하수가 유월 유두절(流頭節)을 지나면 차츰차츰 머리를 돌려서 팔월 추

---

32 이육사 「일식」, 박현수 엮음, 앞의 책 124~25면.
33 이육사 「광인의 태양」(1940. 4. 27), 같은 책 118면.

석을 지나고 나면 완전히 동서로 위치를 바꾸는 것이었다.

(…) 그래서 나는 어린 마음에도 지상에는 낙동강이 제일 좋은 강이었고 창공에는 아름다운 은하수가 있거니 하면 형상할 수 없는 한개의 자랑을 느끼곤 했다.[34]

이렇듯 육사에게 별이 있는 밤하늘은 아름답고 설레는 옛 추억이며, 낮의 식민지 거리의 풍경을 잊게 해주는 휴식이자, 내일의 새로운 하늘을 꿈꾸는 혁명과 음모이기도 하였다. 그가 「한개의 별을 노래하자」(1936. 12)에서 "한개의 별을 가지는 건 한개의 지구를 갖는 것/아롱진 설움밖에 잃을 것도 없는 낡은 이 땅에서/한개의 새로운 지구를 차지할 오는 날의 기쁜 노래를/목 안에 핏대를 올려가며 마음껏 불러보자"[35]라고 노래하고, 「강(江) 건너간 노래」(1938. 7)에서는 "밤은 옛일을 무지개보다 곱게 짜내나니"[36]라고 노래하였던 것도 같은 맥락에서 이해할 수 있다.

별과 밤하늘에 대한 낭만적 동경, 이것은 이육사가 대지의 혁명을 꿈꾸는 이상주의자가 된 소이이기도 하고, 다른 한편으로는 엄혹한 대지의 조직운동가가 아니라 문학으로 나아간 한 연유이기도 하리라. 또한 대낮의 밝은 태양을 한탄하고 밤하늘의 달과 별을 찬탄하는 태도는 육사와 그의 시우(詩友)들, 즉 엄혹한 일제 파시즘 치하의 조선 민족시인들의 비애를 보여주는 것이기도 하다.

---

34 이육사 「은하수」, 김용직·손병희 엮음, 앞의 책 172~73면.
35 이육사 「한개의 별을 노래하자」, 박현수 엮음, 앞의 책 48면.
36 이육사 「강 건너간 노래」, 같은 책 74면.

4. 「주난흥여(酒暖興餘)」와 석정(石鼎) 윤세주

이민수 자택 뒷산의 주연에서 「만등동산」을 짓고 난 다음, 삼선교의 이민수 자택으로 돌아와서 벌어진 또 한차례의 주연에서 이육사가 지은 작품이 「주난흥여」이다.[37] 앞서 육사가 「만등동산」 4연에서 "별과 달이 하늘 가득한데, 어찌 집으로 돌아가는 것이 급하리요"라고 하였으니, 또 한차례의 주연과 시회 역시 그가 주도했을 것이다. 「주난흥여」는 28자의 짧은 칠언절구이지만 내용은 「만등동산」보다 더 심오하다. 그래서인지 오역도 더 심하다. 이 시에 대한 대표적인 번역으로 역시 다음 세가지가 있다.

① 외솔회 엮음 『나라사랑』 16집, 외솔회 1974.
② 김용직·손병희 엮음 『이육사 전집』, 깊은샘 2004.
③ 이육사문학관 홈페이지(http://264.or.kr/board/bbs/content.php?co_id=yuksa04_2), 김명균 번역 2004.

(1) 전문 해석과 창작 시기

1구: 주기시정양양란(酒氣詩情兩樣闌)
① 술기운과 시정(詩情)이 두가지 다 한창인데
② 술기운 시정(詩情)은 다 한창인데
③ 흥겨워서 주기와 시정 둘 다 거나할 제

세 번역이 다 별다른 차이 없이 '란(闌)'의 의미를 '한창이다' '거나하다'로 해석하였다. 그러나 『광운(廣韻)』에서 "란(闌)은 술자리가 반쯤 파한

---

37 심원섭 편주, 앞의 책 351면.

것을 말한다(飮酒半罷也)"라 하였고, 『사기』에도 "술자리가 반쯤은 파하고, 반쯤은 남아 있는 것을 일컬어 란(闌)이라고 한다(謂飮酒者, 半罷半在, 謂之闌)"라고 하였다.[38] 따라서 '주기시정양양란(酒氣詩情兩樣闌)'은 "술기운과 시정 두가지 모두 대략 파할 때"라고 번역하는 것이 타당할 것이다. 즉, 앞의 해석과는 반대에 가깝다.

　　2구: 두우초전월성란(斗牛初轉月盛欄)
　　① 북두성은 돌고 달은 난간에 가득하다
　　② 북두성 지긋하고 달도 난간에 가득하다
　　③ 견우성 처음 나고 달은 난간에 담겼네

　　2구의 번역은 매우 혼란스럽다. 먼저 ①과 ②에서는 '두우(斗牛)'를 '북두성'으로, ③에서는 '견우성'으로 해석했다. 모두 틀렸다. '두우(斗牛)'는 뒤에서 자세히 살펴보겠지만 남두육성(南斗六星)과 견우성(牽牛星)을 가리킨다. 우리나라에서 남두육성은 밤 10시를 기준으로 대략 6월 20일부터 세달 정도 볼 수 있는 대표적인 여름 별자리 중 하나이다.
　　'두우' 다음 '초전(初轉)'이라 하였는데, 이에 대한 번역은 ①의 '돌고'나 ②의 '지긋하고'가 아니며, ③의 '처음 나고'도 적중한 표현은 아니다. '초전'이란 동남쪽 하늘에 두우가 '나타나 돌기 시작했다'는 말이다. 「은하수」에서 육사가 "은하수가 유월 유두절(流頭節)을 지나면 차츰차츰 머리를 돌려서"라고 표현한 바와 같이 별자리가 돌아가는 모습을 묘사한 것이다.
　　두우, 특히 남두육성은 여름 별자리인데, 이는 같은 날 지은 「만등동산」

---

38 『康熙字典』: http://tool.httpcn.com/Html/KangXi/39/KOXVILCQMERNTBCQCQ. shtml.

142

에서 '일장(日長)'이 하지 전후를 배경으로 한다는 점과도 상통한다. 그리고 「만등동산」에서의 달은 해가 지자마자 바로 볼 수 있는 상현달이나 보름달이었다. 상현달의 경우 자정 무렵에 지기 때문에 두우와 상현달을 함께 볼 수 있는 시간은 대략 초저녁부터 밤 12시까지이다.

> 3구: 천애만리지음재(天涯萬里知音在)
> ① 하늘 끝 만리 뜻을 아는 이 있으니
> ② 하늘 끝 만리 길 친구는 멀고
> ③ 하늘 끝 만리에 뜻을 아는 이 있으나

세 번역은 마지막이 '있으니' '멀고' '있으나'로 끝나는 것이 다를 뿐 대동소이하며, 문자 그대로의 번역에는 큰 오류가 없다. 그러나 한시에서 전(轉)의 의미를 제대로 드러낸 번역은 아니다. 이 구절은 이육사가 친동생 두명과 절친 신석초 등과 함께한 자리임에도 불구하고, 자신의 속마음을 아는 '지음(知音)'이 이 시회가 아니라 저 머나먼 '천애만리(天涯萬里)'에 따로 있다고 표현했다는 점에서 주목할 만하다. 범팽(范梈)이 "전은 변화를 요한다(轉處要變化)"[39]라고 했는데, 그야말로 예상을 뒤엎는 변화이다. 가까이 함께한 절친 시우들이 아닌 천애만리의 지음(知音), 그는 누구인가? 해답은 다음 결구로 이어진다.

> 4구: 노석청하사아한(老石晴霞使我寒)
> ① 늙은 돌 맑은 안개가 나로 하여금 차게 하여라
> ② 이끼 낀 맑은 이내 마음 시려온다

---

39 구본현 「한시 절구(絶句)의 기승전결 구성에 대하여」, 『국문학연구』 30호, 국문학회 2014, 266면에서 재인용.

③ 늙은 바위 갠 노을에 한기 느끼네

　범팽(范梈)이 결구(結句)는 "깊고 아득해야 한다(要淵永)"[40]라고 했는데, 이 결구에 대한 기존 해석은 요령부득이다. 특히 '노석청하(老石晴霞)'를 '늙은 돌 맑은 안개' '이끼 긴 맑은' '늙은 바위 갠 노을' 등으로 해석해서는 전혀 의미를 파악할 수 없다. 초여름 밤의 달과 별이 아무리 밝은들 어찌 돌의 이끼며 늙은 연륜, 또는 맑은 안개나 노을이 보이겠는가? 또한 한시의 고수인 이육사가 초보적인 '선경후정(先景後情)'의 원칙과도 어긋나게 결구에 와서 돌연 어떤 돌(石)의 경관으로 시를 마무리했겠는가?

　물론, '노석청하(老石晴霞)'가 해독하기 어려운 구절이라 그간 해석이 요령부득이었던 것도 이해는 된다. 그러나 한자의 관용적 표현과 작품 창작 당시 여러 정황을 고려하면 해석이 불가능한 것만도 아니다. 먼저, 노석(老石)은 앞의 '천애만리지음재(天涯萬里知音在)'의 '지음(知音)'과 짝하는 것으로 읽어야 한다. 즉, 사람을 지칭하는 말인 것이다. 한문이나 중국어에서는 오랜 친구를 '노붕우(老朋友)'라 부르며, '노(老)'를 그냥 존칭으로 사용하기도 한다(老, 尊稱也).[41] 그러니 여기서 '노(老)'는 오래된 인연이 있는 존중하는 사람에게 붙이는 접두사에 해당한다.

　다음의 '석(石)'은 자연물인 '돌'이 아니라, 천애만리에 있는 '지음', 즉 어떤 사람을 가리킨다. 육사의 혁명동지 윤세주는 '석(石)'이란 필명으로 여러 글을 썼고, '석(石)'으로 시작되는 石正·石井·石鼎·石生·石田 등을 필명 내지 아호로 사용하였다.[42] 이상의 내용을 종합할 때 '천애만리'의 '지

---

40 같은 곳에서 재인용.

41 『康熙字典』: http://tool.httpcn.com/Html/KangXi/33/KOPWMETBRNXVAZAZCQ. shtml '周禮·地官·鄉老註' 참조.

42 김영범 『윤세주: 의열단·민족혁명당·조선의용대의 영혼』, 역사공간 2013, 19면, 104~ 108면.

144

음'인 '노석(老石)'은 '윤세주' 말고는 달리 가리킬 사람이 없다.

그다음의 '청(晴)'은 '맑고 밝다'는 의미이며, '하(霞)'는 '노을' '안개' 또는 별빛 등의 '아름다운 광채'를 의미한다.[43] 굴원(屈原)이 「원유(遠遊)」에서 "이내 혼백 싣고서 노을로 올라(載營魄而登霞兮) 뜬구름 감싸안고 하늘 위를 오른다(掩浮雲而上徵)"라고 한 데서 알 수 있듯이 '하(霞)'는 사람의 혼백 또는 정기와 결합되기도 한다. 요컨대, '노석청하(老石晴霞)'는 땅의 풍경이 아니라 달과 별이 있는 밤하늘의 아름다운 어떤 기운을 노래한 것이며, 그것은 윤세주의 맑고 곧은 정기를 상징한다고 할 수 있다. 그 기운이 "나를 시리게 한다(使我寒)"라고 했으니, 과연 이 시의 결구는 그 의미가 '깊고 아득하다'고 할 수 있다.

제목 '주난흥여(酒暖興餘)'는 술자리가 무르익어?

「주난흥여」는 육사가 시우들과 즐겁게 가진 시회가 파할 즈음, 동남쪽 하늘에 남두육성이 나타나 견우성과 짝하여 은하수 별빛과 연결되는 것을 보고 지은 작품이다. 육사는 두우(斗牛)를 보면서 문득 이곳의 시우들이 아닌, 천애만리 밖에서 조선의 독립을 위해 목숨 걸고 싸우는 지음(知音) 석정 윤세주를 생각하고, 그의 굳고 맑은 기상에 문득 술이 확 깨고 정신이 번쩍 드는 그런 심정을 노래한 것이다.

그러니까 '주난흥여(酒暖興餘)'라는 제목을 "술자리가 무르익어"라고 번역하면 안된다. 오히려 "술로 돋운 흥이 파하고"로 번역해야 한다. 술기운의 연장선이 아닌 그 반대, 즉 술자리 끝에 '천애만리 지음을 생각하니 술이 확 깬다' 이런 기분을 노래한 것이다.

육사에게 시는 '말이 아닌 행동'이었다.[44] 그런데 국내에서는 일제에 의

---

43 『百度百科』: http://dict.baidu.com/s?wd=%E9%9C%9E&tupu=01.

44 이육사 「계절의 오행」, 김용직·손병희 엮음, 앞의 책 162면.

해 한글 시를 발표할 수 없었다. 발표할 수 없는 시, 그것은 행동이 될 수 없다. 이런 갑갑한 심사에서 친구들과 모여 한시를 지었는데, 하늘의 별을 보며 천애만리 밖에서 온몸으로 독립운동을 하는 지음을 생각하자 정신이 번쩍 든 것이다. 이후 육사는 모종의 결단을 내린다.

창작 시기: 1943년 봄?

심원섭은 두 한시가 "육사가 성모병원에서 퇴원한 이듬해(1943년)"에 창작된 것으로 고증하였다.[45] 육사가 1941년 가을 명동의 성모병원에 폐질환으로 입원하여 1942년 2월에 퇴원하였다 하니, 퇴원 이듬해라면 1943년으로 추정할 만하다.

그런데 1943년 1월 1일 신정에 이육사는 신석초에게 베이징행 계획을 밝히고, 그해 4월경 베이징으로 갔다. 그리고 그해 6월 1일(음력 4월 29일)인 어머니의 소상(小祥)에 참여하기 위해 귀국하였다가 체포되어 다시 베이징으로 끌려가서 1944년 1월 16일 사망하였다. 문제는 신석초나 다른 이들의 글에서 1943년에 육사가 베이징에서 돌아온 후 그와 함께 시회를 열었다는 언급이 전혀 없다는 점이다. 오히려 신석초는 시회를 열지 못했다고 한탄한다.

그해(1943년) 여름에 내가 다시 상경하니 뜻밖에도 그(육사)가 귀국하여 있었다. 나는 놀라고 반가왔으며 여러 친구들과 가장 즐거운 모임을 가지려 했었다. 그런데 약속한 자리에 육사는 나타나지 않았고 그날 아침 북경에서 온 일본영사관 형사에게 끌려갔다는 소식이었다.[46]

---

45 심원섭 편주, 앞의 책 349면, 351면, 414면 참조. 심원섭의 연구에서 "육사가 성모병원에서 퇴원한 이듬해(1943년)"가 누구의 증언인지는 불분명하다.
46 신석초 「이육사의 추억」, 241면.

따라서 1943년 시회를 가졌다면 이육사가 베이징에 가기 전에만 가능했다고 보고, 심원섭 이후 모든 연구자들이 '1943년 봄'에 이 시가 창작되었을 것이라고 비정하였다.[47] 그런데 이미 언급한 바와 같이, 봄이라면 「만등동산」의 '일장(日長)'과 어울리지 않으며, 아직 남두육성이 뜨지 않는 때라 「주난홍여」에서의 '두우초전(斗牛初轉)'도 볼 수 없다. 때문에 두 한시가 1943년 봄에 작성된 것은 확실히 아니라고 할 수 있다.

그렇다면 1943년 여름은 가능한가? 이육사가 1943년 6월 초순부터 서울에 있었던 것은 확실하다. 6월 1일이 어머니의 소상이었으며, 육사가 이민수의 아버지 석정(石庭)의 육순 기념 한시를 쓴 시기가 6월 9일 전후이기 때문이다.

1943년 6월 9일의 달과 별자리는 '스텔라리움'(Stellarium)이란 천체 관측 프로그램을 통해 구체적으로 알 수 있는데,[48] 이날 밤에는 아직 남두육성을 볼 수 없다. 남두육성을 볼 수 있는 시기는 밤 10시를 기준으로 할 때 1943년 6월 14일부터이다. 그러나 신석초는 세번의 회고에서 모두 이육사가 베이징에서 돌아온 이후 시회를 가진 적이 없다고 하였다. 이 시기는 육사가 체포된 매우 중요한 시기이기 때문에 신석초가 기억의 혼란을 느낄 여지는 거의 없다고 할 수 있다. 이러한 상황을 고려하면 이 시는 1943년 여름에 창작된 것이 아니라고 여겨진다.

그렇다면 두 한시의 창작은 1942년 여름에만 가능하다. 이육사는 1942년 6월 12일 서울에서 모친상을 치렀고, 이때 신석초도 문상하였다. 뒤에서 자세히 살펴보겠지만, 육사는 7월 10일부터 8월 20일경까지 경주 옥룡암에서 요양하였다. 따라서 1942년 여름 육사가 서울에 머물렀던 때는 6월 중순부터 7월 초까지의 시기이다. 그런데 1942년 하지(6월 22일)는 음

---

47 박현수 엮음, 앞의 책 282면; 김희곤, 앞의 책 221면.
48 http://www.stellarium.org 참조. '스텔라리움'(Stellarium)이란 인터넷 천체 관측 프로그램을 통해서 위치나 시간에 따른 별자리의 모습을 자세히 확인할 수 있다.

력 5월 9일로 상현달이어서 해가 지자마자 바로 달이 보이고, 또 남두육성도 보이는 날이었다. 바로 「만등동산」 및 「주난흥여」의 해와 달, 그리고 별자리에 대한 시적 묘사와 일치한다. 그러므로 두 한시는 1942년 하지 무렵에 쓴 것으로 추정할 수 있다.

1942년 6월 22일 하지의 달과 별자리 역시 앞에서 언급한 '스텔라리움'(Stellarium)이란 천체 관측 프로그램을 통해 생생하게 확인할 수 있다. 그날 해가 지자마자 달은 이미 중천에 떠 있었고, 밤 9시 30분경 남두육성이 올라와 돌기 시작하였으며, 밤 10시에 '두우(斗牛)' 즉 남두육성과 견우성이 모두 은하수 가운데 떠 있었다(권두 화보의 〔그림 33〕 참조). 그리고 23일 0시 30분경 상현달이 졌다.

그렇다면 두 한시가 "육사가 성모병원에서 퇴원한 이듬해"에 창작되었다는 주장은 어떻게 해석해야 하는가? 당시 조선에서는 일반인·지식인 할 것 없이 음력을 사용하였고, 음력설을 쇠었다. 신석초가 언급한 이육사 부친의 회갑연이나, 이병각의 사망 연도도 조사해보면 모두 음력이다.[49] 육사는 1941년 가을 성모병원에 입원하였다가 1942년 2월에 퇴원하였다.[50] 그런데 1942년 설날(음력 1월 1일)은 양력으로 2월 15일이었다. 육사가 1942년 2월 15일 즉 음력설 전에 퇴원했다면, 당시 조선의 음력 사용 관습으로 퇴원 이듬해는 1942년이 된다. 그럴 경우 두 한시를 퇴원 이듬해에 창작했다는 말과 1942년 6월 하지 전후에 썼다는 말은 모순되지 않는다. 특히 1943년에는 육사가 베이징에 갔다가 서울에 돌아와 체포되는 등 결정적 사건들이 있었다. 그런데 앞의 두 한시를 1943년 봄이나 여름에 지

---

49 신석초 「이육사의 추억」, 239면; 신석초 『시는 늙지 않는다』, 73면. 이육사 부친의 회갑은 양력 1939년 1월 13일(음력 1938년 11월 29일), 이병각의 사망일은 양력 1942년 1월 14일(음력 1941년 11월 28일)이다.

50 심원섭 편주, 앞의 책 414면; 김용직·손병희 엮음, 앞의 책 409면; 김희곤, 앞의 책 권두 연보; 박현수 엮음, 앞의 책 281면.

었다면 이러한 결정적 사건들과 연계하지 않고, 굳이 1년여 전의 퇴원과 연결하여 그 '이듬해'에 지었다고 말하는 것은 어색하기 짝이 없는 일일 것이다. 이래저래 이 시는 1942년 여름에 쓴 것으로 보는 것이 타당할 듯 싶다.

이육사는 1940년과 1941년 사이 많은 작품을 쏟아냈다. 1940년에는 시 6편, 수필 3편, 1941년에는 시 5편, 수필 3편, 평문 2편에 번역소설 1편을 발표했다. 그러나 1941년 늦여름부터 여러가지 상황이 악화되어갔다. 무엇보다 육사는 심각한 폐결핵으로 죽음을 생각하며 병원 출입과 요양을 거듭해야 했다.[51] 그리고 1942년 4월 『문장』 폐간 이후 한글 시를 발표할 수 없는 상황이 되었다. 더욱이 1942년 6월 12일(음력 4월 29일) 육사가 존경하고 사랑하던 모친 허길이 별세하였다. 1941년 4월에 이미 부친이 돌아가셨으니, '연첩상변(連疊喪變)'으로 이제 육사는 부모님 두분 모두 안 계시는 상황이 되었다.

이육사는 모친이 자식들의 안위로 노심초사한 것을 잘 알고 있고 있었으며, 이런 어머니에 대한 존경과 사랑이 각별하였다. 자식에 대해 노심초사하는 모친에 대한 부담이 없어진 탓인가? 「주난흥여」가 1942년 하지 무렵의 작품이라면, 육사는 모친상 이후부터 이미 베이징행과 윤세주를 생각하고 있었다고 할 수 있다. 당시 누구도 이 시를 이해하지는 못하였겠지만.

(2) 두우(斗牛)와 노석청하(老石晴霞), 그리고 석정(石鼎) 윤세주

두우

앞에서 언급한 바와 같이 육사는 어려서부터 별자리를 공부하여 별자

---

51 이 책 "V. 비명(碑銘) 「나의 뮤-즈」" 참조.

리에 매우 밝았다. 「주난홍여」를 지을 때 육사는 밤하늘의 두우(斗牛)를 보고 지음(知音)을 떠올렸다. 따라서 이 시를 바로 이해하기 위해서는 두우를 바로 알아야 한다.

두우(斗牛)에서 우(牛)가 견우성(牽牛星)이라는 데에는 이론의 여지가 없다.[52] 반면, 두우(斗牛)의 '두성(斗星)'에 대해서는 너무나 잘못 알려져 있다. 두(斗)는 '자루가 달린 국자'을 의미하는데, 북극성 가까이 있는 북두칠성이 7개의 별로 국자 모양을 하고 있다면, 여름철 남쪽 하늘 지평선 가까이에 있는 남두육성은 6개의 별로 국자 모양을 하고 있다. 두우(斗牛)에서 두(斗)는 북두칠성이 아니라 남두육성을 말한다. 북두칠성은 견우성과 멀리 떨어져 있어 같이 짝하는 경우가 없지만, 남두육성과 견우성은 가까워 흔히 짝을 이루므로 둘을 아울러 '두우(斗牛)'라고 부른다.

남두육성은 고구려 덕흥리 고분과 조선시대 「천상열차분야지도」에도 나오는, 전통시대에는 매우 유명했던 여름 별자리이다. 남두육성은 은하수와 가깝고 국자를 엎어놓은 모양이며, 은하수의 물을 퍼서 지상에 부어주는 형국이므로, 인간의 수명을 관장한다고 믿었다.[53] 그런데 전통 천문학의 단절로 두우(斗牛)를 북두칠성과 견우성으로 잘못 해석하는 경우가 허다하다. 그 대표적인 경우가 바로 소동파(蘇東坡)의 명문 「적벽부(赤壁賦)」에 대한 해석이다. 이 시는 1082년 7월 기망(旣望), 즉 음력 7월 16일(양력 8월 12일) 밤, 동정호(29° 18′ 38″ N, 112° 57′ 5″ E)에서 달이 떠오르는 모습을 다음과 같이 묘사하였다.

---

52 견우성이 현대의 별자리 어느 것에 해당하는가에 대해서는 다소 논란이 있지만, 대체로 여름 별자리로 유명한 독수리자리 알파별인 '알타이르(Altair)'를 지칭한다.(양홍진 「칠월칠석, 견우와 직녀 별자리 이야기」, 과학기술정보통신부 웹진: http://www.msip.go.kr/webzine/posts.do?postIdx=130, 2015)

53 조용헌이 한 칼럼에서 "은하수에 있는 생명수를 지상으로 보내주는 역할은 북두칠성이 담당하였다"(「물에 대한 생각」, 『조선일보』 2015. 11. 2)라고 하였는데, 북두칠성이 아니라 남두육성이 올바르다.

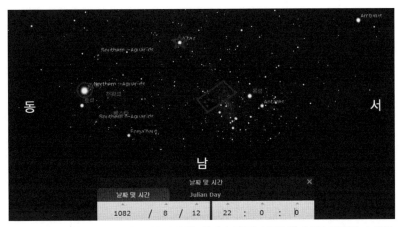

그림 1 1082년 8월 12일 밤 10시 동정호의 밤하늘 별자리: 달(○)과 견우성(☆) 및 남두육성(□), 은하 수 ⓒ Stellarium

　　월출어동산지상(月出於東山之上)
　　배회어두우지간(徘徊於斗牛之間)

　많은 한문학자가 두번째 구의 두우(斗牛)를 북두칠성과 견우성으로 알고, "달이 동쪽 산 위로 떠올라 북두성과 견우성 사이를 배회하더라"라고 번역하였다. 그러나 북두칠성은 동산과는 멀리 떨어진 북쪽 하늘 끝에 있으므로 이렇게 번역하면 '사이'를 '배회'한다는 말이 성립되지 않는다.

　북두칠성은 북극성 근처에 있고 견우성은 적도(赤道) 근처에 있으므로 '북두성과 견우성 사이'라면 하늘에서 각도로는 약 90° 범위의 넓은 지역이라 달이 배회하는 곳이라는 의미가 전혀 없어져버린다. 누군가 서성이고 있는 장면을 묘사하면서 '종로와 청계천 사이에서 서성인다'고 해야 할 것을 '서울과 부산 사이에서 서성인다'고 말하는 셈이다.[54]

〔그림 1〕은 소동파가 「적벽부」에서 달을 노래한 그날밤 10시 동정호에서 바라본 밤하늘의 별자리이다. 이날 저녁 동정호에서는 밤 8시 30분경 달이 떠서 두우(斗牛) 사이를 따라 올라가 자정을 지나 최고도로 남중(南中)하였고, 남두육성은 다음날 새벽 1시 40분경 서쪽으로 졌다. 그러니까 그날 달은 밤 8시 30분경부터 5시간가량 두우지간을 배회한 것이다.

　한여름 밤 남두육성은 지상과 아주 가까운 별이고, 두우지간에는 은하수가 흐르고 있기 때문에, 두우에 관해서는 전통적으로 많은 인문학적 서사가 있어왔다. 예컨대, 백거이(白居易)는 이도위(李都尉)의 옛 칼(古劍)에서 나온 "상서로운 기운이 두우를 배회한다(紫氣排斗牛)"(「李都尉古劍」)고 노래하였고, 송(宋)의 충신 악비(岳飛)는 "당당한 웅기가 두우를 관통하노니, 맹세코 충절로써 임금의 원수 갚으리라(雄氣堂堂貫斗牛　誓將眞節報君讐)"고 노래하였다. 우리나라에서도 농암 김창협은 "남문에 어린 충정 두우성에 뻗치니, 우리 가문 승상이 큰 이름 남기셨네(紫氣南門亘斗牛　吾家丞相大名留)"라고 하며, 강화 남문에서 순국한 선조 김상용의 충의를 두우(斗牛)에 비유하여 선양하였다.[55] 두우 사이의 상서로운 기운에 대한 이야기는 한글소설 『심청전』에도 등장한다.

　　승상 우조명이 또 듀 왈 신이 또흔 요ᄉᆞ이 텬문을 보온즉 밤마다 셔
　　긔 두우를 두루오니 젼하는 비빙 듕의 직덕 잇는 ᄌᆞ를 갈희여 졍궁으로
　　승품ᄒᆞ여[56]

54 전용훈 「전통 별자리에 대한 오해와 진실: 견우성은 독수리자리에 없다」, 『과학동아』 2007년 7월호.

55 김수연 「별자리 천문화소 두우성(斗牛星)의 서사적 수용 양상과 해석의 문제」, 『시학과 언어학』 27호, 시학과언어학회 2014, 57~58면, 66~68면에서 재인용.

56 같은 글 59면에서 재인용.

승상 우조명이 상서로운 기운이 두우(斗牛)를 두르고 있으니 궁녀 중에 재덕이 있는 자(심청)를 정궁(황후)으로 승품하라고 건의하는 내용이다. 이처럼 두우는 남두육성과 견우성이며, 두 별자리 사이에 은하수가 흐르고 있어서 땅의 상서로운 어떤 기운을 반영하는 것으로 널리 받아들여지고 있었다.

노석청하, 석정 윤세주

별자리에 밝았던 육사가 두우에 관한 이러한 고사를 몰랐을 리가 없다. 육사가 1942년 하지 무렵에 지은 「주난흥여」는 밤하늘의 두우를 보고 '천애만리'에 있는 '지음'인 '노석(老石)'의 '맑은 기운(晴霞)'을 느꼈다는 것이 핵심 내용이다. 그때 육사의 지음인 '노석(老石)' 윤세주는 '천애만리'에서 과연 무엇을 하고 있었을까?

1940년 11월 4일 조선의용대 확대간부회의는 '북상항일', 즉 전선이 있는 화베이(華北) 지방으로의 진출을 결정하였고, 이듬해 1941년 1월 초 윤세주와 조선의용대는 충칭(重慶)에서 출발하여 창장(長江)을 타고 북상하기 시작했다. 그해 7월 조선의용대는 드디어 팔로군의 타이항산(太行山) 항일 근거지에 진입하였고, 산시성(山西省) 랴오현(遼縣: 현 左權縣) 퉁위전(桐峪鎭) 상우춘(上武村)을 주둔지로 정하고 난 뒤 조선의용대 화북지대로 개편되었다. 그곳에서 윤세주는 조선의용대 간부훈련반, 즉 화북조선청년혁명학교의 정치교관, 화북조선청년연합회 진기예변구 지회의 부회장 등으로 활약하였다.[57]

조선의용대 북상 개시 1년 후인 1942년, 일본군은 타이항산 항일 근거지에 대한 대대적인 '소탕전'을 개시하였다. 2~3월의 '춘기 소탕전'에 이어, 20개 사단 40만명을 동원한 대대적인 '5월 소탕전'이 개시되었다. 5월

---

57 김영범, 앞의 책 156~65면.

25일 조선의용대 전투원들과 일본군 간의 교전이 시작되었고, 5월 28일 윤세주는 비전투 요원들을 보호 인솔하며 이동하던 중 좡쯔링(庄子嶺)에서 적탄을 맞고 쓰러졌다. 동료들이 윤세주를 석굴로, 움막으로 옮겼지만, 며칠 후 그는 사망하고 말았다.[58]

윤세주를 비롯한 타이항산 전사자들에 대한 추모는 1942년 7~10월 수차례 거행되었다. 7월 15일 조선독립동맹과 조선의용군이 공동 추모행사를 벌였으며, 7월 25일에는 중국공산당이 「조선의용대 석정·진광화 등 7 열사 기념에 관한 결정」을 공포하였다. 이어 9월 20일에는 조선독립동맹이 옌안(延安)에서 석정 윤세주를 비롯한 11명의 조선열사추도회를 거행하였다. 당시 추도사에서 팔로군 총사령 주더(朱德)는 조선의용대원들의 희생을 "영광과 불멸의 죽음"으로 칭송하였다. 중국공산당 기관지 『해방일보』 1942년 9월 20~21일자는 이 추도회 소식을 보도하면서 석정의 약력을 소개하였고, 아이칭(艾靑)의 긴 추도시와 샤오싼(蕭三)의 추도문도 같이 게재하였다.[59]

추도회 후 중국공산당 중앙 북방국과 팔로군 총부의 지시로 여러 대원들이 순국현장인 화위산(華玉山)에서 윤세주 등 5명의 유해를 수습하여, 허베이성(河北省) 서현(涉縣) 스먼샹(石門鄕) 스먼춘(石門村) 뒤 롄화산(蓮花山)에 새로 조성한 '진지루위(晉冀魯豫) 항일순국열사 공묘'에 안장하였고, 윤세주의 묘 앞에는 별 문양이 조각된 비석을 세웠다. 이 비는 일본군이 서현(涉縣)을 일시 점령하였을 때 파괴되었으나, 1950년 다시 복원되어 현재에 이르고 있다.[60]

그러니까 1942년 6월 하지 무렵 이육사가 '노석청하(老石晴霞)'를 노래할 당시 석정 윤세주는 이미 이 세상 사람이 아니었던 것이다. 1932년 생

---

58 윤세주의 사망일은 1942년 6월 1일, 2일, 3일로 다소 혼선이 있다.(같은 책 174~80면)
59 같은 책 184~86면.
60 같은 책 188면; 김성룡 『불멸의 발자취』, 북경: 민족출판사 2005, 439~40면.

전의 석정이 육사를 난징(南京)의 조선혁명군사정치간부학교로 인도하였다면,[61] 10년 후인 1942년에는 이미 순국한 석정의 맑은 정기(老石晴霞)가 두우성을 통해 육사를 베이징으로 부른 셈이 되었다.

경주행과 베이징행, 석초와 석정

1942년 여름 「주난흥여」를 쓴 다음 이육사는 바로 베이징에 가거나 윤세주에게 가지 못하였다. 건강 때문이었다. 1941년 늦여름부터 육사는 자신의 폐병이 심각하다는 것을 알았고, 1942년 중국행 대신 경주로 가서 옥룡암에서 요양하였다.

1942년 8월 4일 옥룡암에서 이육사는 신석초에게, "전서(前書)는 보셨을 듯, 하도 답(答)이 안 오니 또 적소. 웃고 보시요"라는 인사와 더불어 애절한 그리움을 담은 시조 2수를 엽서로 보냈다.

> 뵈올가 바란 마음 그 마음 지난 바램
> 하로가 열흘같이 기약도 아득해라
> 바라다 지친 이 넋을 잠재울가 하노라
>
> 잠조차 업는 밤에 촉(燭) 태워 안젓으니
> 리별에 병(病)든 몸이 나을 길 없오매라
> 저 달 상기 보고 가오니 때로 볼가 하노라[62]

---

61 김영범 「이육사의 독립운동 시·공간(1926~1933)과 의열단 문제」, 『한국독립운동사연구』 34집, 독립기념관 한국독립운동사연구소 2009, 338~43면.
62 박현수 엮음, 앞의 책 209면; 김용직·손병희 엮음, 앞의 책 86면. 두 책 모두 시조 엽서를 보낸 연도를 1942년이 아닌 1936년이라고 하였는데, 이는 엽서에 찍힌 소인(消印)의 쇼오와(昭和) 연도 17을 11로 잘못 읽은 데서 비롯된 실수이다.

이육사가 옥룡암에서 신석초에게 보낸 서신도 하나 남아 있는데, 소인 (消印)이 남아 있지 않아 연도를 확인할 수 없지만 쓴 날짜는 7월 10일이다.[63] 이것은 8월 4일자 엽서에서 육사가 "답(答)이 안 오니"라고 한 바로 그 '전서(前書)'에 해당하는 서신으로 보인다. 이 서신에서 육사는 옥룡암에 3개월이나 있겠다고 했다. 그러나 육사는 여름이 끝날 즈음 옥룡암을 떠나야 했다. 6월 12일(음력 4월 29일) 모친이 별세한 데 이어 8월 24일(음력 7월 13일) 맏형 이원기가 별세했기 때문이다.

이육사가 경주를 떠날 때 배웅해준 경주 시우(詩友) 박곤복(朴坤復)은 그의 문집에서 "임오(1942) 초추(初秋) 밤차로 벗(육사)을 멀리 보내고"[64]라고 기록하였다. 이것으로 볼 때 1942년 육사는 신석초에게 서신을 보낸 7월 10일부터 박곤복이 배웅한 8월 중순까지 경주 옥룡암에 머물렀음을 알 수 있다.

늦여름에 서울로 돌아온 이육사는 형의 장례를 치른 후 인근 수유리에서 요양하였다.[65] 당시 수유리에는 육사의 외숙 허규(許珪)가 은거 중이었는데,[66] 거기에 육사가 간 것이다. 그곳에서 육사는 외숙 및 외숙의 친구들과 시회를 가지기도 하였다.

내 외숙을 방문하는 노시인 몇분이 있어 그 샘물가 반석(盤石) 우에 자리를 펴고 시회를 열거나 시담(詩談)에 해(날)를 보내는 때도 있었는데[67]

---

63 김용직·손병희 엮음, 앞의 책 368~69면.

64 박곤복『고암문집(古庵文集)』, 대해사 1998, 597면, 637면. 초추는 음력 7월이다.

65 이육사「고란(皐蘭)」(1942. 12. 1), 김용직·손병희 엮음, 앞의 책 200면.

66 당시 수유리는 서울시가 아니었다. 이원조는 외숙 허규가 수유리에 은거하고 있는 상황을 시로 묘사한 바 있다.(이동영『한국독립유공지사열전』, 육우당기념회 1993, 144면)

67 이육사「고란」, 김용직·손병희 엮음, 앞의 책 202면.

이육사는 이렇게 외숙과 함께 지내며 한시 시회도 가지면서 요양하였
지만, 시국은 조용하지 않았다. 1944년 외숙 허규가 조선건국동맹에 참여
한 것으로 보아 허규는 수유리에 은거하면서 여운형 측과 은밀하게 접촉
하였던 듯하다. 육사가 수유리에서 요양하던 1942년 가을(10월 1일) 최현배
등 30여명이 조선어학회 사건으로 체포되었다. 1942년 후반기를 수유리
에서 보낸 후, 육사는 1943년 1월 1일 양력 설날 아침 일찍 신석초를 찾아
가 '정원답설(正元踏雪)'을 제의하였다.

　　1943년 신정은 큰 눈이 내려 온통 서울이 샛하얀 눈 속에 파묻혀 있
었다. 아침 일찍 육사가 찾아왔다. 그리고 문에 들어서자마자 나를 재
촉하여 답설(踏雪)을 하러 가자고 하였었다. 중국 사람들은 신정에 으레
답설을 한다는 것이다. 조금 뒤에 우리는 청량리에서 홍릉 쪽으로 은세
계와 같은 눈길을 걸어갔다. (…) "가까운 날에 난 북경엘 가려네" 하고
육사가 문득 말하였다. 그때 북경은 촉도(蜀道)만큼이나 어려운 길이었
다. 나는 가만히 눈을 들여다보았다. 언제나 다름없이 상냥하고 사무사
(思無邪)한 표정이었다. 그 봄에 그는 표연히 북경을 향하여 떠난 것이
다.[68]

이육사는 이미 1942년 여름밤 시회에서 「주난흥여」로 윤세주를 그리며
베이징행을 암시한 바 있다. 반년의 요양 이후 건강이 어느정도 회복되었
는지, 더이상 참을 수 없는 무엇이 있었는지, 육사는 석초에게 베이징행
결의를 밝힌 것이다. 당시 베이징은 일제 치하로 아편장수, 갈보장수, 사
업가, 송금 브로커, 대동아성(大東亞省) 촉탁, 군 촉탁, 총독부 촉탁, 헌병대
니 사령부의 밀정 등등 "별의별 종류의 인간들이 다 들고 날치는" 위험한

---

68 신석초 「이육사의 인물」, 107면.

곳이었다.[69]

이육사가 그토록 베이징에 가고자 한 이유는 무엇인가. 역사학자들은 충칭(重慶)의 임시정부와 옌안(延安)의 조선독립동맹 그리고 국내를 연결하기 위해, 또는 조선의용군의 베이징 적구(敵區)에서의 활동에 참여하기 위해서일 것이라고 해석한다.[70] 그 어느 것이든 모두 윤세주와 관계가 있음은 분명하다. 육사가 베이징에서 가장 먼저 윤세주의 안부를 추적했을 것이며 그의 죽음을 알게 되었을 것이다. 이후 육사는 국내로 잠시 귀국했다가 체포되어 다시 베이징으로 끌려갔고, 결국 1944년 1월 16일 베이징의 일제 지하 감옥에서 순국하였다. 10년간 그리던 석정 윤세주를 결국은 하늘에서 만나게 된 것이다.

5. 맺음말: 육사의 두 돌기둥

이육사는 「연륜」(1941. 6)에서 외로움을 호소하는 C군에게 다음과 같이 충고한 바 있다.

C여! "진정한 동무란 모두 고독한 사람들"이란 것을 우리는 아벨 보나르의 말을 기다릴 것도 없이 몸으로써 겪은 바가 아닌가? "거대한 궁륭(穹窿)을 고아올리는 데 두어개의 기둥이 있으면 족한 것과 같이, 우리들이 인간에 대해서 우리들의 생각하는 바를 관철하기 위해서는 두어 사람의 동무가 있으면 충분한 것이다."[71]

---

69 김사량 『노마만리』, 동광출판사 1989, 259면. 김사량의 베이징 묘사는 1945년 5월의 것이지만, 1943년 봄 육사가 베이징에 갔을 때에도 이와 비슷했을 것이다.

70 강만길 「조선혁명군사정치간부학교와 육사 이활」, 『민족문학사연구』 8호, 민족문학사연구소 1995, 177면; 김희곤, 앞의 책 224~32면.

"진정한 동무란 모두 고독한 사람들"이라는 구절은 프랑스의 시인이자 작가인 아벨 보나르(Abel Bonnard)가 『우정론』에서 말한 "진정한 동무는 함께 고독을 추구하는 사람"을 가리킨다.[72] 육사가 이처럼 고독을 사랑하는 사람만이 진정한 친구가 될 수 있다고 한 것은 각별한 의미가 있다.

먼저 이육사의 문학세계에서 '고독'은 매우 중요한 개념이다. 홍석표가 지적한 바와 같이 그의 문학에는 "인간은 얼마나 외로운 것이냐"(「황혼」) "고향의 황혼을 간직해 서럽지 않뇨"(「반묘」) "아롱진 설움밖에 잃을 것도 없는 낡은 이 땅에서"(「한개의 별을 노래하자」)와 같은 구절에서 보듯 외로움과 서러움의 정서가 가득하다. 육사의 이러한 외로움과 서러움은 식민지 '피의 현실'에 안주할 수 없는, 그래서 저 혼자 걸어갈 수밖에 없는 것에서 유래한다.[73] 그리하여 육사는 "나는 달게 인생의 문외한이 되겠소"(「문외한의 수첩」)라고 선언했고, 소설에서 "캄캄한 밤을 영원히 차고 영원히 새지 못할 듯한 밤을 제 혼자 가는" 유령을 상찬했으며(「황엽전」), 또한 "영원히 남에게 연민은커녕 동정 그것까지도 완전히 거부할 수 있는 비극의 히어로"(「산사기」)를 꿈꾸었고, '가엾은 박쥐'의 '고독한 유령'을 노래하였다(「편복」).

두번째 그의 고독은 절대 보안이 필요한 독립혁명운동에서 비롯되었다. 이육사를 "없지 못할 지기(知己)"로 표현한 신석초가 육사에게는 석초

---

71 이육사 「연륜」, 김용직·손병희 엮음, 앞의 책 182면.

72 아벨 보나르는 1928년 『우정론』(L'Amitié)을 집필하였으며, 이 책은 1933년 영어(The Art of Friendship, Trans. Perlie P. Fallon, Simon & Schuster, New York)로, 1940년 일본어 (『友情論』, 大塚幸男·矢野常有 共訳, 白水社)로 번역되었다. 보나르는 1942~1944년 비시 (Vichy) 정권의 교육상을 맡아 파시즘에 협조한 죄로 전후 사형선고를 받게 되나 이미 스페인으로 망명해버린 뒤였으며, 그후 소식이 끊겼다. 그의 책은 현재 한국에서도 번역되어(아벨 보나르 『우정론』, 황명걸 옮김, 집문당 2014) 읽히고 있다.

73 홍석표 『루쉰과 근대 한국: 동아시아 공존을 위한 상상』, 이화여자대학교출판문화원, 2017, 229~30면 참조.

본인도 모르는 부분이 있었음을 누차 토로한 것은 이런 연유 때문이다.

　그렇다고 육사가 노상 나처럼 한만한 생활만 한 것은 물론 아니다. 그의 행동반경은 나보다는 훨씬 넓었었고 매우 바빴다. 친구들과 함께 있다가도 몇번씩 시간 약속이 있다고 하여 자리를 떴다. 그러나 또 우리와 약속한 시간에는 반드시 돌아왔다. 그동안에 누구와 만났으며 무슨 일을 하였는지 그것은 그도 말하지 않았고 우리도 굳이 묻지 않았다.[74]

　절친 시우 신석초가 모르는 이육사의 또다른 세계, 그것은 민족해방운동이었다. 그리고 그 심상(心象) 깊은 곳에 늘 석정 윤세주가 있었다. 육사는 석정과 관련하여 거의 해마다 한편의 글을 썼는데, 1939년 8월에는 시「청포도」,[75] 1940년 7월에는 시「교목(喬木)」,[76] 1941년 1월에는 수필「연인기(戀印記)」, 그리고 1942년 여름에는 한시「주난흥여」를 썼다. 의열투쟁을 다짐하는 시「절정」(1943. 1), 동지에 대한 초혼가(招魂歌)인「꽃」도 윤세주를 제쳐두고는 이해하기 힘들다.

　이육사가 존경하던 루쉰(魯迅)은 평소 "차라리 고독할지언정 '무리 짓기(群)'를 좋아하지 않는다"라고 밝힌 바 있다. 고독은 시인으로서의 루쉰, 전사로서의 루쉰을 탄생시키는 중요한 요소였다.[77] 그런 루쉰이 1933년 봄 그의 혁명동지 취추바이(瞿秋白, 1899~1935)에게 "인생에서 자신을 알아주는 벗 하나를 얻는다면 족하니, 이 세상을 마땅히 같은 마음을 품

74 신석초「이육사의 인물」, 101면.
75 이 책의 "Ⅱ.「청포도」와 향연" 참조.
76「교목」에는 마지막에 'SS에게'라는 말이 부기되어 있는데, 박현수는 이를 '석정 (윤)세주'의 이니셜과 관련이 있을 가능성이 있다고 하였다.(박현수 엮음, 앞의 책 129면의 각주 13 참조)
77 홍석표, 앞의 책 229면.

고 바라보아야 하리(人生得一知己足矣, 斯世當以同懷視之)"라는 휘호를 써주었다.[78] 진정 고독을 사랑하는 사람은 그만큼 지음(知音)을 사랑하게 되는 것이다.

육사의 내면을 감싸고 있는 '궁륭[천장]'을 걷으면 그곳에는 민족해방운동과 시문학이라는 두 세계가 자리하고 있음을 알 수 있다. 육사가 비밀스럽게 넘나들던 두 세계를 각각 버티어주는 지기(知己)의 기둥이 있었으니, 바로 석정(石鼎) 윤세주와 석초(石艸) 신응식이었다.

묘하게도 두 사람의 아호와 가명은 모두 돌 석(石)자로 시작된다. 1942년 여름 어느날, 이육사는 「만등동산」을 석초에게, 「주난홍여」를 석정에게 헌정했다. 당시 석초는 「주난홍여」의 시세계가 석정을 향한 것인지 몰랐고, 육사는 석정이 이미 저세상 사람이라는 사실을 몰랐다. 그래서 이 한시는 더욱 가슴을 아리게 한다.

<hr>

78 주정(朱正) 『루쉰 평전: 나의 피를 혁명에 바치리라』, 홍윤기 옮김, 북폴리오 2006, 256면.

V.

비명「나의 뮤ー즈」

陸史

1. 머리말

아주 헐벗은 나의 뮤-즈는
한번도 기야 싶은 날이 없어
사뭇 밤만을 왕자(王子)처럼 누려왔소

아무것도 없는 주제였만도
모든 것이 제 것인 듯 뻐틔는 멋이야
그냥 인드라의 영토(領土)를 날라도 단인다오

고향은 어데라 물어도 말은 않지만
처음은 정녕 북해안(北海岸) 매운바람 속에 자라
대곤(大鯤)을 타고 단였단 것이 일생(一生)의 자랑이죠

계집을 사랑커든 수염이 너무 주체스럽다도

취(醉)하면 행랑 뒤ㅅ골목을 돌아서 단이며
보(褓)보다 크고 흰 귀를 자조 망토로 가리오

그러나 나와는 몇 천겁(千劫) 동안이나
바루(바로) 비취(翡翠)가 녹아나는 듯한 돌샘ㅅ가에
향연(饗宴)이 벌어지면 부르는 노래란 목청이 외골수요[1]

밤도 시진하고(다하고) 닭소래 들릴 때면
그만 그는 별 계단(階段)을 성큼성큼 올라가고
나는 초ㅅ불도 꺼져 백합(百合)꽃 밭에 옷깃이 젖도록 잤소

「나의 뮤-즈」는 이육사의 유고(遺稿)로 이원조가 수습하여 1946년 『육사시집』에 수록하였다. 육사가 베이징의 일제 지하 감옥에서 쓴 것으로 추정되지만, 창작 시기를 포함하여 확실한 내력은 알 수 없다.

「나의 뮤-즈」는 전반적으로 해독하기 어려운 시이다. 그래서인지 이 시를 본격적으로 분석한 연구는 한편도 없는 듯하다. 일찍이 백웅(白熊) 홍영의(洪永義, 1915~1975)는 이 시를 이육사가 '마음의 마돈나'를 찾아가는 '이성(異性)'에 관한 시로 해석한 바 있으며, 2000년 이후 몇 사람은 육사의 '예술혼'을 다룬 작품으로 언급하기도 하였다.[2] 그러나 어느 연구도

---

1 이 시가 처음 수록된 이원조 엮음 『육사시집』(서울출판사 1946) 29~31면에는 앞의 '돌샘ㅅ가에' 다음에 1행이 떠어져 있고, '외골수요' 다음 '밤도 시진하고'가 하나의 연(聯)으로 연결되어 있다. 그러나 2행 4행이 아니라 각 3행씩 두 연으로 구분하는 것이 더 타당할 듯하다.(박현수 엮음 『원전주해 이육사 시전집』, 예옥 2008, 175면의 각주 12 참조)
2 홍영의 「육사일대기(陸史一代記)」, 백기만 엮음 『씨 뿌린 사람들: 경북 작고 예술가 평전』, 사조사 1959, 101~103면; 이희중 「이육사론」, 『현대시의 방법 연구』, 월인 2001, 259면; 이창민 「이육사 시의 상황설정 및 대상지정 방식」, 『한국학연구』 40집, 고려대학교 한국학연구소 2012, 153~54면; 이형권 「이육사 문학의 독자와 새로운 기대 지평: 미학적 인간과 관련하여」, 이육사문학관 엮음 『이육사 문학과 저항정신』, 이육사문학관 2014,

"보(褓)보다 크고 흰 귀를 자주 망토로 가리오"라는 구절을 포함한 이 시의 정곡을 정확하게 해석하지 못하고 있다.

「나의 뮤-즈」는 최후를 맞는 이육사의 내면과 「광야」 「꽃」 등 그의 절명시를 이해하는 관문(關門)이 되는 매우 중요한 시이다. 육사는 1941년 늦여름 자신의 폐결핵이 심각하다는 사실을 알게 되는데, 그의 고백에 의하면 이때부터 생활이 '극채화(極彩畫)'에서 '수묵화(水墨畫)'로 크게 변하게 된다.[3] 이에 따라 육사의 시세계도 상당한 변화를 겪게 된다. 「나의 뮤-즈」는 육사의 시가 '극채화'에서 '수묵화'로 바뀌었음을 보여주는 시라고 할 수 있다.

한편, 제목 '나의 뮤-즈'와 5연 "부르는 노래란 목청이 외골수요"라는 표현에서 알 수 있듯이, 이 시는 분명 '노래(시)'에 관한 시이다. 그런데 육사의 유명한 절명시 「광야」도 '노래의 씨'를 뿌리고 "목 놓아 부르게" 하겠다는, 노래에 관한 시이다. 이처럼 두 시는 '노래'로 서로 연결되어 있다. 아니, 「나의 뮤-즈」를 이해하지 못하면 절명시 「광야」를 제대로 이해하기 힘들다고 할 수 있다. 지금부터 수묵화 시기 육사 내면을 살펴보고, 나아가 「나의 뮤-즈」를 독해해보고자 한다.

2. 수묵화 시절, '영원에의 사모'

(1) 두개의 전선

이육사는 대표적인 항일전사 시인으로 머리 한편에 늘 '최후를 맞이할

221~22면.

3 이육사 「고란(皐蘭)」(1942. 12. 1), 김용직·손병희 엮음 『이육사 전집』, 깊은샘 2004, 200 ~201면.

세계'가 있으면서, 일제를 의미하는 '그놈의 빈대란 흡혈귀'를 태울 수만 있다면 자신의 집도 불사르고 싶어했다.[4] 육사의 거의 모든 시에는 일제에 대한 뼈에 사무치는 이런 저항의식이 깔려 있다. 널리 알려진 바와 같이 일제와의 투쟁, 이것이 육사의 일생 내내 '제1의 전선'이었다고 할 수 있다.

그런데 1941년 늦여름, 예상하지 못했던 일이 발생하고 말았다. 그것은 심각한 '폐병'의 발병이었다. 이육사는 평소 "나라는 사람은 실로 천대받을 만큼 건강한 몸이라 365일에 한번도 누워본 기록이 없으니"[5]라고 할 정도로 건강했다. 그런데 1941년 늦여름 자신이 심각한 병에 걸렸다는 사실을 알게 되는데, 이 시기 육사의 내면을 잘 보여주는 글이 「계절의 표정」(1942. 1)이다.

> 그때야 비로소 나는 병이란 것을 깨달았다. (…) 그러나 딴은 때가 늦었다. 웬체 내란 사람이 황소같이 튼튼하든 못해도 20년 내에 물에 씻은 듯 감기 고뿔 한번 시다이[심하게] 못해보고 병 없이 지나온 터이라 병에 대한 두려워하는 마음이 없고, 때로 혹 으스스하면 좋은 양방(良方)이 있어 요번에도 그것이면 무려(無慮)할 줄 알았다. 하지만 내가 병이라고 생각한 때는 병이 벌써 뿌리를 단단히 박은 때요, 사실 병이 시작된 때는 첫여름이었던 모양이다.[6]

1941년 '한여름 내내' 이육사는 "모든 것이 싫"고 "도무지 몸이 듣지 않는" 등 혹심한 병마를 치렀고, 뒤늦게 자신의 폐결핵이 심각하다는 사실을 알게 되었다. 병마에 지친 육사는 가을 어느 '고운 날', 아침 이슬이 채

---

4 이육사 「계절의 오행」(1938. 12), 같은 책 153~54면.

5 이육사 「횡액」(1939. 10), 같은 책 164면.

6 이육사 「계절의 표정」, 같은 책 195면.

마르기도 전에 혼자 서울 시외에 있는 "3, 4년 동안 나 혼자 거닐어보는" 익숙한 숲[7]으로 갔다.[8]

그곳에서 육사는 이해하기 힘든 이상한 행동을 한다. 그렇게 꽃을 사랑하는 육사가 아침 햇살과 어울려 보랏빛 연기가 피어오르는 듯 그윽하게 아름다운 들국화 송이를 마치 미친 사람처럼 지팡이로 무자비하게 친 것이다. 이런 병적인 행동을 하고 난 후 육사는 길옆 잔디밭에 앉아 숨을 돌리며 자신을 비웃는 사람을 향해 이렇게 항변한다.

아무리 해도 올곧은 마음은 아니었다 하지마는 길 가는 놈은 어째서 나를 비웃고 지나는 거냐? 대체 제 놈이 무엇인데 내가 보기엔 제가 미친놈이 아니냐? 그 꼴에 양복이 무슨 양복이냐? 괘씸한 녀석하고 붙잡아 쌈이라도 한판 하지 않으면 내 화는 풀릴 것 같지 않아서 보면 벌써 그 녀석은 어데이고 가고 없다. 이 분을 어데다 푸느냐? 곰곰이 생각하면 그놈 한놈뿐만 아니라 인간놈이란 모두가 괘씸하다. 어째서 나를 비웃고 업수이 여기는 거냐, 내가 누군 줄 알고. 나는 아직 이 세상에 네까짓 놈들하고 나서 있지 않다. 또 언제 이 세상에 태어날는지도 모르는 현현(玄玄)한 존재이다. 아니꼬운 놈들이로군 하고 별러대일 때는 책상에 엎더진 채로 열이 40도를 오르락나리락할 때였다.[9]

이육사가 들국화 송이를 무자비하게 치고, 인간 자체에 대해 짜증을 낸 이유는 물론 "열이 40도를 오르락내리락하는" 병 때문이었다. 그런데 육사는 언젠가 죽을 가여운 존재인 인간이 "무슨 양복이냐" 비꼬면서, 병약

<hr>

7 이 숲이 어딘지 확정할 수 없지만, 1942년 가을 육사가 요양하게 되는 수유리라고 추측된다. 당시 수유리는 서울 시외였다.
8 같은 글 192면, 196면.
9 같은 글 197면.

한 자신의 현재 모습이 자신의 진면목이 아니며, 자신은 "또 언제 이 세상에 태어날는지도 모르는 현현(玄玄)한 존재"라고 선언하기도 한다. 육사는 죽을병에 걸려 한편으로는 병적인 증상을 보이면서도 다른 한편으로는 죽음을 넘어선 자신의 진면목과 영원을 갈구하였던 것으로 보인다.

1941년 늦여름 본격적인 발병 이후 이육사는 일제와 싸워야 하는 제1전선 못지않게, 죽음의 병마와 싸우며 시간과 또다른 제2의 전쟁을 하게 되었다. 1941년 본격적인 발병 이후 그는 경주로 내려가서 요양하다, 1942년 모친상과 맏형상을 연달아 치렀고, 그후에는 외숙 허규가 은거하던 수유리에서 요양하였다. 이때 쓴 글이 그의 마지막 수필인 「고란(皐蘭)」(1942. 12. 1)인데, 여기서 육사는 투병 이전의 생활을 '극채화(極彩畫)'로, 이후를 '수묵화(水墨畫)'로 구분하였다.

> 연래(年來)에는 생활이 건강의 관계로 될 수 있으면 술과 계집과 회합을 피하고 보매 자연 생활이 전과 같이 화려하고 임리(淋漓)하지는 못하여도 그 반면에 고담(枯淡)하고 청정(淸靜)하야, 전날의 생활을 극채화(極彩畫)라고 한다면 오날(오늘)의 생활은 수묵화(水墨畫)라고나 할까?[10]

극채화 시절 이육사의 절친 시우(詩友)는 『자오선』과 『시학』에서 같이 활동하던 신석초(申石艸)와 이병각(李秉珏)이었다. 육사와 석초의 절친 관계는 별도의 설명이 필요 없을 정도로 잘 알려져 있다. 몽구(夢駒) 이병각은 재령 이씨이면서 육사의 고향 원촌과 가까운 영양군 석보면 두들마을 출신으로, 재령 이씨는 육사가 속한 진성 이씨와 혼맥으로도 가까운 사이였다. 이병각은 1919년 빠리 장서운동(長書運動)에 서명한 운서(雲西) 이돈호(李暾浩)의 조카로, 1929년 광주학생항일운동에 연루되어 옥고를 치른

---

10 이육사 「고란」, 김용직·손병희 엮음, 앞의 책 200~201면.

바 있는 조숙한 항일 저항시인이었다.

　석초는 육사와 이병각을 이렇게 비교하였다. "육사가 사분사분 경기체
말을 쓰려 한 데 대하여" 이병각은 "일부러 액센트를 높여 고장 말(경상도
사투리)을 강조하였다." 이병각은 1911년생으로 육사보다 일곱살이나 아
래였지만, 인습과 전통에 저항적이었고 육사에게도 거침없이 대했다.[11]

　극채화 시절 이육사·신석초·이병각 세 사람은 이병각의 사촌 이병장
(李秉章)이 경영하던 명동의 다방 '무장야(無藏野: 무사시노)'[12]를 근거지로
하면서 같이 살다시피 하였다.

　　그후로부터 줄곧 육사는 나(신석초)와 함께 있었다. (…) 날마다 같이
　　지냈다. 아침이면 대개 일찍 그가 명륜동의 나의 집으로 찾아왔다. 집을
　　나서 명동을 찾아가는 것이 매일과 같은 일과다. 그때 명동에는 고(故)
　　이병각 형의 종씨(從氏)가 경영하던 다방(無藏野)이 있었는데, 그곳이 우
　　리 친한 벗들의 근거지로 되어 있었다. 명동과 충무로를 휩쓸고 다니며
　　차를 마시고 노닥거리며 저녁때를 기다린다. 해가 지면 카페, 바아, 때
　　로는 요정으로 술타령이다.[13]

　육사는 1936년 7월 29일 요양 겸 피서차 포항 동해송도원(東海松濤園)으
로 가서 장기간 체류한 바 있다. 그런데 그해 8월은 22일간 비가 와서 1908
년 기상 관측 이래 가장 오랫동안 비가 내렸고, 더욱이 20~28일 역대 최

11　신석초 『시는 늙지 않는다』, 융성출판 1985, 70면. 이병각에 대해서는 김용직 엮음 『이병
　　각 문학전집』, 푸른사상 2006 참조. 이병각의 고향 두들마을에는 2006년에 세운 '몽구 이
　　병각 시비(夢駒 李秉珏 詩碑)'가 있다.
12　신석초, 앞의 책 72면. 신석초에 의하면 '무장야(無藏野)'는 뒤에 '무화과'로 이름을 바
　　꾸었으며, '무장야' '무화과' 등의 이름은 모두 일본 문인의 작품명에서 따온 것이라고 한
　　다. 아마도 '무장야(無藏野)'는 일본어 발음 '무사시노'로 불렸을 가능성이 크다.
13　신석초 「이육사의 인물」, 외솔회 엮음 『나라사랑』 16집, 외솔회 1974, 101면.

대 태풍 '3693'호가 한반도를 관통하면서 전국에서 1232명이 사망하거나 실종하였다.[14] 동행하지 못한 이병각은 「육사형님」이란 서신을 보내, "제(弟)가 알았든들 … 불이야 불이야 가서 맛나 놀았을 것"이라 아쉬워하면서도, "'한채 집이 다 타도 빈대 죽는 맛은 있더라'고, 장림(長霖)이 지리(支離)하니 형의 해수욕 풍경이 만화의 소재밖에는 되지 않을 것을 생각하고 고소"하다며 육사를 놀렸다. 더욱이 이병각은 이 사신(私信)을 육사의 동의 없이 그해 11월 15일 발간된 『조선문인서간집』에 수록, 공개해버렸다.[15]

이에 대해 이육사는 "내가 해변으로 가기 전 꼭 나와는 일거일동을 같이한 룸펜(이것은 시인의 명예를 손상치 않습니다)이던 나의 친애하는 이병각(李秉珏) 군"이 "나의 생활을 누구보다도 이해하는 정도가 있었으리라"고 하면서, 그가 평소 입버릇같이 육사 자신에게 "자네는 너무 뻐기니까"라고 독설하였다고 밝힌 바 있다.[16] 이렇게 둘은 허물없이 지냈다.

그때만 해도 이육사와 이병각 둘 다 건강하였다. 이병각은 앞의 「육사형님」이란 서신에서 "건강이야 묻는 것이 어리석지요. 적동색(赤銅色) 얼굴에 포리타민 광고 삽화 같은 건강체로 귀경할 것을 상상하니 든든합니다"라고 놀렸다. 육사는 역대 최대의 태풍과 장마로 인해 햇볕에 얼굴도 제대로 그을리지 못해 예의 하얗고 맑은 얼굴[17]로 돌아올 처지였다. 그런데도 이병각은 당시 신문에 실리던 보혈 강장제 '포리타민' 약 광고의 주인공과 같이, 그것도 햇볕에 잘 그을린 적동색 얼굴로 귀경할 것이라고 한 것이다.

---

14 이 책의 '이육사 연보' 1936년 7~8월의 내용 참조.
15 이병각 「육사형님」, 서상경 엮음 『조선문인서간집』, 삼문사 1936, 154면.
16 이육사 「질투의 반군성(叛軍城)」(1937. 3), 김용직·손병희 엮음, 앞의 책 136~37면.
17 "그의 얼굴은 달과 같고 샘같이 맑았으며 서늘하고 화사하였으며 항상 명랑(明朗)하였다."(신석초 「이육사의 추억」, 『현대문학』 1962년 12월호 238면)

이런 이병각이 갑자기 폐결핵(후두결핵)에 걸리자, 이육사는 동료들의 만류에도 불구하고 이병각과 침식을 같이하면서 정성을 다해 간호하였다.[18] 그러다 자신도 폐병에 걸려 1941년 늦여름 자신의 병세가 심각하다는 사실을 알게 된다. 1942년 1월 14일 이병각은 32세의 젊은 나이로 요절하였고, 이제 낮에는 다방 무장야(무사시노)를 근거지로 "명동과 충무로를 휩쓸고 다니며 (…) 해가 지면 카페, 바아, 때로는 요정으로 술타령"하던 극채화 시기는 끝나고 만 것이다.

신석초가 이제 이육사는 "전과 같이 명랑한 모습은 적은 것같이 느꼈다"[19]라고 밝힌 것처럼, 수묵화 시절에 육사의 생활과 시세계는 크게 변하였다. 극채화 시절 육사의 시가 「청포도」(1939. 8)처럼 낭만적이고 「절정」(1940. 1)처럼 힘찼다면, 수묵화 시기에 그의 시 발표는 격감하였고,[20] 시세계는 매우 사색적으로 변하였다. 특히 죽음을 넘어서는 영원의 문제, 즉 시간과 치열한 전쟁을 벌였다.

생활이 이렇게 정적으로 되고 보니 자연에 깃드는 마음이 자라고 저절로 천석(泉石)을 지나보지 않게 되매 기화요초(奇花瑤草)가 모다 헛되이 바랄 것이 없으나, 그래도 '나-르'[21]와 같이 산중일기를 쓸 바 없고,

---

18 홍영의, 앞의 글 103~104면.

19 신석초 「이육사의 추억」, 241면.

20 이육사는 1940년 1년 동안에 시 6편을, 1941년 1~4월 동안에 시 4편을 발표했다. 그러나 1941년 후반기부터 시 발표가 격감하여, 1944년 1월 16일 사망 때까지 발표 시기가 분명한 것은 「파초」(1941. 12) 한편뿐이다. 「광야」「꽃」「나의 뮤-즈」「해후」등 해방 이후에 발표된 유고시를 포함해도, 1941년 상반기 이전에 비해 시의 편수가 현격하게 적다.

21 '나-르'는 프랑스의 소설가 겸 극작가인 쥘 르나르(Jules Renard, 1864~1910)이다. 그의 작품은 『홍당무』(1894) 『포도밭의 포도 재배자』(1894) 『박물지』(1896)와, 사후에 출간된 『일기』(1928) 등이 있다. 그의 『일기』는 1935~1939년 노춘성에 의해 초록 형태로 번역, 연재된 바 있다.(『신인문학』 2-2, 1935. 2. 15; 『신인문학』 2-8, 1935. 11. 15; 『신인문학』 2-9, 1939. 2. 15; 김병철 엮음 『세계문학번역서지목록총람』, 국학자료원 2002, 73~74

'소-로-'[22]처럼 삼림(森林)의 철학을 설파하지도 못함은 나의 관찰이 그들에 비하여 거리가 다른 것을 모르는 바도 아니연만 아직도 자연에 뺨을 비빌 정도로 친하여지지 못함은 역사의 관계가 더 큰 것도 같다. 다시 말하면 공간적인 것보다는 시간적인 것이 보담 더 나에게 중요한 것만 같다.[23]

이육사는 투병으로 인한 요양 중에 자연과 친해졌지만 "자연에 뺨을 비빌 정도로" 전원생활을 즐길 수는 없었다고 고백한다. 그 이유는 '역사의 관계' 즉 '공간적인 것보다는 시간적인 것'이 더 중요했기 때문이다. 자연 속에서 요양하고 있지만 자연을 즐길 수만은 없었던 육사에게는 시대적 과제가 남아 있었다. 죽음에 이르는 심각한 병에 걸린 육사에게는 시간의 문제가 더욱 중요하였던 것이다.

(2) 경주행과 '영원에의 사모'

1941년 늦여름 이육사의 병세가 심각해지자 친구들은 전지요양을 권했고, 육사는 요양지로 경주를 선택하였다. 당시 경주는 이미 조선 최고의 역사·문화관광지였다. 1909년 소네 아라스께(曾禰荒助) 조선통감이 석굴암을 직접 답사한 바 있고, 이어서 세끼노 타다시(關野貞)가 본격적으로 유적 유물을 조사하면서 경주는 조선의 문화를 대표하는 명소가 되었다. 1920년대에 들어오면서 『조선일보』 『동아일보』 등은 경주의 문화유적을

면, 82면 참조)

22 '소-로-'는 미국의 철학자이자 시인이자 수필가인 헨리 데이비드 소로(Henry David Thoreau, 1817~1862)이다. 저서로 2년 2개월 동안 살았던 월든 숲에서의 생활을 기록한 수필집『월든』이 있다.

23 이육사 「고란」, 김용직·손병희 엮음, 앞의 책 201면.

특별하게 소개하였고, 1930년대에 이르자 경주는 수학여행 등으로 조선의 대표적 문화관광지가 되어 있었다.[24]

육사가 경주를 본격적으로 여행한 때는 1939년 1월 중순으로, 신석초 최용(崔鎔) 등과 함께였다. 신석초에 의하면 당시 "이 무비(無比)한 고적에서 받은 각가지 인상과 감흥을 시로 쓰자"[25]고 서로 약속하였다고 한다. 그런데 육사의 경주행은 좋은 시를 쓰기 위한 것 이상의 '문명사적 의미'가 있었다. 경주 여행 직전 육사는 이렇게 말했다.

맛쉬 아-놀드〔매슈 아널드: Matthew Arnold〕의 말에 따르면 교양의 근원이란 것은 한개 완성에의 지향이라고 하였으니 우리의 정신문화의 전통 속에 어떠한 형식이었든지 이런 것이 있었고 서구와 동양 사상을 애써 구별하려고 해보아도 지금의 우리 머리 속은 순수한 동양적이란 것은 있을 수 없다는 것은 여기서 별 말할 필요조차 없으므로, 지성 문제는 유구한 우리 정신문화의 전통 속에 그 기초가 있었고 우리가 흡수한 새 정신의 세련이 있는 만큼 당연히 문제되어야 할 것입니다. 다시 말하면 르네상스를 경과한 구주(歐洲) 문화도 이제는 벌써 구주만의 문화는 아닌 것이며, 그들의 정신의 위기도 그들만의 위기라고는 생각해지지 않는 까닭입니다.[26]

이육사의 이러한 언급은 1930년대 후반 조선의 지성사에서 중요한 의

---

24 『조광』은 1935년 11월 창간호에서 '신라멸후 일천년 회고(新羅滅後 一千年 回顧)' 특집을 다룬 바 있다. 그외 1930년대 경주에 대해서는 성낙주 『석굴암 백년의 빛: 사진으로 읽는 수난과 영광의 한 세기』, 동국대학교출판부 2009; 강희정 『나라의 정화(精華), 조선의 표상(表象): 일제강점기 석굴암론』, 서강대학교출판부 2012 참조.

25 신석초 「이육사의 추억」, 240면.

26 이육사 「조선문화는 세계문화의 일륜(一輪)」(1938. 11), 김용직·손병희 엮음, 앞의 책 344면.

미를 지니는 것으로, 그 의미는 다음과 같이 요약될 수 있다. 첫째, 동서양의 지성과 문화는 이미 혼합되어 구분하기 힘들어졌다. 둘째, 유구한 우리 정신문화의 전통 안에도 교양의 근원, 지성의 기초가 있다. 셋째, 그것을 서구로부터 들어온 새 정신의 세련과 결합해야 한다. 넷째, 르네상스를 경과한 근대의 유럽 문화도 정신의 위기에 처해 있으며, 이 위기는 그들만의 위기가 아닌 우리의 문제이기도 하다.

육사의 언급은 경주와 관련하여 심오한 의미를 내포하고 있다. 이는 유럽이 그리스-로마의 고대문화를 다시 해석하면서 근대 르네상스를 이루었듯이, 경주 등 우리의 고대문화를 통해 문화적 르네상스를 창조하는 것은 우리 민족의 과제일 뿐만 아니라, 일제를 통해 받아들인 서구의 근대문화가 당면한 정신적 위기를 극복하는 데 일조할 수 있다는 말인 것이다. 육사의 이러한 생각은 1930년대 중반부터 진행되던 '조선학 운동'을 단지 '국학'의 차원이 아니라 '동양문화' 나아가 '세계문명' 차원으로 의미를 확장하는 것이라 할 수 있다.

조선학 운동은 『동아일보』와 『조선일보』 등 언론기관의 적극적 지원 속에 안재홍(安在鴻) 정인보(鄭寅普) 등이 중심이 되어 1934년 다산 정약용 서거 99주년 기념사업을 계기로 본격화되었다.[27] 그 대표적인 성과가 『여유당전서』를 발간한 것인데, 1934년 10월 10일 신조선사에서 『여유당전서 제1집: 시문집 1~2』를 발간하기 시작하여 1938년 10월 25일까지 4년에 걸쳐 154권 76책을 발간하였다. 1935년경 이육사와 신석초는 서울 내수동의 위당 정인보 집에서 처음 만나 『여유당전서』 발간에도 참여하였고, 향가 등 우리 문화 연구에도 매진한 바 있다.

---

27 1930년대 중반 조선학 운동에 대해서는 최재목 「1930년대 조선학 운동과 '실학자 정다산'의 재발견」, 『다산과 현대』 4·5호 합본호, 연세대학교 강진다산실학연구원 2012, 69~101면 참조.

이 동안은 중일전쟁이 치열해지고 일정의 탄압이 날로 심도를 더해오던 때이기도 하다. 심함에 이르러는 우리의 언어, 문자에 대한 말살정책까지로 번지고 있었다. 하나 서울의 한 귀퉁이에서는 참으로 이상한 현상이 일어나고 있었다. 그것은 우리나라 문화유산 가운데에 우리 어문(語文)으로 된 고전들이 새로운 각광을 받고 나타났기 때문이다. 향가와 고려가사가 다시 들추어내지고 춘향전의 연구가 활발해지고 고가주석(古歌註釋)이 꽃을 피우게 되었다. 이 상황은 풍전등화와 같았던 우리 민족의 얼의 최후적 피난처였고 유일한 숨통 구멍임에 다름없었다.[28]

이육사는 평소 아주 과묵했지만 "동양(東洋)의 고유한 미나 아취(雅趣)를 이야기할 때는 의외로 다변적이고 열렬"[29]하였던 것도, 경주를 '나의 자랑' '나의 아테네'로 자부하였던 것[30]도 이러한 '조선학 운동'의 연장선상에서 바라보았기 때문이며, 나아가 조선학 운동을 확장하여 '동양학' 내지 '세계문명'과 관련해 이해하고자 하였다.

1941년, 이육사는 폐결핵이 심각하다는 사실을 알고 다시 경주를 요양지로 선택하였다. 육사의 요양여행은 그간 '연출된' 경우가 적지 않았지만,[31] 이번의 경주 요양은 죽음을 생각해야 할 만큼 심각한 것이었다. 당시의 스산한 심경은 그의 수필 「계절의 표정」 등에 비교적 자세하게 언급되어 있다. 그런데 육사는 죽음을 생각하면서 왜 하필 경주를 요양지로 선택하였을까?

---

28 신석초 「이육사의 인물」, 103~104면.

29 같은 글 101면.

30 이육사 「계절의 표정」, 김용직·손병희 엮음, 앞의 책 197~98면.

31 홍기돈 「육사의 문학관과 연출된 요양여행」, 『한국근대문학연구』 6권 1호, 한국근대문학회 2005, 295~302면.

경주로 간다고 해서 떠난 것은 박물관을 한달쯤 봐도 금관(金冠), 옥적(玉笛), 봉덕종(奉德種), 사사자(砂獅子)를 아모리 보아도 싫증이 날 까닭은 원체 없다. 그뿐인가, 어데 일초일목(一草一木)과 일토일석(一土一石)을 버릴 배 없지마는, 임해전(臨海殿) 지초(支礎)돌만 남은 옛 궁터에 서서 가을 석양에 머리칼을 날리며 동남으로 첨성대를 굽어보면 아테네의 원주(圓柱)보다도 라마(羅馬)[로마]의 원형극장보다도, 동양적인 주란화각(朱欄畫閣)에 금대옥패(金帶玉佩)의 쟁쟁한 옛날 소리가 들리지 않는가? 거기서 나의 정신에 끼쳐온 자랑이 시작되지 않았느냐? 그곳에서 고열로 하여 죽는다고 하자. 그래서 내 자랑 속에서 죽는 것이 무엇이 부끄러운 일이냐?[32]

신라의 금관이야 말할 것도 없고, 봉덕사의 종은 아름다운 소리와 비천상(飛天像)으로 유명한 성덕대왕신종(聖德大王神鍾) 즉 에밀레종으로서 따로 설명이 필요 없을 것이다.

경주박물관에 소장되어 있는 옥적(玉笛)은 전설로 유명한 만파식적(萬波息笛)을 본떠 만든 것이다.[33] 신라의 마지막 왕 경순왕이 태조 왕건에게 바쳤다고 알려져 있으며, 고려시대와 조선시대에도 워낙 유명하고 여러 가지 전설이 있어서 정약용이 「계림옥적변(鷄林玉笛辯)」에서 다루기도 했다. 조선 후기 행방이 묘연했으나, 1909년 소네 아라스께 조선통감이 경주에 내려왔을 당시 동경관(東京館) 창고에서 발견·전시하였다고 한다. 그런데 통감이 "이런 진귀한 물건은 마땅히 '어원(御苑)[창경원] 박물관'에 소장

---

32 이육사 「계절의 표정」, 김용직·손병희 엮음, 앞의 책 197~98면.
33 2011년 7월 19일에서 9월 25일까지 국립경주박물관에서 '만파식적과 옥피리'란 이름으로 특별전시회가 열린 바 있다. 흔히 '옥적(玉笛)'을 '옥피리'로 번역하는데, 세로로 부는 피리나 퉁소와는 달리 옥적(玉笛)은 가로로 부는 것이라 양자를 구별하는 것이 타당하다. '옥저' 또는 '옥젓대'로 번역하는 것이 바람직할 것이다.

그림 2 만파식적 모양의 옥적(길이 53.5cm, 지름 3cm) ⓒ 국립경주박물관

해야 한다"라고 하여 창경원 박물관으로 이관되었다가, 1929년 조선총독
부박물관 경주분관이 들어서자 여기에 소장했다([그림 2]).

　당시 이 옥적은 꽤 유명하였으니, 1942년 봄 박목월이 조지훈을 경주로
초청하는, "늘 외롭게 가서 보곤 하던 싸느란 옥적(玉笛)을 마음속 임과 함
께 볼 수 있는 감격을 지금부터 기다리겠습니다"라는 편지에 나오는 옥적
도 바로 이것이다. 육사는 자신의 시가 일제 식민지로 인한 파란을 잠재
우는 노래가 되길 염원했기 때문에 옥적에 대한 애정이 남달랐을 것이다.

　사사자(砂獅子)는 돌로 만든 석사자상을 말한다. 불교에서 사자는 부처
와 불법의 수호신 역할을 하기 때문에, 경주를 비롯하여 신라 도처의 탑
과 불상 좌대에 석사자가 많다.[34] 육사는 첫 경주행 때인 1936년 7월 29일
불국사를 구경했고 다음날 석초에게 엽서[35]를 보냈는데, 엽서의 사진은
다보탑이다. 이 다보탑에 돌로 만든 석사자상이 있다([그림 3]).[36] 경주박물
관 소장품으로 2006년 4월 18일에서 5월 28일까지 열린 '신라의 사자' 특
별전에서 포스트와 도록 표지에 사용된 사자입석(獅子立石)도 유명하다

---

34 국립경주박물관 엮음 『신라의 사자(獅子)』, 씨티파트너 2006.

35 이육사문학관 소장. 권두 화보의 [그림 21]과 [그림 22] 참조.

36 다보탑 기단 위에는 원래 네점의 석사자상이 있었으나, 1902년 세끼노 타다시(關野貞)
　　가 조사할 때는 석점이 남아 있었으며, 1938년 朝鮮總督府 編 『朝鮮寶物古蹟圖錄: 佛國寺と
　　石窟庵』 발간 당시에는 단 한점만 남아 있었다.(조선총독부 엮음 『조선보물고적도록: 불
　　국사와 석굴암』, 조원영 옮김, 민족문화 2004, 94면) 현재 국립경주박물관 야외 전시장에
　　세워둔 복제품 다보탑에는 네점의 석사자상이 모두 있다.

그림 3 다보탑의 석사자상(높이 64cm)   그림 4 신라 사자입석(높이 99cm) ⓒ 국립경주박물관

([그림 4]).

　이육사는 「해조사(海潮詞)」(1937. 4)에서 무거운 짐을 잔뜩 지고 남의 명령에 묵묵히 복종하는 '낙타'의 단계를 벗어나, '사자'의 '포효'로 자신의 "매태 낀 성곽(城郭)을 깨뜨"리고 '분만(分娩)의 큰 괴로움'을 거쳐 '거인(巨人)'으로 탄생하기를 염원하였다. 때문에 사자후로 포효하거나 온몸으로 불탑을 수호하는 석사자에 대한 육사의 애착은 남달랐다. 이러한 애착은 뒤에서 언급할, 사자관을 쓴 건달바로 이어진다.

　이육사는 이러한 경주의 '쟁쟁한 옛날 소리'에서 '나의 정신에 끼쳐온 자랑'이 시작되었으니, 경주에서 "내 자랑 속에서 죽는 것이 무엇이 부끄러운 일이냐?"라고 반문까지 하였다. 육사는 이렇게 자신의 정신적 자부심이 시작된 곳에서 생애를 마감하는 것도 좋다는 심정으로 객사(客死)를 마다않고 경주로 간 것이다.

　1941년 늦여름 이육사는 죽음까지 각오한 결연한 마음으로 경주로 갔지만, 약이 없다는 시골 의사 선생의 말에 서울로 돌아왔다.[37] 그리고 얼마 지나지 않아 성모병원에 입원하였다. 이미 같은 병원에 육사가 친동생같이 아끼는 이병각 시인이 입원해 있었는데, 이병각은 1942년 1월 14일(음력 1941년 11월 28일) 32세의 젊은 나이로 요절하고 만다. 그 직후 성모병원에 육사를 문병 온 신석초의 회고는 이러하다.

> 1940년 그(이병각)는 결혼했다. 행복의 날이 겨우 1년을 지난 이듬해에 생애를 다했다. 그가 입원하였던 곳은 성모병원이었는데, 육사도 함께 입원해 있었다. 내가 시골에서 상경하여 성모병원을 찾았을 때는 육사만이 나를 맞아주었고, 병각은 이미 이 세상에 없었다.[38]

1941년 늦여름 이육사는 병마와 싸우면서 심각하게 죽음을 넘어선 자신의 본래면목을 생각하였고, 자신의 정신적 자랑인 경주에 가서 '쟁쟁한 옛날 소리'를 듣고자 하였다. 죽음 앞에서 자신의 금생(今生)을 넘어서려는 몸부림, 이는 육사의 표현을 빌리자면 '영원에의 사모'[39]라 할 수 있다. 수묵화 시절 육사의 시세계에서 가장 중요한 특징이 '영원에의 사모'인데, 「나의 뮤-즈」는 그것을 이해하는 관문이 된다.

---

37 이육사 「계절의 표정」, 김용직·손병희 엮음, 앞의 책 198면.

38 신석초, 앞의 책 73면.

39 '영원에의 사모'라는 표현은 육사가 예이츠의 시 「낙엽」에 대해 "어덴가 전설의 도취와 청춘의 범람(氾濫)과 영원에의 사모에서 출발한 이 시인의 심각해가는 심경을 볼 수 있어 좋으려니와"라는 언급에서 사용한 바 있다.(이육사 「계절의 표정」, 김용직·손병희 엮음, 앞의 책 193면)

3. 본래면목 '건달바'

(1) 나와 뮤즈

아주 헐벗은 나의 뮤-즈는
한번도 기야 싶은 날이 없어
사뭇 밤만을 왕자(王者)처럼 누려왔소

아무것도 없는 주제였만도
모든 것이 제 것인 듯 뻐틔는 멋이야
그냥 인드라의 영토(領土)를 날라도 단인다오

1연 2행 "한번도 기야"의 '기야'는 '其也'로, '그것이다' '마음에 든다'라는 의미이다. 이밖에 1연에서 어려운 단어는 없지만, 해석이 쉽지 않은 것은 작자 또는 시적 화자와 '나의 뮤즈'가 서로 화(化)하고 변(變)하는 데서 기인한다. "아주 헐벗은" "한번도 기야 싶은 날이 없어" "사뭇 밤만을 왕자(王者)처럼 누려왔소" 등은 육사 본인의 처지가 반영된 표현이다.

육사가 식민지 경성(京城)의 낮과 밤에 대해서 어떻게 생각했는지는 그의 시와 수필 여러군데에서 확인할 수 있다. 경성의 낮 거리는 식민의 권력과 금력이 횡행하는 곳이 되어, 로마를 불태운 네로처럼 육사는 그곳을 불태워버리고 싶어했다. 그러나 이러한 형상들이 어둠에 묻히고 황금 압정을 뿌려놓은 것같이 별이 빛나는 경성의 밤하늘은 하이네도 부러워할 것이라고 육사는 자부하였다.

이리하여 그의 시에는 별이 있는 밤하늘은 아름답고 설레는 옛 추억이면서 낮의 식민지 거리를 지워주는 휴식이며, 내일의 새로운 하늘을 꿈꾸는 혁명과 음모이기도 하였다.[40] 육사의 유고시 「편복(蝙蝠)」은 낮을 피해

밤에 활동하는 자신을 박쥐에 비유하며 "어둠의 왕자여!"라고 노래하였는데,[41] 「나의 뮤-즈」의 "사뭇 밤만을 왕자(王者)처럼 누려왔소"도 같은 맥락이다.

2연의 "아무것도 없는 주제였만도/모든 것이 제 것인 듯 뻐티는 멋이야"라는 구절도 육사의 자화상이다. 이병각이 「육사형님」에서 "형은 우리 따위가 아니란 것을 새삼스레 알았습니다"[42]라며 육사의 도도한 모습을 지적한 것이나, 평소 입버릇같이 육사에게 너무 뻐긴다고 놀린 것도 같은 맥락이다.

2연의 마지막 구절인 "그냥 인드라의 영토(領土)를 날아도 다닌다오"에서 시가 본격적으로 더 어려워지지만, 다른 한편으로 '나의 뮤즈'가 정체를 드러내기 시작한다. 인드라(Indra)는 힌두교에서 신들의 왕인데, 불교에서는 제석천(帝釋天)이라 불린다. 제석천은 불교의 우주관에서 수미산 꼭대기에 있는 도리천궁(忉利天宮)에 주재하고 있으며, 사천왕과 32천을 통솔하면서 불법과 불법에 귀의한 사람을 보호하고 악한 무리인 아수라(阿修羅)의 군대를 정벌한다고 한다. '인드라의 영토'를 날아다닌다 했으니, 「나의 뮤-즈」는 필시 인드라(제석천)와 어떤 관계가 있다.

(2) 건달바와 「혜성가」

고향은 어데라 물어도 말은 않지만
처음은 정녕 북해안(北海岸) 매운바람 속에 자라

---

40 도진순, 「육사의 한시 〈晩登東山〉과 〈酒暖興餘〉: 그의 두 돌기둥, 石正 윤세주와 石艸 신웅식」, 『한국근현대사연구』 76집, 한국근현대사학회 2016, 229~32면(이 책의 136~40면) 참조.
41 이육사 「편복(蝙蝠)」, 박현수 엮음, 앞의 책 200~203면. 이 시에 대한 자세한 분석과 설명은 김학동 『이육사 평전』, 새문사 2012, 132~37면 참조.
42 이병각, 앞의 글 154면.

대곤(大鯤)을 타고 단였단 것이 일생(一生)의 자랑이죠

3연 2~3행의 "북해안(北海岸) 매운바람 속에 자라/대곤(大鯤)을 타고 다녔단 것"이 뮤즈의 정체를 찾기 위한 1차 관문이다. 이 구절은 유명한『장자』「소요유(逍遙遊)」에 나오는 '곤(鯤)과 붕(鵬)' 이야기와 관련된다.

북쪽 바다(北冥)에 물고기가 있는데 그 이름을 곤(鯤)이라 한다. 곤은 그 크기가 몇천리나 되는지 알지 못한다. 곤이 변화하여 새가 되는데, 그 이름을 붕(鵬)이라 한다. 붕의 등은 그 넓이가 몇천리나 되는지 알지 못한다. 크게 떨치어 날면 그 날개가 하늘에 구름이 드리운 것 같다. 이 새는 바다가 크게 요동치고서야 남쪽 바다(南冥)로 옮겨간다. 남명(南冥)은 천지(天池)라 한다. 괴이한 것을 잘 아는 제(齊)나라의 해(諧)라는 자가 말하였다. "붕(鵬)이 남명으로 갈 때 바닷물이 삼천리나 튀어오르고, 회오리바람을 타고 구만리를 날아올라 육개월을 간 후에야 휴식한다."[43]

여기서 먼저 주목할 것은 화(化)와 합(合)이다. 북쪽 깊은 바다에 사는 곤(鯤)이란 물고기가 높은 곳을 나는 붕(鵬), 즉 봉황으로 변화한다. 그러니 「나의 뮤-즈」 3연 2~3행에서 '처음은 대곤(大鯤)을 타고 다녔다'라는 표현은 이제 대붕(大鵬)을 타고 날아다닌다는 것과 같은 말이다. 「편복」에도 "대붕도 북해로 날아간 지 이미 오래거늘"이라는 구절이 있는데, 독립혁명의 복음을 전하는 대붕이 북해로 돌아가버렸다는 것은 암흑 같은 절망적 상황을 표현한 것이다. 「편복」은 봉황을 꿈꾸지만 어둠속에서만 날아다니는 박쥐와 같은 자신의 현실을 한탄한 시이다.

---

43 『莊子』「內篇」第1篇 '逍遙遊'.

이육사의 작품 중에 노래에 관한 시나 언급이 적지 않은데, 그것을 전달하는 대표적인 새가 제비이다.[44] 그런데 제비는 봄철에만 찾아오고 멀리 날아가지 못하는 한계가 있다. 이는 「강 건너간 노래」(1938. 7)의 "가기는 갔지만 어린 날개 지치면/그만 어느 모래불에 떨어져 타서 죽겠소", '제비야'로 시작하는 「잃어진 고향」의 "불행히 사막에 떨어져 타죽어도/아이서려야 않겠지" 등에서도 드러난다. 그러나 구만리나 날아다니는 붕새에게는 그러한 시공간적인 제약이 없다. 제비와 달리 시공의 제약을 넘어서기에 그 새를 타고 다녔다는 것이 '일생(一生)의 자랑'이 되는 것이다.

흥미로운 것은 일제의 「이원록 소행조서(李源祿素行調書)」(1934. 7. 20)를 보면 이원록(李源祿) 즉 이육사의 평소 특징을 "항상 각처를 배회하고 생업에 열심하지 않음(常二諸所徘徊シ生業熱心ナラス)"이라 기록해놓았다는 사실이다.[45] 이것은 물론 일제가 비판적으로 표현한 것이지만, 육사가 독립운동 등으로 끊임없이 이동하며 다닌 것은 사실이다. 홍영의도 "그〔육사〕는 갇히어 영어(囹圄)의 몸이 아니면 거리로 방황하거나 여행 중"이라고 말한 바 있으며,[46] 육사의 시 중에는 자신의 이동과 귀향이 반영된 작품이 적지 않다. 예컨대, 「노정기(路程記)」(1937. 12)는 정크선(junk船)으로 밀항하는 "쫓기는 마음! 지친 몸"의 신산한 여정을, 「연보(年譜)」(1938. 11)는 항구를 통한 망명과 스산한 귀향을, 「광인의 태양」(1940. 4)은 "거치른 해협마다 흘긴 눈초리"를 피해가는 순간을,[47] 「편복」은 "영원한 보헤미안

---

44 육사의 시에 등장하는 '제비'의 이미지는 쉬즈모(徐志摩)의 시 「배헌(拜獻)」과 관련이 있다는 연구가 있다.(심원섭 「이육사의 徐志摩 시 수용 양상」, 심원섭 편주 『원본 이육사 전집』, 집문당 1986, 380~82면)

45 「이원록 소행조서(李源祿素行調書)」, 국사편찬위원회 편역 『한민족독립운동사 자료집』 30권(의열투쟁 3), 국사편찬위원회 1997, 422면.

46 홍영의, 앞의 글 106면.

47 박현수 「이육사의 현실인식의 재구성과 작품 해석의 방향: 〈노정기〉와 〈광인의 태양〉을 중심으로」, 『어문학』 118집, 한국어문학회 2012, 281~303면.

의 넋"을 노래하고 있다.

그런데 봉황을 타고 어느 곳이나 갈 수 있다는 것은 일제의 촘촘한 감시망이 엄존하는 현실의 이야기가 아니다. 현실은 오히려 앞에서 언급한 '제비'의 모습과 어울린다. 일제의 탄압으로 이육사는 "숫벼룩이 꿇앉을 만한 땅도 가지지 못"하고 "방 안에서 혼자 곰처럼 뒹굴"수밖에 없었지만,[48] 시 속에서는 아무런 공간적인 제약이 없이 봉황처럼 날아다닐 수 있는 것이다.

그렇다면 봉황을 타고 어느 곳이나 갈 수 있는 '나의 뮤즈'는 무엇인가. 힌두교에는 봉황을 타고 날아다니는 노래와 음악의 신으로 킨나라(Kinnara)와 간다르바(Gandharva)가 있다. 간다르바는 불교에서 건달바(乾闥婆)가 되어 킨나라 즉 긴나라(緊那羅)와 함께 불교 팔부신중(八部神衆)의 하나로 자리잡게 된다. 긴나라와 건달바는 날아다니기 때문에 비천(飛天)의 기원이 되기도 한다.[49] '나의 뮤즈'는 둘 중 어느 것인가. 그 구체적인 모습이 4연에서 드러난다.

　　계집을 사랑커든 수염이 너무 주체스럽다도
　　취(醉)하면 행랑 뒤ㅅ골목을 돌아서 단이며
　　보(褓)보다 크고 흰 귀를 자조 망토로 가리오

4연 3행의 "보(褓)보다 크고 흰 귀를 자주 망토로 가리오"라는 구절은 「나의 뮤-즈」에서 가장 해독하기 어려운 부분이면서, '나의 뮤즈'의 정체를 알려주는 결정적 구절이다. 그런데 이에 대해 이형권은 이렇게 해석한 바 있다.

---

48 이육사 「계절의 오행」, 김용직·손병희 엮음, 앞의 책 162면.
49 이경규 「중국비천(中國飛天)의 연원(淵源)에 관하여」, 『인문과학연구』 8집, 대구가톨릭대학교 인문과학연구소 2007, 227~46면.

그(나의 뮤즈)는 위대한 지혜의 표상인 '복(褔)보다 크고 흰 귀'를 지닌 존재이기에 현실의 사람들 앞에서는 그것을 "자조 망토로 가리"곤 한다. 뮤즈는 세속의 속악한 가치를 초월하여 존재하는 예술가이기 때문이다.[50]

그런데 '흰 귀'가 어찌하여 '지혜의 표상'이 되는지, 또 그것을 가리는 것이 어찌하여 "속악한 가치를 초월하"는 것인지에 대한 설명이 없어 두루 어색하다. 흰 귀를 망토로 가린다는 이 구절은 노래의 신인 건달바에 대한 묘사이다. 또한 '건달바'는 '건달(乾達)'의 어원이 되듯이 고상하다기보다는 세속과 가까이 있다.[51]

불교에서 건달바는 봉황을 타고 날아다니지만 모두 사자관을 쓰고 귀를 가리고 있는 모습이다. 경주 남산동 서(西) 삼층석탑, 창림사지(昌林寺址) 삼층석탑 등 여러 신라 석탑에는 팔부신중(八部神衆)의 하나로 건달바가 새겨져 있는데, 그들은 모두 사자관을 쓰고 귀를 가리고 있다.[52] 건달바는 석굴암 전실의 팔부신중에도 있는데, 전실 왼쪽 세번째 사자관을 쓰고 있는 신상이 건달바이다(권두 화보의 (그림 31)과 (그림 32) 참조).[53] 사자관으로 귀를 가린 건달바를 볼 수 있는 탱화로는 1684년 제작된 「부석사 괘불」이

---

50 이형권, 앞의 글 220~21면. 이형권이 「나의 뮤-즈」 전문(全文)에서는 '褓'라 쓰고, 다음 쪽인 인용문에서 '복'으로 음독한 것은 착오이다.

51 서정주 「건달바(乾達婆) 고(考)」,『월간 불광』 1976년 8월호(22호) 38~39면.

52 신용철 「신라 팔부중 도상 전개에 있어 쌍탑의 역할」,『정신문화연구』 118호(33권 1호), 한국학중앙연구원 2010, 138면; 전정중 「신라석탑 팔부중상(八部衆像)의 양식과 변천」, 『문화사학』 16호, 한국문화사학회 2011, 113~58면.

53 김리나 「석굴암 불상군의 명칭과 양식에 관하여」,『정신문화연구』 48호(15권 3호), 한국정신문화연구원 1992, 13면; 성낙주『석굴암, 법정에 서다: 신화와 환상에 가려진 석굴암의 맨얼굴을 찾아서』, 불광출판사 2014, 161면.

나 안성 석남사 「아미타후불화」 등이 있다.[54] 이것이 바로 "보(褓)보다 크고 흰 귀를 자주 망토로 가리"고 있는 건달바의 모습이다.

건달바는 신들이 거주하는 수미산이나 물가에 머물면서 신들이 마시는 소마(Soma)라는 술(酒)을 수호하고, 인드라의 궁전에서 아름다운 노래를 부르거나 음악을 연주하여 신들을 기쁘게 한다. 건달바는 또한 물의 요정이자 춤의 요정인 '압사라'(Apsara)와 즐겨 노닐곤 해 여성을 좋아한다는 이미지가 형성되어 있다. 건달바가 노래를 하거나 음악을 연주하면, 그 음악에 맞추어 압사라가 춤을 춘다. 이리하여 여성들과 어울리기 좋아하고 '하는 일 없이 빈둥거리면서 돌아다니는 한량'을 지칭하는 '건달'이 여기에서 유래되었다.

비천상 중에서 남자의 모습은 주로 건달바이고,[55] 여인의 모습은 대개 압사라이다. 이육사가 세번 이상 요양한 적이 있는 경주 남산 옥룡암의 부처바위에는 비천상이 여러군데 새겨져 있고, 그중에는 건달바로 추정되는, 악기를 부는 비천상이 있다.[56] 건달바가 새겨져 있는 남산동 서(西)삼층석탑, 창림사지(昌林寺址) 삼층석탑은 이육사가 요양한 옥룡암에서 아주 가까운 곳에 있다. 또한 1939년 정초에 신석초 등과 경주를 여행할 때 전실에 건달바가 있는 석굴암을 둘러보았으며, 육사가 "아무리 보아도 싫증이 날 까닭은 원체 없다"고 자랑한 '봉덕종(奉德種)' 즉 성덕대왕신종(聖德大王神鍾)에는 건달바의 여인인 압사라가 비천상으로 아름답게 새겨져 있다. 육사의 「나의 뮤-즈」는 경주에서 본 이런 건달바를 노래한 것으로 보인다. 건달바가 사자관을 쓰고 있으니, 그가 부르는 노래도 사자후(獅子

---

54 국립중앙박물관 『부석사 괘불』, 열린박물관 2007, 31면 참조.

55 김정희 『신장상』, 대원사 2002; 권중서 「부처님의 악사 삼형제」, 『불교신문』 152호, 2008. 2. 29.

56 윤경렬 『경주 남산의 탑골』, 열화당 1995, 30~55면. 비천상의 건달바는 전남 백련사 대웅보전의 벽화에서도 볼 수 있다.

吼)와 같이 우렁찰 것이다.

육사는 사자후를 토하는 이러한 건달바를 자처하였다. 일제의 「이원록 소행조서(李源祿素行調書)」에서 육사를 "항상 각처를 배회하고 생업에 열심하지 않음"이라 표현한 것도 건달바의 특징과 대체로 부합한다. 또한 극채화 시절에 육사가 친구들과 어울려 명동과 충무로를 휩쓸고 다니며 "해가 지면 카페, 바아, 때로는 요정으로 술타령"하는 모습은 4연 2행의 "취하면 행랑 뒷골목을 돌아서 다니며"라는 내용과 흡사하고, 육사가 외투 깃을 세워 귀를 가리며 멋을 내던 모습은 4연 3행의 "보(褓)보다 크고 흰 귀를 자주 망토로 가리오"라는 구절과 흡사하다. 실제 육사는 당대 최고의 멋쟁이로, 외모만 보면 유행의 첨단을 걷는 건달 같았다.

그〔육사〕는 당대에 둘째가라면 싫어할 정도로 '멋'을 알고 '멋'을 부린 멋쟁이이다. 언제나 그가 입고 있는 양복은 유행의 첨단을 걷는 날씬한 몸채림이라, 외골수로 통하는 그의 심정(心情)을 모르는 사람이 볼 땐 언제나 오입쟁이로 치부하기에 알맞은 몸맵시였다.[57]

그런데 불교의 건달바는 신라 향가 「혜성가(彗星歌)」에도 등장한다. 『삼국유사』에 의하면 「혜성가」는 신라 진평왕 때 융천사(融天師)가 지었다고 하며, 「혜성가」를 지어 부르자 혜성의 변괴가 없어져 민심이 안정되고 침략한 왜군이 물러갔다고 한다.[58] 앞에서 언급한 바와 같이 육사는 1935년경부터 신석초와 더불어 향가와 고려가사 등의 '조선학' 연구에 매진한 바 있어 「혜성가」도 충분히 알고 있었을 것이다.

---

57 홍영의, 앞의 글 103면.
58 『삼국유사(三國遺事)』권5, 「감통(感通)」.

옛날 동쪽 바닷가 건달바가 놀던 성을 살피다
왜군도 왔다 봉화 사른 변새 있어라.[59]

「혜성가」에 대한 해석은 다양하지만, 건달바를 불국토 신라를 지키는
신장(神將)으로 보아 1행을 "옛날 건달바가 신기루 성을 만들어 지키던 동
해안을 살피다"로 해석하는 경우도 있다.[60] 이 해석의 적실성 여부와 관계
없이, 왜군을 물리쳤다는 「혜성가」에 건달바가 등장한다는 것은 분명한
사실이다.

(3) 영원한 과거와 외골수의 사자후

그러나 나와는 몇 천겁(千劫) 동안이나
바루 비취(翡翠)가 녹아나는 듯한 돌샘ㅅ가에
향연(饗宴)이 벌어지면 부르는 노래란 목청이 외골수요

밤도 시진하고 닭소래 들릴 때면
그만 그는 별 계단(階段)을 성큼성큼 올라가고
나는 초ㅅ불도 꺼져 백합(百合)꽃 밭에 옷깃이 젖도록 잤소

5연은 시적 화자가 건달바와 같이 밤새도록 비취가 녹아나는 돌샘가에
서 같이 향연을 벌이며 노래하는 모습이다. 6연은 아름다운 밤의 향연이
끝나고 낮의 현실로 돌아오는 장면이다.

그런데 육사는 「계절의 오행」(1938. 12)에서 이미 '삼림의 요정'들과 밤

---

59 『삼국유사』 권5, 「감통(感通)」; 신영명 「7세기 초 신라 정치사와 〈혜성가〉」, 『우리문학연
구』 24집, 우리문학회 2008, 30면에서 재인용.
60 신영명, 앞의 글 29면.

새 어울려 노는 모습을 상상한 바 있다.

　　행여 어느 밤에 이 삼림의 요정들이 찾아와서 나에게 놀기를 청하면 나는 즐겨서 그들에게 얘기를 할 것이고, 그들은 내 얘기를 슬픈 꿈같이 듣고는 새벽이 되면 별과 함께 하나씩 하나씩 사라질 것입니다.[61]

　　여기서 "새벽이 되면 별과 함께 하나씩 하나씩 사라"지는 요정은, "밤도 시진하고 닭소래 들릴 때면 (⋯) 별 계단을 성큼성큼 올라가"는 '나의 뮤즈'와 같이 하늘에서 내려온 존재이다. 또 별 계단은 육사의 시 「해후」[62]에서 "모든 별들이 비취계단(翡翠階段)을 나리고"의 '비취계단'이나, 「파초」(1941. 12)에서 파초의 넋과 이별하는 '새벽하늘의 무지개'와 같은 것이다. 밤하늘의 별이 내리는 비취계단이나 해뜨기 전의 새벽 무지개는 모두 지상과 하늘을 연결하는 통로이다.

　　나의 뮤즈가 하늘에서 내려와 시적 화자와 같이 향연을 벌이는 장소는 5연 2행 "비취가 녹아나는 듯한 돌샘가"이다. 그리고 이 장소는 향연 이후 나의 뮤즈가 하늘로 올라가고 시적 화자만 남은 6연 마지막 행 "나는 촛불도 꺼져 백합(百合)꽃 밭에 옷깃이 젖도록 잤소"에서 다시 보완된다. 시적 화자와 나의 뮤즈가 밤의 향연을 벌이는 장소는 비취가 녹아나는 돌샘이 있고 백합꽃이 피어 있는 아름다운 곳이다. 이곳은 건달바가 날아다니는 '인드라의 영토(領土)'(2연 3행)로서, 시는 다름 아닌 수미산의 아름다운 모습을 묘사하고 있는 것이다.

　　5연 3행 "향연(饗宴)이 벌어지면 부르는 노래란 목청이 외골수"라는 말

---

61 이육사 「계절의 오행」, 김용직·손병희 엮음, 앞의 책 160~61면.

62 「해후」는 한국어로는 이원조가 엮은 『육사시집』(서울출판사 1946)에 처음 실렸으나, 1943년 김소운에 의해 일본어로 번역된 적이 있으므로 1943년 이전에 발표된 것으로 보인다.(박현수 엮음, 앞의 책 182면의 각주 1 참조)

은 한가지만 줄기차게 노래한다는 뜻이다. 이는 이육사가 자신의 머리 한 편에 늘 '최후를 맞이할 세계'가 있다고 하면서 언급한 제1전선의 항일을 노래한다는 뜻이며, 건달바가 나오는 「혜성가」처럼 오로지 왜군(倭軍) 물리치기만을 염원한다는 의미이다. 또한 육사가 「한개의 별을 노래하자」(1936. 12)에서 "한개의 새로운 지구(地球)를 차지할 오는 날의 기쁜 노래를/목 안에 핏대를 올려가며 마음껏 불러보자"라고 '독립'을 노래한 것과 유사한 구절이다. 실제 홍영의는 육사의 이러한 '심정(心情)'을 '외골수'라고 말한 바 있다.[63] 요컨대, 육사는 불법을 수호하고 전파하는 건달바의 사자후와 같이 우렁차게, 외골수로 조국의 해방과 독립을 노래하고자 하였던 것이다.

「나의 뮤-즈」에서 가장 중요한 어휘 중 하나가 5연의 '천겁(千劫)'이다. 화자는 '몇 천겁(千劫) 동안'이나 아름다운 밤의 향연을 벌이고 '외골수'로 노래를 부른다고 한다. 여기서 '몇 천겁(千劫)'은 직선적 연대로 소급되는 수천만년을 의미하는 것은 아니다. 시간에는 '크로노스'(chronos)와 '카이로스'(kairos) 두가지가 있는데, '크로노스'가 수평적(horizontal) 혹은 직선적(linear) 시간 개념으로서 달력에 표시되는 실제의 시간이라면, '카이로스'는 어떤 사건이 일어나는 때나 기회를 의미하는 것으로 영원으로 이어지는 수직적인(vertical) 시간 개념이다.[64] 「나의 뮤-즈」의 '천겁'은 노래를 통해 '지금'의 순간이 '영원'으로 이어지는 '카이로스'의 시간이라고 할 수 있다.

'천겁(千劫)'으로 표현되는 영원에의 희구, 이것은 수묵화 시절 이육사 시의 가장 중요한 특징이다. 「파초」의 '천년 뒤', 「나의 뮤-즈」의 '몇 천겁(千劫) 동안', 그리고 「광야」의 '천고(千古)의 뒤' 등은 수묵화 시절 육사의

---

63 홍영의, 앞의 글 103면.
64 민영진 「카이로스와 크로노스」, 『기독교사상』 43권 12호, 대한기독교서회 1999.

V. 비명(碑銘) 「나의 뮤-즈」 191

화두가 죽음을 넘어서는 영원의 문제임을 드러내고 있다. 그중에서 「나의 뮤-즈」는 시적 화자가 건달바와 교감하면서 '몇 천겁(千劫) 동안'이나 '외골수'로 노래하는 것이 자신의 '영원한 과거', 즉 본래면목(本來面目)임을 고백하고 있는 시이다.

4. 맺음말: 비명(碑銘)

1935년 이육사는 신석초와 더불어 다산 정약용의 『여유당전서』 발간에 참여하며 조선학 운동의 산실인 내수동 정인보의 집에 드나들었다. 『여유당전서』에는 정약용의 「자찬묘지명(自撰墓誌銘)」이 있다. 1943년 여름, 육사는 모친과 맏형의 1주기 제사인 소상(小祥)에 참여하기 위해 베이징에서 귀국하여 빈소가 있는 고향마을 원촌 큰집을 다녀갔다.[65] 이것이 육사 생애의 마지막 고향 방문이었는데, 그의 고향집 가까이에 퇴계 이황의 묘가 있다. 퇴계의 14대손인 육사가 어릴 때부터 많이 들렀던 퇴계의 묘에는 「자찬묘갈명(自撰墓碣銘)」(권두 화보의 〔그림 8〕)이 새겨져 있다.

묘비명은 일반적으로 일대기를 요약한 서(書)〔비기(碑記)〕와, 4언·5언·7언 등 운문으로 그 사람 인생의 핵심을 노래한 명(銘)으로 되어 있다. 퇴계의 「자찬묘갈명」에는 "태어날 때는 크게 어리석었고(生而大癡)/장성하면서 잔병도 많았구나(壯而多疾)"로 시작하는 4언 24구의 명(銘)이, 다산의 「자찬묘지명」에는 "힘써 밝게 하늘을 섬긴다면(俛焉昭事)/마침내 경사가 있으리라(乃終有慶)"로 끝나는 4언 16구의 명(銘)이 있다.[66] 또한 육사가 좋

65 육사 모친의 소상은 음력 4월 29일(양력 1943년 6월 1일), 맏형의 소상은 음력 7월 13일 (양력 1943년 8월 13일)인데, 이동영에 의하면 육사가 고향을 다녀간 때는 음력 7월이었다고 한다.(이동영 『한국독립유공지사열전』, 육우당기념회 1993, 26면)
66 이성원 『천년의 선비를 찾아서: 농암 17대 종손이 들려주는 종택 이야기』, 푸른역사

아한 아일랜드 시인 예이츠(W. B. Yeats, 1865~1939)도 죽음에 임박하여 '최후의 시편들'을 남겼다. 1939년 3월 정인섭은 예이츠 사망 직후 「예이츠의 최후 신비: 사(死)를 예감한 그의 시」를 『동아일보』에 연재하면서,[67] '최후의 시편들' 중 하나인 "Man and the Echo"를 「인간과 기반향음(其反音響)」이란 제목으로 번역, 소개하였다. 이 작품은 예이츠가 사망하기 3개월 전 병석에 누워 자신의 '또다른 자아'라 할 수 있는 메아리와 대화하면서 자기 인생을 고백하고 있는 시이다.[68]

이육사는 선인들이 이처럼 죽음을 앞두고 자신의 인생을 정리하면서 '자찬묘지명'이나 '최후의 시편'을 남겼다는 사실을 알고 있었다. 그리하여 죽음에 대해 본격적으로 고뇌하던 수묵화 시절에 들어와 자신의 인생을 회고하는 비명(碑銘)과 같은 시를 구상하였다. 앞에서 언급한 것처럼 육사는 자신의 중요한 연대기를 「노정기」「연보」 등의 시로 표현한 바 있다. 이러한 시들이 연대기적 사건이 반영된 '비기(碑記)'에 해당하는 것이라면, 「나의 뮤-즈」는 죽음을 넘어 자신의 영원한 본래면목을 노래한 일종의 '비명(碑銘)'이라 할 수 있다.

이육사는 자신을 고향과 사랑하는 것들을 잃어버린 '비극의 주인공'으로 인식하였다. 그러나 그는 "살아가며 온갖 고독이나 비애를 맛볼지라도 '시 한편'만 부끄럽지 않게 쓰면 될 것"이라 다짐하면서[69] 건달바의 사자후같이 우렁찬 영원의 노래(시)를 염원하였다. 이처럼 시(노래)는 그에게 남은 마지막 존재 이유였다.

이육사는 극채화 시절에도 「한개의 별을 노래하자」「강 건너간 노래」

2008, 253~55면; 박석무·정해렴 공역 『다산문학선집』, 현대실학사 1996, 208~57면 참조.
67 『동아일보』 1939. 3. 10, 23, 24.
68 윌리엄 버틀러 예이츠 『예이츠 서정시 전집(3): 상상력』, 김상무 역주, 서울대학교출판문화원 2014, 596~603면.
69 이육사 「계절의 오행」, 김용직·손병희 엮음, 앞의 책 161면.

등 자신의 시에 대해 노래하였다. 「나의 뮤-즈」가 극채화 시기의 이러한 '노래'들과 확연하게 다른 것은 바로 죽음을 넘어서는 '영원'의 문제를 다룬다는 데 있다. 육사는 사자관을 쓴 건달바라는 화신(化身)을 통해 죽음을 넘어선 자신의 '영원한 과거', 즉 '몇 천겹 동안'이나 "목청이 외골수"인 자신의 '본래면목'을 노래한 것이다.

건달바는 노래와 음악의 신이면서, 여성과 가깝고 여성의 회임과 출산에 관여하는 신비한 힘을 가져서인지, 윤회전생(輪回轉生)에서 다음 생을 받을 때까지의 중간적인 존재인 중음(中陰) 또는 중유(中有)가 되기도 한다.[70] 그렇기에 육사는 '나의 뮤즈' 건달바를 통해서 죽음을 넘어선 '영원한 과거'를 노래하는 한편, 또 "언제 이 세상에 태어날는지도 모르는 현현(玄玄)한 존재"를 꿈꿀 수 있었던 것이다.

「나의 뮤-즈」가 '몇 천겹 동안' 외골수로 노래하는 자신의 본래면목을 고백한 것이라면, 육사의 절명시 「광야」는 '가난한 노래의 씨'를 뿌려 "다시 천고(千古)의 뒤에 백마(白馬) 타고 오는 초인(超人)"으로 하여금 노래를 "목 놓아 부르게" 하겠다는 의지의 표명이다. 둘 다 노래가 중심 주제이되, 「나의 뮤-즈」는 '몇 천겹 동안'의 '영원한 과거'로, 「광야」는 '천고의 뒤' 즉 '영원한 미래'로 이어진다. 「나의 뮤-즈」가 자신의 본래면목을 노래한 비명(碑銘)이라면, 「광야」는 죽어서도 영원히 목 놓아 노래를 부르겠다는 유언(遺言)이라 할 수 있다.[71]

이처럼 두 시는 서로 긴밀한 관계에 있다. 더욱이 「광야」 및 또다른 절명시 「꽃」은 시적 화자의 시공간적 위치가 동일하게 '오늘'(「꽃」) 또는 '지금'(「광야」), 그리고 '여기'(「꽃」「광야」)가 강조되면서, 시적 화자 '내'가 주

---

70 中村元·田村芳朗·福永光司·今野達 編『岩波佛教辭典』, 岩波書店 1989, 240면; 최재목「'건달'의 재발견: 불교미학, 불교풍류 탐색의 한 시론」, 『미학예술학연구』 23집, 한국미학예술학회 2006, 78면.
71 이 책의 "Ⅶ. 유언 「광야」" 참조.

체로서 강한 의지를 드러낸다는 점에서 공통적이다. 이렇듯 「나의 뮤-즈」 「광야」 「꽃」은 서로 깊이 얽혀 있다. 결국 「나의 뮤-즈」는 육사의 비명이면서, 그의 절명시 「광야」와 「꽃」을 이해하는 관문이기도 하다.

VI.

초
혼
가

「꽃」

1. 머리말

동방은 하늘도 다 끗나고
비 한방울 나리쟌는 그 따에도
오히려 꼿츤 밝아케 되지 안는가
내 목숨을 꾸며 쉬임 업는 날이며〔이여〕

북(北)쪽 「쓴도라」에도 찬 새벽은
눈 속 깁히 꼿맹아리가 옴작어려
제비떼 까마케 나라오길 기다리나니
마츰내 저버리지 못할 약속(約束)이며〔이여〕!

한바다 복판 용소슴치는 곧
바람결 따라 타오르는 꼿성(城)에는
나븨처럼 취(醉)하는 회상(回想)의 무리들아

오늘 내 여기서 너를 불러보노라

이것은 1945년 12월 17일자 『자유신문』에 「광야」와 더불어 처음 소개된 이육사의 「꽃」 전문이다.[1] 박훈산(朴薰山)에 의하면, 「광야」는 육사가 1943년 일제 관헌에게 체포되어 "북경으로 압송 도중 찻간에서 구상"되었고, 「꽃」은 "북경 형무소에서 옥사하기 전에 쓴" 것이라 한다.[2] 육사가 순국한 곳은 중국 베이징 둥창후퉁(東廠胡同) 1호(현재 28호)에 있던 일제의 지하 감옥이었다.[3] 1944년 1월 16일 육사가 순국한 당일 시신을 확인한 이병희(李秉熙)는 그때 "마분지 조각에다가 쓴" '시집'을 수습하였다고 한다.[4] 박훈산과 이병희의 증언을 종합하면 「광야」와 「꽃」은 육사가 일제의 베이징 지하 감옥에서 마분지 조각에 쓴 '최후의 시들'이다.

「꽃」은 각 4행의 3연으로 된 매우 정제된 형식의 시이다. 「광야」가 '까마득한 날' '지금' '다시 천고(千古)의 뒤' 등 시간을 축으로 진행된다면,[5] 「꽃」은 각 연(聯)의 1행이 '동방' '북쪽 쓴도라[툰드라]' '한바다 복판' 등 특정 공간으로 시작하여, 2~3행에서 '꽃' 내지 '꽃성'이 등장하고 있다. 그리고 각 연의 마지막 4행은 '쉬임 없는 날' '마침내' '오늘' 등 특정 시

---

1 1945년 12월 17일자 『자유신문』에 실려 있는 「꽃」에서 제목은 '쏯', 시 본문은 '꽃'으로 맞춤법이 서로 다르다.(박현수 엮음 『원전주해 이육사 시전집』, 예옥 2008, 168면의 원본 이미지 참조)

2 박훈산 「항쟁의 시인: 육사의 시와 생애」(『조선일보』 1956년 5월 25일), 박현수 엮음, 앞의 책 264면.

3 육사가 순국한 '둥창후퉁(東廠胡同) 1호'의 현 주소는 北京 東城區 王府井大街 東廠胡同 28號이다. 이에 대해서는 김희곤 『이육사 평전』, 푸른역사 2010, 243면; 야오란(姚然) 「이육사 문학의 사상적 배경 연구: 중국 유학체험을 중심으로」, 서울대학교 대학원 석사 논문 2012, 1면; 晓菊 「北京东厂胡同的故事」, 香港中文大学中国研究服务中心主办 '民間歷史'(http://mjlsh.usc.cuhk.edu.hk/Book.aspx?cid=4&tid=2968), 2015. 6. 12. 참조.

4 김은실 「발굴: 여성 독립운동가 이병희 씨」, 『여성신문』 733호, 2003. 7. 4.

5 도진순 「육사의 유언, 〈광야〉: '죽어서도 쉬지 않으리'」, 『창작과비평』 2016년 여름호(172호) 384~96면(이 책의 232~43면) 참조.

간이 시적 화자의 고백 내지 선언과 결합되어 있다. 이처럼 「꽃」의 각 연은 특정 공간의 '꽃' 내지 '꽃성'을 노래하는 1~3행과, 특정 시간 시적 화자의 고백 내지 선언이 등장하는 4행이 결합된 구조이다.

「꽃」에는 어려운 어휘가 거의 없지만, 결코 쉬운 시가 아니다. 그런 연유에서인지 시 전체에 대한 본격적인 연구는 거의 없고, 대부분 필요한 부분만 뽑아서 나름대로 해석·평가하고 있다. 「꽃」을 해석하는 데 가장 중심이 되는 이미지는 물론 매 연마다 등장하는 '꽃' 또는 '꽃성'이다. 거의 모든 연구자들이 1, 2연의 '꽃'과 3연의 '꽃성'을 같은 부류, 즉 꽃이 피고 모여 '꽃성'을 이루는 것으로 해석한다. 그런데 1, 2연의 '꽃'이 3연의 '꽃성'으로 바뀌는 전환구이자 '꽃성'의 소재지인 3연 1행, "한바다 복판 용솟음치는 곳"에 대해서는 제대로 해석하지 않고 건너뛰어버린다.

이 구절에 대한 정확한 해독 없이는 시의 눈(詩眼)이 되는 '꽃성', 나아가 「꽃」을 바로 이해할 수 없다. 이 글에서는 먼저 "한바다 복판 용솟음치는 곳"에 있는 '꽃성'에 대해 먼저 살펴보고, 이를 기반으로 「꽃」 전체를 감상한 후, 이 시가 일제의 베이징 지하 감옥에서 죽음을 앞둔 육사가 먼저 간 동지들을 부르는 '초혼가(招魂歌)'임을 밝히고자 한다.

2. '꽃'과 '한바다 복판의 꽃성'

김윤식(金允植)은 1연의 꽃에 주목하여 '비 한방울 없는 이 절명지에서도 꽃이 빨갛게 피었다는 것은 역설'이며 '필 수 없는 꽃이 핀다는 것은 의지(意志)'라고 하였다. 김흥규는 현재의 '꽃맹아리'(2연)에서 미래의 '타오르는 꽃성'(3연)으로 이어지는 과정을 '생명적 비약'이라 명명하고 이 시의 핵심을 '기다림'으로 파악하여 「꽃」을 현재에 드러난 '선취된 미래'를 노래하는 시로 보았으며, 강창민도 이러한 의견에 따라 「꽃」을 '기다

림의 시'로 파악하였다.[6]

「꽃」이 '기다림' 또는 '선취된 미래'라는 해석은 결국 '꽃성'을 미래의 일로 보는 것에서 비롯된다. 그리하여 권혁웅은 「꽃」의 시제(時制)를 "미래의 상황이 현재의 상황 속에 들어와 있는 시제의 혼성"으로 보고 "우리 시의 새로운 시제"로 높이 평가하였다. 즉, 3연 2행의 '타오르는 꽃성'은 분명 미래의 일인데, 4행에서 시적 화자가 "오늘 내 여기서 너를 불러보노라"라고 말하기 때문에, 오늘 속에 이미 미래의 상황이 들어와 있다는 것이다.[7] 이남호도 3연의 1~3행을 '이루어진 미래'로 보고, 3연 4행의 '오늘'에서 시적 화자가 현재의 시간으로 다시 돌아온 것으로 보아 미래의 행복한 시간을 미리 선취하고 있다고 주장하였다.[8]

이들의 견해가 '꽃성'을 미래의 일로 보는 시간적 측면에 주목했다면, '꽃성'이란 이미지가 지닌 역사적 내용에 주목한 연구도 있다. 김경복은 "한바다 복판 용솟음치는" '꽃성'의 이미지를 사회주의적 민중혁명으로 파악하였다.[9] 한편 정우택(鄭雨澤)은 '용솟음치고 불타오르는 꽃성'을 육사가 다녔던 조선혁명군사정치간부학교(이하 '간부학교'로 약칭)의 「교가」 및 「혁명군가」와 연계하여 '꽃'과 '꽃성'의 이미지를 '피' 또는 '혁명'과 관련된 것으로 보았다.[10]

이러한 다양한 해석들에서 하나같이 일치하는 점은 '꽃맹아리'가 언젠가 '꽃'이 되고, 그것이 모여 미래의 '타오르는 꽃성'이 된다는 것을 전제

---

6 김윤식 「절명지의 꽃」, 『한국근대문학사상』, 서문당 1974, 258면; 김흥규 「육사의 시와 세계인식」, 『창작과비평』 1976년 여름호 652~53면; 강창민 『이육사 시의 연구』, 국학자료원 2002, 175면.

7 권혁웅 「현재 속에 내포된 미래, 이육사의 〈꽃〉에 나타난 우리 시의 새로운 시제」, 이숭원 외 『시의 아포리아를 넘어서』, 이룸 2001, 220~21면.

8 이남호 『윤동주 시의 이해』, 고려대학교출판부 2014, 172면.

9 김경복 「이육사 시의 사회주의 의식 연구」, 『한국시학연구』 12호, 한국시학회 2005, 98면.

10 정우택 「조선혁명군사정치간부학교와 이육사, 그리고 〈꽃〉」, 『한중인문학연구』 46집, 한중인문학회 2015, 17~19면.

하고 있다는 점이다. 일종의 시계열로 '꽃맹아리─꽃─꽃성'의 순으로 파악하고 있는 것이다. 그러나 이러한 파악은 3연 1행의 "한바다 복판 용솟음치는 곳"이 구체적으로 무엇을 의미하는지 해명되어야만 가능하다. 거의 유일하게 강창민은 "해가 솟아오르는 '한바다 복판 용솟음치는 곳'"이라 하여 이 구절을 일출과 연결시키지만,[11] 그것이 '꽃성'과 구체적으로 어떻게 연결되는지에 대해서는 더이상 설명이 없다.

"한바다 복판 용솟음치는 곳"에 있는 '꽃성'은 무엇을 가리키는가? 이를 해명하기 위해서는 '수묵화 시절' 육사의 내면으로 깊이 들어가볼 필요가 있다. 육사는 1941년 늦여름 자신이 심각한 병에 걸렸음을 알게 되었으며, 스스로 이전의 생활을 '극채화(極彩畫)', 이후를 '수묵화(水墨畫)'로 구분하였다. 수묵화 시기 육사의 시 발표는 격감하였고, 그의 시세계는 매우 사색적으로 변하였다. 특히 죽음을 넘어서는 영원의 문제에 각별한 관심을 가졌다. 수묵화 시기 육사의 시세계에서 가장 중요한 특징은 '영원에의 사모'인데, 필자는 「나의 뮤-즈」가 그것을 이해하는 관문이 된다고 지적한 바 있다. 「나의 뮤-즈」에서는 육사가 불교의 팔부신중(八部神衆)의 하나이며 음악의 신인 '건달바(乾達婆)'를 통해 자신의 본래면목을 노래했다.[12]

그런데 이 건달바가 노래하는 곳은 바로 인드라(Indra), 즉 제석천(帝釋天)이 있는 도리천궁(忉利天宮)이다. 도리천궁은 불교의 이상세계인 수미산(須彌山) 정상에 있다. 불교의 우주관은 4주(州) 8해(海) 9산(山)으로 이루어져 있고, 우리가 사는 남섬부주(南贍部洲)에서 7개의 바다를 지나 '큰 바다(大海)' 한가운데에 이르면 수미산이 있다. 그 수미산 꼭대기에 도리천궁이 있는데([그림 5]의 동그라미 친 부분), 여기서 제석천이 화려한 보관(寶冠)

11 강창민, 앞의 책 175면.
12 이 책의 "V. 비명(碑銘) 「나의 뮤-즈」" 참조.

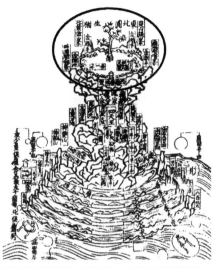

圖 山 彌 須

그림 5 남섬부주에서 칠색 바다 건너에 있는 수미산과 도리천궁(동그라미 친 부분)

을 쓰고 영락(瓔珞)으로 몸을 장식하고 금강저를 손에 든 장엄한 모습으로 사천왕과 팔부신중(八部神衆)을 거느리고서 불법과 인간세계를 수호한다. 『기세인본경(起世因本經)』에 묘사된 수미산의 세계는 다음과 같다.

비구들아, 수미산은 큰 바다 가운데 있는데 아래는 좁고 위는 넓어서 점점 커지고, 끝이 곧아서 굽지 않았으며, 큰 몸은 매우 단단하고 아름답고 미묘하며 참으로 특이하여 가장 훌륭하며 볼 만한데, 금·은·유리·파리(頗梨)의 네가지 보석이 합해서 이루어졌다. 수미산 위에는 갖가지 나무가 자라나 있는데, 그 나무는 울창하여 온갖 향기를 내고 그 향기는 멀리 풍겨서 모든 산에 두루 찬다. 또 성현들이 많이 모여 살고 있고, 최대의 위덕을 지닌 훌륭하고 묘한 천신들이 그곳에 살고 있다.[13]

'큰 바다 가운데 있으며 아래는 좁고 위는 넓어서 점점 커지'는 수미산의 모습은 바로 「꽃」의 3연 1~2행에서 노래하고 있는 "한바다 복판 용솟음치는 곳/바람결 따라 타오르는 꽃성"의 모습과 같다. 불교의 우주관에서 수미산 위에는 갖가지 꽃과 나무가 자라는데, 온갖 향기를 내고 그 향기는 멀리 풍겨서 모든 산에 두루 찬다. 또 수미산의 윗봉우리는 금·은·유리·파리(頗梨)·진주·차거(硨磲)[14]·마노(瑪瑙) 등 일곱가지 보석으로 화려하게 꾸며져 있다.

불교의 전설에 따르면, 붓다의 어머니인 마야 부인이 죽은 뒤 왕생한 곳이 수미산의 도리천이며, 석가모니가 어머니를 위해 그곳까지 가서 설법을 베풀었다고 한다. 도리천이 이렇게 극락왕생의 상징이었기에 신라 선덕여왕은 자신이 죽으면 도리천에 묻어달라고 유언하였다고 한다. 또한 경주의 첨성대와 백제 금동대향로의 모양도 수미산을 형상화한 것이라는 설이 강력하게 제시되고 있다. 이처럼 삼국시대 문화에서는 불교의 이상향 수미산과 도리천은 중요한 의미를 지니고 있었다. 사찰의 대웅전에 부처님이 앉아 있는 곳 아래에는 보통 화려한 수미단(須彌壇)이 꾸며져 있다.

이육사는 불교에서 말하는 수미산의 세계를 잘 알고 있었으며, 그의 시 곳곳에서 '일곱 바다' '칠색 바다' '마노(瑪瑙)' '수마노(水瑪瑙)' '영락(瓔珞)' 등으로 수미산을 암시하고 있다. 「반묘(班猫)」(1940. 3)의 '칠색(七色) 바다'나 「해후(邂逅)」(발표 시기 불명)의 '일곱 바다'는 수미산과 우리가 사는

---

13 『기세인본경(起世因本經)』의 한글 번역본(김영률 옮김, 2012. 4)은 동국대학교 전자불전문화콘텐츠연구소 웹사이트(http://ebti.dongguk.ac.kr/h_tripitaka/page/PageView.asp?bookNum=321&startNum=2)에서 볼 수 있다.

14 파리(頗梨)는 칠보의 하나로 수정(水晶)을 가리킨다. 차거(硨磲: 車渠)는 인도양과 서태평양에 광범위하게 분포하고 있는 대형 조개 화석으로, 껍데기에 있는 깊숙한 다섯 고랑이 마치 수레바퀴의 모양과 비슷해서 차거라고 하며 생산량이 극히 적어 고대부터 진귀한 물품으로 알려져 있다.

'남섬부주' 사이에 있다는 일곱 색깔의 바다를 말한다. 또 「반묘」에 나오는 '마노(瑪瑙)의 노래'에서 '마노'는 보석의 한 종류로 수미산을 꾸미는 칠보(七寶) 중 하나이고, 「해후」에 나오는 '투명한 영락(玲瓏)으로 세운 집'의 '玲瓏'은 '瓔珞'인데, 마노 등의 보석 구슬을 주렁주렁 꿰어 만든 장신구를 말한다.[15]

이육사는 신라 불교문화의 터전인 경주를 '나의 아테네' '나의 자랑'이라고 자부하면서 이따금 가서 요양하곤 하였다. 육사가 「나의 뮤-즈」에서 자신의 분신으로 노래한 '건달바'는 석굴암 전실(前室)에서 찾아볼 수 있다. 그런데 석굴암에서 건달바 등 팔부신중(八部神衆)이 있는 전실을 지나 주불인 석가모니불이 있는 원형당(圓形堂)에 들어가면, 그 오른쪽 입구에 도리천궁에 주재하는 제석천이 있다(권두 화보의 〔그림 31〕 참조). 입구는 좁고 안은 넓은 석굴암 자체가 수미산을 형상화한 것이며, 원형당은 도리천궁을 재현한 것이다. 석가모니가 극락왕생한 생모(生母)를 위해 올라가서 설법한 도리천궁을 본받아, 김대성이 전세(前世)의 부모님을 위해 토함산 정상에 만든 것이 바로 석굴암이다.[16]

육사는 「나의 뮤-즈」에서 또다른 자아인 건달바와 '몇 천겁(千劫) 동안이나 비취(翡翠)가 녹아나는 듯한 돌샘가'에서 향연을 벌이고, '외골수의 노래'를 불렀다고 하였다. 그때 향연을 벌인 곳이 바로 수미산의 도리천궁이다. 「나의 뮤-즈」가 육사가 자신을 건달바라고 선언한 시라면, 「꽃」은 이러한 건달바가 도리천궁 안의 극락왕생한 여러 영혼들을 위해 노래하는 시이다. 요컨대, 「꽃」 3연의 1~2행 "한바다 복판 용솟음치는 곳/바람결 따라 타오르는 꽃성"은 수미산의 도리천궁을 의미하는 것으로, 생전에 선업(善業)을 많이 쌓은 영혼들만 갈 수 있는 곳이다. 이 '꽃성'이 「꽃」을

---

15 이육사 「반묘」 「해후」, 박현수 엮음, 앞의 책 116~17면, 182~84면.
16 남동신 「천궁(天宮)으로서의 석굴암」, 『미술사와 시각문화』 13호, 미술사와 시각문화학회 2014, 94~96면.

이해하는 '시의 눈'이 된다.

3. 전문 해석

(1) 1연: 동방과 꽃, 그리고 내 목숨

동방은 하늘도 다 끗나고
비 한방울 나리쟌는 그 따에도
오히려 꼿츤 밝아케 되지 안는가
내 목숨을 꾸며 쉬임 업는 날이며〔이여〕[17]

「꽃」은 '동방'이란 공간으로 시작한다. '동방'을 한자가 아닌 한글로 표기한 것은 방위〔東方〕와 나라〔東邦〕를 동시에 지칭하기 위한 것이란 설명도 있지만,[18] 시적 용어로서 東方이나 東邦은 같은 의미, 즉 조국으로 해석하는 것이 무난할 것이다.

2행에서 '따'는 처음 발표된『자유신문』(1945. 12. 17)에서는 '따'로 쓰였다가, 이원조가 엮은『육사시집』(1946)에서는 '때'로 수정되었다.[19] 그러나 '따'는 '땅'의 예스러운 말로 「한개의 별을 노래하자」(1936. 12)에서도 "아롱진 서름밖에 잃을 것도 없는 낡은 이 따에서"(3연 2행), "단단히 다저진 그 따 우에"(6연 1행) 등과 같이 '땅'으로 쓰이고 있다. 현재 '때'로 표기하는 경우가 많긴 하지만, 새로운 원본이 나오지 않는 이상 처음 발표될 당

---

17 박현수 엮음, 앞의 책 169면의 각주 9에 의하면 '이며'는 '이여'의 오식이다.
18 권혁웅, 앞의 글 215면.
19 박현수 엮음, 앞의 책 168면의 원본 이미지; 이원조 엮음『육사시집』, 서울출판사 1946, 67면.

시의 '따〔땅〕'로 하는 것이 타당할 듯하다. 그래야 의미도 온전해진다.

　이렇게 보면 '동방'은 "하늘도 다 끝나고 비 한방울 내리잖는 그 땅"이 된다. 육사의 시에는 '하늘'과 '끝'이 결합된 공간 설정이 자주 등장한다. '푸른 하늘'을 잃어버린 불모의 땅 '사막'과 대비해 표현한 「강(江) 건너간 노래」(1938. 7)를 보자.

　　강 건너 하늘 끗에 사막(沙漠)도 다은 곳
　　내 노래는 제비가티 날러서 갓소

　　못 이즐 계집애 집조차 업다기에
　　가기는 갓지만 어린 날개 지치면
　　그만 어느 모래불에 떨어져 타서 죽겟죠.

　　사막은 끗업시 푸른 하늘이 덥혀
　　눈물 먹은 별들이 조상〔弔喪〕 오는 밤[20]

　여기서 육사는 해방의 노래가 "하늘 끝에 사막도 닿은 곳"으로 "제비같이 날아서" 갔지만, 그만 '어느 모래불' 즉 사막의 강렬한 태양열에 의해 "떨어져 타 죽겠"다고 한다. 그리하여 밤에는 "눈물 먹은 별들이 조상〔弔喪〕 오는" 것이다. "하늘 끝에 사막도 닿은 곳"은 물론 실제의 사막이 아니라 심상지리(心像地理)에서 표상되는 이미지로 다름 아닌 식민지 조국을 상징한다. 또한 해방의 전사(戰士) 내지 복음의 전달자인 제비를 죽이는 사막의 태양은 일제를 상징한다. 이 태양이 사라지는 밤이 되면 "하늘 끝에 사막도 닿은 곳"에 '푸른 하늘'이 덮이고, '눈물 먹은 별들'이 조상 온

---

20 이육사 「강 건너간 노래」(부분), 박현수 엮음, 앞의 책 73~74면.

다는 것이다. '푸른 하늘'과 '눈물 먹은 별'은 사막의 태양에 맞서는 또다른 하늘, 즉 해방의 하늘을 의미한다.

'하늘 끝' '사막'과 '푸른 하늘' '제비'의 이러한 대립구도는 "제비야/너도 고향이 있느냐"로 시작하는 「잃어진 고향」(발표 시기 불명)에서도 마찬가지이다.

> 불행(不幸)히 사막(沙漠)에 떠러져 타죽어도
> 아이서려야 않겠지
>
> 그야 한떼 나라도〔날아도〕 홀로 놉고 빨라
> 어느 때나 외로운 넋이였거니
>
> 그곳에 푸른 하늘이 열리면
> 엇저면 네 새 고장도 될 법하이[21]

「꽃」은 "하늘도 다 끝나고/비 한방울 내리잖는" 식민지 조선의 척박한 공간으로 시작하고 있다. 그런데 1연 3행에서 '오히려'를 필두로 전환한다. 그러한 땅에서도 "꽃은 발갛게 되지 않는가"라는 것이다. '발갛다'의 사전적인 의미는 '연하고도 곱게 붉다'이다. 그러나 이렇게 사전적으로 해석하면 '오히려'라는 앞선 역접 부사와의 연결이 부드럽지 않다. 그런데 '발간 거짓말'이 '새빨간 거짓말'을 의미하듯, '발갛다'는 '빨갛다'보다 더 빨간색을 의미하기도 한다. 여기서는 '오히려'와 연결하여 그런 척박한 곳에서 꽃은 더 붉다는 해석이 가능하다.

애초 『자유신문』에 발표될 때부터 "꼿츤 밝아케 되지 안는가"로 되어

---

21 이육사 「잃어진 고향」(부분), 같은 책 194~95면.

있었지만, '꽃이 핀다'라는 표현이 더 자연스럽기 때문에 '되지'를 '피지'의 오식으로 보기도 한다.[22] 그럴 수도 있지만, '비 한방울 내리잖는 그 땅'과 '오히려'라는 역접 부사를 고려하면 '꽃이 더 빨갛게 되지 않는가'라고 표현해도 이상하지는 않다.

정우택은 이 꽃의 붉은 이미지를 육사가 다닌 간부학교의 「교가」와 연결시켰는데, 적절한 해석으로 보인다. 「교가」 1절의 "꽃피는 옛 나라에 봄빛이 없고"는 「꽃」의 "하늘도 다 끝나고/비 한방울 내리잖는 그 땅"과, 「교가」 3절의 "피꽃에 피어난 꽃이야말로/새 세상 고운 봄을 꾸밀 것"은 「꽃」의 1연 3행 "오히려 꽃은 발갛게 되지 않는가"와 상당히 유사하다.[23]

1연에서 논란이 되는 구절은 4행 "내 목숨을 꾸며 쉬임 없는 날이여"이다. 먼저 '꾸며'라는 단어에 대한 해석이 분분한데, 권혁웅은 다음과 같이 해석하였다.

> 이 구절은 주체에 따라 두가지 뜻을 갖는다. 주체가 '나'라면 4행은 '그날의 도래를 위해 내 자신을 희생하겠다'는 의지의 표출이며, 주체가 '날'이라면 4행은 '이 시절의 변화는 내 삶을 아름답게 꾸며준다'는 감탄의 표현으로 읽힌다. 이것이 의지이든 감탄이든 나는 그날의 아름다움을 위해 헌신할 것이고, 그날은 내 헌신의 가치를 보증하는 날이 될 것이다. "발갛게" 피어난 꽃, 그 선혈(鮮血)의 꽃은 내 목숨의 꾸밈을 받아 피어났던 것이다.[24]

---

22 같은 책 169면의 각주 6 참조.

23 간부학교의 「교가」는 「홍가륵 신문조서(洪加勒 訊問調書)」(제7회), 국사편찬위원회 편역 『한민족독립운동사 자료집』 31권, 국사편찬위원회 1997, 334~35면; 정우택, 앞의 글 18~19면 참조.

24 권혁웅, 앞의 글 216면.

권혁웅은 '의지'와 '감탄' 두가지로 해석했지만, 둘 다 어색하다. "내 목숨을 꾸며"에서 '꾸며'의 원형은 '꾸미다'로, '만들다' '지어내다' 등의 의미를 지닌다. 따라서 이 구절은 하늘도 다 끝나고 비 한방울 내리지 않는 땅이지만, 바로 그 땅이 '내 생명을 지어내면서 쉼 없이 흘러가지 않는가' 하고 시적 화자가 '회상'하고 있는 대목으로 보아야 자연스럽다. 이 구절은 유고(遺稿)인 「광야」 3연의 "끊임없는 광음(光陰)을/부지런한 계절이 피어선 지고/큰 강물이 비로소 길을 열었다"와 의미상 유사하다. 즉, 시적 화자가 조국의 과거를 회상하고 있는 대목인 것이다.

(2) 2연: 툰드라와 꽃, 그리고 약속

북(北)쪽 「쓴도라」에도 찬 새벽은
눈 속 깊히 꽃맹아리가 옴작어려
제비떼 까마케 나라오길 기다리나니
마츰내 저버리지 못할 약속(約束)이며〔이여〕!²⁵

1행의 '쓴도라'는 '툰드라'(tundra)로 연중 대부분이 눈과 얼음으로 덮여 있는 동토(凍土)이다. 2행의 '눈'은 「광야」의 '지금 눈 나리고'의 '눈'이나, 「절정」(1940. 1)의 '매운 계절의 채찍' '겨울' 등과 같은 이미지로, 모두 일제의 엄혹한 탄압을 의미한다. 그러니까 일제의 탄압은 사막의 태양같이 뜨겁기도 하고, 북쪽 툰드라처럼 춥고 매섭기도 한 것이다.

2행을 보면 그 툰드라에서도 눈 속 깊은 곳에서 '꽃맹아리'가 옴작거린다고 하였다. '꽃맹아리'는 아직 피지 아니한 어린 꽃봉오리, 즉 '꽃망울'의 경북지역 방언이다. 이 '꽃맹아리'가 옴작거리며 봄소식을 전해줄 제

---

25 박현수 엮음, 앞의 책 170면의 각주 15에 의하면 이 '이며'도 '이여'의 오식이다.

비를 기다리는데, 앞에서 언급한 바와 같이 제비는 해방의 복음을 전하는 사도(使徒)이자 전사(戰士)이다. 육사는 이러한 의미로 제비를 자주 언급하곤 하였다.[26]

그런데 「잃어진 고향」에서 시적 화자는 제비에게 "가다가 푸른 숲 우를 지나거든/홧홧한 네 가슴을 식혀나가렴"[27]이라 하였다. 여기서 '홧홧한 네 가슴'이라는 표현은 육사가 다닌 간부학교의 「교가」에 나오는 "가삼〔가슴〕으로 불이 붙는 우리 동무"[28]란 구절을 연상케 한다. 이처럼 「꽃」의 2연에서 꽃과 제비는 해방의 봄을 기다리고 전하는, 서로 상부상조하는 동지적 관계이다.

2연도 역시 마지막 4행 "마침내 저버리지 못할 약속이여!"는 시적 화자의 독백이다. 먼저 '약속'은 「해조사(海潮詞)」(1937. 4)의 "해방을 약속하던 그날밤의 음모"[29]에 나오는 '해방의 약속'과 같은 것이다. 「꽃」의 2연 4행은 '마침내'라는 부사로 시작하는데, 이는 '끝끝내' '끝까지'라는 의미이다. 이 또한 육사가 다닌 간부학교의 「혁명군가」에서 "끝〔끝〕까지 굴(屈)함 업시"란 구절을 연상케 한다.

동지들아 굿게굿게 결속해/생사를 갓치하자
여하한 박해와 압박에도/끝까지 굴(屈)함 업시
우리는 피 끓는 젊은이/혁명군의 선봉대[30]

---

26 이육사의 시에 등장하는 '제비'의 이미지는 쉬즈모(徐志摩)의 「배헌(拜獻)」과 관련이 있다는 연구가 있다.(심원섭 「이육사의 徐志摩 시 수용 양상」, 『원본 이육사 전집』, 집문당 1986, 380~82면)

27 이육사 「잃어진 고향」, 박현수 엮음, 앞의 책 194면.

28 국사편찬위원회 편역, 앞의 책 334면.

29 이육사 「해조사」, 박현수 엮음, 앞의 책 58면.

30 국사편찬위원회 편역, 앞의 책 334면.

(3) 3연: '꽃성'의 나비와 초혼

한바다 복판 용소숨치는 곧
바람결 따라 타오르는 꽃성(城)에는
나븨처럼 취(醉)하는 회상(回想)의 무리들아
오날 내 여기서 너를 불러보노라

「꽃」에서 3연은 기승전결의 전과 결이 합쳐진 느낌이다. 한시에서 전
(轉)은 '변화를 요하며(要變化)', 결(結)은 '깊고 아득해야(要淵永)' 하는데,[31]
3연 1행 "한바다 복판 용솟음치는 곳"에서 「꽃」은 대대적으로 전환되며,
마지막 결구인 4행에서 깊고 아득하게 마무리된다.

1, 2행을 앞에서 살펴보았기 때문에, 여기서는 3행의 "나비처럼 취하
는 회상의 무리들"부터 검토해보고자 한다. 육사가 자신의 고향을 노래한
「자야곡(子夜曲)」(1941. 4)은 첫 연과 마지막 6연에서 다음의 구절이 반복되
는데, 여기에 '수만호'와 '노랑나비'가 등장한다.

수만호 빛이래야 할 내 고향이언만
노랑나븨도 오잖는 무덤 우에 이끼만 푸르리라.[32]

「편복(蝙蝠)」에 등장하는 "만호보다 노란 눈깔"에서의 만호는 수미산
의 칠보인 황색 '마노(瑪瑙)'임이 분명하니,「자야곡」의 '수만호'는 마노의
일종인 '수마노(水瑪瑙)'로 보는 것이 타당할 것이다.[33] 마노가 일반적으로

---

31 구본현 「한시 절구(絶句)의 기승전결 구성에 대하여」,『국문학연구』 30호, 국문학회
2014, 266면.
32 이육사 「자야곡」(부분), 박현수 엮음, 앞의 책 149~50면.
33 수만호를 '數萬戶'로 읽기도 하지만 그럴 경우 그 뒤의 '빛'과 연결되지 않고, 또 육사가

황색인 데 비해 수마노는 물빛 푸른색이며, 마노와 같이 수미산을 장식하는 보물로 불교에서 신성시된다. 수마노의 예로 강원도 정선의 정암사(淨巖寺)에 있는 보물 410호인 '수마노탑'이 있다. 신라의 자장율사가 당나라에서 돌아올 때 가져온 수마노석(水瑪瑙石)으로 세웠다고 하는데, 탑신부의 석벽돌이 회녹색을 띠는 석회암으로 색상이 수마노와 비슷하다.

「자야곡」에서 육사는 자신의 고향(원촌)이 원래 이러한 수마노빛이었다고 노래하였다. 육사는 수필 「은하수」(1940. 10)에서 낙동강이 흐르는 자신의 고향을 "영원한 내 마음의 녹야(綠野)!"[34]라고 표현한 바 있는데, 이러한 녹야의 푸른색을 「자야곡」에서 수마노빛으로 표현한 것이다. 육사는 식민지 이전 자신의 고향을 '화단' '요람' 등으로 표현하며,[35] 수미산과 같은 이상세계로 묘사하였다. 원래 꽃으로 가득했던 고향에는 온갖 나비가 찾아들었지만, 식민지 치하 지금의 고향은 그 본래면목인 수마노빛을 잃어버려 그 흔한 노랑나비도 오지 않는다고 한탄한 시가 「자야곡」이다.

그러나 이와는 달리 「꽃」의 '꽃성'에는 나비가 등장한다. 3연 1~2행에서 "한바다 복판 용솟음치는 곳/바람결 따라 타오르는 꽃성"으로 꽃향기 가득한 수미산을 노래하고, 이어 3행에서 시적 화자는 "나비처럼 취하는 회상의 무리들아" 하고 호명한다. 강창민은 이를 가리켜 "시적 화자를 나비처럼 취하게 만드는 회상의 무리들"이라 해석하였지만,[36] 꽃성에서 '나비처럼 취하는' 이는 시적 화자가 아니라 '회상의 무리들'이다.

그런데 '회상의 무리들'이 수미산의 꽃성에 와 있다는 것은 앞에서 언

"본래 내 동리라는 곳은 겨우 한 백여호나 되락마락한 곳"(「계절의 오행」, 김용직·손병희 엮음, 앞의 책 151면)이라고 한 바와 같이, 그의 고향마을은 그리 큰 마을이 아니다.(박현수 엮음, 앞의 책 149면의 각주 2 참조)

34 이육사 「은하수」, 김용직·손병희 엮음, 앞의 책 174면.
35 이육사 「전조기(剪爪記)」(1938. 3) 「계절의 오행」(1938. 12) 「은하수」 「산사기」(1941. 8), 같은 책 148~49면, 152면, 172면, 190면.
36 강창민, 앞의 책 174면.

급한 붓다의 어머니 마야 부인이나 선덕여왕의 경우처럼 살아 있는 사람들이 아님을 시사한다. 이들은 살아서 선업을 쌓고, 죽어서 칠색 바다를 건너 수미산의 도리천궁에 들어간 영혼들인 것이다. '회상의 무리들'이라 하였으니, 이들은 필경 육사와 깊은 인연이 있는 사람들일 것이다.

여기서 육사가 다녔던 간부학교의 「교가」와 「혁명군가」를 다시 유념할 필요가 있다. 「교가」에서는 "피꽃에 피어나는 꽃이야말로/새 세상 고운 봄을 꾸밀 것"이라 노래하였고, 「혁명군가」에서는 "동지들아 굳게굳게 결속해/생사를 같이하자/여하한 박해와 압박에도/끝까지 굴함 없이"라고 다짐하였다. 따라서 수미산에 이미 가 있는 '회상의 무리들'이란 육사가 "생사를 같이하자"고 굳게 맹세했던 혁명동지들의 넋일 것이다.

그런데 권혁웅은 3행에서 과거를 노래한 '회상의 무리들'이, 미래의 상황인 2행의 '꽃성'에 있기 때문에, 미래적 상황을 과거적 상황으로 역전시키는 '시제의 혼성'이라고 해석하였다. 그러나 앞에서 언급한 바와 같이 3연 1~2행의 '꽃성'은 미래적 상황이 아니라, 죽은 영혼이 가는 수미산의 도리천궁인 것이다. 그리고 마지막 4행에서 시적 화자는 '오늘 여기서'라고 하며 시공간을 특정한 뒤, '내 너를 불러보노라' 하며 자신의 심경을 드러내고 있다.

(4) 시적 화자, '오늘' '여기'

「꽃」에서 주의할 점은 시적 화자의 시공간적 위치가 수미산의 '꽃성'이 아니라는 것이다. 모두에서 언급한 바 있지만, 「꽃」의 세 연은 모두 1~3행에서 '꽃' 내지 '꽃성'을 노래하고, 4행에서 이에 대한 시적 화자의 고백 내지 선언을 드러내놓는 구도로 되어 있다. 즉 1~3행은 같은 공간이지만, 4행에서 시적 화자는 그 공간에 구속되지 않는다. 참고로 각 연의 4행만 별도로 모아보면 아래와 같다.

1연 4행: 내 목숨을 꾸며 쉬임 없는 날이여
2연 4행: 마침내 저버리지 못할 약속이여!
3연 4행: 오늘 내 여기서 너를 불러보노라

　1연의 4행은 시적 화자가 지난 시절을 회고하는 내용이고, 2연의 4행은 끝끝내, 즉 앞으로도 영원히 저버리지 못할 약속으로서의 미래를 다짐하는 내용이다. 반면 3연의 4행은 '오늘' '여기'라는 현재의 시공간을 드러낸다. 바로 3연 4행의 '오늘' '여기'가 「꽃」 전체에서 시적 화자가 존재하는 시공간적 위치인 것이다.

　시적 화자는 3연 4행의 '오늘' '여기'에 있으면서, 1연 1~3행에서 비 한 방울 내리지 않는 동방의 꽃을 노래하고, 4행에서 "내 목숨을 꾸며 쉬임 없는 날이여"라고 마무리한다. 그리고 2연 1~3행에서 툰드라의 꽃맹아리와 제비를 노래하고, 4행에서 "마침내 저버리지 못할 약속이여!"라며 미래의 약속을 선언한다. 그리고 마지막 3연 1~3행에서 수미산의 꽃성에 가 있는 '회상의 무리'들, 즉 죽어간 혁명동지들을 생각하고는, 4행에서 "오늘 내 여기서 너를 불러보노라"라고 노래한다.

　그렇다면 시적 화자가 말한 '오늘' '여기'는 언제이며 어디인가. 그것은 바로 순국 직전 이육사가 최후의 사생결단을 벌이는 현장, 일제의 베이징 지하 감옥 안이다. 「꽃」은 베이징 지하 감옥에서 죽음을 앞둔 육사가 1연에서 자신을 낳고 길러준 조국의 간고한 형편과 그 속에서 피어난 희망과 투쟁의 꽃들을 회상하고, 2연에서 조국해방의 희망과 동지들과의 약속을 영원히 저버릴 수 없음을 선언하는 한편, 마지막 3연에서 더불어 "생사를 같이하자"고 맹약했던 동지들 중 이미 수미산의 '꽃성'에서 '나비〔넋〕'가 되어 있는 동지들을 간절하게 부르고 있는 시이다. 「꽃」은 이처럼 죽음을 앞둔 육사가 먼저 간 동지들에게 바치는 만가(輓歌)요, 그들의 넋을 다시 부르는 초혼가(招魂歌)라 할 수 있다.

4. 맺음말

　1943년 봄 이육사가 '촉도(蜀道)'만큼이나 위험한 베이징으로 간 이유는 확실히 알 수 없다. 역사학자들은 그 이유가 충칭(重慶)의 임시정부와 옌안(延安)의 조선독립동맹 그리고 국내를 연결하기 위해, 또는 조선의용군의 베이징 적구(敵區)에서의 활동에 참여하기 위해서라고 해석한 바 있다.[37] 어느 이유에서든 육사의 베이징행은 1932~1933년 6개월간 "생사를 같이하자"는 「교가」를 매일같이 불렀던, 간부학교의 동지들과 깊은 관계가 있었던 것은 분명하다. 그중에서 가장 절친한 동지는 석정(石鼎) 윤세주였고, 육사는 석정과 관련하여 해마다 한편의 글을 쓰곤 했다.[38] 따라서 1943년 봄에 죽음을 불사하고 베이징으로 간 육사는 무엇보다 윤세주의 안부를 먼저 확인했을 것이며, 그리하여 윤세주가 1942년 6월 초 타이항산에서 장렬하게 전사했다는 사실을 알게 되었을 것이다.

　그리고 얼마 후 이육사는 국내에서 체포되어 베이징으로 끌려갔다. 일제의 베이징 지하 감옥에서 홀로 생사의 기로에서, 육사 역시 먼저 간 윤세주와 동지들의 넋을 만나게 될 처지에 처했다. 그것이 육사가 처한 '오늘' '여기'이다. 아무것도 가진 것 없는 육사가 '오늘' '여기'에서 할 수 있는 것은 시를 쓰는 일뿐이었다. 그렇게 쓴 시가 바로 「광야」와 「꽃」이다.

　「광야」와 「꽃」의 두 시편은 그의 작품 중에도 절창이다. 이 두편 시구

---

37 강만길 「조선혁명군사정치간부학교와 육사 이활」, 『민족문학사연구』 8호, 민족문학사연구소 1995, 177면; 김희곤 『이육사 평전』, 푸른역사 2010, 224~32면.
38 이 책의 160면 참조.

는 거의 신어(神語)에 가까워서 그 애절한 품이 그의 죽음을 스스로 예견한 시참(詩讖)이 되지 않았나 싶다.[39]

'오늘'(「꽃」) '지금'(「광야」) '여기'(「꽃」 「광야」)에서 죽음에 당면한 육사가 쓴 「광야」와 「꽃」에는 시적 화자 '내'가 도드라지게 강조된다. 그 좁은 압제의 지하 감옥에서 육사는 「광야」를 통해 '죽어서도 쉬지 않으리라'는 자신의 유언을 남기는 한편,[40] 「꽃」을 통해 자신보다 먼저 "바람결 따라 타오르는 꽃성"에 가 있는 동지들의 혼을 부르며, '생사를 같이하자'라고 다짐한다.

그런데 밀양 윤세주의 고향집 바로 가까이에 유명한 영남루(嶺南樓)가 있고, 현판 중에 '용금루(湧金樓)'가 있다. 이 '용금루'라는 이름도 수미산에서 왔다. 『고려사절요』에는 태조 왕건이 임금이 되기 전에 "9층 금탑이 바다 가운데 솟아올랐는데 자기가 그 위에 올라 있는 꿈을 꾸었다"라는 내용이 소개되어 있고, 『용비어천가』에서는 그 탑을 바다에서 솟아오른 '용금탑(湧金塔)'이라 표현하였다.[41] 조선시대에 들어와 강이나 호수 등 물가에 솟아 있는 아름다운 누각을 수미산에 비유하여 '용금루'라 불렀고, 그중 대표적인 것이 밀양 강변 명승지 영남루의 현판이다.

육사가 베이징 지하 감옥에서 먼저 죽어간 동지들을 부르는 초혼가에 수미산이 등장하고, 윤세주의 고향집 인근에 수미산에 비유되는 아름다운 용금루가 있는 것은 우연일까? 두 사람의 아름다운 인연은 운명이었던 것이 아닐까?

---

39 신석초 「이육사의 생애와 시」, 『사상계』 1964년 7월호 250면.

40 이 책의 "Ⅶ. 유언 「광야」" 참조.

41 『고려사절요』 권1, 「太祖神聖大王」: "太祖嘗夢見 九層金塔 立海中 自登其上"; 『용비어천가』 제83장: "바롤〔바다〕 우희〔위에〕 金塔이 소스니"; 『세종실록』 147권, 樂譜 龍飛御天歌: "肆維海上 迺湧金塔" 참조.

VII.

유언 「광야」

1. 머리말

까마득한 날에
하늘이 처음 열리고
어데 닭 우는 소리 들렷스랴

모든 산맥(山脉)¹들이
바다를 연모(戀慕)해 휘달릴 때도
참아 이곧을 범(犯)하든 못하였으리라

끈임없는 광음(光陰)을

---

1 발표된 원본의 '산맥(山脉)'의 '脉'은 일반적으로 알려진 '산맥(山脈)'의 '脈'과는 다르다.(박현수 엮음 『원전주해 이육사 시전집』, 예옥 2008, 164면의 각주 4 참조) 그러나 『강희자전(康熙字典)』(http://www.zdic.net/z/22/kx/8109.htm)에서는 '脉'을 '脈'의 속자(俗字)라고 했으며, 같은 글자로 사용된다.

부지런한 계절(季節)이 픠여선 지고
큰 강(江)물이 비로소 길을 연엇다(열었다)

지금 눈 나리고
매화향기(梅花香氣) 홀로 아득하니
내 여기 가난한 노래의 씨를 뿌려라

다시 천고(千古)의 뒤에
백마(白馬) 타고 오는 초인(超人)이 있어
이 광야(曠野)에서 목 노아 부르게 하리라

 1945년 12월 17일자 『자유신문』에 처음 소개된 「광야」 전문이다.[2] 박훈산(朴薰山)에 의하면 「광야」는 이육사가 1943년 일제 관헌에게 체포되어 베이징으로 압송 도중 찻간에서 구상되었다고 한다. 그리고 1944년 1월 16일 베이징 둥창후퉁(東廠胡同) 1호(현재 28호)에 위치한 일제 지하 감옥에서 시신을 확인한 이병희(李秉熙)는 그때 "마분지 조각에다가 쓴" '시집'을 수습하였다고 한다. 박훈산과 이병희의 증언을 종합하면 「광야」는 이 옥중의 마분지 시집에 포함되어 있었을 것이다. 육사가 일제의 베이징 지하 감옥에서 죽음을 앞두고 쓴 절명시, 이것은 「광야」를 이해하기 위한 가장 중요한 핵심내용이다.

 「광야」는 이육사의 대표작 중 하나로 이에 대한 연구 또한 상당히 많지만 여전히 해결되지 않은 문제가 적지 않다. 예컨대, 1연 3행의 "어데 닭 우는 소리 들렸으랴"라는 구절을 두고 '닭이 울었다/울지 않았다' 논쟁은 아직도 완전히 해결되진 않았으며,[3] 무엇보다도 마지막 연의 '백마 타고

---

2 이육사 「광야」, 박현수 엮음, 앞의 책 164~66면.

오는 초인'에 대해서는 여전히 논의가 분분하다. 이처럼 육사의 대표적 절명시 「광야」는 지금까지 제대로 독해되지 못하고 있는 실정이다. 여기서는 논란이 되는 문제의 시구들을 재해석함으로써 「광야」를 새롭게 조명해보고자 한다.

이육사는 1941년 늦여름 자신의 폐병이 심각하다는 사실을 알게 되며, 스스로 그 이전을 극채화(極彩畵), 이후를 수묵화(水墨畵)로 분류하였다.[4] 「광야」를 바로 이해하기 위해서는 육사의 수묵화(水墨畵) 시기 '두가지 전선(戰線)'에 대한 이해가 필요하다. 하나는 극채화 시기부터 계속된 일제와의 투쟁인데, 이것은 시에서 일제의 철저한 검열에 대한 육사의 은유와 상징으로 나타난다. 삼엄한 베이징의 일제 지하 감옥에서 항일시를 쓴다는 것은 최고의 검열과 최고의 은유가 대결하는 극한상황이었다. 다른 하나의 전선은 수묵화 시기에 들어 현저하게 나타난 죽음과의 투쟁으로, 그의 시에 영원을 갈망하는 몸부림이 깔리게 된다.

1943년 말~1944년 초 이육사는 베이징 둥창후퉁(東廠胡同) 1호 지하 감옥에서 일제에 맞서 사력을 다하여 저항하고 있었다. 이러한 절체절명의 위기에서 육사가 가진 것은 만년필과 마분지뿐이었다. 육사는 일제의 감시 아래에서 더 깊은 은유와 상징을 구사해야 했으며, 다가오는 죽음에 홀로 대처해야 했다. 지금부터 이러한 절체절명의 시공간에서 탄생한 「광야」를 다시 독해해보자.

3 박순원 「이육사의 〈광야〉 연구」, 『비평문학』 40집, 한국비평문학회 2011, 95~104면.
4 이육사 「고란」(1942. 12. 1), 김용직·손병희 엮음 『이육사 전집』, 깊은샘 2004, 200~201면.

2. 「광야」의 공간

(1) 광야(曠野): wilderness, desert

시의 제목이 된 '광야'는 '넓은 평야', 나아가 만주 또는 랴오둥(遼東) 지방으로 해석하는 경우가 대부분이다. 어디에서 이런 해석이 초래되었는지 분명하진 않지만, 이육사의 대륙적 풍모와 독립운동 경력을 상정해서, 또는 '曠野'라는 원제목을 '廣野'로 혼동하여 '넓은 벌판'을 연상했기 때문일 수도 있겠다.[5] 문학계에서 일찍이 김현승(金顯承)은 "육사는 중국의 대륙을 방랑하는 동안 가없는 저 만주 벌판이라도 바라보면서 이 광야를 착상하였을지도 모른다"라고 추정하였고, 김윤식(金允植)은 「광야」를 랴오둥(遼東)의 넓은 벌판에 가서 크게 울었다는 연암(燕巖) 박지원(朴趾源)의 「호곡장(好哭場)」에 비교하였으며, 정우택(鄭雨澤)은 "육사의 북방의식이 광야에서 하나의 정점"을 이룬다고 규정한 바 있다.[6]

광야를 만주로 비정한 것은 역사학자들도 마찬가지이다. 장세윤은 심송화의 「백마 타고 사라진 허형식 할아버지」를 주요 근거로 해서 「광야」의 '백마 타고 오는 초인'을 육사의 당숙으로 북만주 지역에서 활약한 독립운동가 허형식(許亨植)이라 특정한 바 있고, 박도도 '실록소설'『허형식 장군: 만주 제일의 항일 파르티잔』에서 이러한 견해를 받아들이고 있는데,[7] 이러한 해석은 현재 광범위하게 유포되어 있다.

---

5 홍영희는 자신의 같은 글 안에서도 '曠野'와 '廣野'를 혼용하고 있다. 홍영희 「거경궁리(居敬窮理)의 정신과 예언자적 지성: 이육사론」(『한국문학연구』 38집, 동국대학교 한국문학연구소 2010), 이육사문학관 엮음 『이육사의 문학과 저항정신』, 이육사문학관 2014, 80~81면 참조.

6 김현승 『한국현대시 해설』, 관동출판사 1972, 141면; 김윤식 「육사의 〈광야〉와 연암의 〈호곡장〉」, 『문학동네』 2004년 봄호; 정우택 「이육사 시에서 북방의식의 의미: 호 '육사'의 새로운 해석을 중심으로」, 『어문연구』 33권 1호, 한국어문교육연구회 2005, 211면.

그러나 「광야」의 제목은 '넓은 들판'을 의미하는 '廣野'가 아니라, '황무지' '거친 들판'이라는 의미의 '曠野'이다. 또한 2연에서 "모든 산맥들이/바다를 연모해 휘달릴 때도/차마 이곳을 범하든 못하였으리라"에서 '차마'라는 부사는 넓은 곳과 어울리지 않는다. 김학동은 이 구절을 "산맥조차도 미치지 못한 무한대의 평원"으로 해석하였지만,[8] 그렇게 넓은 곳이라면 '차마'가 아니라 '아예' 범하지 못했다는 표현이 더 어울릴 것이다.[9] '광야'는 육사가 '웃판대'라는 곳에 올라서 본 고향 원촌의 '앞들 벌판'이라는 주장도 있는데,[10] 다음에 검토하겠지만 원촌 앞들은 그리 넓은 벌판이 아니다. 퇴계 종택과 육사 생가가 위치한 그 일대는 그야말로 산맥들이 '차마' 범하지 못한 곳으로 강이 굽이쳐 흐르고, 그 강가의 자그마한 들판을 따라 옹기종기 작은 마을이 형성되어 있다.

광야(曠野)는 영어로 'wilderness' 혹은 'desert'이며 『성경』에도 상당히 많이 나오는 단어이다. 이육사의 유품 중에는 중국어 성경책과 찬송가가 있었으며,[11] 수필 「질투의 반군성(叛軍城)」(1937. 3)에 등장하는 '창세기의 첫날 밤', 시 「아편」(1938. 11)에 나오는 '번제(燔祭)'와 '노아의 홍수' 등 시와 수필에 성경 내용과 관련된 표현이 적지 않게 등장한다. 또한 원촌의 육사 생가에서 두집 건너 이웃이 이원영(李源永, 1886~1958) 목사 집인데, 그는 육사의 팔촌형으로 3·1운동을 주도하고 신사참배를 거부하여 다섯

---

7 장세윤 「허형식, 북만주 최후의 항일 투쟁가: "백마 타고 오는 초인"」, 『내일을 여는 역사』 2007년 봄호(27호); 박도 「실록소설 '들꽃': 제9장 광야의 초인」, 『오마이뉴스』, 2015. 1. 31~2. 7; 박도 『허형식 장군: 만주 제일의 항일 파르티잔』, 눈빛 2016.

8 김학동 『이육사 평전』, 새문사 2012, 123면.

9 이 부분에 대해서는 다음 글 "Ⅷ. '내' '노래' 「광야」"에서 더욱 자세하게 논한다.

10 이성원 『천년의 선비를 찾아서: 농암 17대 종손이 들려주는 종택 이야기』, 푸른역사 2008, 270면.

11 이육사의 딸 이옥비(李沃非) 여사의 증언(2016년 4월 8일 원촌 목재 고택). 이 중국어 성경책과 찬송가는 육사의 양자인 이동박(李東博, 1941~2013) 교수가 가져갔다고 한다.

번이나 투옥된 저명한 항일목사이다.[12] 요컨대, 육사는 성경의 내용을 숙지하고 있었던 것이다.

사실 시제(詩題) '광야'는 『성경』의 '광야'와 거의 같은 의미이다. 『성경』에서 광야는 이스라엘 민족이 이집트에서 나올(출애굽) 때 거쳤던 곳이며, 세례자 요한이 '회개하라'고 외치고, 예수가 유혹을 받던 곳이기도 하다. 일제시기 한글 『성경』 개역본(1938) 「이사야」에서 '광야'(wilderness, wasteland, desert)가 나오는 한두 구절을 소개하면 다음과 같다.

광야와 메마른 땅이 기뻐하며, 사막이 백합화같이 피어 즐거워하며 (「이사야」 35장 1절)
정녕히 내가 광야에 길과, 사막에 강을 내리니 (「이사야」 43장 19절)

여기서 '광야'는 육사가 읽었다는 중국어 번체자(繁體字) 성경에 모두 '曠野'로 표기되어 있으며,[13] 의미 또한 시 제목의 '광야'와 거의 같다. 다시 말해, '광야'는 넓은 땅이 아니라 사람이 살 수 없는 거친 황무지를 의미한다.

(2) 녹야(綠野)와 항일

'광야'의 의미는 이육사가 '광야'에 대한 반의어(反意語)로 사용한 어휘들을 통해 더욱 분명하게 파악된다. 시 「한개의 별을 노래하자」(1936. 12)에서 노래한 '옥야천리(沃野千里)', 수필 「은하수」(1940. 10)에서 어린 시절의 아름다운 추억을 회고하면서 고향을 표현한 '녹야' 등이 '광야'의 반의

---

12 임희국 『선비목사 이원영』, 조이웍스 2014.
13 중국어 번체자 성경은 다국어 성경 사이트(www.holybible.or.kr/BIBLE_cb5/)에서 확인할 수 있다.

어로 대표적인 경우이다.

　이렇게 나의 소년시절에 정들인 그 은하수였마는 오늘날 내 슬픔만
이 헛되이 장성하는 동안에 나는 그만 그 사랑하는 나의 은하수를 잃어
버렸다. 딴이야 내 잃어버린 게 어찌 은하수뿐이리요. (…) 영원한 내
마음의 녹야(綠野)! 이것만은 어데로 찾을 수가 없는 것 같고 누구에게
도 말할 곳조차 없다.[14]

　이 '녹야'를 잃어버린 상태가 바로 '광야'로서, 그것은 일종의 '실낙원'
이라고도 할 수 있다. 여기에서 '녹야'는 물론 단순히 농사를 지을 수 있
는 옥토를 의미하는 것이 아니라, 일종의 심상지리(心象地理)를 드러내는
말이다.

　'녹야'라는 말이 유명하게 된 것은 당나라 말기의 재상 배도(裴度)가 별
장 이름으로 쓴 이후부터이다. 그는 환관이 나랏일을 독단하자, 재상직을
내려놓고 오교(午橋)에 별장을 지어 녹야당(綠野堂)이라 이름하고, 여기서
백거이(白居易) 유우석(劉禹錫) 등과 함께 술을 마시면서 시를 즐겼다. 이후
'녹야' '녹야당' '녹야장' '녹야별업' 등은 모두 권력을 탐하지 않고 시문
학을 즐기는 장소를 의미하게 되었다. 조선에서도 여러 사람이 '녹야당'
이나 '오교'라는 말을 차용하였다. 예컨대, 담양의 소쇄원(瀟灑園)에 붙어
있는 「광풍각 중수기(光風閣重修記)」에도 녹야당 고사가 나온다.

　그러나 이육사의 심상(心象)에서 '녹야'는 이런 고전적 음풍농월(吟風
弄月)의 녹야는 아닐 것이다. 중국에서는 항일전쟁기에 '애국노인' 마샹
보(馬相伯, 1840~1939)로 인해서 녹야가 다시 유명해지게 되었다. 마샹보는
1902년에 전 재산을 처분하고 상하이에 중국 최초의 사립대학인 푸단(復

───────────────

14 이육사 「은하수」, 김용직·손병희 엮음, 앞의 책 173~74면.

旦)대학을 설립하였고, 1925년에는 베이징의 푸런(輔仁)대학 설립에도 적극 참여하였다. 1931년 일본이 '9·18사변'을 일으켜 만주를 침략하자, 그는 3일 만에 강경한 투쟁선언문을 발표하였고, 이후 넉달간 12차례에 걸쳐 국난극복을 호소하는 방송을 했다. 또한 1937년 '7·7사변' 이후에는 '목숨을 바쳐 일본군을 물리치자'고 열렬하게 호소하였다. 당시 그가 여러 애국지사들을 만나 적극적인 애국운동을 전개하였던 요람이 바로 상하이의 '녹야당'이었다. 중국인들은 이런 마샹보를 '백세청년' '애국노인'이라 부르며 존경하였고, 녹야당은 항일운동의 정신적 성지가 되었다.[15]

마샹보가 베이징에 푸런대학을 설립한 이듬해인 1926년, 이육사는 베이징으로 유학 가서 베이징(北京)대학과 중궈(中國)대학에서 근 2년간 수학하였다. 또한 마샹보가 1931년 9·18 만주사변 이후 상하이의 녹야당을 중심으로 맹활약하던 시기에 육사는 9개월 정도 난징과 상하이에 머물렀다. 육사는 1932년 9월에서 이듬해 4월 사이 난징의 '조선혁명군사정치간부학교'에 다녔는데, 이 학교는 조중합작에 의한 항일을 슬로건으로 내세우며 이와 관련한 여러 정보를 수집하고 가르쳤다. 육사는 이 학교를 졸업한 이후 1933년 9월 상하이에서 '최후의 만향'을 하고 귀국하였다.[16] 때문에 육사는 마샹보의 녹야당을 모를 리가 없었을 것이다.

(3) 같은 공간의 다른 모습, 광야

「광야」의 시적 공간을 좀더 구체적으로 특정할 수 있을까? 이를 위한

---

15 2010년 상하이 엑스포에서 중국이 야심차게 세운 '중국관(中國館)'이 바로 이 녹야당 자리였다.(김명호 「상하이 엑스포 중국관은 '애국노인' 마샹보 칩거 장소」, 『중앙일보』 2010. 8. 7)
16 이 책의 61~62면 참조.

단서는 4연의 '매화향기(梅花香氣)'에서 찾을 수 있다. 매화의 주산지는 중국 본토의 창장(長江) 이남으로, 황허(黃河) 이북과 특히 만주지역에서는 거의 볼 수 없다. 우리나라에서도 매화는 황해도가 포함된 중부 이남 지역에서 주로 볼 수 있으며, 주산지는 역시 남부지역이다. 요컨대, 「광야」의 시적 공간은 중국 만주나 동북 지역이 아닌 것이다. 육사는 중국의 베이징 유학생활을 추억하거나, 난징과 상하이 등 '강남의 생활'을 그리워한 적은 있지만,[17] 중국 만주나 동북 지역에는 이렇다 할 특별한 경험이 없어 각별하게 그리워하거나 추억한 적이 전혀 없다. 1933년 조선혁명군사정치간부학교를 졸업할 때에도, 교장 김원봉은 육사에게 동북 만주지역으로 가서 활동할 것을 권했지만, 육사는 조선으로 돌아가 "노동자 농민에게 독립사상을 고취"하기를 원했다.[18]

반면, 이육사는 어린 시절을 보낸 고향인 경북 안동의 원촌을 마치 에덴동산처럼 묘사하였다. 그 고향집에 '작지 않은 화단'이 있었고, 여기에는 옥매화·분홍매화 등 매화가 자라고 있었다.

옛날 내 고장 우리집에는 그다지 크지는 못해도 허무히 작지 않은 화단이 있었다. (…) 요즘같이 시클라멘이나 카네이션이나 튤립 같은 것은 없어도 옥매화, 분홍매화, 홍도(紅桃), 벽도(碧桃), 해당화, 장미화, 촉규화, 백일홍 등등 빛도 보고 향내도 맡고 꽃도 보고 잎도 볼 만하면 일년을 다 즐길 수가 있는 것이었는데[19]

17 이육사 「고란」, 김용직·손병희 엮음, 앞의 책 203면.
18 京城本町警察署 「李活 訊問調書」 제1회(1934. 6. 17), 국사편찬위원회 편역 『한민족독립운동사 자료집』 30권, 국사편찬위원회 1997, 157면; 京畿道警察部 「證人 李源祿 訊問調書」 (1935. 5. 15), 국사편찬위원회 편역 『한민족독립운동사 자료집』 31권, 국사편찬위원회 1997, 192면.
19 이육사 「전조기(剪爪記)」(1938. 3), 김용직·손병희 엮음, 앞의 책 148~49면.

이육사는 「은하수」에서도 "삼태성(三台星)이 우리 화단의 동편 옥매화 나무 우에 비칠 때"[20]라고 했을 만큼 옥매화를 각별하게 추억하였다. 육사에게 추억의 고향은 이처럼 옥매화 등의 꽃으로 가득한 '녹야(綠野)'였던 것이다.

「광야」를 유심히 음미하면 그 시적 공간은 스쳐지나가는 풍경이 절대 아니다. 그곳은 자주 보거나 생각한 적이 있어, 공간의 탄생과 전체 역사를 숙지하고 있는 고향과 같이 익숙한 곳이어야 한다. 「광야」의 착상지가 과연 원촌의 '윷판대'인지 특정할 수는 없지만, 「광야」는 육사가 죽음의 현장인 베이징 지하 감옥에서 고향 원촌 일대의 산과 벌판 그리고 낙동강을 그리면서 쓴 것이라 여겨진다.

1943년 5~6월경 모친과 맏형의 소상(小祥)에 참여하기 위해 위험을 무릅쓰고 귀국하였을 때 이육사는 고향마을 원촌을 다녀갔다.[21] 그런 직후 서울에서 체포되었으니, 이는 그의 생애에서 마지막 고향 방문이었다. 박훈산의 증언과 같이 「광야」가 "북경으로 압송 도중 찻간에서 구상되었다"라면, 생애 마지막으로 본 고향 풍경이 육사의 뇌리에 생생했을 것이다. 육사의 고향 일대는 도산서원, 퇴계 종택, 도산구곡 등이 있는 아름다운 곳이며, 가히 조선 성리학의 '성지'라 할 수 있는 곳이다.[22]

마지막으로 지적할 것은, 「광야」의 시적 공간이 비록 고향 원촌에서 비롯되었다 하더라도, 그것이 시의 처음부터 마지막까지 동일한 이미지로 고정되어 있는 것은 아니라는 점이다. '광야'라는 말은 시의 마지막 행인 "이 광야에서 목 놓아 부르게 하리라"에 비로소 등장한다. 그렇다고 해서, 1연 "까마득한 날에/(…)/어데 닭 우는 소리 들렸으랴"의 시적 공간이나, 2연 "모든 산맥들이/바다를 연모해 휘달릴 때도/차마 이곳을 범하든 못

20 이육사 「은하수」, 같은 책 172면.
21 김희곤 『이육사 평전』, 푸른역사 2010, 232면.
22 이성원, 앞의 책 330면.

하였으리라"의 시적 공간이 자동적으로 '광야'가 되는 것은 아니다.

오히려 「광야」의 시적 공간이 지니는 특징은 시간에 따라 이미지와 의미가 전환된다. 시의 전(轉)에 해당하는 4연의 "지금 눈 나리고"를 기점으로 「광야」는 대대적으로 전환된다. 눈 내리는 광야의 이미지와 관련하여 주목할 것은, 절망적 고난 속에서도 쉬지 않고 영원히 걸어가는 사람들을 묘사한 소설 「황엽전(黃葉箋)」(1937. 10. 31~11. 5)의 내용이다. 여기에 눈이 등장한다.

일행이 바로 산마루턱에 올라 닿았을 때 정세는 너무도 급히 변하여 눈이 퍼붓기 시작했습니다.

"눈이 또 나린다." 이렇게 부르짖고는 모두들 놀라는 것이었습니다. 눈송이는 목화를 뜯어 뿌리는 듯이 온 공중에 미만(彌漫)하여 지척을 가릴 수가 없었습니다. 바람에 몰려오는 눈송이가 얼굴에 부닥치면 낯살을 어이는 듯하고 손이 빠질 듯이 시린 것입니다. 시력조차 모호(模湖)하여 발아래 길도 알아보기는 어려웠습니다. 재를 오를 때에 비하면 산을 나려오는 것은 조금 용이하였으나 길이 질 대로 질어서 엎어지락자빠지락하는 사람들도 있으며, 등에 업힌 어린애들은 배가 몹시 고프다고 우는 것이며, 그럴 때면 아버지와 어머니는 모두들 산 밑에 동리 집에 나려가서 뜨신(따뜻한) 밥을 준다고 달래는 것이었습니다.

(…)

눈보라는 그쳤습니다. 그러나 아직도 그들에게는 조그마한 희망도 보이지는 않았습니다. 앞도 캄캄하고 뒤도 그랬습니다.[23]

이처럼 「황엽전」에서 '눈'은 극단적인 절망의 이미지이다. 「광야」 1~3

---

23 이육사 「황엽전」, 김용직·손병희 엮음, 앞의 책 100~101면.

연에서 노래한 이육사의 고향 '녹야'는, 4연 "지금 눈 나리고"를 기점으로 '광야'의 모습으로 대대적으로 전환된다. 육사는 이미 「계절의 오행」(1938. 12)에서 "얼마 안 있어 국화가 만발할 화단도 나는 잃었고 내 요람도 고목에 걸린 거미줄처럼 날려 보냈나이다"[24]라며, 녹야였던 고향이 광야로 바뀐 것을 통탄한 바 있다. 이와 같이 공간의 의미가 대대적으로 전환되는 것을 이해하지 못할 경우, '광야'를 시종 '신성한 공간'으로 오독하게 된다.[25]

이육사는 이미 「해조사(海潮詞)」(1937. 4)에서 '광야(曠野)'라는 어휘를 사용하여, '해조'의 우렁찬 소리를 "광야(曠野)를 울리는 불 맞은 사자(獅子)의 신음인가?"라고 표현한 바 있다. 여기서 '불 맞은'은 '총 맞은'이란 의미이니, 이 구절은 광야에서 행해지는 무자비한 사냥에 맞서는 사자의 포효(咆哮)를 묘사한 것이다.

이육사의 고향 원촌을 비롯한 예안·안동 일대는 우리나라에서 독립운동가를 가장 많이 배출한 지역으로, 육사가 어렸을 때부터 한편으로는 비분과 순국의 독립운동이 이어졌으며, 다른 한편으로는 체포와 투옥으로 황폐화된 곳이었다. 이 때문에 육사는 '녹야'였던 고향이 '광야'로 바뀌었다고 표현한 것이다. '광야'의 사전적 의미는 황무지이지만, 육사는 제국의 억압에서 해방되어야 할 식민지로 이 말의 의미를 확장하였다.

---

24 이육사 「계절의 오행」, 같은 책 152면.
25 박호영은 '광야의 현장'이 "육사의 고향, 안동군 도산면 원촌리"라고 논증하였지만, 광야가 녹야의 반대 의미인 것을 이해하지 못하여 '신성한 공간'이라고 해석하였다.(박호영 「이육사의 〈광야〉에 대한 실증적 접근」,『한국시학연구』 5호, 한국시학회 2001, 94~96면)

3. 「광야」의 시간

「광야」의 시상은 시간을 축으로 해서 전개되는데, 1연 '까마득한 날'로 시작하여(起), 3연 '끊임없는 광음'으로 이어지며(承), 4연 '지금'에 이르러 시가 대대적으로 전환되고(轉), 5연 '다시 천고의 뒤'로 아득하게 마무리된다(結). 「광야」를 바로 독해하기 위해서는 전에 해당하는 4연 '지금'에서 그 전환의 의미를 파악하고, 결에 해당하는 '다시 천고(千古)의 뒤'가 지니는 깊고 아득한 의미를 파악해야 한다. 그래서 「광야」의 시간의식을 4연(轉) '지금'을 경계로 하여 그 전후를 살펴보고자 한다.

(1) 1~3연: 천지창조에서 녹야로 가는 길

까마득한 날에
하늘이 처음 열리고
어데 닭 우는 소리 들렷스랴

모든 산맥(山脈)들이
바다를 연모(戀慕)해 휘달릴 때도
참아 이곧을 범(犯)하든 못하였으리라

「광야」는 '까마득한 날'에 하늘이 처음 열리는 장엄한 천지창조의 순간으로 시작된다. 앞에서 광야를 설명하면서 성경을 인용하였지만, 사실 1연의 주제는 성경의 서두에 나오는 '태초'의 '창세'와 깊은 관련이 있다. 「창세기」는 "태초에 하나님이 천지를 창조하시니라"로 시작하고, 「요한복음」은 "태초에 말씀이 계시니라"로 시작한다. 그러나 「광야」1~2연이 말하고 있는 것은 이렇게, 즉 신의 말씀에 의해서 천지가 창조된 것이 아

232

니며, 거기에는 아무 소리나 말씀도, 어떠한 신도 없다는 것이다.

　신(神)은 아무것도 없는 공(空)과 허(虛)에서 우주만물을 창조하였다고 그리고 자기의 뜻대로 만들었다고 사람들은 말하거니, 나도 이 공과 허에서 나의 세계를 나의 의사대로 바둑이나 장기를 두는 것처럼 손쉽게 창조한들 어떠랴. 그래서 이 지상의 모든 용납될 수 없는 존재를 그곳에 그려본다 해도 그것은 나의 자유이어라.[26]

　이는 신이 천지를 창조했다면 나도 그런 천지를 창조하고 싶다는 말이다. 육사는 자신이 창조하고자 하는 새로운 세상을 「한개의 별을 노래하자」(1936. 12)에서 이렇게 노래하였다.

　렴리한 사람들을 다스리는 신(神)이란 항상 거룩합시니
　새 별을 차저가는 이민(移民)들의 그 틈엔 안 끼여갈 테니
　새로운 지구(地球)에 단죄(罪) 없는[27] 노래를 진주(眞珠)처름 훗치자[28]

　신이 없는 새로운 별, 새로운 지구로 이민 가서, 기독교식 원죄 따위가 없는 노래를 불러보자는 것이다. 「광야」의 1~2연은 「한개의 별을 노래하자」처럼 신이 없는, 성경과 전혀 다른 천지창조를 노래한 것이다. 그러니 태초에 하느님의 말씀은 물론 아무 소리도 없었으며, 인간세상이 시작되고 난 뒤에 등장하여 하루의 시작을 알리는 닭 울음소리 같은 것이 어디

26　이육사 「창공에 그리는 마음」(1934. 10), 김용직·손병희 엮음, 앞의 책 134면.
27　1행의 '렴리'는 '더럽혀진 세상을 버리고 떠난다'는 '염리예토(厭離穢土)'의 준말로 보며, 3행의 '지구에단罪없는' 부분에 대해서는 '지구에단 罪없는' '지구에 단罪없는' 등 다양한 띄어쓰기가 있다.(심원섭 편주 『원본 이육사 전집』, 집문당 1986, 287~89면 참조)
28　이육사 「한개의 별을 노래하자」(부분), 박현수 엮음, 앞의 책 50면.

있었겠는가라는 것이다.

수필 「은하수」에서 육사는 어린 시절 밤새워 밤하늘의 별과 은하수를 본 일에 대해 "삼태성이 은하수를 막 건너선 때 먼데 닭 우는 소리가 어지러이 들리곤 했다"라고 회상한 바 있다. 그러니까 '닭 우는 소리'는 천지 창조의 1~2연이 아니라, 3연 "큰 강물이 비로소 길을 열"고 난 이후의 일이다.

끈임없는 광음(光陰)을
부지런한 계절(季節)이 피여선 지고
큰 강(江)물이 비로소 길을 연엇다(열었다)

「광야」의 3연에서 강과 더불어 인간의 역사가 시작된다. '큰 강물'은 피어선 지기를 그치지 않은 긴 세월의 도움을 받아 비로소 이 땅에 자신의 길을 낼 수 있었다. 그 세월이 '부지런하다'는 것은 그 기간 내내 강물의 노력이 그렇게 부단했다는 뜻이기도 하며, 강과 더불어 살아가는 인간들 또한 부지런하게 노력하였다는 의미이기도 하다.[29] 이 구절은 앞서 인용한 『성경』의 "정녕히 내가 광야에 길과, 사막에 강을 내리니"(「이사야」 43장 19절)와 유사하지만, 결정적인 차이는 그것을 만들어내는 주체이다. 「광야」의 주체는 『성경』처럼 '신'이 아니라 '부지런한 계절'이라는 인간의 역사와 '강'이라는 대자연이다.

실제 이육사의 고향 원촌(遠村)[또는 원천(遠川)][30]은 진성 이씨 가문이 낙동강 줄기를 따라 개척한 곳이다. 15세기에 퇴계의 증조부 이계양(李繼陽)이 현재 도산온천이 있는 온혜(溫惠: 옛 이름은 溫溪)에 입향했고, 이곳에

---

29 황현산 「이육사의 광야를 읽는다」, 『우물에서 하늘 보기』, 삼인 2015, 18면.
30 1904년 육사가 태어날 당시 고향마을의 이름은 원촌(遠村)이었으나, 1914년 행정구역이 통폐합될 때 원천동(遠川洞)으로 이름이 바뀌었으며, 현재는 원천리(遠川里)이다.

서 태어난 퇴계가 16세기에 상계(上溪)를 개척하였으며, 17세기에 퇴계의 손자 이영도(李詠道)가 하계(下溪)를 열고, 18세기에 이영도의 증손자 이구(李榘)가 육사의 고향 원천(또는 원촌)을 개척했다.[31] 대략 100년 간격으로 강줄기를 따라 열어나간 셈이며, 마을 이름에 모두 계(溪) 또는 천(川)이 있다. 이처럼 강은 녹야(綠野)로 이끄는 희망과 해방의 인도자였다. 육사도 일찍이 이러한 낙동강을 경험하였다.

이때가 되면 어느 사이에 들에는 오곡이 익고 동리집 지붕마다 고지박이 드렁드렁 굵어가는 사이로 늦게 핀 박꽃이 한결 더 희게 보이는 것이었다. 그러면 우리들은 오언고풍(五言古風)을 짓던 것을 파접을 한다고 온 동리가 모여서 잔치를 하며 야단법석을 하는 것이었다. (…) 그래서 나는 어린 마음에도 지상에는 낙동강이 제일 좋은 강이었고, 창공에는 아름다운 은하수가 있거니 하면, 형상할 수 없는 한개의 자랑을 느끼곤 했다.[32]

육사에게 낙동강은 마치 하늘의 은하수가 내려온 것 같은 요람이었다. 이러한 강이 없는 곳은 은하수가 없고 하늘도 다 끝난 곳이며, 다름 아닌 사막이며 광야였다.

(2) 4~5연: 수평적 시간?

지금 눈 나리고
매화향기(梅花香氣) 홀로 아득하니

---

31 이성원, 앞의 책 267~68면.
32 이육사 「은하수」, 김용직·손병희 엮음, 앞의 책 172~73면.

내 여기 가난한 노래의 씨를 뿌려라

다시 천고(千古)의 뒤에
백마(白馬) 타고 오는 초인(超人)이 있어
이 광야(曠野)에서 목 노아 부르게 하리라

황현산(黃鉉産)은 5연 '다시 천고의 뒤'가 「광야」의 '시의 눈(詩眼)'이 된
다고 하면서 아래와 같이 설명했다.

이 '천고'는 저 태고의 '까마득한 날'을 미래의 아득한 날과 연결시
킨다. 그 까마득한 날에 하늘과 땅의 새벽이 있었다면 이제 아득한 날
을 거쳐서 와야 할 것은 '인간의 새벽'이다. 인간은 저마다 자유인이 되
어 제 새벽을 맞는다. 이 새로운 천고(千古)에, 아득한 미래의 새벽에, 초
인이 목 놓아 부를 노래는 바로 그 인간 개벽의 '닭 울음소리'가 된다.[33]

황현산은 「광야」의 시간을 '까마득한 날—지금—천고의 뒤(아득한
미래)'로 이어지는 시간, 즉 우리가 사용하는 일반적인 '시간' 개념인 수
평적(horizontal)이며 물리적 시간으로 이해하고 있다. 그리하여 그는 '천
고의 뒤'를 아득한 미래로 보고, '민족독립'을 넘어 '저마다 자유인'이 되
는 '인간 개벽'의 시기로 해석하였다. 나아가 과감하게 "선생[이육사]이 프
랑스대혁명기의 수학자이자 정치가인 콩도르세의 유작 『인간 정신 진보
의 역사도표 개요』를 비록 읽지는 않았어도, 그 내용을 개설한 글을 읽거
나 강의를 들었을 것으로 믿는다"라고 주장하기까지 했다.[34] 황현산이 말

---

33 황현산, 앞의 책 19~20면.
34 같은 책 21~22면. 당시 일제의 기세가 등등해서 조국해방이 '멀고 아득'하여 '천고의
   뒤'라 표현하였다는 김학동의 '천고' 해석도 물리적 시간이라 할 수 있다.(김학동, 앞의

하는 꽁도르세(Condorcet, 1743~94)의 『인간 정신 진보의 역사도표 개요』(*Esquisse d'un tableau historique des progrès de l'esprit humain*)는 1795년에 발간된 책으로,[35] 황현산이 요약한 바와 같이 핵심내용은 인류의 역사가 끊임없이 진보하여 끝내 '완전한 인격'에 도달한다는, 끊임없는 진보에 대한 확고한 믿음을 피력한 책이다.

이육사는 베이징의 일제 지하 감옥에서 「광야」를 쓸 당시 인류가 끊임없이 진보하여 '천고의 뒤'에 민족해방을 넘어 인간해방이 올 것이라고 과연 믿었을까? 프랑스대혁명 이후 인류 역사가 직선적 진보를 하고 있다고 낙관하였을까? 결론부터 말하면 아니다!

1924년 4월, 21세의 육사는 과학과 이성에 기반을 둔 서구의 근대를 배우러 일본 토오꾜오(東京)로 건너갔다. 그해 가을 『플루타르크 영웅전』 『씨저』 『나폴레옹』 등을 다 읽었지만, 육사는 얼마 안 있어 화단도 잃고 요람도 날려 보냈다고 통탄하였다.

그때 나는 그(낙동강) 물소리를 따라 어데든지 가고 싶은 마음을 참을 수 없어 동해를 건넜고, 어느 사이 『플루타르크 영웅전』도 읽고, 『씨저』나 『나폴레옹』을 다 읽은 때는 모두 가을이었습니다만 눈물이 무엇입니까, 얼마 안 있어 국화가 만발할 화단도 나는 잃었고 내 요람도 고목에 걸린 거미줄처럼 날려 보냈나이다.[36]

이육사는 근대화가 광야를 녹야로 만들어주던 낙동강 같은 것인 줄 알고 일본 토오꾜오로 유학을 갔지만, 당시 토오꾜오의 분위기는 전혀 그런

책 125면)

35 꽁도르세의 이 책은 국내에서 '인간 정신의 진보에 관한 역사적 개요'란 제목으로 번역(장세룡 옮김, 책세상 2002)되었다.

36 이육사 「계절의 오행」, 김용직·손병희 엮음, 앞의 책 152면.

것이 아니었다. 1923년 9월 1일 칸또오(關東) 대지진이 일어났고, 일본 민간인과 군경은 약 6천여명에 달하는 조선인을 무참히 학살하였다. 9월 3일 새벽 조선인 무정부주의자 박열(朴烈)과 그의 아내 카네꼬 후미꼬(金子文子) 등은 '보호검속'으로 체포되었다. 박열은 안동에서 가까운 문경 출신으로, 당시 토오꾜오에서 무정부주의자 조직인 흑우회(黑友會)와 불령사(不逞社)를 이끌며 중국에 있던 의열단과 연통해 폭탄을 구하고 있었다. 박열과 카네꼬는 1923년 10월 24일부터 1925년 6월 6일까지 신문을 받았는데, 그 신문과 재판은 일본 국내는 물론 조선에서도 비상한 관심을 끌었다.[37]

1924년 1월 5일, 김지섭(金祉燮, 1884~1928)은 칸또오 대지진 당시 학살된 조선인들의 원수를 갚기 위해 천황이 있는 황거(皇居)의 니주우바시(二重橋)에 폭탄을 던졌다(궁성폭탄사건). 김지섭은 이육사와 같은 안동 출신이며, 박열이 연관되어 있던 의열단의 단원이었다. 육사의 토오꾜오 체류기간 동안 박열과 김지섭에 대한 신문과 재판이 진행되었고, 재일조선인 무정부주의자 단체인 흑우회 등이 중심이 되어 옥중의 박열과 김지섭을 후원하고 있었다. 김지섭은 1924년 11월 6일 1심에서 무기징역을 선고받자 항소를 하였고, 육사가 귀국하던 1925년 1월 옥중에서 생명을 건 단식투쟁을 벌이면서 '무죄 아니면 사형'을 요구했다.[38]

1924년 봄에 일본 토오꾜오로 건너갔던 이육사는 토오꾜오에서 무자비하게 학살당한 조선인들의 원한과, 박열 및 김지섭의 재판을 목도하였다. 육사는 박열이 주도한 조선인 무정부주의자 단체 흑우회에 참여하였다고

---

37 야마다 쇼오지 『가네코 후미코: 식민지 조선을 사랑한 일본 제국의 아나키스트』, 정선태 옮김, 산처럼 2003, 473~77면; 김인덕 『박열: 극일에서 분단을 넘은 박애주의자』, 역사공간 2013, 83~108면, 178~79면; 김명섭 「박열의 일왕폭살계획 추진과 옥중투쟁」, 『한국독립운동사연구』 48집, 독립기념관 한국독립운동사연구소 2014.
38 경상북도독립운동기념관 엮음 『추강 김지섭』, 디자인 판 2014, 41~152면.

한다.[39] 그리고 안동 선배인 김지섭을 통해 일제에 정면으로 맞서는 의열단의 면모도 보았다. 육사가 근대를 배우기 위해 나선 이 여정은, "『중용』『대학』은 물리니 화학이니 하는 것으로 바구이고 하는 동안 그야말로 살풍경의 10년"[40]이라 고백한 바와 같이 실패와 좌절의 연속이었다.

이육사는 결국 1925년 1월 토오꾜오 유학을 청산하고, 조선으로 돌아와 대구 조양회관(朝陽會館)을 중심으로 활동하였다. 1925년 대구에서는 민족운동의 열기가 달아오르고 있었다. 그해 9월 서동성(徐東星)은 박열의 대역사건에 연루되어 면소판결을 받은 뒤 귀국하여 대구에서 무정부주의와 의열투쟁을 결합한 진우동맹(眞友同盟)을 결성하였다.[41] 또한 같은 달에 육사는 베이징의 김창숙과 연결되어 있던 이정기(李定基)의 권유로 형·동생과 함께 비밀결사에 가입하였다.[42]

이런 이육사가 '다시 천고의 뒤'에 꽁도르세의 저작이 말한 역사 진보의 코스가 다시 도래하기를 원하지는 않았을 것이다. 오히려 육사는 역사의 진보를 추동한다는 서구의 근대화 노선이 이미 '위기'에 빠졌다고 생각하고 있었다. 그리하여 니체(F. Nietzsche)와 예이츠(W. B. Yeats) 등 근대화에 비판적이었던 서양 지성과, 한국과 동양의 정신문화를 통해 서구의 근대문화가 당면한 정신적 위기의 극복을 모색했던 것으로 보인다.[43] 근대화의 길은 육사를 광야에서 해방하는 길이 아니라, 광야로 되돌리는 길이었다.

---

39 김희곤, 앞의 책 80~81면.

40 이육사 「연인기(戀印記)」(1941. 1), 김용직·손병희 엮음, 앞의 책 179면.

41 허재훈 「대구·경북 지역 아나키즘 사상운동의 전개」,『철학논총』40집, 새한철학회 2005, 367~72면.

42 김희곤, 앞의 책 90~94면.

43 이육사 「조선문화는 세계문화의 일륜(一輪)」(1938. 11), 김용직·손병희 엮음, 앞의 책 344면; 이 책의 "V. 비명(碑銘) 「나의 뮤-즈」" 참조.

(3) 카이로스: 지금과 영원

시간 개념에는 널리 알려진 바와 같이 '크로노스'(chronos)와 '카이로스'(kairos) 두가지가 있다. '크로노스'는 수평적·물리적 시간 개념으로, 달력에 표시되는 실제 시간을 의미한다. 반면 '카이로스'는 특정 사건이 일어나는 때나 기회를 의미하며, 영원으로 이어지는 수직적(vertical) 시간을 뜻한다.[44] 「광야」는 '까마득한 날'에서 시작하여 장구한 수평적 역사의 시간, 즉 '크로노스'로 내려오다가, 전(轉)에 해당하는 4연의 '지금'에 이르러 '노래'와 결합한다. 여기에서부터 시간은 더이상 수평적으로 흘러가지 않고, 수직적으로 올라가는 '카이로스'의 시간으로 영원에 접목된다. 엘리엇(T. S. Eliot)의 표현을 빌리자면, 4연의 '지금'은 "시간과 무시간의 교차점"이라고 할 수 있다.[45]

이육사는 수묵화 시기에 이르자 제1전선인 항일과 더불어, 제2전선인 죽음과의 투쟁에 들어갔으며 '영원에의 사모'를 간절하게 희원하였다. '영원에의 사모'에서 육사가 관심을 둔 것은 니체와 예이츠, 그리고 불교와 같은 동양사상이었다. 4연의 '지금' '여기'는 니체의『차라투스트라는 이렇게 말했다』에 나오는 "이제 가장 고귀한 희망을 위해 씨앗을 심어야 할 때"[46]라는 표현을 연상시킨다.

---

44 민영진 「카이로스와 크로노스」,『기독교사상』 43권 12호, 대한기독교서회 1999.

45 이상섭 「시간과 무시간의 교차점: 엘리엇의 휴머니즘 비판의 시」,『기독교사상』 36권 7호, 대한기독교서회 1992.

46 F. Nietzsche, *Also sprach Zarathustra*, 1885; 니체『짜라두짜는 이렇게 말했다: 차라투스트라에 대한 살아 있는 재해석』, 박성현 옮김, 심볼리쿠스 2015, 47면; 니체『차라투스트라는 이렇게 말했다』, 정동호 옮김, 책세상 2000, 24면. 이 글에서『차라투스트라는 이렇게 말했다』의 인용은 정동호와 박성현이 번역한 두 책과 영역본(F. Nietzsche, Bill Chapko ed., *Thus Spoke Zarathustra*, Kindle Edition, 2010, http://nationalvanguard.org/books/Thus-Spoke-Zarathustra-by-F.-Nietzsche.pdf) 등을 참고하였다. 한글 번역은 주로 박성현 번역본을 인용하지만, 필자가 수정을 가한 경우 다른 판본도 같이 밝힌다.

여기서 차라투스트라의 '고귀한 희망을 위해 씨앗을 심는다'라는 말은 '나의 노래를 들려준다'는 말과 같은 의미이다. 그리고 그 노래를 불러야 하는 '때'는 바로 '현재 순간'(this moment), 곧 지금이다. 차라투스트라의 '노래'를 통해 '지금'은 '과거의 영원'과 '미래의 영원'으로 이어지는 관문이 된다.

> 우리가 지나온 이쪽은 까마득한 과거의 영원까지 이어져.
> 관문을 지나 뻗어 있는 저쪽은 까마득한 미래의 영원까지 이어져.
> 두 길은 서로 반대방향으로 뻗어 있지.
> 두 길은 바로 이 관문에서 서로 만나.
> 이 관문의 이름은 '지금'(this moment)이지.[47]

니체는 '지금'을 통해 '영원회귀(永遠回歸)' 속으로 들어가게 된다고 말한다. 그리고 외부의 신이나 도움에 의존하지 않고 자기극복을 통해 이러한 영원회귀를 받아들이면서 나아가는 사람을 '초인'(Übermensch)이라 하였다. 니체는 초인에 이르는 길을 '무지개 길과 계단'[48]이라 표현한 바 있는데, 수묵화 시기 육사의 시에서도 이와 유사한 표현을 발견할 수 있다. '나의 뮤즈'가 내려오는 '별 계단(階段)'(「나의 뮤-즈」), 별들이 내리는 '비취계단(翡翠階段)'(「해후」), 파초의 넋과 만나고 헤어지는 '새벽하늘의 무지개'(「파초」) 등은 '지금'이 영원회귀와 만나 초인에게 이르게 하는 길이라고 할 수 있다.[49] 이를 통해 '지금' 여기서 부르는 나의 노래는 영원회귀 속으로 들어가게 된다. '과거의 영원'으로 연결되는 시가 '몇 천겁(千

---

47 니체, 박성현 옮김, 앞의 책 365면; 니체, 정동호 옮김, 앞의 책 125면.
48 니체, 박성현 옮김, 앞의 책 61면; 니체, 정동호 옮김, 34면; F. Nietzsche(Bill Chapko ed.), 앞의 책 22면.
49 이 책의 190면 참조.

劫) 동안' 외골수로 노래하는 자신의 본래면목을 고백한 「나의 뮤-즈」였다면, '미래의 영원'으로 연결되는 시는 바로 '다시 천고의 뒤'에 목 놓아 노래 부를 초인을 예고한 「광야」라 할 수 있다.

한시(漢詩)에서 전(轉)은 시의 성패를 결정하는 가장 중요한 부분으로 '시 전체의 주인'이라 불린다.[50] 「광야」의 4연은 전(轉)에 해당하는 부분으로, 여기서 시공간은 모두 대대적으로 전환된다. 강과 인간의 오랜 노력으로 녹야(綠野)로 나아가던 길은 4연 1행에서 '지금' 눈 내리는 광야로 돌연 전환된다. 물론 여기서 '눈(雪)'은 「절정」의 '겨울'이나 「꽃」의 '툰드라'와 마찬가지로 일제의 폭압을 상징하지만, 이어지는 2행의 '아득한 매화향기'는 광야에서 벗어날 수 있다는 희망의 싹을 상징하고 있다. 그리고 3행에서 시적 화자인 '내'가 '가난한 노래의 씨'를 뿌림으로써, 「광야」의 시간은 크로노스의 시간에서 카이로스의 시간으로 전환하여, 결(結)에 해당하는 5연에서 '다시 천고의 뒤' 즉 미래의 영원으로 이어지는 것이다.

(4) 천고(千古): 죽음과 영원

5연에서 먼저 문제가 되는 것은 '천고의 뒤'라는 시간과 결합되는 공간이 '이 광야'라는 점이다. 4연에서 '내'가 '지금' '여기'에 '가난한 노래의 씨'를 뿌리는데, 5연에서 '다시 천고의 뒤'에 '백마 타고 오는 초인'이 목놓아 부르게 하는 곳은 다름 아닌 '이 광야'인 것이다. 따라서 4, 5연의 시적 공간은 동일하게 광야이다. 광야는 황무지나 식민지 조선을 의미하기 때문에, 천고(千古)를 수평적·물리적 시간 개념으로 해석하면 영원에 가까운 긴 세월 동안 광야에서 벗어나지 못한다는 모순이 발생한다.

---

50 구본현 「한시 절구(絶句)의 기승전결 구성에 대하여」, 『국문학연구』 30호, 국문학회 2014, 266면, 275면.

여기서 '천고'의 의미를 좀더 숙고하지 않을 수 없다. 천고는 본래 의미인 '영원한 긴 시간'에서 비롯되어, 죽은 자를 애도하면서 '영원한 안식을 취하라'라는 내용의 만사(輓詞)에서도 흔히 사용된다. 즉, 어떤 사람이 죽으면 '모모선생천고(某某先生千古)'라고 만사를 쓴다. 중국의 저명한 소설가 바진(巴金)의 소설 『추운 밤(寒夜)』에 '안선생천고(安先生千古)'라는 대목이 나오는데, 이는 '안선생이여, 이제 영원히 안식하소서!'라는 의미이다.[51] 여기서 '천고(千古)'는 죽음 이후의 영원을 의미한다.

이육사는 이미 천년 전에 시 말고는 아무것도 남길 것이 없었던 두보(杜甫)가 죽음을 넘어서기 위해 몸부림쳤다는 사실을 잘 알고 있었다. 두보는 만년에 인생을 회고하면서 "문장이 천년 가는가는 스스로 안다(文章千古事 得失寸心知)"라고 하였고, "시어가 사람을 놀라게 하지 않으면 죽어서도 쉬지 않으리라(語不驚人死不休)"라고 하였다.[52] 육사는 한시에 정통하였으며, 한글 시 발표가 금지된 일제 폭압기에 두보의 "시어가 사람을 놀라게 하지 않으면 죽어서도 쉬지 않으리라"라는 구절을 좌우명처럼 소중히 여기며 한시 모임을 이끌었다.[53]

이런 점들을 고려하여 「광야」의 4, 5연을 보면, 4연에서 시적 화자가 살아서 '지금' '여기(광야)'에 가난한 노래의 씨를 뿌리고, 5연에서는 죽어서도(즉, 천고의 뒤에) 안식을 취하지 않고 '백마 타고 오는 초인'으로 하여금 '이 광야'에서 노래를 '다시 목 놓아 부르게' 하겠다는 것으로 해석할 수 있다.

---

51 '천고(千古)'의 용례에 대해서는 『汉语词典』: http://ierle.com/ciku/pinyinQ/20150909/word-27695.html 참조.

52 『杜詩詳註』, 北京: 中華書局 1999, 810면, 1541면; 『두시언해』(중간본), 조위·유윤겸·의침 엮음, 대제각 1985(1632 영인본), 84면, 405면.

53 신석초 「이육사의 인물」, 외솔회 엮음 『나라사랑』 16집, 외솔회 1974, 106면; 도진순 「육사의 한시 〈晚登東山〉과 〈酒暖興餘〉: 그의 두 돌기둥, 石正 윤세주와 石艸 신응식」, 『한국근현대사연구』 76집, 한국근현대사학회 2016 참조.

4. 백마 타고 오는 초인

「광야」5연의 '백마 타고 오는 초인'이 누구인지는 앞에서 이미 대강 해명이 되었다. 그것은 역사적 인물인 김일성(金日成)〔김경천(金擎天)〕이나 허형식(許亨植)이나 나뽈레옹이 될 수는 없으며,[54] '작가' 또는 '시적 화자'와 관련된다.

「광야」는 4연 마지막 행에서 시적 화자인 '내'가 등장하여 "여기 가난한 노래의 씨를 뿌"리고, 다시 5연 마지막 행에 등장해 "백마 타고 오는 초인이 있어/이 광야에서 목 놓아 부르게 하리라"고 한다. 즉, 시적 화자가 초인으로 하여금 목 놓아 부르게 하겠다는 강력한 의지를 표명하고 있다. 이것이 명령인지 부탁인지는 그리 중요하지 않다. 왜냐하면 '나'와 '백마 타고 오는 초인'은 모두 작가 이육사의 '또다른 자아'(alter ego)이기 때문이다. 살아생전의 모습이 4연의 '나'라면, 죽어서도 쉬지 않는 영혼은 바로 5연의 '초인'이다. 이 대목은 니체의 『차라투스트라는 이렇게 말했다』의 다음 구절을 연상케 한다.

> 너에게 노래를 부르라고 간청한 것!
> 노래를 부르라고 간청했다? 음, 음.
> 우리 중의 누가 누구에게 고맙다는 말을 들어야 하지?
> 간청한 사람이 고맙다는 말을 들어야 하나?
> 간청받은 사람이 고맙다는 말을 들어야 하나?
> 하여간 노래해, 날 위해 노래해! 아! 내 〈영혼〉!
> 내가 고맙다고 할게![55]

54 유길만 『김일성 장군: 조선민중의 전설적 영웅』, 광성 2006; 최현수 「김경천 후손 귀화 신청」, 『국민일보』 2015. 7. 21; 장세윤, 앞의 글; 박도, 앞의 글과 책; 박노균 「니체와 한국문학(2): 이육사를 중심으로」, 『개신어문연구』 31집, 개신어문학회 2010, 221~23면.

그런데 육사는 극채화(極彩畫) 시기의 「해조사(海潮詞)」(1937. 4)에서 「광야」의 '초인'과 비슷한 '거인(巨人)'을 노래한 바 있다.

이 밤에 날 부를이 업거늘! 고이한 소리!
광야(曠野)를 울니는 불 마진 사자(獅子)의 신음(呻吟)인가?
오 소리는 장엄(莊嚴)한 네 생애(生涯)의 마즈막 포효(咆哮)!
내 고도(孤島)의 매태 낀 성곽(城郭)을 깨트려다오!

산실(産室)을 새여나는 분만(娩娩)의 큰 괴로움!
한밤에 차자올 귀여운 손님을 마지하자
소리! 고이한 소리! 지축(地軸)이 메지게 달녀와
고요한 섬 밤을 지새게 하난고녀.

거인(巨人)의 탄생(誕生)을 축복(祝福)하는 노래의 합주(合奏)!
하날에 사모치는 거룩한 깃봄의 소리!
해조(海潮)는 가을을 볼너〔불러〕 내 가슴을 어르만지며
잠드는 넋을 부르다 오— 해조(海潮)! 해조(海潮)의 소리![56]

「해조사」도 「광야」처럼 니체와 깊은 관련이 있다. 먼저, '산실(産室)을 새어나는 분만(分娩)' '거인(巨人)의 탄생'은 『차라투스트라는 이렇게 말했다』의 다음 구절을 연상시킨다.

---

55 니체, 박성현 옮김, 앞의 책 521~22면.
56 이육사 「해조사」(부분), 박현수 엮음, 앞의 책 58~59면.

이제야 비로소 인류의 미래라는 신이 산통으로 괴로워하는구나. 신은 죽었다. 이제 우리는 소망한다. 초인(Übermensch)이 태어나기를.[57]

「해조사」에서 시적 화자인 '나'는 총 맞은 '사자'의 마지막 포효처럼 우렁찬 해조(海潮)의 장엄한 소리가 자신의 "가슴을 어루만지며", 자신의 '잠드는 넋'을 불러, 자신이 '거인'으로 '탄생'할 수 있기를 바란다. 여기서도 '거인'은 곧 시적 화자이며, 이육사의 '또다른 자아'이다.[58]

그러나 「해조사」의 '거인'과 「광야」의 '초인' 사이에는 중요한 차이가 있다. 「해조사」의 '거인'이 폐병 발생 이전 극채화 시기 자신이 다시 탄생하여 도달하고자 희원하는 '또다른 자아'의 모습이라면, 「광야」의 '초인'은 죽음을 넘어 영원과 접목하려는 수묵화 시기 '또다른 자아'의 화신(化身)이다. 육사는 「나의 뮤-즈」에서 자신이 불교의 음악신인 '건달바'처럼 '몇 천겁 동안이나 목청이 외골수인' 노래를 불렀다고 자신의 '영원한 과거'를 밝혔으며, 「계절의 표정」(1942. 1)에서는 죽음의 병마에 맞서 몸부림치면서 자신이 "언제 이 세상에 태어날는지도 모르는 현현(玄玄)한 존재"[59]라고 영원에의 사모를 피력하였다.

「광야」에는 니체의 영향이 적지 않지만,[60] '백마 타고 오는 초인'은 니체의 '위버멘쉬'(Übermensch)와는 다른 존재이다. 위버멘쉬를 일본에서 '초인'으로 번역하여 본래 의미와는 상당한 차이가 나게 되었다. 니체의 '영원회귀'는 '같은 것의 영원한 되풀이'이며, 위버멘쉬는 이러한 참을 수 없는 현실 내지 존재의 실상을 과감히 긍정함으로써 기존 인간의 한계를

---

57 니체, 박성현 옮김, 앞의 책 649면; 니체, 정동호 옮김, 앞의 책 470면.

58 이 책의 44~45면 참조.

59 이육사 「계절의 표정」, 김용직·손병희 엮음, 앞의 책 197면.

60 동시영 「육사(陸史) 시(詩)의 니체철학 영향 연구」, 『동악어문학』 30집, 동악어문학회 1995.

돌파하는 인물이다. 따라서 니체의 초인은 힌두교나 불교에서 사람이 죽었다 다시 태어난다는 환생(還生: reincarnation) 개념이나, 신이 어떤 모습으로 내려온다는 화신(化身: avatar) 개념과는 전혀 다른 존재이다.[61]

그러나 「광야」에서 초인은 '다시 천고의 뒤에' 즉 사후에 나타나는 모습으로, 니체의 초인과는 달리 화신이나 환생에 가까운 존재이다. 이육사는 「나의 뮤-즈」에서 자신의 화신으로 불교의 '건달바'를 차용하였지만, 그의 환생관은 불교의 그것과 다르다. 불교는 불멸의 영혼을 인정하지 않는 무아론(無我論)이지만, 「광야」의 '백마 타고 오는 초인'은 시적 화자 내지 육사 자신의 강력한 의지가 표출된 환생을 의미하기 때문이다.

이육사는 수묵화 시기에 이르러 예이츠의 '영원에의 사모'를 특히 주목하였다. 예이츠는 사망하기 넉달 전(1938. 9. 4)에 자신의 묘비명으로 끝나는, 자신에 대한 만가(輓歌) 「불벤 산 기슭에서」(Under Ben Bulben)를 썼다. 이 시의 1부에 등장하는 불사불멸의 초인(superhuman)들은 모두 말을 타고 있다. 이어서 2부에서는 인간의 '환생'(reincarnation)을 노래한다. 물론 육사의 「광야」는 예이츠의 이 시와 시세계가 사뭇 다르지만, 말을 탄 초인이 등장하고, 환생을 노래하며, 자신에 대한 만가라는 점에서는 꽤 유사하다.[62]

그 초인이 하필이면 '백마'를 타고 온다는 것은 「청포도」에서처럼 '청포백마(靑袍白馬)'와 관련이 있는 듯하다. 한시에서 백마는 다양한 이미지로 사용되지만, 청포와 결합하여 '청포백마'가 되면 두보의 시에서 볼 수 있듯이 대체로 '난신적자(亂臣賊子)'를 의미한다. 그러나 일제와 맞서는 육사는 이러한 '청포백마'를 '난신적자'가 아닌 '혁명가'로 환호하였다.[63]

---

61 정동호 『니체』, 책세상 2014, 473~78면.
62 윌리엄 버틀러 예이츠 『예이츠 서정시 전집(3): 상상력』, 김상무 옮김, 서울대학교출판문화원 2014, 582~83면; 도진순 「육사의 절명시 〈꽃〉: 동지를 부르는 초혼가」, 『한국시학연구』 46호, 한국시학회 2016 참조.

5. 맺음말: '죽어서도 쉬지 않으리'

이육사는 자신의 인생을 회고하면서 "살아가며 온갖 고독이나 비애를 맛볼지라도 '시 한편'만 부끄럽지 않게 쓰면 될 것"이라 다짐한 바 있다.[64] 일제 및 죽음과 투쟁하였던 수묵화 시기에 이르러 육사는 자신의 노래(시)가 '죽음'을 넘어 '영원'과 접목되기를 갈망하였고, 니체의 '영원회귀'와 예이츠의 '영원에의 사모' 그리고 불교의 윤회에 대해서도 각별한 관심을 가졌다. 그리하여 수묵화 시기부터 '천겁' '천년' '천고' 등의 말이 시에 등장한다.

이육사의 절명시 「광야」는 「나의 뮤-즈」와 여러모로 짝을 이룬다. 「나의 뮤-즈」에서는 불교의 팔부신중 중 하나인 '음악의 신' 건달바와 교감하면서 '몇 천겁'으로 이어지는 자신의 '영원한 과거', 즉 '목청이 외골수인' 자신의 본래면목을 고백하였다. 「나의 뮤-즈」가 자신의 일대기를 시로 표현한 비명(碑銘)이라면, 「광야」는 '다시 천고의 뒤에', 즉 죽어서도 영원히 이 노래를 목 놓아 부르겠다는 유언(遺言)이라고 할 수 있다.[65]

그런데 육사는 「계절의 오행」에서 자신은 결코 유언을 쓰지 않겠다고 다짐한 바 있다.

정면으로 달려드는 표범을 겁내서는 한발자욱이라도 물러서지 않으려는 내 길을 사랑할 뿐이오. 그렇소이다. 내 길을 사랑하는 마음, 그것은 나 자신에 희생을 요구하는 노력이오. 이래서 나는 내 기백을 키우고 길러서 금강심(金剛心)에서 나오는 내 시를 쓸지언정 유언은 쓰지 않

---

63 이 책의 "Ⅱ. 「청포도」와 향연" 참조.

64 이육사 「계절의 오행」, 김용직·손병희 엮음, 앞의 책 161면.

65 김희곤도 「광야」를 유언으로, '백마 타고 오는 초인'을 '육사 자신'으로 언급한 바 있다 (김희곤, 앞의 책 253~55면). 자세한 설명은 없지만 탁견이다.

겠소. (…) 다만 나에게는 행동의 연속만이 있을 따름이오. 행동은 말이 아니고, 나에게는 시를 생각는다는 것도 행동이 되는 까닭이오.[66]

이육사는 남기는 말에 지나지 않는 '유언' 대신, 말이 아닌 '행동의 연속'으로 '금강심에서 나오는 시'를 쓰겠다고 다짐하고 있다. 그리하여 행동의 일환인 유언시 「광야」는 두보의 "문장이 천년 가는가는 스스로 안다"와 "죽어서도 쉬지 않으리라"를 결합한 듯 깊고 아득할 뿐만 아니라, 읽는 이들의 행동을 촉발시키려는 염원과 기개가 서려 있다.

베이징의 차디찬 지하 감옥, 그 절명의 시공간에서 아무것도 가진 것 없는 육사가 오로지 시 한편으로 일제에 맞서 남긴 유언, 그것이 바로 「광야」이다. 죽음의 장소인 지하 감옥에서 육사는 녹야에서 광야로 변해버린 고향과 조국을 생각하며 '가난한 노래의 씨'를 뿌리고, 죽어서도 초인이 이 노래를 목 놓아 부르게 하겠노라 다짐하였다. 그러니 「광야」는 절명의 순간 남기는 유언인 동시에 자신의 죽음에 보내는 만가(輓歌)이며, 녹야였던 고향과 조국의 본래면목을 그리는 망향가(望鄕歌)이기도 하다.

---

66 이육사 「계절의 오행」, 김용직·손병희 엮음, 앞의 책 162면.

VⅢ.
'내'
'노래'
[광야]

1. 머리말

    필자는 「광야(曠野)」가 베이징의 일제 지하 감옥에서 죽음에 직면한 이육사가 남긴 유언이자, 고향과 조국의 본래면목을 그리워하는 망향가라고 주장한 바 있는데, 요약하면 다음과 같다. 첫째, '광야(曠野)'는 넓은 땅(廣野)이 아닌 황무지(曠野)이며, 신성한 공간이 아닌 부정적 공간이다. 둘째, 「광야」의 시적 공간은 광활한 만주가 아니라 산촌인 육사의 고향 원촌(遠村), 나아가 식민지 조선이다.[1] 셋째, 「광야」는 이 시적 공간이 아름다운 '녹야(綠野)'에서 삭막한 '광야(曠野)'로 바뀌었다는 사실을 노래하였다. 넷째, 「광야」는 '노래(시)'를 통해 죽음을 넘어서려는 '영원에의 사모'를

---

1 광야(曠野)라는 어휘 자체가 넓은 곳이 될 수 없다는 말은 아니다. 단지 광야(曠野)의 1차적인 의미가 '황무지'라는 것이다. 당시 만주는 황무지나 다름없어 광야(曠野)라 지칭해도 전혀 이상하지 않았다. 예컨대, 유치환의 「광야(曠野)에 와서」는 명백하게 황무지 같은 만주지역을 노래한 시이다. 그러나 육사의 「광야(曠野)」는 광활한 만주가 아니라, 산골 고향이 황폐화된 것을 노래한 시이다.

내장하고 있으며, 두보(杜甫)와 니체 등 동서양 고전과 맞닿아 있다. 다섯째, 「광야」의 '백마 타고 오는 초인'은 작가의 강렬한 의지가 반영된 육사의 '또다른 자아'이다.[2]

이 글은 필자의 이러한 주장을 다시 확인하면서 다음 두가지를 보완하고자 한다. 먼저 「광야」를 두보의 「영회고적(詠懷古蹟)」 제3수[3]와 비교하고자 한다. 두보의 「영회고적(3)」은 비운의 미녀 왕소군(王昭君)을 노래한 시로, 시적 공간이 산골이라는 점, 죽은 사람의 혼이 고향으로 돌아와 노래한다는 점에서 「광야」와 유사한 면이 많다. 따라서 두 시에 대한 면밀한 비교가 필요하다.

「광야」는 두보의 「영회고적(3)」과 유사한 면이 적지 않지만, 커다란 차이도 존재한다. 여기서 그 차이가 무엇이며, 어디에서 비롯되었는지도 검토하고자 한다. 이러한 검토를 통해서 이육사의 시세계에서 동서양의 고전과 '지금' '여기'의 현실이 결합되는 지점을 발견할 수 있을 것이다.

2. 두보의 「영회고적(3)」

두보는 당(唐)이 융성하던 시기인 712년에 태어났지만, 755년 12월 안녹산(安祿山)의 난이 일어나면서 파란곡절을 겪게 된다. 그는 잠시 관직생활을 하였으나, 765년 53세 이후 오랫동안 배를 타고 전전하는 유랑생활을 했고, 결국 770년 58세로 담주(潭州, 현재의 長沙)의 조그만 배 위에서 생을

---

2 도진순 「육사의 유언, 〈광야〉: '죽어서도 쉬지 않으리'」, 『창작과비평』 2016년 여름호(172호).

3 이하 「영회고적(3)」으로 표기한다. 「영회고적(3)」의 원문은 『杜詩詳註』, 北京: 中華書局 1999, 1502~1505면; 『杜詩鏡銓』, 上海古籍出版社 1980, 651~52면 참조. 한글 번역은 『두시언해』(중간본), 조위·유윤겸·의침 엮음, 대제각 1985(1632 영인본), 101~102면 참조.

마감하였다.

「영회고적」은 두보가 사망하기 4년 전인 54세 때, 창장(長江) 싼샤(三峽) 일대에 남아 있는 다섯 인물의 유적을 보고 지은 칠언율시이다. 다섯 유적지는 남북조시대 주나라 시인인 유신(庾信)의 집터, 굴원(屈原)의 후계자로 불리는 시인 송옥(宋玉)의 고택, 한나라 미인 왕소군(王昭君)의 고향, 백제성(白帝城)의 유비(劉備) 묘, 제갈량(諸葛亮)의 사당 무후사(武侯祠)이다. 「영회고적」에서 노래하고 있는 다섯명은 모두 뜻을 이루지 못했거나 비극적으로 죽은 인물이다. 두보는 포부를 실현하지 못하고 유랑하는 자신의 감개와 비애를 이 비극적 인물에다 투영해 노래하였던 것이다.

두보의 「영회고적」 다섯수 중에서 왕소군을 노래한 제3수는 두보의 시 전체에서 수작으로 꼽히는 시이다. 더욱이 마오쩌둥(毛澤東)이 「영회고적(3)」에서 왕소군을 의미하는 '명비(明妃)' 두 글자를 '린뱌오(林彪)'로 바꾼 시 「장난 삼아 두보의 〈영회고적〉 제3수를 고치다(戲改杜甫〈咏懷古迹〉其三)」를 발표하여 더욱 유명해진 바 있다.[4]

왕소군에 대한 역사적 기록은 『한서(漢書)』의 「원제기(元帝紀)」와 「흉노전」, 『후한서』의 「남흉노전」 등에서 보이지만, 그 내용은 600자에 불과할 정도로 지극히 간략하다. 그러나 왕소군의 비극적 삶과 죽음에 대한 이야기는 후세 사람들의 입에 끊임없이 오르내리면서 시와 노래, 소설과 희곡, 민간전설 등 각종 문학양식을 통해 끊임없이 재창조되었다.[5]

---

4 1971년 당시 중국의 2인자였던 린뱌오(林彪)는 마오쩌둥을 제거하려는 계획을 세웠으나 발각돼 소련으로 도망가다 몽골 사막에서 비행기 추락사고로 사망했다. 그 직후 마오는 「장난 삼아 두보의 〈영회고적〉 제3수를 고치다(戲改杜甫〈咏懷古迹〉其三)」란 시를 발표했다. 마오쩌둥이 왕소군을 린뱌오로 바꾸어도 시가 된다고 생각한 것은 두 사람 모두 고향이 후베이성(湖北省)인데다, 죽은 곳이 모두 장성 넘어 몽골 지역이라는 공통점 때문일 것이다. 송재소「한시의 세계 ② 왕소군」, *Chindia Plus*(친디아 플러스), vol. 111, 포스코경영연구원 2015. 12. 참조.

5 왕소군에 대한 글로는 이미 한대(漢代)에 악부 형식의 「명군사(明君辭)」 「명군탄(明君歎)」, 동한(東漢) 채옹(蔡邕)의 소설 『금조(琴操)』, 진(晋)나라 갈홍(葛洪)의 『서경잡기(西

254

두보의 「영회고적(3)」은 다음과 같이 시작된다.

　① 군산만학부형문(群山萬壑赴荊門): 수많은 산과 골짜기 징먼을 향해
달리는데
　② 생장명비상유촌(生長明妃尙有村): 왕소군 나서 자란 마을 오히려 남
아 있구나

창장 싼샤 지역에는 수많은 산봉우리들과 골짜기들이 서로 끝없이 이
어지면서 징먼산(荊門山)으로 향하는데, 그 징먼산의 남서 산록인 사마오
산(紗帽山) 아래에 왕소군이 태어나고 자란 산골 마을이 있다. 그곳은 후베
이성(湖北省) 싱산현(興山縣) 바오핑춘(宝坪村)으로, 지금은 '자오쥔춘(昭君
村)' 또는 '자오쥔구리(昭君故里)'라 불리며 왕소군기념관이 있다. 그 앞에
는 창장의 지류인 샹시(香溪)가 마을을 휘감아 흐르고, 뒤에는 사마오산의
여러 봉우리들이 병풍처럼 감싸고 있다.[6]
「영회고적(3)」의 1, 2구는 왕소군이 태어나 자란 고향의 이러한 자연을
노래하고 있다. 제1구가 높은 곳에서 광활한 시선으로 조감하는 것처럼
수많은 산과 골짜기가 징먼산을 향해 달리는 역동적 모습을 묘사하고 있
다면, 제2구는 그러한 징먼산 자락에 남아 있는 왕소군의 조그마한 고향
마을을 마치 정지된 화면처럼 그리고 있다. 이처럼 1, 2구는 웅대한 것과
왜소한 것, 살아 움직이는 생동감과 그 속에 남아 있는 의구함을 대비하
면서 장엄한 기운을 자아내고 있다.

京雜記)』와 석계륜(石季倫)의 『왕명군사병서(王明君辭幷序)』 등이 있으며, 당대(唐代)에
는 두보 이외에 동방규(東方虬), 이백(李白), 백거이(白居易) 등의 시가 있다.
6 자오쥔춘(昭君村)과 자오쥔구리(昭君故里)에 대한 설명은 『百度百科』: http://baike.baidu.
com/subview/90057/5812483.htm(昭君村); http://baike.baidu.com/view/54654.htm(昭君
故里) 참조.

이러한 대비를 완성시키는 핵심어가 '달릴 부(赴)'와 '오히려 상(尙)'이다. '부(赴)'가 무심한 산맥에 무한한 생기를 불어넣는 말이라면, '상(尙)'은 그러한 산맥의 역동 속에서도 소군의 마을이 의연하게 남아 있음을 표현하는 말이다. 이러한 대비를 통해 왕소군은 미미한 산골 출신이 아니라, 웅대한 산맥의 정기를 이어받은 지령인걸(地靈人傑)이 된다.

③ 일거자대연삭막(一去紫臺連朔漠): 한번 대궐을 떠나 북녘 사막으로 가게 되니

④ 독류청총향황혼(獨留靑塚向黃昏): 홀로 푸른 무덤에 남아 황혼을 향하리라

3, 4구는 왕소군의 비극을 생전과 사후로 나누어 노래하였다. 『서경잡기』에 의하면, 한나라 원제는 궁녀들이 많아 일일이 만나볼 수 없어서 화공(畵工) 모연수(毛延壽)에게 초상화를 그리게 하였다고 한다. 대부분의 궁녀들이 뇌물로 아름다운 초상화를 그리게 하여 황제의 총애를 구하였지만, 오직 소군만이 뇌물을 바치지 않았다. 모연수는 그녀의 용모를 대강 그렸고, 그리하여 소군은 황제의 얼굴조차 보지 못하고 있었다.[7]

B.C. 33년, 남흉노(南匈奴)의 선우(單于) 호한야(呼韓邪)가 한나라 원제에게 혼인동맹을 요구하였고, 원제가 이를 수락해 왕소군이 신부로 낙점되었다. 되땅으로 떠나는 날, 왕소군은 말에 올라 눈물을 흘리며 이별의 곡을 비파로 연주하였다. 원제는 왕소군의 실제 모습이 너무나 아름다운 것을 보고 원통해하며 여러날 식음을 전폐하였고, 화공 모연수를 죽여서 시체를 공개 전시하는 기시(棄市) 형에 처했다고 한다. 이백(李白)은 왕소군이 떠나는 이별의 슬픈 순간을 이렇게 노래하였다.

---

7 『杜詩詳註』, 北京: 中華書局 1999, 1503면; 『杜詩鏡銓』 上海古籍出版社 1980, 652면.

금일한궁인(今日漢宮人): 오늘 한나라 궁인이

명조호지첩(明朝胡之妾): 내일 아침이면 오랑캐의 첩이 되는구나[8]

「영회고적(3)」의 3구 '일거자대연삭막(一去紫臺連朔漠)'도 바로 이 비극의 순간을 노래한 것이다. '자대(紫臺)'는 '자궁(紫宮)', 즉 한나라 황제가 머무는 궁이며, '삭막(朔漠)'은 왕소군이 연행되는 흉노의 초원지대 주거지이다. 만리장성을 사이에 두고 대비되는 두곳을 두보는 '이어질 연(連)'을 사용하여, 한나라 원제의 무능함으로 인해 왕소군이 궁궐의 영화에서 삭막한 사막의 비극적 삶으로 연결되었다고 묘사한다.

초원으로 간 왕소군은 남편 호한야가 죽자, '부사처모(父死妻母)'의 흉노풍습에 따라 본처의 큰아들 세위(世違)의 부인이 되었다고 전하기도 하고, 이를 거부하고 자결하였다고 하기도 한다.[9] 왕소군의 무덤은 현재 내몽골 후허하오터(呼和浩特) 남쪽 9km 지점 황허 강가에 있다.[10]

북쪽 초원에는 풀과 꽃이 매우 귀하다. 그리하여 동방규(東方虬)는 왕소군을 추모하며 "되땅에는 꽃과 풀이 없으니(胡地無花草)/봄이 와도 봄 같지 않구나(春來不似春)"[11]라고 노래한 바 있다. 꽃과 풀이 없는 것이 왕소군에게 평생의 원한이 되었는지, 그의 무덤에는 항상 푸른 풀이 있었다고 한다.[12] 이후 '청총(靑冢)'이란 말은 왕소군의 묘를 가리키게 되었다.

3구가 생전의 비극을 노래하였다면, 4구 '독류청총향황혼(獨留靑塚向黃

---

8 李白「王昭君二首」(『全唐詩』卷一十九,「相和歌辭」).

9 『杜詩詳註』 1503면.

10 도진순「몽골초원답사기: 허공 속의 역사를 찾아서」, 『역사비평』 1999년 겨울호(49호) 391~94면 참조.

11 「昭君怨」(『全唐詩』卷一十九,「相和歌辭」).

12 『귀주도경(歸州圖經)』에 "변방에는 띠풀만 있는데, 소군의 묘만 홀로 푸르다(邊地多白草 昭君冢獨靑)"라고 하였다.(『杜詩詳註』 1503면)

昏)'은 청총과 황혼의 대비를 통해 사후 왕소군의 비극을 노래한다. 모든 것을 어둠속으로 삼켜버릴 기세의 광막한 황혼 앞에서 홀로 푸른 한 점으로 남아 있는 소군의 무덤, 곧 어둠속에 묻힐 외롭고 애잔한 청총(青塚)의 모습을 묘사하고 있는 것이다.

이렇듯 소군이 태어난 마을을 노래한 1, 2구와, 소군이 사막으로 가서 죽어 묻힌 무덤을 노래한 3, 4구는 완전히 대비된다. 1, 2구가 광대한 녹야의 자연이 휘달리며 자그마한 소군촌(昭君村)을 엄호하는 형국이라면, 3, 4구는 반대로 광대한 황무지의 어둠이 소군의 무덤을 삼킬 기세인 것이다.

⑤ 화도생식춘풍면(畫圖省識春風面): 봄바람같이 고운 얼굴 대략[13] 그렸으나

⑥ 환패공귀야월혼(環珮空歸夜月魂): 옥패 두른 채로 달밤에 혼이 돌아오니

3, 4구에서 왕소군은 무덤에 남아 어둠속으로 사라질 운명이지만, 전(轉)에 해당하는 이 5, 6구에 와서 시는 대대적으로 전환된다. 모연수가 대충 그렸던 봄바람같이 화사한 소군의 진면목이, 그녀가 몸에 지녔던 패옥과 더불어 달밤의 혼(夜月魂)이 되어 고향으로 돌아온다는 것이다.

⑦ 천재비파작호어(千載琵琶作胡語): 천년의 비파소리 호인(胡人)의 말이로되

⑧ 분명원한곡중론(分明怨恨曲中論): 분명 원한이 노래 가운데서 하소연하리.

---

13 ⑤의 '생(省)'은 '생략(省略)'의 '생(省)'과 비슷한 경우로 '대략' '대충'을 뜻한다.(『杜詩詳註』1503면;『杜詩鏡銓』652면)

비파는 원래 호인(胡人)의 악기로, 소군은 되땅에 있을 때 비파를 타며 노래하였다고 한다.[14] 7, 8구는 소군의 혼이 고향으로 돌아와 원한의 노래를 천년 동안 부르고 있다는 내용이다. 두보는 마치 이 노래를 직접 들은 것처럼 '분명' 원한을 노래하고 있다고 단정적으로 시를 마무리했다. 한심한 군주가 어찌 왕소군을 되땅으로 보내 한스럽게 죽게 한 원제(元帝) 한 사람뿐이겠는가? 후세 많은 인재들이 황제로부터 버림을 받았고 두보역시 이에 뼈저리게 동감하는 바 있어 소군의 원한이 천년을 넘어 유전되고 있다고 노래하였던 것이다.

3. 「광야」 전반부: 녹야 원촌

왕소군이 오랑캐인 흉노의 땅으로 끌려가 죽음을 맞이하였듯이, 1943년 이육사는 왜(倭)에 의해 베이징으로 끌려가 죽음을 맞이하게 되었다. 죽음에 직면한 육사는 고향에서 태어난 때부터의 일생을 회고하였을 것이다. 그리하여 두보의 「영회고적(3)」이 왕소군의 고향 산수를 노래하는 내용으로 시작하듯이, 육사의 「광야」도 자신의 고향 산수를 노래하는 것으로 시작한다. 그리고 그 구절은 「영회고적(3)」의 제1구 '군산만학부형문(群山萬壑赴荊門)'과 일맥상통한다.[15]

사실 두보의 이 구절은 워낙 유명해서 판소리 「춘향가」의 첫 부분에도 등장한다.

---

14 『杜詩鏡銓』 652면.
15 두 시구가 서로 관련이 있다고 필자에게 알려준 이는 이육사의 외사촌 동생인 허술 선생이다(2016년 8월 24일 소공동 롯데호텔 커피숍).

영웅열사(英雄烈士)와 절대가인(絶對佳人)이 삼겨날 제 강산정기(江山精氣)를 타고 나는디, 군산만학부형문(群山萬壑赴荊門)에 왕소군(王昭君)이 삼겨나고 (…) 우리나라 호남좌도(湖南左道) 남원부(南原府)는 동으로 지리산, 서으로 적성강(赤城江) 산수정기(山水精氣) 어리어서 춘향이가 삼겼겄다.[16]

「춘향가」는 서두에서 자연의 정기를 받아 영웅호걸과 절대가인이 태어난다는 인걸지령(人傑地靈)을 노래하면서 두보의 '군산만학부형문(群山萬壑赴荊門)' 구절을 언급한다. 이어서 왕소군의 고향마을에 사마오산(紗帽山)과 샹시(香溪)가 있듯이, 춘향의 고향 남원에 지리산과 적성강[17]이 있음을 노래한다. 1935년경 육사는 신석초와 더불어 정인보의 집에 드나들면서 '조선학 운동'의 일환으로 "춘향전의 연구가 활발해지"는 것도 목도한 바 있어,[18] 춘향전 서두에 두보의 '군산만학부형문'이 나오는 것도 알고 있었을 것이다.

「광야」 2연에서는 고향의 산을, 3연에서는 강을 노래하였다. 2연의 "모든 산맥들이/바다를 연모해 휘달릴 때도/차마 이곳을 범(犯)하든 못하였으리라"라는 구절은 분명 두보의 "수많은 산과 골짜기 징면을 향해 달리는데/왕소군 나서 자란 마을 오히려 남아 있구나"를 변용한 듯 보인다. 다만 두보가 산맥들의 움직임을 그냥 '달린다(赴)'고 한 데 비해, 육사는 '바다를 연모해'라는 표현을 넣어 자연에 대한 감정이입이 더 강하고, '휘달릴 때'라고 하여 더욱 역동적이다.

이 2연에는『시경』의 「면수(沔水)」와 이를 변용한 두보 「장강(長江)」의

---

16 한국판소리연구회 편역『판소리 사전』(전자책), 유페이퍼 2016.

17 적성강은 섬진강의 상류로, 순창군 적성면 일대를 흐르는 구간을 적성강이라 부르고, 남원군 대강면에서부터는 섬진강이라고 한다.

18 신석초「이육사의 인물」, 외솔회 엮음『나라사랑』16집, 외솔회 1974, 103~104면.

구절 등이 활용되었을 것으로 짐작된다. 먼저 「면수」는 아래와 같이 시작한다.

면피유수(沔彼流水): 넘실넘실 흐르는 저 강물
조종우해(朝宗于海): 바다를 숭모하여 흘러가네[19]

제후가 봄에 천자를 알현하는 것을 조(朝), 여름에 알현하는 것을 종(宗)이라 하니, 조종(祖宗)은 끊임없이 천자를 존숭하여 알현하는 것을 의미한다. 「면수」의 이 구절은 강물이 결국 모두 바다로 흘러가듯 제후들도 결국 천자에게 귀의해야 한다는 의미이다. 두보는 「면수」의 이 구절을 변용하여 「장강(長江)」에서 구당협(瞿塘峽)의 세찬 물길을 다음과 같이 노래한 바 있다.

중수회부만(衆水會涪萬): 부주와 만주의 물길 모여
구당쟁일문(瞿塘爭一門): 구당협 한 골짝을 내리 치닫네
조종인공읍(朝宗人共挹): 천자를 알현하듯 모두 따르니
도적이수존(盜賊爾誰尊): 도적 무리 너희를 누가 높이랴[20]

구당협은 물길이 험난하기로 이름난 싼샤(三峽) 가운데 있으며, 부주(涪州)와 만주(萬州)는 그 주변 고을 이름이다. 두보는 권력에 눈이 어두워 살육전을 벌이는 당대의 현실을 개탄하면서, 모든 강물이 바다로 흘러가듯 모든 이들이 천자를 떠받들며 두 마음을 품지 말아야 한다는 생각에서 이 시를 지었다. 이육사는 '군산만학부형문(群山萬壑赴荊門)'의 '부(赴)'에다,

---

19 성백효 역주 『시경집전』 상, 전통문화연구회 2010, 426면. 번역은 필자가 수정하였다.
20 두보 「장강(長江)」, 『杜詩鏡銓』 572면.

'바다를 숭모하여 흘러간다(朝宗于海)'라는 표현과, 물살이 '내리 치닫는 (爭)' 등의 묘사를 참고하여, "모든 산맥들이/바다를 연모해 휘달릴 때도"라고 표현한 듯하다.

「광야」 2연 3행의 "차마 이곳을 범하든 못하였으리라"에 대해 필자는 '차마'라는 부사에 유의해서 이곳이 넓은 장소가 아니며 육사의 고향 원촌과 같은 산골이라고 주장한 바 있다.[21] 여기에서 '차마'는 「영회고적 (3)」 2구의 "왕소군 나서 자란 마을 오히려 남아 있구나"의 '오히려(尚)'에 상응한다. 다시 한번 말하건대, 광야 2연에서 묘사한 시적 공간은 만주와 같은 넓은 평야가 아니라 왕소군·춘향·육사의 고향과 같은 산골이다.

왕소군의 고향에 샹시(香溪)가 흐르듯, 산맥들이 '차마' 범하지 못한 육사의 고향에는 낙동강이 흐르고 있다. 육사가 속한 진성 이씨 가문은 15세기에 퇴계의 증조부 이계양(李繼陽)이 온혜(溫惠, 옛 이름은 溫溪)에 입향한 이후 대략 100년 간격으로 낙동강 강줄기를 따라 상계(上溪), 하계(下溪), 원천(遠川)〔또는 원촌(遠村)〕 마을을 열었다.[22] 마을 앞에 모두 낙동강 지류가 있어 마을 이름에 '계(溪)' 또는 '천(川)'자가 들어 있다. 육사는 고향마을을 열어준 낙동강에 대해 "나는 어린 마음에도 지상에는 낙동강이 제일 좋은 강이었고 창공에는 아름다운 은하수가 있거니 하면, 형상할 수 없는 한개의 자랑을 느끼곤 했다"[23]라고 고백한 바 있다. 「광야」 3연은 낙동강과 더불어 열어간 고향의 역사를 "끊임없는 광음을/부지런한 계절이 피어선 지고/큰 강물이 비로소 길을 열었다"라고 노래한다.

광야의 시적 공간은 이처럼 강을 끼고 펼쳐진 아름다운 산골인 이육사의 고향 원촌에서 비롯된 것이다. 원촌은 크고 작은 산줄기가 다섯갈래로

21 도진순 「육사의 유언, 〈광야〉: '죽어서도 쉬지 않으리'」, 388면.
22 이성원 『천년의 선비를 찾아서: 농암 17대 종손이 들려주는 종택 이야기』, 푸른역사 2008, 267~68면. 이하에서는 원촌(遠村)이란 지명을 사용한다.
23 이육사 「은하수」(1940. 10), 김용직·손병희 엮음, 앞의 책 173면.

뻗어내려와 있고 앞으로 낙동강 줄기가 비파의 줄처럼 흐르고 있어, 풍수에서는 신선이 다섯 손가락으로 거문고를 타는 형국인 '오지탄금형(五指彈琴型)'이라고 한다.[24] 육사의 동생 이원조도 「회향기(懷鄕記)」에서 고향 원촌의 산수를 특별하게 자부한 바 있다.

> 낙동강 칠백리 허구 많은 굽이에서도 깎아 세운 듯한 왕모성(王母城) 뿌리를 씻쳐 쌍봉(雙峰) 그림자를 감도는 사이에 패어진 작은 한 갈피가, 아직도 내 어린 기억을 자아내는 나의 고향이다. (…) 대강(大江)의 유역(流域)이란 한 굽이 도는 데마다 한 마을씩 남기는 것은 어디라도 다 같지마는, 우리 마을은 강가이면서도 강촌(江村)과 같이 비리(卑俚)하지 않았던 것이 나의 고향에 대한 한개의 프라이드이다. 연산(連山)이 둘리기를 호형(弧形)으로 되어서 그 산기슭에 백여호의 동네가 살고, 그 앞에는 뽕나무밭 조밭 담배밭이 평야와 같이 버러진데(펼쳐지는데), 다시 그 앞으로 느러진(늘어진) 느티나무 방축이 하늘을 찌를 듯이 절려섰다. (…) 이 방축 앞에 마치 비단을 빨아서 널어놓은 듯한 잔디밭. 석양나절이 되면 그 잔디밭에서 말 달리기를 한다고 모두 옷고름을 풀어서 곱비(고삐)라고 해가지고는, 타는 사람은 엎이고, 게다가 마부(馬夫)까지 끼워서, 말 노릇 하는 애가 당나귀 소리를 치면서 달음박질치는 것은 제법 옛이야기 같기도 하다.[25]

이원조가 자부한 고향 원촌의 모습은 「광야」 2~3연의 묘사와 일치한다. "연산이 둘리기를 호형으로" 된 모습이 2연의 "모든 산맥들이/바다를 연모해 휘달릴 때도/차마 이곳을 범하든 못하였"던 모습이며, "낙동강 칠

---

24 이동영 『한국독립유공지사열전』, 육우당기념회 1993, 24면.
25 같은 책 25면.

백리 허구 많은 굽이에서도 깎아 세운 듯한 왕모성 뿌리를 씻쳐 쌍봉 그림자를 감도는 사이에 패어진 작은 한 갈피"라는 표현은 "큰 강물이 비로소 길을 열었다"는 3연의 풍경과 일치한다. 이렇게 보면 「광야」 1연 "까마득한 날에/하늘이 처음 열리고/어데 닭 우는 소리 들렸으랴"라는 천지창조의 신비스러운 순간은 고향의 아름다운 산하를 노래하는 2~3연의 웅장한 서막과 같은 것이다.

이육사는 고향의 이러한 아름다운 모습을 수필에서 '요람' '영원한 내 마음의 녹야(綠野)' 등으로 표현하였는데, 이는 물론 빼어난 산수 때문만은 아니었다. 그 '요람' '녹야'의 한가운데에는 육사의 생애에서 가장 중요한 스승인 할아버지 치헌(痴軒) 이중직(李中稙, 1847~1916)이 있었다. 1920년 16세의 육사는 대구로 나간 이후 근대학문을 본격적으로 접하고자 일본과 중국으로 유학까지 다녀왔지만, 한번도 정식과정을 제대로 이수한 적은 없다. 육사에게 교육은 고향에서 할아버지로부터 받은 가학(家學)이 가장 중요한 것이었다.

할아버지 이중직은 육사가 태어나기 전부터 이미 서울을 오가며 망국의 시세를 우려하였다. 고향에서 그는 도산서원을 중심으로 하는 진성 이씨 가문과 인근 유림들로부터 두터운 신망을 얻고 있었고, 손자들의 교육에 남다른 열의와 능력을 보였다. 육사의 여러 수필에서 볼 수 있듯이, 할아버지는 손자들에게 때로는 장원을 뽑는 과거(科擧)시험 형식으로, 때로는 좋은 인장(印章) 재료를 상품으로 내놓으면서, 사서삼경 등 경전은 물론이고 한시와 서예까지 가르쳤다. 그리하여 원촌에는 밤중의 길거리에서도 아이들의 글 외는 소리가 들렸다고 한다.

글을 짓고 고르고 장원례를 내고 하면, 강가에 가서 목욕을 하고 석양에는 말을 타고 달리고 해서, 요즘같이 스포츠란 이름이 없을 뿐이었지 체육에도 절대로 등한히 한 것은 아니었다. 그리고 저녁 먹은 뒤에는 거리로 다니며 고시(古詩) 같은 것을 고성 낭독을 해도 풍속에 괴이할 바 없었다. 그뿐만 아니라 명랑한 목소리로 잘만 외이면 큰사랑 마루에서 손(손님)들과 바둑이나 두시던 할아버지께선 "저놈은 맹랑한 놈이야" 하시면서 좋아하시는 눈치였다.[26]

할아버지 이중직은 또 여름철 밤에 손자들을 강변으로 데리고 가서 별자리 등 천문(天文)을 자상하게 가르쳤으며, 집에 옥매화·분홍매화·국화 등 각종 꽃으로 '작지 않은 화단'도 가꾸어[27] 손자들이 일년 내내 꽃을 즐기게 하는 정서교육도 배려하였다. 육사는 고향에서 할아버지로부터 배운 이러한 가학(家學)의 경험을 아름다운 '동년(童年)의 추억'으로 평생 그리워하였다.[28] 반면, 그것을 잃어버린 것을 "국화가 만발할 화단도 나는 잃었고" "사랑하는 나의 은하수를 잃어버렸"다며 통탄하였다.[29] 그것을 잃어버린 것이 다름 아닌 '광야'인 것이다.

4. 광야로의 전환: 죽음, 투옥, 가난

「광야」의 1~3연에서 '녹야'를 노래했다면, "지금 눈 나리고"로 시작하는 4연(轉)에서 시는 돌연 전환하여 삭막한 '광야'를 노래한다. 이 대대적인 전환을 이해하기 위해서 이육사의 광야로의 진입과 그 신산한 삶에 대한 이해가 필요하다.

육사의 기억에서는 할아버지 이중직의 보금자리 안에서 자란 어린 시

---

26 이육사 「은하수」, 김용직·손병희 엮음, 앞의 책 171~72면.
27 이육사 「전조기(剪爪記)」(1938. 3), 같은 책 148~49면.
28 이육사 「은하수」, 같은 책 172~73면.
29 이육사 「계절의 오행」(1938. 12) 「은하수」, 같은 책 152면, 174면.

절은 아름다운 녹야의 추억으로 가득했다. 그러나 육사의 실생활은 어려서부터 '눈물'과 '피'로 얼룩져 있었다. 실제 그는 아주 어렸을 때 이미 고향이 광야로 바뀌는 전조를 경험한 적이 있다. 그것은 '평생에 처음 되는 여행'이었다.

　내가 아주 어렸을 때 그것은 어느해 가을이었나이다. 그해 가을 우리 동리에는 무슨 큰 변이 났다고 해서 모두들 산중으로 자기 집 선영(先塋)이 있는 곳이나 또는 농장(農莊)이 있는 곳으로 피난을 가는 것이었고, 그때 나도 업혀서 피난을 갔었는데, 그것이 아마 지금 생각하면 평생에 처음 되는 여행이었습니다.[30]

이육사가 아주 어린 시절 '돌이'라는 하인에게 업혀 산중으로 피난 가게 된 연유는 그가 태어나기 이전부터 시작된 진성 이씨 집안의 의병활동과 관련된다. 그 일을 선도한 인물은 할아버지 이중직의 숙부인 향산(響山) 이만도(李晩燾, 1842~1910)였다.

퇴계의 11대 후손인 향산은 1866년 25세 때 과거에 장원으로 급제하였고, 이로 인해서 향산 집안은 3대 문과급제의 명문(名門)으로 진성 이씨 문중의 기둥이 되었다. 향산은 급제 후 10여년간 청요직의 벼슬생활을 했지만 1882년에 낙향하였고, 을미년(1895년) 명성황후 시해사건과 단발령 이후 고향 예안지역의 의병장으로 활동했다. 당시 일본군은 의병의 주도세력이 진성 이씨 문중이라 보고 상계(上溪)에 있는 퇴계 종택에 불을 질러 가옥 일부와 서책들을 불태웠다.[31] 경북 안동지역에서 퇴계 종택과 도산서원이 지닌 특별한 의미를 생각하면 이것은 그야말로 난리였다.

---

30 이육사 「계절의 오행」, 같은 책 158면.
31 김희곤 『안동 사람들의 항일투쟁』, 지식산업사 2007, 142면; 박민영 『향산 이만도: 거룩한 순국지사』, 지식산업사 2010, 83~84면.

이육사가 태어난 이듬해인 1905년에 을사늑약이 체결되자 향산은 을사오적 처단과 조약 파기를 요구하는 상소를 올린 후 스스로 죄인을 자처하며 악의악식(惡衣惡食)으로 선조의 묘역을 전전하며 통곡했다. 1907년 8월 군대 해산을 계기로 의병전쟁이 전국적으로 전개될 때, 육사의 고향 예안 지역에도 다시 의병활동이 일어났다. 이때 진성 이씨 문중에서 의병을 지원한 것이 빌미가 되어 그해 9월 말경 일본군이 야밤에 퇴계 종택의 기념비적인 건물인 추월한수정(秋月寒水亭)을 방화하고 동리에 불을 질렀다.[32] 육사가 세살 때 일어난 이 난리로 해서 예안 일대의 주민들은 사방으로 피난을 갔다. 육사의 '평생에 처음 되는 여행'이란 이 피난일 것이며, "눈물을 흘리지 않는 사람이 되리라고 배운 것이 세살 때부터 버릇"[33]이라는 말도 이 난리와 무관하지 않을 것이다.

이육사의 고향 일대가 광야로 바뀌게 된 본격적인 계기는 육사가 여섯 살 때(1910년) 겪은 경술국치와 향산 이만도의 자정순국(自靖殉國)이었다. 향산의 순국은 장엄했고, 안동 일대의 항일운동에 커다란 영향을 끼쳤다. 향산의 생가가 있는 하계(下溪)마을은 무려 25명의 독립운동가를 배출한 성지가 되었고, 안동시는 우리나라에서 독립운동가를 가장 많이 배출한 지역이 되었다. 향산의 자정순국은 전설처럼 구전되며 한국 독립운동의 거대한 뿌리가 되었다.

육사의 할아버지 이중직은 향산의 순국을 어떻게 보았을까? 향산 이만도의 단식이 일주 차 되던 10월 1일(음력 8월 28일) 토요일 '족질 중직'이 문후하였다.[34]

---

32 「禍及先正」, 『대한매일신보』 1907. 10. 8; 박민영, 앞의 책 83~84면, 92~93면.
33 이육사 「계절의 오행」, 김용직·손병희 엮음, 앞의 책 150면.
34 향산 이만도의 순국과정을 기록한 「청구일기」 한글 번역본에는 '이중직(李中稙)'이란 이름이 없다. 그러나 한문 원문의 '중직(中稙)'이 한글 번역본에서 '중식(中植)'으로 잘못 기록되어 있음을 알 수 있다.

선생〔향산〕은 힘써 일어나 바로 부축을 받으며 앉고는 서로 헤어지는 마음을 두루 말하였다. 중직은 눈물을 흘리며 세상일을 대략 아뢰었다. 선생 역시 눈물을 머금으며, 중직의 눈물을 그치게 했다.[35]

'중직이 세상일을 대략 아뢰었다'라고 한 것으로 봐서, 이중직이 경향〔京鄉〕 간의 시국에 대해서 두루 알고 있었음을 짐작할 수 있다. 중직은 족질이긴 하지만 향산보다 겨우 다섯살 아래이니 두 사람은 동시대에 대해 서로 공감하는 바가 많았을 것이다.

이중직은 그곳에서 밤을 보냈다. 다음날 물러나면서 중직이 "지금 공의 일은 오늘날에도 견줄 데가 없을 뿐 아니라, 만대에 찬사가 있을 것입니다"라고 인사하니, 향산은 "어찌 감당할 수 없는 말을 하느냐?" 응답하였다. 향산 서거 후 중직은 "죽은 자〔향산〕는 천추에 빛나리〔死者百千秋〕"라는 만사를 바쳤다.[36]

향산의 생가가 있는 하계마을에서 당재라는 작은 고개만 넘어가면 바로 이육사의 생가가 있는 원촌〔遠村〕이다. 1910년 향산의 자정순국과 진성 이씨 가문의 비극과 울분은 이웃마을에 살던 어린 육사에게도 많은 영향을 끼쳤다. 나중에 육사는 "내 집안이 대대로 지켜온 이 땅에는 말도 아니고 글도 아닌 무서운 규모가 우리들을 키워주었습니다"라고 고백하기도 하였다.[37]

향산 이만도로 대표되는 진성 이씨 가문의 이러한 독립운동은 결국 이육사를 민족운동으로 끌어들이는 계기로 작용하였다. 육사는 일본 유학

35 이만도 『향산전서(響山全書)』 하, 한국국학진흥원 국학자료부 엮음, 한국국학진흥원 2007, 373면, 411면.
36 같은 책 107면, 374면, 412~13면.
37 이육사 「계절의 오행」, 김용직·손병희 엮음, 앞의 책 151면.

을 갔다가 실망해 1925년 대구로 돌아온 뒤, 그곳에서 형제들과 같이 이정기(李定基, 1898~1951)를 만나 비밀결사에 참여하면서 민족운동에 투신하게 된다. 이정기는 김창숙이 주도했던 1919년의 '빠리 장서운동(長書運動)'에 최연소자로 서명한 이로, 그의 할아버지 이덕후(李德厚, 1855~1927)도 그 서명에 참여하여 할아버지와 손자가 같이 서명한 기록을 남기기도 했다. 그런데 이정기의 할머니, 즉 이덕후의 부인은 향산 이만도와 같은 진성이씨 하계파(下溪派)이자 같은 항렬인 이만협(李晩協)의 딸이기도 하다.[38] 하계마을 이만협의 외증손자인 이정기가 이웃마을 원촌(遠村)의 이원기, 이육사, 이원일 삼형제를 독립운동으로 끌어들인 것이다.

이정기는 이육사의 맏형 이원기보다 한살 위이니, 육사 형제는 든든한 맏형을 새로 얻은 듯했을 것이다. 1926년 육사는 이정기와 함께 베이징에 다녀왔고, 이듬해 1927년 가을 이정기 및 형제들과 같이 장진홍의 '대구 조선은행 폭탄사건'으로 투옥되어 곤욕을 치르기도 했다. 바야흐로 육사도 '광야'의 한가운데로 들어선 것이다.

광야로 들어선 생활에는 일제의 탄압과 구속뿐만 아니라, 극심한 궁핍이 따라다녔다. 육사 집안의 극빈은 단순한 가난이 아니었다. 원촌에서의 녹야 시절 육사 집안은 가난하지 않았다. 육사가 어린 시절 밤에 "집안 어른을 뵈러 가도 떳떳이 등롱(燈籠)에 황촉불을 켜서" 용(龍)이나 분이(粉伊)에게 들게 하였고, 돌이에게 업혀 산으로 피난 갔다는 언급에서 알 수 있듯이, 당시 육사 집안은 하인도 몇명 거느리고 살았다.[39]

그러나 육사의 할아버지 이중직은 1910년 경술국치를 당하자 하인들을 불러 "내가 군주 없는 몸이 되었는데, 어찌 너희들에게 상전(上典)이라는

---

38 이만협에 대해서는 『진성이씨상계파세보(眞城李氏上溪派世譜)』 상권, 도산서원 1986, 403면 참조. 이덕후에 대해서는 이우성 찬(撰) 「면와처사벽진이공묘갈명(勉窩處士碧珍李公墓碣銘)」, 『이우성 저작집 제6권: 碧史館文存(下)』, 창비 2010, 184면 참조.
39 이육사 「계절의 오행」, 김용직·손병희 엮음, 앞의 책 151면, 158~59면.

소리를 듣겠는가" 하고는 문서를 불태우고 모두 해방시켜주었다.[40] 그는 존경하는 숙부 향산이 음식을 끊고 자정순국하였을 때, 족질로서 악의악식(惡衣惡食)을 결심했을 것으로 보인다.

할아버지 이중직의 이러한 결단을 이해하면, 음력 1936년 11월 18일 어머니 허길의 수연(壽宴) 때 육사 5형제가 「빈풍칠월」 병풍을 헌상하면서, 발문에서 결혼한 이후 "스스로 가난하게 살지 못한(不遵貧)" 것을 송구해한 연유를 짐작할 수 있다.[41] 육사 형제들은 돈을 많이 벌지 못해서가 아니라 더 가난하게 살지 못해 송구하다고 하였으니, 육사 집안의 가난은 망국의 후예로서 견지해야 할 준칙 같은 것이었다. 육사가 1941년 늦게 얻은 귀한 외동딸의 이름을 '비옥하게 살아서는 안된다'라며 '옥비(沃非)'라 지은 것도 같은 연유일 것이다.

물론 투옥과 극빈의 생활은 결코 쉬운 일이 아니다. 그 처참한 실상은 이육사와 그의 형이 남긴 여러 사신(私信)에서 구체적으로 엿볼 수 있다. 그중에서 음력 1930년 12월 24일(양 1931년 2월 11일), 설날을 며칠 앞두고 육사의 맏형 이원기가 증고종숙(曾姑從叔) 이영우(李英雨)에게 보낸 한문서신(권두 화보의 [그림 17])을 보면 아래와 같다.

저희 어머님은 달포나 몸이 편치 못하시며, 두 아우는 대구격문사건 혐의로 20일 전 대구경찰서에 검거되었다가, 셋째 원일(源一)은 어제저녁 병든 몸으로 돌아왔습니다. 아우가 돌아온 것은 기쁘지만, 의사가 진단하니 병세가 만만치 않다 하니 걱정입니다. 더욱이 둘째 활군(活君) [육사]이 옥살이하는 정황을 탐문해보니 고통이 보통이 아니고 감방에

---

40 이규호 「승훈랑장릉참봉치헌이공행장(承訓郎章陵參奉痴軒李公行狀)」, 『우송문고(友松文稿)』, 뿌리문화사 2002, 542면.

41 도진순 「육사의 〈청포도〉 재해석: '청포도'와 '청포', 그리고 윤세주」, 『역사비평』 2016년 봄호(114호) 449면.

서 병들어 누웠다고 합니다. 그 위독한 것은 말하지 않아도 알 만하니, 이 왜놈들은 도대체 어떤 인간들입니까(此何人斯)?[42]

더욱이 흉년으로 땅은 황폐해지고, 양친과 형제들은 혹은 병석(病席)에, 혹은 감옥(板屋)에 있으며 의사를 불러 약을 쓰는 것은 생각도 못하니, 못난 이놈의 불효와 형답지 못함은 다시 거론할 것도 없습니다. 그러나 이따위 세상에서는 비록 부처가 살아 있다 해도 막다른 길에서 통곡할 뿐 헤어날 수 없을 것이니,[43] 차라리 확 죽어버리는 것이 나을 것 같습니다.[44] 아! 생명을 부지한다는 것이 이처럼 고통스럽습니까?[45]

육사의 형 이원기는 육사보다 다섯살 위로, 1920년 대구로 이사한 이후 사실상 가장(家長) 역할을 하고 있었다. 극빈한 가문을 이끌던 그의 「절명시(絶命詩)」가 남아 있는데, 그 결련은 다음과 같다.

장야만만인미식(長夜漫漫人未識): 캄캄한 밤 길고 길어 사람들이 알지 못하니

---

42 '차하인사(此何人斯)'는 『시경(詩經)』 「소아(小雅)」에 나오는 시 「피하인사(彼何人斯)」(성백효 역주 『시경집전』 하, 전통문화연구회 2010, 84~87면)에서 가져온 구절이다.

43 원문은 "유수활불 지읍도궁 방황무로(有雖活佛 只泣途窮 彷徨無路)"이다. 불교에 "비록 부처가 살아 있다 해도 어찌할 방도가 없다(雖有活佛 亦末〔莫〕如之何矣)"라는 말이 있는데, 편지의 '유수활불(有雖活佛)'은 '수유활불(雖有活佛)'과 같은 의미이다. '읍도궁(泣途窮)'은 죽림칠현의 완적(阮籍)이 쓴 "막다른 길에서 통곡했다(途窮而哭)"라는 구절에서 온 것으로, 어찌할 방도가 없는 절망의 극한을 의미한다. 두보의 시에 등장하는 '궁도곡(窮途哭)' '도궁곡(途窮哭)' '곡도궁(哭窮途)'도 같은 의미이다.

44 원문은 '반불여합연지위유야(返不如溘然之爲愈也)'이다. '합연(溘然)'은 갑작스럽게 죽는 것이고, '喩'는 '愈'가 타당하다. '지위유야(之爲愈也)'는 '~하는 것이 더 좋다'라는 뜻이다.

45 이원기 간찰(1930. 12. 24). 번역은 필자가 완전히 새로 한 것이다. 간찰의 사진과 번역은 http://m.cafe.daum.net/lhl0775/OiHu/298?listURI=%2Flhl0775%2F_rec%3Fpage%3D3 참조.

수장이뢰차황경(誰將利耒此荒耕): 누가 날카로운 쟁기로 이 황무지(광
야)를 갈아엎을꼬[46]

여기서 '이 황무지(此荒)'란 다름 아닌 식민지 조선이며, 육사의 표현에
의하면 바로 '눈 내리는 광야'이다. 형 이원기는 '누가 날카로운 쟁기로
이 광야를 갈아엎을꼬'라며 탄식·열망하였는데, 동생 육사는「광야」로 이
에 응답한 셈이다.

5.「광야」후반부: '내' '노래'

1940년대에 들어와 식민지 조선의 상황은 더욱 암담해졌고, 이육사의
생활도 갈수록 악화되었다. 게다가 1941년 늦여름에는 폐병이 발생하여
요양을 해야 했다. '나쁜 일은 혼자 오지 않는다'고 다음해 6월 12일(음력
4월 29일) 어머니가 세상을 떠났으며, 연이어 8월 24일(음력 7월 13일) 가장인
형 이원기마저 사망하였다. 이제 육사는 남은 4형제를 이끄는 가장이 되
었지만, 병든 몸이라 외숙 허규(許珪)가 있는 수유리로 가서 요양을 해야
하였다.

그후 육사는 "병이 거의 치경(治境)에 이르렀"지만 "끝끝내 정섭(靜攝)
하지 않고" 동생 이원조가 그처럼 만류했음에도 "성을 내다시피 하고 돌
연히" 베이징으로 떠났다.[47] 베이징에서 육사는 1942년 6월 초 타이항산
(太行山)에서 장렬하게 순국한 동지 윤세주의 소식을 들었을 것이다.

이렇듯 1943년 육사는 눈보라 치는 광야에 병든 몸으로 홀로 남게 되었

---

46 이원기「절명시」의 일부분(이동영, 앞의 책 66면)으로 번역은 필자가 수정하였다.
47 이원조 엮음『육사시집』, 서울출판사 1946, 69면.

다. 1943년 봄 베이징에서 우연히 육사를 만났던 백철의 회고에 의하면, "육사의 인상은 옛날대로 머리에 기름을 발라 올백으로 빗어 넘기고 빨간 넥타이를 매고 했으나, 어딘지 얼굴이 초췌하고 해서 혹시 가슴이라도 나쁜 것이 아닐까 하고 생각될 정도로 얼굴빛이 창백했다"[48]라고 한다.

그해 여름 육사는 어머니와 형의 1주년 제사인 소상(小祥)에 참여코자 귀국하여 고향 원촌을 방문하였고, 서울로 되돌아왔을 때 체포되었다. 이후 베이징으로 압송되어, 이듬해(1944년) 1월 16일 일제 영사관 지하 감옥에서 순국하였다. 이때 남긴 유작이 「광야」인데, 4연에 이르러 '지금 눈 내리는 여기'를 노래한다.

　　지금 눈 나리고
　　매화향기 홀로 아득하니
　　내 여기 가난한 노래의 씨를 뿌려라

이 「광야」 4연은 두보의 「영회고적(3)」과 시공간적으로 흥미로운 대비를 이룬다.

　　③ 한번 대궐을 떠나 북녘 사막으로 가게 되니
　　④ 홀로 푸른 무덤에 남아 황혼을 향하리라

「영회고적(3)」의 3구가 왕소군의 공간적 이동을 통해 낙원(紫臺)과 광야(朔漠)를 구분하였다면, 육사의 「광야」는 동일 공간인 고향을 시간의 흐름에 따른 상반된 이미지로 구분하였다.

고향을 낙원과 실낙원이라는 상반된 이미지로 그린 육사의 또다른 시

---

48 백철 『續·진리와 현실: 문학자서전(2부)』, 박영사 1976, 224면.

로 「자야곡(子夜曲)」(1941. 4)이 있는데, 여기에도 왕소군의 무덤인 청총(靑塚)의 이미지가 이면에 깔려 있다. 「자야곡」의 첫 연과 마지막 6연에서는 다음의 구절이 반복된다.

수만호(수마노) 빛이래야 할 내 고향이언만
노랑나븨도 오쟎는 무덤 우에 이끼만 푸르리라[49]

'수마노(水瑪瑙)'는 보석 마노(瑪瑙)의 일종으로 물빛인 푸른색으로, 육사의 고향은 예전에 푸른 수마노빛 풀과 아름다운 꽃이 가득하여 온갖 나비가 찾아왔다는 것이다. 그러나 식민 치하의 수탈당하는 고향은 그 본래 면목인 수마노빛을 잃어버려 흔한 노랑나비도 오지 않는다고 한탄한다. 특히 2행에서 "무덤 위에 이끼만 푸르리라"고 함으로써 왕소군의 무덤인 '청총(靑塚)'과 고향을 비교하고 있다. 다시 말해 원래 녹야였던 육사의 고향은 이제 무덤에 푸른 이끼만 있어 꽃은커녕 노랑나비도 오지 않아, 풀과 꽃의 청총이 있는 되땅보다 못한 곳이 되어버렸다는 것이다. 이것이 바로 '광야(曠野)'인 것이다.

육사의 「광야」는 4연에서 대대적으로 전환되는데, 이 전환을 주도하면서 시의 눈(詩眼)이 되는 표현이 바로 4연의 처음에 등장하는 '지금'이다. 루쉰(魯迅)은 "'현재(지금)'야말로 시간의 본질"임을 노래한 바 있다.

어떤 이가 말한다, 미래가 현재보다 낫다.
어떤 이가 말한다, 현재는 이전보다 훨씬 못하다.
어떤 이가 말한다, 뭐라고?
시간이 말한다. 그대들 모두가 나의 현재를 모욕하고 있군요.

---

49 이육사 「자야곡」(부분), 박현수 엮음, 앞의 책 149면.

이전이 좋으면 혼자 돌아가면 되오.

미래가 좋으면 나와 함께 앞으로 나아가면 되오.[50]

「광야」 4연은 '지금'으로 시작하여, 저 아득한 역사를 지닌 '녹야'가 '눈 내리는 여기'의 '광야'로 전환된다. 육사는 소설 「황엽전(黃葉錢)」(1937. 10~11)에서 눈보라 치는 광야에서 '엎어지락자빠지락' 전진하는 사람들을 묘사한 바 있다.[51] 이들은 육사의 '또다른 자아'라 할 수 있는데, 이 장면은 루쉰의 「과객(過客)」을 연상시킨다. 루쉰은 자신의 「과객」에 대해 다음과 같이 설명한 바 있다.

「과객」의 의미는 보내신 편지에 언급하신 바와 같이 앞에 무덤이 있다는 것을 뻔히 알면서도 기어이 나아가는 것, 즉 절망에 반항하는 것입니다. 절망에 반항하는 것은 어려운 것으로서, 희망 속에서 싸우는 것보다 훨씬 용맹하고 더욱 비장하다고 생각하기 때문입니다.[52]

'절망에 반항하는 것'이 루쉰 문학의 핵심철학이라 할 수 있다.[53] 「과객」과 마찬가지로 육사의 「광야」는 지하 감옥의 쇠창살 안에서 자신의 죽음이 보이는 절박한 순간에, '내'가 '지금' '눈 내리는 절망의 여기'에 맞서 저항하며 "가난한 노래의 씨를 뿌리"는 시이다. 그리하여 결련에 이르러 「영회고적(3)」과 「광야」는 서로 다른 방향으로 현격하게 멀어진다.

---

50 루쉰 「사람과 때(人與時)」(부분), 『루쉰, 시를 쓰다』, 김영문 옮김, 역락 2010, 207~208면.

51 이육사 「황엽전」, 김용직·손병희 엮음, 앞의 책 100~101면; 이 책 230면.

52 루쉰 「致趙其文」(1925. 4. 11), 『노신선집(4): 서간문·평론』, 노신문학회 옮김, 여강출판사 2004, 473면. 번역은 필자가 원문을 참작하여 수정하였다.

53 왕후이(汪暉) 『절망에 반항하라: 왕후이의 루쉰 읽기』, 송인재 옮김, 글항아리 2014 참조.

⑥ 옥패 두른 채로 달밤에 혼이 돌아오니

⑦ 천년의 비파 소리 호인(胡人)의 말이로되

⑧ 분명 원한이 노래 가운데서 하소연하리.

다시 천고의 뒤에

백마 타고 오는 초인이 있어

이 광야에서 목 놓아 부르게 하리라.

두 시의 결련은 모두 죽은 자가 돌아와 노래를 부른다는 점에서는 동일하다. 그러나 「영회고적(3)」은 두보가 700여년 전에 죽은 제삼자(왕소군)의 노래를 전달하는 입장이라면, 「광야」는 '내'가 '지금' '여기'에서 직접 "가난한 노래의 씨를 뿌리"고, 죽고 난 이후에도 다시 "백마 타고 오는 초인"으로 돌아와 이 노래를 영원히 "목 놓아" 부르겠다고 선언한다.[54] 즉, 「영회고적(3)」의 시적 화자가 과거 역사의 전달자라면, 「광야」의 시적 화자는 지금의 현실에 적극 개입하고자 하는 능동자(能動者)인 것이다.

「광야」의 이러한 차이는 '지금' '여기'의 '현실'(reality)을 기어코 변혁하려는 혁명에 대한 육사의 '진정성'(sincerity)에서 비롯된다고 할 수 있다. 똘스또이는 예술에서 가장 중요한 것은 '진정성'이며, 이것은 학교에서 가르칠 수 있는 것이 아니라 예술가의 참된 생활에서 나오는 것이라고 강조한 바 있다.[55] 육사 역시 「질투의 반군성(叛軍城)」(1937. 3)에서 이러한 '씬세리티'의 핵심적 의의에 동감하면서 자신과 같이 일정한 생활이 없는 사람에게 "무슨 '씬세리테'가 있겠습니까"라고 하면서 자기 나름의 독특한 씬세리티 또는 참생활에 대해 다음과 같이 말하였다.

---

54 '백마 타고 오는 초인'에 대해서는 도진순 「육사의 유언, 〈광야〉: '죽어서도 쉬지 않으리'」, 396~400면 참조.

55 똘스또이 『예술이란 무엇인가』, 동완 옮김, 신원문화사 2007, 159면, 199~202면.

그러나 "생활이 없다"는 순간이 오래오래 연속되는 동안 그것이 생활이라면 그것을 구태여 부정하고 싶지도 않습니다. 뿐만 아니라 거기는 한걸음 나아가, 남이 긍정하는 바를 내가 긍정해서 남의 위치를 침범하는 것보다는, 차라리 내가 부정할 바를 부정한다는 것은, 마치 남이 향락할 바를 내가 향락해서 충돌이 생기고 질투가 생기는 것보다는, 다른 어떤 사람도 분배를 요구치 않는 고민을 나 혼자 무한히 고민한다는 것과 같이, 적어도 오늘의 나에게는 그보다 더 큰 향락이 없을는지도 모르는 것입니다.[56]

요컨대, 투옥과 가난과 빈곤에 허덕이면서 일반인과 같은 생활이 없는 삶이 자신의 참생활이라는 것이다. 한걸음 나아가 식민 치하에서 남들과 같이 이해관계를 다투는 생활이 아니라, "다른 어떤 사람도 분배를 요구치 않는 고민"을 "무한히 고민하는 것"이 자신의 최대 '향락'이라는 것이다. "다른 어떤 사람도 분배를 요구치 않는 고민", 이것은 항일혁명의 길을 은유적으로 표현한 것이다. 따라서 육사의 참생활은 '혁명'과 결합되며, 그에게 진정성(sincerity)이란 혁명과 함께하려는 열정을 의미한다.

우리는 이 사실을 육사의 「루쉰 추도문」(1936.10. 23~29)에서도 확인할 수 있다(권두 화보의 〔그림 30〕 참조). 여기서 육사는 "뼈에 사무치고도 남을 만한 시사(示唆)!"[57]라며 루쉰의 '창작 모랄(moral)'에 절대적 동감을 표현하였다. 그것은 참된 현실 또는 혁명과 맥박 및 생명을 같이하려는 '혁명적 진정성'이라고 할 수 있다.[58] '지금' '여기'의 '현실'(reality)을 정시(正

---

56 이육사 「질투의 반군성(叛軍城)」, 김용직·손병희 엮음, 앞의 책 137면.
57 이육사 「루쉰 추도문」, 같은 책 219면
58 홍석표 『루쉰과 근대 한국: 동아시아 공존을 위한 상상』, 이화여자대학교출판문화원, 2017, 19면, 238~39면.

視)하면서, 그것을 갈아엎을 혁명과 맥박 및 생명을 같이하려는 육사의 진정성이 「광야」에서 두보의 「영회고적(3)」과는 달리 '내' '노래'라는 표현을 하게 했던 것이다.

이러한 혁명적 진정성을 지닌 육사의 문학적 여정은 '암흑'과 '폭우' 속에서 "가시넝쿨에 엎어지락자빠지락" 걸어가야만 하는 험난한 여정이었으며,[59] 「광야」에서 눈보라 치는 '여기'에 '지금' "노래의 씨를 뿌리"는 것으로 표현되었다. 일찍이 육사는 혁명적 진정성에 기초해 '행동이 되는 시를 쓸지언정 유언은 쓰지 않겠다'고 다짐하였다.[60] 그러니 육사의 유언인 「광야」는 '말'이 아니고 '행동의 연속'이 되어야 했다.

그 행동이 바로 4, 5연의 '내' '노래'이다. 노래는 불리지 않으면 행동이 될 수 없다. 따라서 4연에서 '내'가 삶의 마지막 순간인 '지금' '여기'에 "가난한 노래의 씨를 뿌리"는 것만으로는 '행동의 연속'이 될 수 없다. '내'가 5연에서 '다시' '백마 타고 오는 초인'이 되어 그 '노래'를 목 놓아 불러야 '행동의 연속'이 될 수 있다. 절망에 반항하고 죽음을 뛰어넘어서 '행동의 연속'을 열망한다는 것, 그것이 「광야」의 '내' '노래'가 지니는 최대의 특징일 것이다.

6. 맺음말

「광야」라는 한편의 시에는 할아버지 때부터 육사 자신에 이르기까지 '광야'에서 겪은 눈물과 피의 현실에 기어코 맞서며 저항하겠다는 진정성과 더불어, 동서양의 광활한 문학세계를 넘나들면서 자신의 노래를 영원

---

59 이육사 「질투의 반군성」, 김용직·손병희 엮음, 앞의 책 137면.
60 이육사 「계절의 오행」, 같은 책 162면.

으로 연결시키려 한 몸부림이 도저하게 남아 있다. 필자는 「광야」의 시세계가 두보의 "문장은 천년을 간다(文章千古事)"라는 구절과, "죽어서도 쉬지 않으리라(死不休)"라는 구절을 결합한 듯 깊고 아득하다고 언급한 바 있다.[61]

그러나 지금까지 살펴본 바와 같이 이육사의 시세계는 두보와 확연히 다른 면이 있다. 두보가 현실과 역사의 비극적 현장에 대한 충실한 전달자였다면, 육사는 식민 치하에서 민족혁명운동에 직접 뛰어들고자 하였으며, 자신의 시와 노래가 행동이 되어야 한다고 확신하였다.

이러한 차이는 두 시인의 시세계 전반에 걸쳐 확인된다. 두보가 난신적자라고 규탄한 '청포백마(靑袍白馬)'를, 육사는 「청포도」(1939. 8)에서 윤세주와 같은 긍정적인 민족혁명가의 이미지로 대거 변환해 사용하였다.[62] 육사의 「광야」는 두보의 「영회고적(3)」과 비슷하게 시작하지만, 시의 결말은 전혀 다르게 귀결된다. 그 동력은 다름 아닌 눈물과 피의 현실에 맞서면서 이를 기어코 변혁하려 하였던 육사의 진정성일 것이다.

「청포도」와 「광야」는 이러한 공통점에도 불구하고 큰 차이가 있다. 「청포도」가 청포(靑袍)를 입고 오는 손님을 맞이하기 위한 향연, 즉 일종의 희망을 노래하였다면, 「광야」는 일제 지하 감옥의 쇠창살 안에서 자신의 죽음이 앞에 보이는 절망적인 순간, 현실에 저항하면서 부른 '내' '노래'라고 할 수 있다. 루쉰의 말을 빌려 표현하면, 「청포도」가 '희망 속에서 싸우는 것'을 노래하고 있다면, 「광야」는 '절망에 반항하는 것'이어서 "훨씬 용맹하고 더욱 비장하다"고 할 수 있다.

---

61 이 책의 249면 참조.
62 이 책의 "Ⅱ. 「청포도」와 향연" 참조.

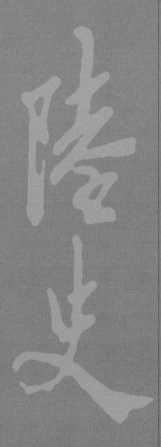

書劍

서검 40년, 이육사 연보

일러두기

1. 나이는 만 나이로 표기하였다. 이육사가 시나 수필에서 언급한 자신의 나이를 여기서는 일단 만 나이로 보았지만, 한살 더 많은 한국식 나이일 수도 있다.

2. 이육사의 내면을 유추할 수 있도록 해당 사건과 관련이 있는 육사의 수필이나 시 구절을 인용하였다.

3. 이육사의 동선(動線)과 활동을 이해할 수 있도록 관련된 주요 인물의 활동내용을 함께 넣었다.

4. 연보에서 필요한 경우 출처를 밝히고, 면수를 표기하였다. 출처는 대부분 '이동영, 24'처럼 편자 또는 저자와 면수만 밝히는 형식으로 표기하였고, 일부 자료는 「진성」, 「군관」처럼 약칭을 사용하였다. 약칭의 서지사항은 뒤에 나오는 '참고 문헌'에서 확인할 수 있다.

5. 서신이나 엽서, 신문조서 등의 자료들도 광범위하게 인용하였다.

1. 고향 원촌: 아름다운 추억과 망국의 비극(1904~1919)

1903년(출생 전)

5월 16~17일, 이육사의 할아버지 이중직(李中稙)〔자는 무형(茂馨), 호는 치헌(痴軒)이며 1847년생으로 당시 56세〕이 장릉참봉(章陵參奉)에 임명되었으나 그 다음날 사직함(『승정원일기』).

1904년(0세)

5월 18일(음력 4월 4일), 경북 안동군 도산면 원천리(遠川里)〔출생 당시는 원촌동(遠村洞)〕 881번지에서 출생. 퇴계 이황의 13대손인 진성 이씨 이가호(李家鎬)와 임은(林隱) 허씨 허형(許蘅)〔호는 범산(凡山)이며 왕산(旺山) 허위(許蔿)의 사촌 형〕의 딸 허길(許吉) 사이에 차남으로 태어남.

◎ 이름과 필명: 어릴 때 이름은 원록(源祿), 자는 태경(台卿). 필명은 이활(李活), 육사(陸史)를 비롯하여 이육사(二六四), 육사(戮史), 육사(肉瀉) 등을 사용함〔뒤에 나오는 '이육사 작품연보' 참조〕.

◎ 고향 원촌: ① 육사는 수필과 시를 통해 고향의 산천을 많이 언급하였는데, 대표적인 작품으로는 수필 「계절의 오행」(1938) 「은하수」(1940), 시 「초가」(1938) 「소

년에게」(1939) 「청포도」(1939) 「자야곡」(1941) 「광야」(유고작) 등이 있다. ② 동생 이원조는 「회향기(懷鄕記)」에서 "대강(大江)의 유역이란 한 굽이 도는 데마다 한 마을씩 남기는 것은 어디라도 다 같지마는, 우리 마을은 강가이면서도 강촌과 같이 비리(鄙俚)하지 않았던 것이 나의 고향에 대한 한개의 프라이드이다"(이동영, 25)라고 했다. ③ 원촌의 풍수는 "큰 게가 파도에 노니는 모양이라 하여 대해농파형(大蟹弄波型) (…) 신선이 거문고를 타는 모양이라 하여 오지탄금형(五指彈琴型)"(이동영, 24)이라고 일컬어진다.

1907년(3세)

1월 5일(음력 1906년 11월 21일), 동생 원일(源一) 태어남(「진성」, 330~31). 제적등본에는 1906년 12월 25일로 되어 있음.

가을에 일본군이 예안 일대 진성 이씨와 의병에 대한 반감으로 퇴계 종택과 종택에 있는 정자 추월한수정(秋月寒水亭)을 방화함(1896년에 이은 두번째 방화).

수필 「계절의 오행」(1938)에서 육사는 "눈물을 흘리지 않는 사람이 되라고 배워온 것이 세살 때부터 버릇이었나이다"라고 하면서 '평생에 처음 되는 여행'으로 하인 돌이에게 업혀 산으로 피난 간 이 시기를 회고함.

1909년(5세)

7월 18일(음력 6월 2일), 동생 원조(源朝) 태어남(「진성」, 330~31). 제적등본에는 1907년 9월 2일로 되어 있음.

1910년(6세)

5월 9일, 일식(日蝕)이 일어남.

시 「일식(日蝕)」(1940)에서 육사는 "쟁반에 먹물을 담아 햇살을 비쳐본 어린 날/ 불개는 그만 하나밖에 없는 내 날을 먹었다"라고 망국의 흉조인 양 일식을 노래함.

8월 29일, 일제가 대한제국을 병탄함(경술국치).

9월 17일(음력 8월 14일), 육사의 증조부 항렬인 향산(響山) 이만도(李晩燾)가 순국을 결심하고 단식(斷食)을 시작함.

10월 1일, 육사의 할아버지 이중직이 향산을 문후하고 하룻밤 같이 보냄. 향산은 조카 중직에게 진성 이씨 가문의 족보 정비를 당부함.

10월 10일(음력 9월 8일), 향산 순국. 향산의 족질인 동은(東隱) 이중언(李中彦)이 단식을 시작하여 단식 27일 만인 11월 5일(음력 10월 4일)에 순국.

◎ 이만현(李晩鉉, 1832~1911): 국치 이후 자신의 호를 '부끄러운 바위'란 뜻의 치암(恥巖)으로 바꾸고 비분강개하다 이듬해 11월 10일(음력 9월 20일) 세상을 떠남.

◎ 이중직: 국치 이후 하인들을 불러 "내가 군주 없는 몸이 되었는데, 어찌 너희들에게 상전(上典)이라는 소리를 듣겠는가"라고 하며 문서를 불태우고 해방시킴(이규호, 542). 이후 육사 집에서는 가난과 궁핍이 떠나지 않음.

수필 「계절의 오행」에서 육사는 "내 집안이 대대로 지켜온 이 땅에는 말도 아니고 글도 아닌 무서운 규모가 우리들을 키워주었습니다"라고 이 시기를 표현함.

수필 「전조기(剪爪記)」(1938)에 "내 나이 여섯살 때 소학을 배우고"라는 구절이 나오는데, 이즈음 조부 이중직으로부터 『소학(小學)』 등 전통 학문을 배움. 조부 이중직은 육사의 생애에서 첫 스승이자 가장 중요한 스승이었다.

◎ 보문의숙: 조부 이중직이 보문의숙의 초대 숙장에 추대되었고, 육사는 맏형과 함께 보문의숙을 출입하였으나 정식 학생 신분은 아니었다고 함(이동영, 59~60; 심원섭, 408~409; 김용직·손병희, 406; 김희곤a, 54; 박현수a, 272). 보문의숙 설립을 주도해 초대 숙장이 된 사람은 퇴계 13대 종손 이충호(李忠鎬)였고, 원촌파 진성 이씨들도 의숙 창립에 관여하였으나 이중직의 이름은 찾을 수 없다고 함(신준영, 10~11).

1911년(7세)

8월 말(음력 7월 초), 조부 이중직이 진성 이씨 가문의 족보 편찬일로 주촌(周村) 종가에 간찰을 보냄(권두 화보의 〔그림 12〕 참조). 이중직이 진성 이씨 가문에서 중요한 역할을 했음을 알 수 있다.

수필 「은하수」(1940)에서 육사는 "내 나이가 7, 8세쯤 되었을 때 여름이 되면 (…) 글을 짓는 것이 일과였다. (…) 밤이 으슥하고 깨끗이 개인 날이면 할아버지께서는 우리들을 불러 앉히고 별들의 이름을 가르쳐주시는 것이었다. 저 별은 문창성이고 저 별은 남극노인성이고 또 저 별은 삼태성이고 이렇게 가르치시는데 삼태성이 우리 화단의 동편 옥매화나무 우에 비칠 때는 여름밤이 뜻이 없어 첫닭이 울고 별의 전설에 대한 강의도 끝이 나는 것이었다"라고 이 시절을 회고함.

1913년(9세)

5월 14일(음력 4월 20일), 조부 이중직이 자신이 연전(年前)부터 주장하던 『도산급문제현록(陶山及門諸賢錄)』 4가본(四家本)의 통합 정리를 발의하는 농운정사(隴雲精舍: 도산서원 내 기숙사) 문회(文會)에 참여함(「급문록영간시일기(及門錄營刊時日記)」; 김종석, 6).

6월 9일(음력 5월 5일: 단오절), 조부 이중직이 조선 중기의 문신이자 퇴계 후손인 호봉(壺峰) 이돈(李燉, 1568~1624)의 시문집에 발문을 씀.

1914년(10세)

2월 19일(음력 1월 25일), 동생 원창(源昌) 태어남(「진성」, 330~31). 제적등본에는 5월 19일로 되어 있음.

6월(음력 5월)경, 조부 이중직이 교정도감(校正都監)으로 참여한 『도산급문제현록(陶山及門諸賢錄)』이 도산서원에서 발간. 이 책은 퇴계 이황의 문인 309명을 정리한 것으로 퇴계학파와 진성 이씨 그리고 도산서원의 오랜 숙원이었다(『급문록영간시일기(及門錄營刊時日記)』; 김종석, 5~6).

수필 「은하수」에서 육사는 "십여세 남짓했을 때 이런[경전 전질을 다 외워야 하는] 고역을 하느라고 장장추야(長長秋夜)[기나긴 가을밤]에 책과 씨름을 하고 밤이 한시나 넘게 되야 영창(映窓)을 열고 보면 하늘에는 무서리가 나리고 삼태성이 은하수를 막 건너선 때 먼데 닭 우는 소리가 어지러이 들리곤 했다. 이렇게 나의 소년시절에 정들인 그 은하수였마는 오늘날 내 슬픔만이 헛되이 장성하는 동안에 나는 그만 그 사랑하는 나의 은하수를 잃어버렸다"라고 이 시기를 회고함. 이즈음 밤늦도록 할아버지로부터 사서삼경 등을 배움.

1915년(11세)

봄(음력 2월)에 육사의 외가인 범산(凡山) 허형(許衡) 일가가 일제의 탄압을 피해 중국 만주로 망명함(허은, 15). 육사는 국내에 외가가 없이 자라게 되었고, 외삼촌 허규(許珪)가 가끔 찾아옴.

1916년(12세)

2월 20일(음력 1월 17일), 조부 이중직이 69세로 별세(「진성」, 59). 제적등본에는 2월 23일로 되어 있음.

이즈음에 육사는 (보문의숙을 공립으로 개편한) 도산공립보통학교에 입학(또는 편입). 입학 연도에 관한 자료는 없으나 1920년 졸업(「군관」), 4년간 수학(「소행」)했다는 것을 계산하면 입학년도는 1916년이 됨.

수필「연인기(戀印記)」(1941)에서 육사는 "세월은 12세의 소년으로 (…) 내가 배우던 중용, 대학은 물리니 화학이니 하는 것으로 바꾸이고 하는 동안 그야말로 살풍경의 10년이 지나갔었다"라고 이 시기를 회고함. 근대 학문을 처음 접하면서 심각한 갈등을 느낀 듯함.

7월 14일(음력 6월 15일), 맏형인 원기(源祺, 17세)의 부인 권씨 사망(「진성」, 325).

1917년(13세)

가족이 안동군 녹전면 신평리(일명 듬벌이)로 이사(김희곤a, 69~70).

1919년(15세)

3월 1일, 막내 동생 원홍(源洪) 태어남(제적부).

3월 1일경, 심산(心山) 김창숙(金昌淑)이 경성에서 향산 이만도의 맏아들 기암(起巖) 이중업(李中業)을 만나 거사 협의(심산, 192).

3월 초, 김창숙이 봉화 바래미(海底)로 내려와 유림들과 비밀리에 접촉함(심산, 194).

3월 중순(17일, 18~19일, 22일)에 안동과 예안에서 만세운동. 인근 하계마을의 향산 이만도의 맏며느리 김락(金洛)이 시위에 참여하였다가 체포되었고, 이후 실명함.

3월 23일, 김창숙이 빠리 강화회의에 한국의 독립을 호소하는 서한(巴里長書)과 137명의 서명 명단을 가지고 출국.

4월, 상하이에서 대한민국 임시정부 수립.

4~5월, 빠리 장서사건으로 면우(俛宇) 곽종석(郭鍾錫)을 위시하여 유림들이 대거

구속됨.

수필 「계절의 오행」에서 육사는 "내 일찍이 눈물을 흘리지 않는 사람이 되려고 맘 먹어본 열다섯 애기 시절은 '수신제가치국평천하(修身齊家治國平天下)'의 도(道)를 다 배웠다고 스스로 달떠서 남의 입으로부터 '교동(驕童)'이란 기롱(譏弄)〔희롱〕까지도 면치 못하였건마는"이라고 이 시기를 회고함. 이즈음 사서삼경 등 전통 학문에 관해 일가를 이루었다고 자부함.

2. 배움과 투쟁의 주유천하: 대구·일본·중국(1920~1933년)

1920년(16세)

도산공립보통학교에서 4년 수학 후 졸업(「이활1」「소행」「군관」 참조. 졸업 연도는 「군관」에서만 1920년으로 특정하고 있음). 이 해에 졸업했다면 제2회 졸업생이 되나 1919년 제1회 졸업생이었다는 주장도 있음(김희곤a, 68~69).

이 해에 맏형 원기(21세), 육사(16세), 원일(13세) 삼형제가 근대 학문을 배우기 위해 대구로 감. 이 해에 부모를 비롯한 가족 모두 대구 남산동 662번지로 이사했다는 것(김희곤a, 권두 연보; 박현수a, 272)은 착오. 부모님과 어린 동생들은 녹전면 듬벌이로 이사. 이즈음에 석재(石齋) 서병오(徐丙五)에게서 육사는 그림을, 동생 원일은 글씨를 배움. 석재 문하에서 인맥이 넓어지고 한의학도 배운 듯함. 육사의 한의학에 대한 관심과 지식은 「대구의 자랑 약령시의 유래」(1932)「고란(皐蘭)」(1942) 등의 글에서도 확인할 수 있음.

1921년(17세)

3월 8일, 형 원기가 장씨 부인을 후처로 맞이함.

이 해에 육사는 영천군 화북면 오동(梧洞)에 사는 안용락(安庸洛)의 딸 일양(一陽)과 결혼. 혼인신고는 4월 5일(이명자, 230). 처가 인근의 백학학원(1921년 설립, 옛 백학서원)에서 중등예비과정인 보습과를 수학함. 백농(白聾) 조재만(曺再萬)과 교제(김희곤a, 74~78).

1922년(18세)

3월 31일, 맏형 원기가 첫딸 동탁(東濯)을 얻음. 출생신고서의 출생지는 안동군 녹전면 신평동 526번지. 이때까지 육사의 부모님과 형수 등은 대구로 이사하지 않은 듯함.

시 「연보(年譜)」(1939)에서 육사는 "그러기에 열여덟 새봄은/버들피리 곡조에 불어보내고//첫사랑이 흘러간 항구(港口)의 밤/눈물 섞어 마신 술 피보다 달더라"라고 이 시기의 봄과 첫사랑을 노래함.

1923년(19세)

이 해에 영천 백학학원에서 9개월 동안 근무함(「이활1」).

9월 1일, 일본 토오꾜오 일대 칸또오(關東)에서 대지진 발생.

9월 2~3일, 토오꾜오의 박열(朴烈, 1902~1974)과 카네꼬 후미꼬(金子文子: 한국명 朴文子, 1903~1926)가 '보호검속'으로 연행됨. 박열은 문경 출신으로 육사보다 두살 많고, 카네꼬 후미꼬는 육사보다 한살 많음.

11월 15일(음력 10월 7일), 맏형 원기가 고향 원촌의 친척 이희중에게 한문 간찰을 보내 극빈과 이산(離散)의 가정 형편을 호소. "현재 저의 처지는 잠 못 이루며 생각해보아도 죽는 길밖에 다른 방법이 없으니 어찌해야 좋습니까? (…) 저희 부자 형제들이 아직도 집으로 돌아갈 길이 없고, 묘사(墓祀)도 이미 지났는데 남들의 이목도 있고 또 저의 죄송한 마음도 일일이 붓으로 다 쓸 수도 없으니 어떻게 하면 좋겠습니까? 앞으로 식구들을 합칠 생각을 하고 있으나, 그것 역시 돈이 있어야 되는 일이니 어찌 쉽겠습니까?"(희당, 340~42)

11월 16일(음력 10월 8일), 맏형 원기가 이희중의 부인에게 한글 간찰을 보내 극빈의 고통을 호소. "부모 동생 쳐즛[처자]은 이 동한(冬寒)흔 듸[추운 겨울에] 사고무친흔 듸에 갓다두[-고], 경언 열셰을 흐야도[해가 바뀌어도] [찾아]가지 못흐고. 또 남[들]은 시사(時祀)[묘사(墓祀)]을 다 지닉되 오직 우리는 긱지에서 가지도 못흐니 참 죄송흐오느 (…) [부모님은 우리] 삼형제을 긱지에 보내시고 오작(오죽) 이[애가] 씨실가요."(희당, 342~44. [ ]는 필자)

11월 26일(음력 10월 18일), 형 이원기가 이당에게 엽서를 보냄. 우체국의 소인(消印) 연도를 읽을 수 없지만, 내용으로 보아 1923년으로 추정. 발신자 이원기의 주소는 "大邱府 市場北通 一三八". '시장북통(市場北通)'이란 지명은 대구의 대표적인 시장인 서문시장 북쪽에서 유래했으며. 현재의 대구광역시 중구 시장북로.

1924년(20세)

1월 5일, 안동군 풍산읍 오미리 출신의 의열단 김지섭(金祉燮, 1884~1928)이 일본 토오꾜오의 황거(皇居) 니주우바시(二重橋)에 폭탄 세발을 던졌으나 모두 불발되었고 현장에서 체포됨. 그후 조선 신문에서 일제히 김지섭 사건을 보도.

2월 4일, 박열과 카네꼬 후미꼬가 폭발물단속벌칙 위반 혐의로 추가 기소됨.

4월, 육사가 4월 학기에 맞추어 일본으로 유학을 떠남. 다닌 학교에 대해 ① 칸다구(神田區) 킨조오(錦城) 고등예비학교에 입학해 1년간 재학함(「이활1」), ② 토오꾜오세이소꾸 예비학교(東京正則豫備學校) 1년 통학함(「소행」), ③ 토오꾜오세이소꾸 예비학교에서 니혼(日本)대학 문과전문부로 옮겼으나 병으로 퇴학함(「군관」) 등 약간의 차이가 있음. 그러나 세 학교 모두 가까이 있고, 예비학교는 유학을 간 고학생들이 학원처럼 많이 다닌 곳임. 카네꼬 후미꼬도 1920~22년 토오꾜오세이소꾸(東京正則) 영어학교를 다닌 바 있음(야마다 쇼오지, 102, 468, 469).

4~12월, 박열과 카네꼬 후미꼬에 대한 신문이 계속됨. 육사가 박열이 주도한 조선인 무정부주의 단체 흑우회(黑友會)의 회원이었다는 기록이 있음(金泰燁, 90~91; 김희곤a, 80~81).

수필 「계절의 오행」에서 육사는 "그때 나는 그 물소리를 따라 어데든지 가고 싶은 마음을 참을 수 없어 동해를 건넜고, 어느 사이 『플루타르크 영웅전』도 읽고, 『씨저』나 『나폴레옹』을 다 읽은 때는 모두 가을이었습니다마는 눈물이 무엇입니까, 얼마 안 있어 국화가 만발할 화단도 나는 잃었고 내 요람도 고목에 걸린 거미줄처럼 날려보냈나이다"라고 했는데, 일본 유학에 대한 실망과 좌절을 표명한 것으로 보임.

1925년(21세)

1월, 일본에서 귀국함. 대구 조양회관(朝陽會館)을 중심으로 활동함.

2월〔음력 1월〕경, 백아(白啞) 이정기(李定基, 1898~1951)가 베이징으로 가서 남형우(南亨祐), 배병현(裴炳鉉), 김창숙(金昌淑) 등과 만남(김희곤a, 91~92).

이즈음 김창숙이 우당 이회영과 만나 독립기지 건설 협의(심산, 230~32).

8월 초, 김창숙이 귀국해 독립기지 건설을 위한 비밀모금운동을 전개함(심산, 232~39).

8월, 이정기·조재만 등과 어울리면서 베이징을 다녀옴. 육사의 첫 중국행.

9월, 이정기의 권유로 이원기·이육사·이원일 3형제가 항일운동단체에 가입함(「기려수필」; 박현수a, 273). 이정기는 할아버지 이덕후(李德厚, 1855~1927)와 함께 1919년의 '빠리 장서운동'에 최연소자로 서명한 사람으로, 이정기의 할머니(이덕후의 부인)는 향산 이만도와 같은 진성 이씨 하계파(下溪派) 이만협(李晩恊)의 딸임. 하계마을 이만협의 외증손자인 이정기가 이웃마을 원촌(遠村)의 육사 3형제를 민족운동으로 끌어들인 것임.

11월, 이정기가 육사와 조재만을 베이징에 보냈다는 경찰 기록(신석초b, 247).

1926년(22세)

3월 16일, 조선에서 모금하던 김창숙이 중국으로 돌아감(심산, 239).

3월 18일, 베이징에 '3·18참변(慘案)'이 일어남. 각계 시민과 학생 10만여명이 톈안먼 광장에서 일제의 중국 주권 침탈에 반대하는 항의집회를 열었을 때 돤치루이(段祺瑞) 집정부의 발포로 47명이 죽고 2백명이 다친 사건으로, 참변 당일 루쉰(魯迅, 1881~1936)은 "붓으로 쓴 헛소리는 피로 쓴 사실을 만착(瞞着)〔엄폐〕하지 못한다"라는 구절이 포함된 「꽃 없는 장미 2(無花的薔薇之二)」를 발표했고, 10년 뒤 육사는 「루쉰 추도문」(1936)에서 이 구절을 특별히 언급함.

5~6월, 제2차 유림단 사건(第二次 儒林團 事件)으로 김창숙과 연관된 독립기지 건설 모금운동이 발각되어 영남지방 유림들이 투옥됨(심산, 230~32).

7월, 중국으로 가서 중궈(中國)대학 상과에 입학(홍석표a, 54). 아울러 베이징대학에도 다님(야오란, 25~29).

◎ 이육사의 중국행 시기와 중궈대학: ① "1925년 8월경 중국으로 건너가서 베이징의 중궈대학 사회학과에 입학, 1927년 중퇴"(「이활1」), ② "1926년 7월 중국으로 건너가서 베이징의 중궈대학 상과에 입학하여 재학 7개월"(「소행」) 등으로 기록이 엇갈림.

◎ 이육사가 다닌 베이징대학: 경찰 신문조서에는 모두 중궈대학으로 되어 있지만, 베이징대학을 다닌 것도 분명한 사실로 보임. ① 육사가 1943년 베이징의 중산공

원(中山公園)에서 만난 백철(白鐵)에게 베이징대학을 '모교'라고 언급하였고(백철 b, 224), ② 육사가 「계절의 오행」에서 각별한 관계로 언급하는 Y교수는 루쉰을 존경하는 베이징대학 국문과(中文學) 학과장인 마위자오(馬裕藻)이며, ③ 육사가 그 교수를 베이징대학 연구실에서 만났고, ④ 마위자오는 중궈대학에도 출강한 바 있으며, ⑤ 베이징대학은 1926년 10월부터 선택적으로 청강생 제도를 운영하였음(야오란, 25~29). 요컨대, 육사는 중궈대학과 더불어 베이징대학을 모두 다닌 것으로 보임. 육사는 일제 경찰의 신문 때에는 중궈대학을, 백철이나 조선 친구들에게는 베이징대학을 주로 언급함. 그 연유를 알 수는 없으나, 베이징대학이 반일운동의 중심지였고, 지도교수 Y 및 루쉰과의 인연을 숨기려는 것 때문일 수도 있다. 베이징대학의 반일운동과 루쉰과의 인연은 향후 육사의 인생에 막대한 영향을 끼침.

7월, 10만명의 중국 국민혁명군이 광저우(廣州)에서 북벌전쟁 시작.

8월 26일, 루쉰이 베이징을 탈출해 샤먼(廈門)대학으로 감.

12월 28일, 나석주가 조선식산은행, 동양척식주식회사에 폭탄 투척.

이 해에 상주 도남단소(道南壇所)에서 퇴계 종택의 기념비적인 건물인 '추월한수정(秋月寒水亭)'을 복원하자는 도회(道會) 열림. 전국 450여 문중이 낸 성금으로 건물이 재건됨.

1927년(23세)

2월, 신간회가 결성됨.

4월 12일, 장제스(蔣介石)가 상하이에서 반공쿠데타를 일으켜 국공합작 결렬됨.

여름에 육사가 중궈대학 중퇴(「이활1」; 「군관」) 후 귀국.

10월 18일, 조선은행 대구지점에 폭탄 배달 사건(장진홍 의거)이 일어남. 폭탄상자 겉면에 적힌 글씨체가 육사의 동생 원일의 필체와 비슷하다는 이유로 원기, 육사, 원일, 원조 4형제가 체포됨. 육사와 같이 활동하던 이정기와 조재만도 검거됨. 형 원기는 한달 남짓 후에 석방됨(김희곤a, 103~104).

1928년(24세)

이 해 내내 육사는 투옥 상태였음.

1월 1일, 동생 이원조가 「전영사(餞迎辭)」란 작품으로 조선일보 신춘문에 시 부문

292

에 입선.

6월, 국민당 북벌군이 베이징을 점령함. 국민당 정부가 수도를 베이징에서 난징 (南京)으로 옮기고, 베이징을 '베이핑(北平) 특별시'로 개명. 연말에 장쉐량(張學良) 이 장제스의 국민군에 합류함.

1929년(25세)

1월 1일, 동생 이원조가 쓴 소설 「탈가(脫家)」가 조선일보 신춘문예 소설 부문 선 외가작에 선정(『조선일보』). 선외가작은 지면에 소개되진 않음.

2월 14일, 조선은행 대구지점 폭탄사건의 주도자 장진홍(張鎭弘)이 일본 오오사 까에서 체포됨. 장진홍은 칠곡군 인동면 문림리 출신으로 1916년부터 광복회에 가 입해 활동(김희곤a, 107).

5월, 육사 3형제가 증거 불충분으로 풀려남(「이활1」).

11월 3일, 광주학생항일투쟁 일어남. 신간회에서 진상조사위원을 시위 현장에 파 견.

12월 3일, 신간회 중앙본부(경성부)에서 언론사, 종교세력, 근우회, 조선청년총동 맹, 조선노동총동맹 등과 함께 대규모 민중대회를 준비하다가 일제 경찰에 발각되 어 90여명 체포됨(민중대회사건).

12월 9일, 육사 3형제가 대구지방법원에서 면소 판결을 받음(「이활1」).

1930년(26세)

1월 3일, 첫 시(詩)로 알려진 「말」(『조선일보』)을 이활(李活)이란 필명으로 발표. 이육사의 작품인가에 대해서는 논란이 있음.

1월 10일, 광주학생항일투쟁이 확산되면서 대구청년동맹의 간부로서 구속됨.

1월 19일, 이상쾌, 정윤 등과 함께 풀려남(박현수a, 274)

2월 18일, 중외일보 대구지국 기자가 됨(김희곤a, 108~109; 박현수a, 275).

2월 말~3월 5일, 3·1절을 앞두고 대구경찰서에 구금됨. 대구 남산정의 이봉로(李 鳳魯) 이원철(李源喆), 안동 풍산소작회 간부 이준문(李準文) 등이 먼저 풀려남(『중 외일보』; 박현수a, 275).

4월 24일, 장진홍이 1심 재판에서 사형을 선고받음.

6월 14일, 영일군 기계면 기계 이상흔에게 보낸 엽서에 "경성(京城)의 중동(中東)이나 대구(大邱)의 교남(嶠南) 계성(啓聖)은 어나 때나 입학할 수가 잇다 (…) 곳 방학을 하게 됨으로 이왕이면 2학기부터 공부를 시작함이 조흘 듯하다"라고 했는데, 이상흔이 보낸 입학 관련 문의에 대한 답신이다.

이즈음 포항 현내동의 증고종숙(曾姑從叔) 이영우(李英雨) 집에 다녀옴. 영일군 기계면 현내동 이상하(李相夏)에게 보낸 간찰(권두 화보의 〔그림 16〕)에서 육사는 "지난번 그곳으로 갔다가 급한 일로 곧바로 떠나게 되어 참으로 안타까웠습니다"(김용직·손병희, 375~77)라고 함.

7월 1일(음력 6월 6일)〔또는 6월 30일, 음력 6월 5일〕, 육사가 영일군 기계면 현내동 이상하에게 간찰 보냄(권두 화보의 〔그림 16〕 참조). 이 간찰은 ① 육사의 유일한 한문 친비(親秘) 간찰이며, ② 지극히 어려운 형편 속에서도 뭔가를 도모하고 있음을 알 수 있음. "우리 형제들이 서로 의지하여 밤낮으로 분주하게 살고 있지만 보잘것없는 꼴이어서, 아침에는 끼닛거리가 없고 저녁이면 잠잘 곳이 궁벽하여 엎드려 탄식할 따름입니다. (…) 제가 비밀스레 아뢴 일을 백방으로 주선하고 있는데 염려할 바 없을 듯하여 숙부님〔이영우〕을 생각하면 기쁘기 그지없습니다. (…) 비록 몇 사람들의 반대가 있더라도 그들을 극력 무마하여 끝내 같이하도록 하겠으니 걱정마십시오." ③ 받는 사람은 이상하로 되어 있지만, 내용은 이상하의 아버지 이영우에게 아뢰는 것임. ④ 간찰을 쓴 '경오(庚午) 6월 6일'은 음력이고 양력으로는 1930년 7월 1일. 양력 발신일이 찍힌 소인(消印)이 떨어져 완전한 판독은 불가하지만 '30'으로 끝나는 것으로 보아 실제 보낸 날짜는 6월 30일로 추정됨(이 날은 음력 6월 5일인데, 육사가 6월 6일로 착각했을 가능성).

7월 21일, 장진홍이 2심에서도 사형을 선고받음.

7월 31일, 장진홍이 옥중에서 자결.

10월, 첫번째 시사평론 「대구 사회단체 개관」(『별건곤』)을 발표함. "새로운 용자(勇者)여, 어서 많이 나오라"라는 표현에서 육사의 강인한 의지를 볼 수 있음. 이 글의 필자 이름은 권두 목차에서는 '李活', 본문에서는 '大邱 二六四'(박현수b, 60)로 되어 있음. 1930년의 「말」이 육사의 창작이 아니라면 「대구 사회단체 개관」이 육사의 첫번째 글이 됨.

11월, 광주학생항일투쟁의 확산과정에서 대구 거리에 일본을 배척하자는 격문이

나붙음.

　이 해에 아들 동윤(東胤)이 태어남(만 2세에 사망).

1931년(27세)

　1월, 광주학생항일투쟁의 여파가 대구로 확산되어 대구고등보통학교(경북고등학교의 전신) 학생들이 동맹휴학을 함.

　1월 21일, 레닌 탄신일을 맞아 대구에 배일 격문이 살포됨. 대구경찰서 고등계가 '대구격문사건' 연루 혐의로 중외일보 대구지국을 포위 수색함, 육사와 동생 원일, 이갑기(李甲基, 1908년생), 배달부 신봉길(申鳳吉) 등 4명이 검거되어 신문받음(『동아일보』; 박현수a, 275). 검거된 4인 중 육사가 제일 연장자. 육사가 신문배달원을 시켜 격문을 살포했다는 증언도 있음(김희곤a, 115).

　2월 10일, 동생 원일이 석방되나 육사는 계속 투옥 상태.

　2월 11일(음력 1930년 12월 24일), 맏형 이원기가 음력설을 앞두고 이영우에게 보낸 서신(권두 화보의 〔그림 17〕)에서 "활군(活君)〔육사〕이 옥살이하는 정황을 탐문해보니 고통이 보통이 아니고 감방에서 병들어 누웠다고 합니다. 그 위독한 것은 말하지 않아도 알 만하니, 이 왜놈들은 도대체 어떤 인간들입니까? (…) 이따위 세상에서는 비록 부처가 살아 있다 해도 막다른 길에서 통곡할 뿐 헤어날 수 없을 것이니, 차라리 확 죽어버리는 것이 나을 것 같습니다. 아, 생명을 부지한다는 것이 이처럼 고통스럽습니까?"라며 집안의 눈물겨운 참상을 호소함.

　3월 13일, 대구지방법원 검사국으로 송치됨.

　3월 23일, 불기소 처분으로 석방됨(『매일신보』; 박현수a, 276).

　봄에 동생 원일이 조재만 등과 중국 베이징과 만주를 다녀왔다는 설이 있음(김희곤a, 116~17).

　6월, 육사가 기자생활을 하고 있는 『중외일보』 종간(11월에 『중앙일보』로 다시 간행).

　8월, 조선일보 대구지국으로 전근(「이활1」).

　11월 10일, 고향의 집안 동생 이원봉(李源鳳)에게 보낸 엽서(이육사문학관 소장)에 의하면, 10년 만에 육사가 고향 원촌에 "바람갓치 가서 쏨갓치 만나고 또 번개가치 써나"왔다고 함.

이 해에 동생 이원조가 일본 토오꾜오 호세이대학(法政大學) 불문학과를 이수하고 귀국한 뒤, 왕족인 이관용(李灌鎔)의 딸과 결혼함(이동영, 95).

1932년(28세)

1월 8일, 이봉창 의사가 천황 히로히또(裕仁)를 향해 경시청 앞에서 폭탄 투척.

1월 14~26일, 육사생(戮寫生)이란 필명으로 「대구의 자랑 약령시의 유래」(『조선일보』) 발표. 유일하게 '戮寫'란 필명 사용(박현수b, 62). 손병희는 육사의 글이라는데 유보적이나(김용직·손병희, 414) 육사의 글이 확실함.

1월 23일(음력 1931년 12월 23일), 발신지가 경성 여관(京旅)으로 되어 있는, 이원기가 희당(希堂)에게 보낸 서신에는 "세상 산다는 것이 참으로 고해라는 생각을 합니다(良覺寄世之爲苦海也)"라는 한탄과 더불어 "일전에 아우의 편지 한통을 받아 보았는데, 그 중형〔육사〕이 분가를 한다고 하는데, 형인 내가 생계에 얽매여 집으로 돌아갈 형편이 못되고, 우리집 살림살이도 그〔육사〕의 처남 것이라고 하니 그를 사모하는 정은 붓으로 다 쓸 수 없고 부끄럽기 한이 없소이다(日前得見一季書 則其仲分戶云 卽爲其乃兄者 拘於生計 未得歸庭 卽所爲我鼎 因其妻男舊産餘物云 爲兄者 戀渠之情 非紙毫可發 愧無限)"라고 육사의 분가(分家)가 언급되어 있음(희당, 344~47).

3월 6~9일, 李活이란 필명으로 「대구 장 연구회 창립을 보고서」(『조선일보』) 발표(박현수a, 239~42). '장'은 1941년 3월 설문 응답에서 강조한 '짱치기'와 같은 것.

3월 29일, 李活이란 필명으로 「신진작가 장혁주 군의 방문기」(『조선일보』) 발표. 장혁주에 대한 상당한 기대를 표명하나, 이후 육사는 중국으로 가서 항일전선에 참가하고 장혁주는 일본으로 가서 친일의 길을 걸으면서 서로 갈리게 됨(홍석표a, 19).

3월, 조선일보사 퇴사.

4월 하순, 처남 안병철(安柄喆)과 함께 중국 펑톈(奉天)으로 감. 처음에는 나경석(羅景錫)의 집에, 다음에는 진화여관(槿花旅館)에 체류. 『만몽일보(滿蒙日報)』 창간을 위해 노력하던 김을한(金乙漢), 이후 평생 동지가 되는 석정(石鼎) 윤세주(尹世冑) 등을 만남.

4월 29일, 윤봉길 의사가 상하이 홍커우 공원에서 폭탄 투척 의거.

6월 15일~7월 19일, 대한민국 임시정부 국무령을 지낸 바 있는 석주(石洲) 이상룡(李相龍, 1858년생)이 만주에서 사망. 이상룡의 유해와 일가가 환국하여 고향 안

동 임청각에 도착한 뒤 삼년상을 지냄(허은, 159~78). 이상룡의 맏손자며느리는 육
사의 외사촌 누이동생인 허은(許銀, 1907~1997)임.

6월 28일, 육사가 현내동의 이상흔에게 보낸 엽서(박현수a, 246~48; 박현수b,
144~47)에는 ① 발신인이 '육사(陸史)'로 '陸史'란 필명을 처음 사용함. 중국 조선
혁명군사정치간부학교(이하 '간부학교') 수학 이전에 필명 '陸史'의 사용을 확인할
수 있음. ② 발신지는 평톈 진화여관. ③ 여기서 육사는 "출발(出發)의 순간(瞬間)이
야말로 너무나 극적(劇的)이엿기에 그 광경(光景)은 아마 나의 머리에서 영원히 사
라질 줄 모를 것 (…) 천신만고(千辛萬苦)를 거듭하여 전전당지(轉轉當地) (…) 뜻한
바를 뜻한 대로 표현(表現)치 못하는 나의 고뇌(苦惱)여 (…) 당분간(當分間)은 번폐
(煩弊)스런 서신(書信)도 하지 안켓음 (…) 다만 날이 갈사록 나의 압헤 광명(光明)
이 갓가워오니 안심(安心)코 건강(健康)키를"이라고 함. 육사가 어려움 속에서도 무
엇인가 도모하고 있음을 알 수 있음.

7월 17일, 안병철 및 윤세주와 함께 기차 편으로 평톈에서 톈진(天津)으로 이동.
톈진 이중희(李重熙)의 집에서 처남 안병철과 동숙. 윤세주는 여관에 투숙.

이 무렵 윤세주가 김원봉(金元鳳)과 연락을 취하기 위하여 베이핑에 다녀온 일을
말하며 육사에게 간부학교 입학을 권함. 그날 이후 육사는 베이핑에 가서 중궈대학
동창생 자오스강(趙世鋼: 당시 중국지방재판소 검사)의 집에 체재함. 톈진으로 되돌
아오니 그사이 윤세주가 안병철을 설득해놓음(「이활1」; 「증인」).

9월 중순에 처남 안병철, 의열단원 윤세주, 안동 출신 김시현(金始顯, 1883~1966)
등과 함께 톈진에서 진푸선(津浦線)을 이용하여 난징의 푸커우역(浦口驛)〔현 난징
베이역(南京北驛)〕에 도착. 의열단원 이춘암(李春岩)〔이범석(李範奭)〕이 마중 나왔
고, 후자화위안(胡家花園)으로 이동해 김원봉과 처음 만남(「이활1」; 「증인」).

다음날 우저우(五州) 공원에서 김원봉과 함께 뱃놀이를 함. 김원봉은 노동조합 등
조선 내 정세에 대해 물으며 자신의 의견을 피력. 육사는 김원봉에 대해서는 비판적
인 반면 윤세주에 대해서는 호의를 보임(「이활1」).

9월 25일, 난징 시외 탕산(湯山) 선사묘(善祠廟)〔또는 善寺廟〕로 이동. 학교 터닦
기 등 작업.

10월 20일, 간부학교 1기생으로 입학. 1기생은 모두 26명. 6개월간 교육받음.
① 교육 내용은 사격 등 군사학, 유물사관, 조선사회사정, 철학, 사회학, 각국 혁명사

등의 정치학과 사회학, 폭탄제조법·비밀공작 등의 실과(實科) 등이고, ② 입학식, 졸업식, 각종 기념식에는 '타도 일본제국주의' '조선독립 만세' '중·한 합작혁명 만세' '세계혁명 만세' 등의 포스터가 있었으며, ③ 「혁명군가」 「교가」 「3·1가」 「3·1추도가」 등 각종 노래를 불렀음(「이활1」; 「이활2」; 「증인」; 「홍가륵7」; 「김공신3」). 포스터의 슬로건과 노래, 교과내용은 향후 육사의 민족운동과 문필활동에 큰 영향을 미침(「증인」; 「홍가륵7」; 「김공신3」).

11월 10일, 의열단 창립 기념식에서 단장 김원봉 훈화, 혁명가와 애국가 제창, '조선혁명 성공 만세' 등 각종 슬로건과 포스터(「김공신3」).

11월 12일, 쑨원(孫文, 1866~1926) 탄신기념일에 공산 혁명극에 출연(「이활1」).

1933년(29세)

1월 1일, 간부학교 학생들이 '조선혁명운동방침'이라는 제목의 글 각자 제출(「신병환」).

3월 1일, 3·1절 기념일을 맞아 한·중 두 나라의 국기를 게양하고 한국 국가를 합창했으며, 강당에는 '타도 일본제국주의' '조선독립 만세' '중·한 합작혁명 만세' '세계혁명 만세' 등의 포스터가 있었고 「3·1가」 「3·1추도가」 등 노래 부름.

4월 졸업을 앞두고 육사는 만주보다 조국, 농촌보다 도시에서 활동할 것을 선택함. ① 김원봉에게 "나는 도회지 생활이 길어서 도회지인의 심리를 잘 이해하고 있으므로 도회지에 머물러 공작을 할 생각이다. 곧 도회지의 노동자층을 파고들어서 공산주의를 선전하여 노동자를 의식적으로 지도 교양하고, 학교에서 배운 중·한 합작의 혁명공작을 실천에 옮겨 목적 관철을 기한다"(「증인」)라는 장래의 공작방침을 작성해 제출. ② 졸업 2~3일 전 "김원봉에게 졸업하면 곧 조선 내로 돌아가서 공작하도록 해달라고 부탁했더니, 김원봉은 그대와 같은 수재를 조선으로 돌려보내는 것은 유감이므로 러허(熱河) 방면에라도 가서 일하면 어떤가, 펑궈장(馮國章)의 군대에 입대하는 것이 어떤가 등으로 권유했으므로 나는 그것을 거절했다. 또 졸업 후에 기관총 사격연습도 있었지만 그것에도 출석하지 않았었다."(「증인」) 이상은 그의 귀국과 문필투쟁을 이해하는 데 도움이 된다.

4월 20일, 간부학교 1기생으로 졸업(졸업생 26명). ① 졸업식장: 태극기와 청천백일기(靑天白日旗) 교차 게양. '타도 일본제국주의' '조선혁명군사정치간부학교 서

울 이전' '조선혁명성공 만세' '중한 연합혁명성공 만세', '세계피압박민족연맹 만
세' '동삼성에서의 일본제국주의 구축' 등 포스터(「김공신3」; 한상도, 265~66; 김희
곤a, 156). ② 졸업식 연극 두편: 육사는 자신이 창작한 「지하실」이라는 연극에서 노
동자로, 작자 미상의 「손수레」에서는 대학교수로 분장해 출연했고, 절친 윤세주는
「손수레」에서 주인공 격인 짐수레 끄는 노동자 역을 담당. 「지하실」은 노동자의 혁
명운동을, 「손수레」는 노동자의 단결을 다룸(「증인」; 「김공신3」; 김희곤a, 158~59).

4월, 李活이란 필명으로 「자연과학(自然科學)과 유물변증법(唯物辨證法)」(『대중』
창간임시호) 발표. 육사가 당시 중국 체류 중이어서 육사의 글이라는 데 유보적인
입장(김용직·손병희, 413)도 있으나, 육사가 간부학교에서 배운 교과내용과 일치하
고, 중국 체류 중 국내 문필활동 1탄으로 투고했을 가능성이 큼. 『대중』 창간임시호
에 또 李戮史라는 필명으로 「레닌주의 철학의 임무」 투고. 본문에는 없고 '싣지 못한
글의 목록'에 제목만 전함(박현수b, 62). 필명 '陸史'를 쓴 이후에도 '戮史'란 필명을
사용한 사실이 확인됨.

4월 24일~5월 초·중순, 후자화위안(胡家花園) 내의 스마후퉁(石馬胡同) 박문희
(朴文禧)의 집 등에 머물면서 대명(待命). 이때 「빈풍칠월」이 새겨진 옥도장 구입.

수필 「연인기戀印記」」에서 육사는 "그때 봄비 잘 오기로 유명한 남경(南京)의 여
관살이란 쓸쓸하기 짝이 없는 것이라, 나는 도서관을 가지 않으면 고책사(古冊肆)나
고동점(古董店)에 드나드는 것으로 일을 삼았다. 그래서 그곳에서 얻은 것이 비취
인장(翡翠印章) 한개였다. 그다지 크지도 않았건만 거기다가 『모시(毛詩)』 「칠월장
(七月章)」 한편을 새겼으니, 상당히 섬세하면서도 자획(字劃)이 매우 아담스럽고 해
서 일견 명장(名匠)의 수법임을 알 수 있었다. 나는 얼마나 그것이 사랑스럽던지 밤
에 잘 때도 그것을 손에 들고 자기도 했고, 그뒤 어느 지방을 여행할 때도 꼭 그것만
은 몸에 지니고 다녔다. (…) 나는 내 고향이 그리울 때나 부모형제를 보고저울 때는
이 인장을 들고 보고 「칠월장」을 한번 외도 보면 속이 시원하였다. 아마도 그 비취인
에는 내 향수와 혈맥이 통해 있으리라"고 하며 이 일을 회고함.

5월 초·중·하순(5일, 15일, 25일), 난징을 출발해 상하이로 이동하였고, 한일래(韓
一來) 집으로 갔다가 프랑스 조계지 푸장루(浦江路) 진링여관(金陵旅館)에 체류(「이
활1」; 「증인」; 「신병환」).

6월 18일, 중국민권보장동맹 주비위원회 부회장 겸 총간사인 양싱푸(楊杏佛,

1893~1933)가 상하이 프랑스 조계 야얼페이루(亞尔培路, Avenue du Roi Albert)〔현 산시난루(陝西南路)〕331호에서 장제스(蔣介石)의 남의사(藍衣社) 단원에게 암살당함.

6월 20일 오후 2시, 상하이 만국빈의관(萬國殯儀館) 영당(靈堂) 양싱푸 장례식에 루쉰이 쑨원(孫文) 부인 쑹칭링(宋慶齡, 1893~1981), 베이징대학 총장을 역임(1917. 1. 4~1926. 7. 8)한 차이위안페이(蔡元培, 1868~1940) 등과 함께 참여. 육사는 R의 소개로 루쉰을 만나 악수했는데, 수필 「문외한의 수첩」(1937)에 나오는 '매우 친한 동무 R'이 루쉰을 소개한 R과 동일인물로 보인다. 육사는 루신을 만난 것을 평생 자랑스러워했으며, 이는 귀국 후 육사의 행로에 큰 영향을 줌.

7월 4일, 윤세주에게 송금을 요청하는 통신을 보냄(「이활1」).

7월 14일〔또는 15일〕, 상하이를 출발하여 안둥(安東)〔현 단둥(丹東)〕을 거쳐 귀국하였다는 진술(「이활1」; 「군관」)이 있으나 「연인기」에서는 9월 11일 귀국한 것으로 기록되어 있음.

9월 10일, 수필 「연인기」에서 육사는 "그뒤 나는 상해(上海)를 떠나서 조선으로 돌아오게 되었고 언제 다시 만날는지도 모르는 길이라 그곳의 몇몇 문우들과 특별히 친한 관계에 있는 몇 사람이 모여 그야말로 '최후의 만향'을 같이하게 되었는데, 그중 S에게는 나로부터 무엇이나 기념품을 주고 와야 할 처지였다. 금품을 준다 해도 받지도 않으려니와 진정을 고백하면 그때 나에겐 금품의 여유란 별로 없었고, 꼭 목숨 이외에 사랑하는 물품이라야만 예의에 어그러지지 않을 경우이라, 나는 하는 수 없이 그 귀여운 비취인 한 면에다 '贈 S. 1933. 9. 10. 陸史'라고 새겨서 내 평생에 잊지 못할 하루를 기념하고 이 땅으로 돌아왔다"라고 했는데, 여기서 ① S는 절친 혁명동지 석정 윤세주이고, ② '최후의 만향'을 가졌다는 9월 10일은 조서에서 언급한 귀국 날짜인 7월 14~15일과는 많은 차이가 남. 윤세주 등과의 회동 행적을 숨기기 위해 날짜를 어긋나게 언급한 것일 수도 있지만, 자세한 것은 알 수 없음.

◎ 귀국 이후 주소: 재동(齋洞)에 기거함. 처음에는 친구 류태하(柳泰夏)의 집(재동 82번지)에 약 2주간 체재했고, 그뒤 문명희(文明姬)의 집(재동 85번지)에 온돌방 한칸을 빌려서 체재(「이활1」). 1935년 5월 증인신문 당시에도 이 주소였는데(「증인」), 이상흔이 육사에게 보낸 1934년 1월 21일자 소인의 엽서(박현수b, 149)에 육사의 주소는 '재동 85'가 아니라 '재동 58'로 되어 있음.

◎ 귀국 이후 활동: 인사차 고향 안동에도 다녀오고, 서울 본정(本町)에서 친구와 함께 간부학교 동기인 호평(胡平) 윤익균(尹益均)을 만나기도 했으며, 아우 이원조의 장인 이관용에게 신문사 입사운동을 했으나 잘되지 않았다고 함(「이활1」; 「증인」; 「윤익균」). 이후 프리랜서 활동.

9월 20일, 동명이인 이활(李活)이 장편소설 「무화과(無花果)」를 조선일보 현상소설 모집에 응모해 예선을 통과하고 당선소감이 발표됨(결선에서는 낙선). 이 이활을 육사로 보는 견해(홍석표a, 204)도 있으나, 여기서 이활은 어학자 이상춘(李商春)의 아들임(김학동a, 156~57).

11월 15일, 간부학교 1기생 동기이자 처남인 안병철이 평톈의 헌병대에 자수. 이후 국내에서 간부학교 출신들이 연이어 체포됨. 이후 육사는 처가와 관계를 단절했고 처가는 만주로 이사함(김희곤a, 183).

3. 서대문 감옥에서 베이징 지하 감옥까지(1934~1944년)

1934년(30세)

1월 18일, 경북 영일군 기계면 기계의 이상흔(李相欣)이 자신의 한시에 대한 지도를 바라는 엽서를 써서 21일 육사에게 부침. 수신자는 '李先生 戮史 活氏'로 되어 있는데, '陸史'라는 이름을 쓴 이후에도 '戮史'라고 불린 사실 확인됨. 여기서 육사의 주소는 '경기도 재동 58'로 되어 있음(박현수a, 249~52; 박현수b, 148~49).

1월 23일, 간부학교 1기생인 이무용(李懋庸)과 김영배(金永培) 체포됨.

1월 29일, 간부학교 1기생인 문길환(文吉煥) 체포됨.

2월, 「1934년에 임하야 문단에 대한 희망: 앙케에트에 대한 응답」(『형상』) 발표.

3월 29일, 간부학교 1기 동기인 윤익균(尹益均) 체포됨.

5월, 조선일보 이상호(李相昊)의 주선으로 대구지국 특파원으로 채용(「증인」; 「군관」). 이상호는 대구 남산정(南山町) 출신으로 1927년 제2차 조선공산당 사건에 연루된 적이 있음(김희곤a, 271).

5월 22일, 경기도 경찰부에 의해 체포됨(「군관」).

6월 17일과 19일, 경성경찰서에서 육사를 신문하고 조서를 작성함(「이활1」; 「이활2」). 육사의 주소지는 '재동 85'로, 앞서 이상흔의 엽서에 표기된 '재동 58'과 차이가 있음.

6월 20일, 서대문형무소에서 신원카드용 정면사진과 옆면사진 2장 찍음(권두 화보의 〔그림 1〕).

6월 23일, 석방됨. 기소유예 의견으로 사건 송치(「군관」).

7월 20일, 고향 안동경찰서 도산경찰관주재소에서 「이원록 소행조서(李源祿 素行調書)」 작성.

8월 22일, 『동아일보』에 다산(茶山) 정약용의 『여유당전서』의 발간을 알리는 기사 「다산저서출판(茶山著書出版) 조선(朝鮮)의 최대문고(最大文庫)」 실림. "칠십권의 대문고가 될 것 (…) 매월 2권씩 삼년 반 동안에 회원에게 분배할 계획" 등의 내용. 다산 정약용(1762~1836년) 서거 100주년을 기념하여, 정인보 주도로 신조선사(新朝鮮社)에서 『여유당전서』(154권 76책)가 1934년 10월부터 4년에 걸쳐 발간됨.

8월 31일, 기소유예 처분 받음(「군관」).

9월, 李活이란 필명으로 시사평론 「5중대회를 앞두고 외분내열의 중국 정정(政情)」(『신조선』) 발표. 육사의 글이라는 데 유보적인 견해(김학동a, 157)도 있으나, 장제스에 대한 비판적인 중국 정세 인식이 간부학교에서의 학습내용과 일치한다고 생각됨.

10월 10일, 『여유당전서 제1집: 시문집 1~2』(신조선사) 발간.

10월, 『신조선』에 시사평론 「국제무역주의의 동향」과 수필 「창공에 그리는 마음」이 각각 '李活'과 '陸史'라는 필명으로 동시에 실림. 이활이 육사라는 데 유보적인 견해(김학동a, 157)도 있지만, 두편이 한 사람의 글이라서 다른 이름으로 발표했다고 볼 수 있음. '陸史'라는 필명이 문학작품에 최초로 등장한 사례. 1934~1936년 발표된 육사의 글이 14편인데, 그중 7편이 『신조선』에 발표됨. 육사는 석초와 함께 『신조선』 편집에도 참여함.

11월 10일, 『여유당전서 제1집: 시문집 3~5』(신조선사) 발간.

12월, 조선총독부 경찰국이 『군관학교사건의 진상(軍官學校事件ノ眞相)』이라는 책을 편찬했는데 "2. 군관학교 관계 피검거자 일람표(二. 軍官學校關係被檢擧者一覽表)"에 육사의 이름이 들어 있음.

12월 20일, 『여유당전서 제5집: 경세유표』(신조선사) 발간.

1935년(31세)

1월, 李活이란 필명으로 시사평론 「위기에 임한 중국 정국의 전망」(『개벽』) 발표.
김학동은 육사의 글이라는 데 유보적(김학동a, 157). 같은 달 李活이란 필명으로 시
사평론 「1935년과 노불관계 전망」(『신조선』) 발표. 김학동은 육사의 글이라는 데 유
보적(김학동a, 157).

1월 20일, 『여유당전서 제6집: 대동수경(大東水經)』(신조선사) 발간.

1월 30일, 『여유당전서 제2집: 경집(經集)』(신조선사) 발간.

3월, 李活이란 필명으로 시사평론 「공인 '깽그'단 중국 청방(靑帮) 비사 소고」(『개
벽』) 발표. 김학동은 육사의 글이라는 데 유보적(김학동a, 157).

3월 25일, 『여유당전서 제5집: 목민심서 1~2』(신조선사) 발간.

4월 5일, 시 「춘수삼제(春愁三題)」 집필(부기: 四月 五日).

4월 15일, 『여유당전서 제5집: 목민심서 3~4』(신조선사) 발간.

봄에 정인보 집에서 신석초를 만나 친교. 둘 다 『여유당전서』 간행에 참여함(신석
초c, 98~100). 당시 정인보 집은 경성부 수창동 198번지로, 현 종로구 내수동 167 국
민은행 사옥 자리였으며 육사는 재동, 석초는 명륜동에 살았음. 『여유당전서』를 간
행한 신조선사는 황금정(黃金町)〔현 을지로〕 2정목(二町目)에 있었음.

4월 21일, 2월 14일 상하이 일본총영사관 경찰에 체포된 간부학교 1기생 김공신
(金公信)〔일명 왕득해(汪得海)〕이 인천으로 압송되어 22일 경기도 경찰부로 이송.

5월 15일, 경기도 경찰부에서 '김공신 치안유지법 위반사건'과 관련해 육사가 증
인신문을 받음. 육사 주소는 여전히 '재동 85번지 문명희(文明姬) 집'으로 되어 있음.

5월, 시 「황혼」 집필(부기: 五月의 病床에서).

6월, 陸史란 필명으로 시 「춘수삼제(春愁三題)」(『신조선』) 발표. 시에 등장하는 최
초의 '陸史' 필명. 1930년 1월의 「말」이 육사의 작품이 아니라면 「춘수삼제」가 육사
의 첫 시가 됨.

12월, 陸史란 필명으로 시 「황혼」(『신조선』) 발표.

1936년(32세)

이 해에 만주에 가서 조선일보 동료였던 이선장(李善長)을 몽양(夢陽) 여운형(呂
雲亨)과 외삼촌인 일헌(一軒) 허규(許珪)에게 소개하고, 귀국길에 검거되어 1주일간

서울형무소에 구류되었다고 하지만(심원섭, 412), 확인은 안됨.

1월, 陸史란 필명으로 시 「실제(失題)」(『신조선』) 발표.

3월 25일, 막내동생 원홍 사망(제적부).

4월, 李活이란 필명으로 시사평론 「중국의 신국민운동 검토」(『비판』) 발표. 권두목차에 제목만 전함. 손병희와 김학동은 육사의 글이라는 데 유보적(김용직·손병희, 414; 김학동a, 157).

6월 29일, 이용악(李庸岳, 1914~1971)이 육사(수신자: 新堂町 57의 8 李活 詞兄)에게 엽서를 보내 "맞나고 싶습니다. 진정 맞나고 싶습니다. (…) 기어코 전화 걸어주십소서"(박현수a, 253~55)라고 함.

7월 20일경, 서울을 떠남. 대구에서 귓병을 1주일 정도 치료(7월 30일자 엽서).

7월 29일, 경주 불국사 관람. 밤에 포항 송도해수욕장 인근 친구 서기원의 집에 머뭄.

7월 30일, 신석초에게 엽서를 보냄(권두 화보의 〔그림 21〕과 〔그림 22〕). ① 육사가 포항 송도해수욕장에 간 구체적인 날짜를 알 수 있음. 호미곶의 「청포도」 시비(1999) 등에서는 육사가 포항 송도에 간 시기를 1년 후인 1937년이라고 적어놓았는데 이는 착오임. ② 보낸 사람은 '慶北 浦項 幸町 徐起源方 陸史弟'로 되어 있음. 포항의 서기원은 육사의 친구로 해방 이후 대한적십자사 경북지사장을 역임했고, 육사의 「광야」 시비 제막식에도 참석하였으며, 육사의 딸 결혼식 주례를 서기도 하였다(이옥비 증언). ③ 받는 사람은 '忠南 舒川郡 華陽面 活洞里 申應植 我棣'로 신석초를 '아체(我棣)' 즉 '나의 형제'라고 칭함. '체(棣)'은 아가위나무로 『시경』 「상체(常棣)」에서 노래하고 있듯이 형제간의 아름다운 우애를 상징한다. ④ 엽서 내용은 "명사(名沙) 50리 동해의 잔물결 (…) 깨끗한 일광(日光), 해면(海面)에 접촉되는 즈음 유달리 빛납니다" 등으로 도착 직후 날씨가 아주 좋았음을 알 수 있음.

8월, 동해송도원(東海松濤園)에서 상당 기간 체류. 당시 동해송도원에서 가까운 동해면 도구리의 미쯔와포도원(三輪葡萄園)도 방문(「포항시사3」, 76~77).

① 「청포도」(1939. 8): "내 고장 칠월은/청포도가 익어 가는 시절"

② 포항의 청포도 관련 기념물: 호미곶 「청포도」 시비(1999년), 동해면 면사무소 앞 「청포도」 시비(2013년), 청포도 문학공원(미쯔와포도원 인근: 동해면 일월동 679-47, 2014년).

8월에 역사상 최장기 장마와 최강의 태풍이 몰려옴. 이 해 8월은 22일간 비가 와서 1908년 기상 관측 이래 가장 오랫동안 비가 내렸다고 함(2010년 8월에 와서야 24일로 기록 갱신). 또한 20~28일 역대 최대 태풍 '3693'호가 한반도를 관통하여 전국에서 1232명이 사망하거나 실종함.

① 이병각의 「육사형님」에서는 "장림(長霖)〔장마〕이 지리(支離)하니 형의 해수욕 풍경이 만화의 소재밖에는 되지 않을 것을 생각하고 고소"하다며 육사를 놀렸다(이병각, 154).

② 육사의 수필 「질투의 반군성(叛軍城)」(1937)에서는 "태풍이 몹시 불던 날 밤, 온 시가는 창세기의 첫날 밤같이 암흑에 흔들리고 폭우가 화살같이 퍼붓는 들판을 걸어 바닷가로 뛰어나갔습니다. 가시넝쿨에 엎어지락자빠지락 문학의 길도 그럴는지는 모르지마는, 손에 들린 전등도 내 양심과 같이 겨우 내 발끝밖에는 못 비치더군요. 그러나 바닷가를 거의 닿았을 때는 파도소리는 반군(叛軍)의 성이 무너지는 듯하고, 하얀 포말(泡沫)에 번개가 푸르게 비칠 때만은 영롱하게 빛나는 바다의 일면! 나는 아직도 꿈이 아닌 그날밤의 바닷가로 태풍의 속을 가고 있는지도 모릅니다"라고 이때를 회고함.

③ 「해조사(海潮詞)」(1937): "이 밤에 날 부를 이 업거늘! 고이한 소리!/광야(曠野)를 울니는 불 마진 사자(獅子)의 신음(呻吟)인가?/오 소리는 장엄(莊嚴)한 네 생애(生涯)의 마지막 포효(咆哮)!/내 고도(孤島)의 매태 낀 성곽(城郭)을 깨트려다오!// (…) //거인(巨人)의 탄생(誕生)을 축복(祝福)하는 노래의 합주(合奏)!/하날에 사모치는 거룩한 깃봄의 소리!/해조(海潮)는 가을을 볼너 내 가슴을 어르만지며/잠드는 넋을 부르다 오 — 해조(海潮)! 해조(海潮)의 소리!"

8월, 李活이란 필명으로 시사평론 「중국 농촌의 현황」(『신동아』) 발표. 김학동은 육사의 글이라는 데 유보적(김학동a, 157).

9월 초, 상경 예정(이병각, 154).

가을에 일본 토오꾜오에 가서 세따가야구(世田谷区) 꾜오도마찌(經堂町)에 있는 프렌드하우스(フレンド·ハウス: Friend House)에 머물렀다는 주장이 있으나(이동영, 61), 확인은 안됨.

10월 19일, 육사가 평생 존경하면서 깊은 영향을 받은 루쉰(鲁迅, 1881년생으로 55세)이 상하이에서 사망함.

10월 23~29일, 루쉰 사망 4일 후에 陸史란 필명으로 「루쉰 추도문」(『조선일보』)을 5회에 걸쳐 연재.

11월 5일, 수필 「질투의 반군성」 집필(부기: 十一月 五日 밤). 발표 시기는 이듬해인 1937년 3월이지만, 1936년 8월 태풍이 부는 포항 앞바다를 묘사하고 있음.

11월 18일(음력 10월 5일), 어머니 허길 회갑연을 대구에서 가짐. 육사 형제는 어머니께 「빈풍칠월」 12폭 병풍을 바침. 육사는 술을 올리고 아우 원창(源昌)은 중국의 효자 노래자(老萊子)의 고사에 나오는 색동춤(彩舞)을 춤. 어머니 회갑연 이후에 어머니가 동생 원일과 함께 서울 명륜동(明倫町 3丁目 57의 3호)으로 이사했다는 주장(심원섭, 413; 김희곤a, 197)이 있으나 이 주소지는 1941년 이옥비가 태어난 곳(이명자, 231)으로 1936년과는 무관함. 어머니의 서울 이사는 1940년 가을인 듯(이원성, 88).

12월, 李陸史란 필명으로 루쉰 원작 「고향」을 번역해 발표(『조광』). 陸史란 필명으로 시 「한개의 별을 노래하자」(『풍림』) 발표.

1937년(33세)

3월, 李陸史란 필명으로 수필 「질투의 반군성(叛軍城)」(『풍림』) 발표.

4월, 「해조사(海潮詞)」(『풍림』) 발표. 역시 1936년 태풍이 부는 포항 송도 바다와 무관하지 않으며, 수필 「질투의 반군성」과도 깊은 관계가 있음.

같은 달 「무희의 봄을 찾아서: 박외선 양 방문기」(『창공』 창간호) 발표. 일본에서 활약하는 조선 3대 무용수 최승희·박외선·김민자 중 박외선(朴外仙, 1915~2011)을 찾아가 인터뷰함. 박외선은 아동문학가 마해송(馬海松)의 부인이며 시인 마종기(馬鍾基)의 어머니. 육사는 "무용과 레알리즘은?" 등의 질문을 함. 1936년 가을에도 도일(渡日)했다면 이번이 세번째이자 마지막 도일.

6월 말, R이라는 친구 사망(「문외한의 수첩」). 육사에게 루신을 소개한 R(「루쉰 추도문」)과 동일인물일 수도 있음.

8월 3~6일, 친구 R이 육사에게 보낸 편지 형식의 수필인 「문외한의 수첩」(『조선일보』) 발표(부기: 丁丑. 七. 二九).

8월 9일, 조선 영화의 선구자 춘사(春史) 나운규(羅雲奎, 1902년생) 사망. 나운규는 석주 이상룡의 생가인 안동 임청각에서 육사에게 영어를 가르친 적이 있다고 함

(이성원, 274). 나운규가 육사에게 가르친 것은 '영어'가 아니라 '영화'일 수도 있음. 육사는 1932년 간부학교에서 세편의 연극에 출연하였으며, 영화 관련해 두편의 평론을 남겼고, 『영화예술』 창간동인으로도 참여한 바 있음.

10월 31일~11월 5일, 소설 「황엽전(黃葉錢)」(『조선일보』) 발표함(부기: 丁丑. 十一. 一). 최초 연재일과 부기를 비교하면 작품 완료 이전에 연재를 시작한 것을 알 수 있음. 육사 유일의 소설로, 소설적인 완성도보다 육사의 내면과 시세계를 이해하는 데 의미가 있는 작품.

12월, 陸史란 필명으로 시 「노정기(路程記)」(『자오선』) 발표. "서해를 밀항하는 정크" 등의 표현에서 알 수 있듯 젊은 시절 밀항으로 중국을 오간 경험이 반영되어 있음.

이 해에 李陸史란 필명으로 「산(山)」 「잃어진 고향」 「화제(畫題)」 세편의 시가 창작된 것으로 추정. 세편은 『주간서울』(1949. 4. 4) 「작고시인들의 미발표 유고집」에서 공개됨. 「화제(畫題)」에는 '丁丑 ○○夜'가 부기되어 있음. 세 작품은 비슷한 시기의 작품으로 추정됨(박현수a, 191).

1938년(34세)

1월, 친일인사 최린(崔麟)의 집에 대한 폭탄물 투기 및 협박문 우송 사건으로 일본 경찰의 용의선상에 오름(박현수a, 279).

2월 25일, 『영화예술』 창간동인 관련 기사(『조선일보』)에 이름이 등장함.

3월 2일, 李陸史란 필명으로 수필 「전조기(剪爪記)」(『조선일보』) 발표.

3월 6일, 『풍림』이 3월 중순 속간된다는 기사(『조선일보』)에 "이육사 편집동인"이란 말이 나옴(박현수a, 279).

3월, 수필 「초상화」(『중앙시보』)를 발표했으나 아직 확인되지 않음(박현수a, 279).

4월 18일, 오장환(吳章煥, 1918~1951)이 닛꼬오(日光) 유모또(湯元) 온천에서 백화(자작나무) 껍질로 된 엽서 보냄(박현수a, 256~57). 육사의 주소는 '경성부 광화문통 광화문빌딩 2층 인문사(人文社)'로 되어 있음.

4월, 李陸史란 필명으로 시 「초가」(『비판』) 발표(부기: (幽廢된地域)에서).

7월, 李陸史란 필명으로 시 「강 건너간 노래」(『비판』) 발표.

8월 22일, 李陸史란 필명으로 윤곤강(尹崑崗, 1911~1950) 시집에 대한 서평인

「자기 심화의 길: 곤강(崑崗)의 『만가』를 읽고」(『조선일보』) 발표. 윤곤강은 카프(KAPF: 조선프롤레타리아예술동맹)에 가담했다가 1934년 제2차 카프 검거사건 때 체포되어 전주에서 옥고를 치렀다. 첫 시집 『대지』에 이은 그의 두번째 시집인 『만가』는 옥중생활(獄中生活) 경험을 바탕으로 자신의 만가를 스스로 지어 부르며 슬픔을 토로하였다. 육사의 서평은 "영원한 슬픔!"으로 시작한다.

9월, 李陸史란 필명으로 시 「소공원」(『비판』) 발표.

10월, 李活이란 필명으로 시사평론 「모멸의 서(書): 조선 지식여성의 두뇌와 생활」(『비판』) 발표. 김학동과 손병희는 육사의 글이라는 데 유보적(김학동a, 156; 김용직·손병희, 415).

11월, 李陸史란 필명으로 평론 「조선문화는 세계문화의 일륜(一輪): 지성 옹호의 변」(『비판』) 발표. 같은 달 李陸史란 필명으로 시 「아편」(『비판』) 발표. 「아편」은 1943년에 김소운(金素雲)에 의해 일본어로 번역됨(김소운b, 262~63).

12월 24~28일, 李陸史란 필명으로 수필 「계절의 오행(五行)」(『조선일보』) 발표.

1939년(35세)

1월 13일(음력 1938년 11월 29일), 대구에서 부친의 회갑연이 열림. 신석초를 초대함. 1월 13일 이후에 신석초, 최용, 이명룡과 함께 경주 여행(여러 연보에서 1938년 겨울로 비정한 것은 양력과 음력을 구분하지 않아서임).

1월, 李陸史란 필명으로 자전적 시 「소년에게」(『시학』) 발표. '1940년 1월'(박현수a, 286; 김용직·손병희, 41)은 착오임. 손병희는 육사의 작품이라는 데 유보적이나(김용직·손병희, 417), 육사 작품이 분명함.

2월, 李活이란 필명으로 영화평론 「영화에 대한 문화적 촉망」(『비판) 발표. 문예(영화)에 대한 글인데 드물게 '李活' 필명 사용.

3월, 李陸史란 필명으로 시 「남한산성」(『비판』)과 「연보」(『시학』) 발표.

5월, 李陸史란 필명으로 영화평론 「씨나리오 문학의 특징: 예술형식의 변천과 영화의 집단성」(『청색지』) 발표.

6월, 李陸史란 필명으로 시 「호수」(『시학』) 발표.

8월, 李陸史란 필명으로 시 「청포도」(『문장』) 발표. 김소운에 의해 1940년과 1943년 두차례 일본어로 번역됨(김소운a, 240~41; 김소운b, 258~59).

10월, 李陸史란 필명으로 수필 「횡액(橫厄)」(『문장』) 발표.

이 해에 '李陸史' 필명의 「편복」이란 시가 집필된 것으로 보임. 이 시는 『육사시집』(범조사 1956)에 최초로 공개되나, 1940년 1월 신석초의 서간문(『시학』 5집, 1940. 1)에 이미 이 시에 대한 언급이 있음(김용직·손병희, 81).

이 해에 서울 종암동 62번지로 이사(김희곤a, 198).

1940년(36세)

1월, 李陸史란 필명으로 시 「절정」(『문장』) 발표. 「절정」은 김소운에 의해 1940년과 1943년 두차례 일본어로 번역됨(김소운a 242~243; 김소운b, 260~261).

1월, 「앙케에트에 대한 응답」(『시학』)에서 "내가 사숙(私塾)까지 했던 사람[시인]은 없습니다" "장편 자서시(自敍詩) 한편 써볼까 합니다"라고 답변.

3월, 李陸史란 필명으로 시 「반묘」(『인문평론』) 발표. 이 시는 육사가 "그의 단 한 사람의 비밀한 여성에게 준 작품"(신석초c, 105)이라고 함.

4월 17일, 陸史弟란 이름으로 경부선 열차 안과 삼랑진 역전에서 쓴 엽서를 신석초에게 보냄(김용직·손병희, 370~72). 목적지는 마산 앞바다인 듯.

4월 27일, 李陸史란 필명으로 시 「광인의 태양」(『조선일보』) 발표. "거칠은 해협(海峽)"이라는 표현과 함께 밀항 경험이 반영된 시.

5월, 李陸史란 필명으로 시 「일식」(『문장』) 발표(부기: ××에게 주는). 1910년 경술국치 당시의 일식을 그린 것으로 보임.

5월 15일, 김소운에 의해 육사의 시 「청포도」와 「절정」이 일본어로 번역됨(김소운a, 240~43).

7월, 李陸史란 필명으로 시 「교목(喬木)」(『인문평론』) 발표(부기: SS에게). SS는 '석정 (윤)세주'의 이니셜일 가능성(박현수a, 129).

9월, 李陸史란 필명으로 수필 「청란몽(靑蘭夢)」(『문장』) 발표.

10월(음력 9월), 신석초가 선친의 회갑을 맞아 육사를 부여로 초대함(신석초a, 240). 육사의 수필 「고란」(1942)에 의거해 이때를 1938년 가을로 비정한 것(박현수a, 279; 김희곤a, 권두 연보)은 착오임. 부여 여행 중 무량사(無量寺)에서 최정희(崔貞熙, 1912~1990)에게 보낸 엽서가 『문화세계』 1954년 1월호에 공개되었는데, 엽서 소인은 확인 불명(박현수b, 166).

10월, 李陸史란 필명으로 시「서풍」(『삼천리』) 발표. 육사의 시 중에서 '흰 무지개'를 가장 소상하게 노래한 시.

10월, 李陸史란 필명으로 수필「은하수」(『농업조선』) 발표.

"경진(庚辰)〔1940〕추(秋)에 서울로 이사 가시니"(이원성, 88)라는 말을 볼 때 가을에 육사의 어머니가 서울로 이사함. 이때 비로소 육사의 부모도 서울로 이사한 것으로 보임.

11월, 李陸史란 필명으로 서평「윤공강 시집 『빙화(氷華)』 기타」(『인문평론』) 발표.

12월, 李陸史란 필명으로 수필「현주(玄酒)·냉광(冷光): 나의 대용품」(『여성』) 발표.

1941년(37세)

1월, 李陸史란 필명으로 수필「연인기(戀印記)」(『조광』)와 시「독백」(『인문평론』) 발표.

1월과 4월, 李陸史란 이름으로 후스(胡適)의 글을 초역(抄譯)한「중국문학 50년사」(『문장』)를 두번에 걸쳐 발표(부기: 以下中斷).

3월, 李陸史란 필명으로「농촌문화문제 특집 설문에 대한 답」(『조광』) 발표. 짧은 응답이긴 하지만, '민중적 오락'으로 '짱치기'와 연극·영화의 중요성 지적(원문: 심원섭, 266).

3월 27일(음력 2월 30일), 서울 명륜동(明倫町 3丁目 57의 3호)에서 딸 옥비(沃非) 태어남. 족보(「진성」, 329)에는 3월 29일로 되어 있는데 착오임(이옥비 증언).

4월, 李陸史란 필명으로「자야곡」「서울」「아미(娥眉): 구름의 백작부인」등 3편의 시를 발표(『문장』).

4월 25일, 원산 임해장에서 평론「중국 현대시의 일단면」탈고해 6월에 李陸史란 필명으로『춘추』에 발표(부기: 四月 二十五日 夜 於元山 臨海莊).

4월 26일, 구딩(古丁) 소설「골목 안」을 번역해 陸史란 이름으로『조광』 6월호에 발표(부기: 四月 二十六日 於元山 聽濤莊).

늦봄에서 초여름까지 경주의 S사(寺)에서 요양과 집필. 수필「산사기(山寺記)」(1941)에서 육사는 "S군! 나는 지금 그대가 일찍이 와서 본 일이 있는 S사(寺)에 와서 있는 것이다. 그때 이 사찰 부근의 지리라든지 경치에 대해서는 그대가 나보다 잘 알고 있겠으므로 여기에 더 쓰지는 않겠다"라고 했는데, S는 신석초이며 S사는 신석초도 간 적이 있는 사찰. "해당화가 만발"이란 표현으로 미루어볼 때 「산사기」의 집 필 시기는 늦봄에서 초여름으로, 1941년 늦여름 폐병이 본격화되기 이전의 수필.

5월 21일(음력 4월 26일), 부친 이가호(1878년생, 만 63세) 별세(「진성」, 59). 서울 종암동 62번지에 빈소 설치.

6월, 李陸史란 필명으로 수필 「연륜(年輪)」(『조광』) 발표. "C여!"로 시작하는 이 글은 "L과 K를 안변(安邊)서 작별하고 K와 H와 나는 T읍에 있는 K의 집으로"(김용직·손병희, 185)에서 보듯 육사의 글 중에서 가장 많은 다섯명의 친구 이름 이니셜이 등장함.

8월, 李陸史란 필명으로 수필 「산사기(山寺記)」(『조광』) 발표.

늦여름에 폐병이 심각해져 다시 경주 옥룡암으로 요양을 떠났다 서울로 돌아옴. ① 수필 「계절의 표정」(1942)에서 육사는 "거기〔경주〕서 나의 정신에 끼쳐온 자랑이 시작되지 않았느냐? 그곳에서 고열로 하여 죽는다고 하자. 그래서 내 자랑 속에서 죽는 것이 무엇이 부끄러운 일이냐? 이렇게 단단히 먹고 간 마음이지만, 내가 나의 아테네를 버리고 서울로 다시 온 이유는 시골 계신 의사 선생이 약이 없다고 서울을 짐짓 가란 것이다. 서울을 오니 할 수 없어 이곳에 떼를 쓰고 올밖에 없었다"라고 이 시기를 회고함. ② 박훈산은 「항쟁의 시인: 육사의 시와 생애」(『조선일보』 1956. 5. 25)에서 "내가 육사를 마지막 뵈온 것은 1941년 여름 어느날이라고 기억한다. (…) 옥룡암이란 조그만 절간으로 육사 선생을 찾아간 것은 기나긴 여름해도 기울 무렵이었다. (…) 육사는 절간 조용한 방을 한칸 치우고 형무소에서 수년 지칠 대로 지친 육체에 하물며 폐결핵이란 엄청난 병을 조용히 치료하고 있을 때인데"(박현수a, 264)라고 기록하고 있음.

가을에 서울로 돌아와 명동 성모병원에 입원.

11월 28일, 친동생처럼 가까이 지내던 시인 몽구(夢驅) 이병각(李秉珏, 1910년생으로 만 31세)이 이육사가 입원해 있는 성모병원에서 폐병으로 요절.

12월, 李陸史란 필명으로 시 「파초」(『춘추』) 발표. 본격 발병 이후(수묵화 시기)의 첫 시.

겨울에 고향에 있던 신석초가 성모병원으로 찾아와 문병(신석초a, 240; 신석초d,

1942년(38세)

1월, 李陸史란 필명으로 「계절의 표정」(『조광』) 발표. 수묵화 시기의 첫 수필.

2월, 성모병원 퇴원(음력설인 2월 15일 이전으로 추정).

5월 7일, 김기림(金起林, 1908년생)이 육사에게 편지를 보냄(박현수a, 258~59). 겉봉이 없어 주소 확인 불가.

6월 9일(음력 4월 26일), 부친 이가호 소상(小祥).

6월 12일(음력 4월 29일), 모친 허길(許吉, 만 66세) 별세.

6월에 동생 원일과 원조, 친구 신석초, 이영규(李泳珪), 전문수(田文秀), 이민수(李民樹) 등과 시회(詩會)를 가지고 한시 「만등동산(晩登東山)」 「주난흥여(酒暖興餘)」 지음. 심원섭과 박현수는 시회의 시기를 1943년 봄(심원섭, 414; 박현수a, 282)으로 비정하나, 1942년 6월경으로 사료됨(이 책 146~49면 참조).

7월 10일, 陸史生이란 이름으로 서울에 있는 신석초에게 편지 보냄(부기: 七月 十日). 연도는 미상이나 이후 8월 4일의 시조 엽서에서 언급한 전서(前書)에 해당하는 것으로 판단됨. 김종해 『광야에서 부르리라』(문학세계사 1981)에 공개되었으며 "모든 의례와 형식을 떠나 먼저 붓을 들어 투병의 일단을 호소 (…) 나는 3개월이나 이곳에 있겠고, 또 웬만하면 영영 이 산 밖을 나지 않고 승(僧)이 될지도 모른다"(김용직·손병희, 368~69)라는 내용. 옥룡암에서 장기 요양하기로 결정.

7월, 옥룡암에서 이식우(李植雨)에게 시 「청포도」에 대해 "내 고장은 조선이고, 청포도는 우리 민족인데, 청포도가 익어가는 것처럼 우리 민족이 익어간다. 그리고 일본도 끝장난다"(김희곤a, 199)라고 말함. 이식우는 그 시기를 1943년 7월로 회고했지만, 그해에는 옥룡암에 간 적이 없어서 1942년이 옳을 듯함.

8월 4일, 李陸史라는 이름으로 옥룡암에서 충남 서천군 화양면의 신석초에게 시조 엽서 보냄. 엽서는 신석초의 조카인 신홍순이 소장하고 있었고, 2004년 김용직이 입수해 공개. ① 서두가 "전서(前書)는 보셨을 듯. 하도 답 안 오니 또 적소. 웃고 보사요"인데, 전서는 7월 10일 서신으로 판단됨. ② 본문에는 육사 유일의 시조가 들어 있음. ③ 부기: 八月 四日. ④ 소인(박현수a, 210)을 보면 쇼오와(昭和) 17년(1942)인데 그간 쇼오와 11년(1936)으로 오독함(김용직·손병희, 86; 박현수a, 209, 278; 김희곤a, 권두 연보, 197). 내용상 본격적인 발병(1941년 늦여름) 이후에 쓴 것임. ⑤ 1942년 8월 4일은 음력 6월 23일이며, 그리하여 시조 종장의 "저 달 상기 보고 가오니 때로 볼까 하노라"의 저 달은 하현달임. 하현달은 밤 12시경에 떠올라 아침 6시경에 남중(南中)한다. '상기'는 '항상'(박현수a, 209)이 아니라 '아직'의 뜻으로, 새벽의 하현달에 대한 묘사임.

8월 24일(음력 7월 13일), 맏형 이원기(1899년생으로 43세) 사망. 1941년 5월 부친상, 1942년 6월 모친상에 이은 '연첩상변(連疊喪變)'(이원성, 89).

8월 하순(음력 7월), 경주 옥룡암에서 상경. 경주 시우(詩友) 박곤복(朴坤復)의 글에 "임오〔1942〕 초추(初秋)〔음력 7월〕 밤차로 벗〔陸史〕을 멀리 보내고"(박곤복, 597, 637)라는 구절이 나옴.

맏형의 상을 치룬 후 맏형수가 부모님과 형님의 영위(靈位)를 모시고 고향 원촌으로 귀향함. 이원성이 엮은 책에 수록된 「큰집 종형수 허씨 부인〔허길〕 행장」에 "종질부〔원기의 부인으로, 육사의 형수인 인동 장씨〕 혼자 세분 영위 모시고, 유복녀(遺腹女) 강보에 싸서 업고 저들 삼남매〔1926년생 딸 동인, 1930년생 딸 동휘, 1937년생 아들 동영〕 앞세워 살지 못해 천리고행〔행〕 환고(還故)〔고향으로 돌아옴〕. 말이 환고(還故)지 집도 없이 가위 포박종적(漂迫蹤迹)〔유랑표박〕 그 광경은 목불인견(目不忍見)이나 그때 동영(東英)〔1937년생으로 당시 5세〕이 십세유고(十世遺孤)로 그 경황 삼순구식(三旬九食)〔한달에 아홉끼 식사〕도 못하고 구사일생(九死一生)으로"(이원성, 90)라는 구절이 나옴.

초가을에 육사, 외삼촌 허규가 은거하고 있는 수유리에 가서 요양함. 이곳은 현 신일고등학교 근방(허벽 증언). 수필 「고란(皐蘭)」 집필. 「고란」에서 육사는 "전날의 생활을 극채화(極彩畵)라고 한다면 오늘의 생활은 수묵화(水墨畵)라고나 할까? (…) 내가 있는 집 동편에는 석벽 속에서 새어 나는 샘물이 있고 (…) 샘물 우에 석벽 사이에 고란이 난다는 사실 (…) 내 외숙을 방문하는 노시인 몇분이 있어 그 샘물가 반석 우에 자리를 펴고 시회(詩會)을 열거나 시담(詩談)에 해를 보내는 때도 있었는데"라고 함.

10월 1일, 최현배 등 30여명이 조선어학회 사건으로 체포됨.

11월 10일, 재종(再從) 이원석(李源錫, 1910~1999)에게 편지 보냄. "우리집도 형수씨 아해들 다리시고 무고하시고"라는 구절이 있어 8월 24일 맏형 사망 후에 큰집이 원촌 고향으로 내려갔음을 확인할 수 있음. 또 "등본 한통을 지급부송(至急付送)하여다고. 그것이 늦어지면 나의 일은 만사와해(万事瓦解)일 뿐 아니라 우리집 장래 생활 방도조차 막연"(김용직·손병희, 373~74)이라고 하여 급하고 중요한 용무가 있었던 듯.

12월 1일, 李陸史란 필명으로 수필 「고란」(『매일신보사진순보』) 발표. 육사의 마지막 수필.

1943년(39세)

1월 1일, 신정 설날 아침 일찍 석초를 찾아가 '정원답설(正元踏雪)'을 제의. 석초에게 베이징행을 밝힘(신석초a, 240; 신석초c, 107).

봄에 표연히 베이징으로 떠남(신석초b, 250; 신석초c, 107). 매일신보사 베이징 특파원이던 문학평론가 백철(白鐵)이 중산공원(中山公園)에서 우연히 육사를 만남. 나중에 백철은 "육사의 인상은 옛날대로 머리에 기름을 발라 올백으로 빗어 넘기고 빨간 넥타이를 매고 했으나, 어딘지 얼굴이 초췌하고 해서 혹시 가슴이라도 나쁜 것이 아닐까 하고 생각될 정도로 얼굴빛이 창백했다"(백철b, 225)라고 이때를 회고함.

이 무렵 베이징의 베이하이공원(北海公園)에서 이육사와 이병희가 충칭(重慶)을 다녀온 이원을 만나 충칭으로 가려는 계획을 논의. 육사는 충칭과 옌안행 및 국내 무기반입 계획을 가지고 있었다고 함(이병희 증언; 김희곤a, 227, 231, 236).

5월 말경, 모친과 맏형 소상에 참여하기 위해 귀국(6월 1일의 모친 소상에 참석하려면 5월 말에 귀국해야 하기에 7월 귀국설은 착오인 듯).

5월 29일(음력 4월 26일), 아버지 이가호 대상(大祥).

6월 1일(음력 4월 29일), 어머니 허길 소상(小祥).

6월 9일(음력 5월 7일)경, 후배 이민수의 아버지 석정(石庭)의 육순(六旬)〔음력 1884년 5월 7일생〕. 이 무렵에 축하 한시 「근하 석정선생 육순(謹賀石庭先生六旬)」 창작.

7월(음력 6월)에 "동대문 경찰서에서 마지막으로 육사를 보았으며, 20여일 동안 서울에서 구금생활을 치르다가, 딸 옥비에게 전에 없이 심각한 표정으로 딸의 볼을 얼굴에 대고, 손을 꼭 쥐고는 '아빠 갔다 오마'라고 말했다"라는 육사의 아내 안일양의 증언이 있음(이명자, 233). 그러나 육사가 8월의 맏형 소상에 참여한 것과 배치되어 날짜 기억에 혼란이 있는 것으로 추정됨.

8월 13일(음력 7월 13일), 맏형 이원기 소상(小祥). 이때 고향을 다녀갔으며, 이후 안동 풍산의 권씨 집에서 1박함(이동영, 67; 김희곤a, 232~33).

10월 25일, 토오꾜오에서 김소운에 의해 육사의 시 「청포도」 「절정」 「아편」 「해후」가 일본어로 번역됨(김소운b, 258~65).

가을, 서울에서 동대문 형사대와 헌병대가 육사를 체포함. 체포 시기에 대해서는 6월(이명자, 232), 가을(신석초b, 250), 늦가을(신석초c, 107), 초겨울(김희곤a, 233) 등 이견이 있음. 20여일 구금된 뒤 베이징으로 압송되었고, 일본총영사관 지하 감옥에 구금됨.

가을, 베이징 일본헌병대 사복(일본의 정보기관인 육조공관(六條公館)의 정보원이나 영사관 형사로 추정)이 백철을 찾아와 육사가 '행방불명'이라고 애매하게 말하며 육사와 육사의 시 「청포도」에 대해 물음. "사복(私服)은 '이육사는 철저한 민족주의자가 아니요?' 하고, 일본말로 번역된 육사의 「청포도」를 내 앞에 내놓았다. 나는 그때 일본의 정보망이 이렇게 철저하게 되어 있다는 것에 놀랄 수밖에 없었다. '여기서 기다리는 귀인(貴人)이 누구냐…'고까지 물었다. 그리고 나아가서는 육사의 아우인 이원조에 대한 이야기까지 묻고 있었다. (…) 일본헌병대가 그렇게까지 모든 것을 속속들이 조사해 알고 있다고 생각하니 와락 겁에 질렸다."(백철b, 222~27) 형사가 제시한 일본어 번역 「청포도」는 김소운이 번역한 것일 수도 있으며, 이 일이 일어난 연도를 백철은 1944년으로 기억하나 1943년의 착오인 듯.

12월, 베이징에서 일본 형사에 의해 육사의 동지이자 친척인 이병희도 연행되어 육사가 있는 지하 감옥으로 끌려오나 12월에 먼저 풀려남(김희곤a, 237~38).

1944년(40세)

1월 16일(음력 1943년 12월 21일) 새벽, 베이징 네이이구(內一區) 둥창후통(東廠胡同) 28호(당시 東昌胡同 1호)에서 순국. 이곳은 일본영사관 건물에 속하면서 지하에 고문실과 감옥이 있었다고 함(김희곤a, 243).

1월 19일, 육사의 죽음을 전한 부고 내용은 "訃告/陸史李活氏今月十六日別世於北京客舍玆以訃告/弟 源一, 源朝, 源昌/甲申一月十九日/護喪 崔興峰/京城府城北町一二二ノ一一"임(김희곤a, 245). 일제 간수가 시신을 인수하라고 해 이병희가 지하 감옥으

로 가서 시신과 마분지에 적힌 유고(遺稿) 등을 인수. 시신 화장 후 유골은 이병희의 친구 이귀례 집에 보관함.

1월 25일(음력 1943년 12월 30일), 이병희가 육사 유골을 육사의 동생 이원창에게 넘김.

2월, 육사의 유해가 미아리 공동묘지에 안장됨. 이후 1960년에 고향 원촌의 뒷산으로 이장.

依依可佩

의의가패, 이육사 작품연보

일러두기

1. 한자로 된 제목은 가급적 한글로 전환하였다.

2. 중요한 논란은 그 출처를 밝혔고, 출처는 '김학동, 156'처럼 편자 또는 저자와 면 수만 밝히는 형식으로 표기하였다. 서지사항은 뒤에 나오는 '참고문헌'에서 확인 할 수 있다.

3. 논란이 되어 비고란에 설명을 덧붙인 경우는 그 항목에 별표(*)를 위첨자로 표시 하였다.

4. 작품의 내용과 시기를 해석·추정하는 데 필요한 서신과 엽서 내용도 포함하였다.

5. 작품이 사후에 발굴·소개된 경우에는 발표지면 칸에 발표 날짜를 괄호 안에 적 었다.

연월일	필명	작품명	발표지면	장르	비고(*)
1930. 01. 03.	李活*	말*	조선일보	문예/시	이육사 최초의 시로 소개되고 있으나(박현수a, 26~27), 이활(李活)이 육사인지에 대해서는 논란이 있음.
1930. 10.	李活(大邱 二六四)*	대구 사회단체 개관	별건곤	시사평론	필명이 권두 목차에서는 '李活', 본문에서는 '大邱 二六四'(박현수b, 60). 최초의 '二六四' 필명.
1931. 11. 10	李活	이원봉(李源鳳)에게(안동군청)	이육사문학관 소장	엽서	"十載[十年]의 그리운 낯[낯]을 바람갓치 가서 숨갓치 만나고 또 번개가치 써나올 째"라 하여, 육사가 10년 만에 고향을 방문한 것을 알 수 있음.
1932. 01. 14~26.	戮爲*生	대구의 자랑 약령시의 유래*	조선일보	시사평론	유일한 '肉爲' 필명 사용(박현수b, 62). 손병희는 육사의 글이라는 데 유보적이나(김용직·손병희, 414), 육사의 글이 확실함.
1932. 03. 06~09.	李活*	대구 장 연구회 창립을 보고서*	조선일보	시사평론(체육)	박현수 발굴(박현수a, 239~42). '장'은 1941년 3월 설문 응답에서 강조한 '쌍치기'와 같은 것, 李活＝육사.
1932. 03. 29.	李活*	신진작가 장혁주 군의 방문기	조선일보	방문기	李活＝육사(김학동a, 156).
1932. 06. 28.	陸史*	이상흔	엽서	서신/엽서	최초의 '陸史' 필명. 중국 조선혁명군사정치간부학교 수학 이전에 '陸史' 필명(사진: 박현수a, 247) 사용이 확인됨.

연월일	필명	작품명	발표지면	장르	비고(*)
1933. 04.	李活	자연 과학과 유물변증법	대중(창간임시호)	시사평론	손병희는 육사의 글이라는 데 유보적이나(김용직·손병희, 413), 내용으로 봐서 육사의 글로 사료됨.
	李戮史*	레닌주의 철학의 임무		시사평론	'싣지 못한 글의 목록'에 제목만 전함. '李戮史'라는 필명 사용(박현수b, 62). '陸史' 필명을 쓴 이후에도 '戮史' 필명 사용 확인됨.
1934. 02.	李活	1934년에 임하야 문단에 대한 희망	형상	문예응답	심원섭(265)에 의거해 육사의 글로 판단함.
1934. 09.	李活	5중대회를 앞두고 외분내열의 중국 정정(政情)	신조선	시사평론	김학동은 육사의 글이라는 데 유보적(김학동a, 157).
1934. 10.	李活*	국제무역주의의 동향	신조선	시사평론	김학동은 육사의 글이라는 데 유보적(김학동a, 157).
	陸史*	창공에 그리는 마음		문예/수필	『신조선』 같은 호에 두 편의 글을 게재했기 때문에 필명을 구분한 것으로 보임. 문학작품에 등장하는 최초의 '陸史' 필명.
1935. 01.	李活*	위기에 임한 중국 정국의 전망	개벽	시사평론	김학동은 육사의 글이라는 데 유보적(김학동a, 157).
1935. 01.*	李活*	1935년과 노불관계 전망	신조선	시사평론	11월호라는 손병희의 표기는 착오(김용직·손병희, 324). 김학동은 육사의 글이라는 데 유보적(김학동a, 157).
1935. 03.	李活*	공인 '갱그'단 중국 청방(青帮) 비사소고	개벽	시사평론	김학동은 육사의 글이라는 데 유보적(김학동a, 157).

연월일	필명	작품명	발표지면	장르	비고(*)
1935. 06.	陸史*	춘수삼제(春愁三題)*	신조선	문예/시	부기: 四月 五日. 시에 등장하는 최초의 '陸史' 필명. 「말」이 육사의 시가 아니라면 육사의 첫 시.
1935. 12.	陸史	황혼	신조선	문예/시	부기: 五月의 病床에서.
1936. 01.	陸史	실제(失題)	신조선	문예/시	부기: 十二月 初夜. 즉 1935년 12월 초 밤.
1936. 04.	李活*	중국의 신국민운동 검토	비판	시사평론	목차에 제목만 전함. 손병희와 김학동은 육사의 글이라는 데 유보적(김용직·손병희, 414; 김학동a, 157).
1936. 07. 30.*	陸史弟	신석초에게	이육사문학관 소장	서신/엽서	7월 29일(음력 6월 11일) 경주 불국사를 보고 밤에 포항 송도해수욕장 인근에 와서 다음날 신석초에게 보낸 엽서.
1936. 08.	李活*	중국 농촌의 현황	신동아	시사평론	김학동은 육사의 글이라는 데 유보적(김학동a, 157).
1936. 10. 23~29.	陸史	루쉰(魯迅) 추도문	조선일보	문학/추도문	
1936. 12.	李陸史	고향(魯迅 원작)	조광	문학/소설 번역	
1936. 12.	陸史	한개의 별을 노래하자	풍림	문예/시	
1937. 03.*	李陸史	질투의 반군성(叛軍城)	풍림	문예/수필	부기: 十一月 五日. 발표일은 1937년 3월이나 내용은 1936년 8월의 바다. 1936년 7월 30일 엽서에서 언급한 바다와 관계가 있음.
1937. 04.	?	무희의 봄을 찾아서: 박외선 양 방문기	창공(창간호)	문예/방문기	

연월일	필명	작품명	발표지면	장르	비고(*)
1937. 04.	李陸史	해조사(海潮詞)	풍림	문예/시	'사자(獅子)의 마지막 포효' 등으로 해조(海潮)를 묘사.
1937. 08. 03~06.	李陸史	문외한의 수첩	조선일보	문예/수필	부기: 丁丑. 七. 二九. 丁丑은 1937년.
1937. 10. 31~11. 05.	?	황엽전(黃葉錢)	조선일보	문예/소설	부기: 丁丑. 十一. 一. 丁丑은 1937년. 부기의 날짜를 보면 작품 탈고 전에 연재 시작.
1937. 12.	陸史	노정기(路程記)	자오선	문예/시	"서해를 밀항하는 정크" 등 바다 묘사.
1937(?)*	李陸史	산(山)	주간서울 (1949. 04. 04)	문예/시	① 『주간서울』의 「작고시인들의 미발표 유고집」에 수록된 세편 모두 비슷한 시기의 작품으로 추정(박현수a, 191). ② 「화제(畫題)」에는 '丁丑 ○○夜'가 부기되어 있음. 정축년은 1937년.
	李陸史	잃어진 고향(故鄕)		문예/시	
	李陸史	화제(畫題)		문예/시	
1938. 03. 02.	李陸史	전조기(剪爪記)	조선일보	문예/수필	
1938. 04.	李陸史	초가	비판	문예/시	부기: (幽廢된地域)에서.
1938. 07.	李陸史	강 건너간 노래	비판	문예/시	
1938. 08. 22.	李陸史	자기 심화의 길: 곤강(崑崗)의 『만가』를 읽고	조선일보	문예/서평	원문: 심원섭, 155~56.
1938. 09.	李陸史	소공원	비판	문예/시	
1938. 10.	李活*	모멸의 서(書): 조선 지식여성의 두뇌와 생활	비판	시사평론	김학동과 손병희는 육사의 글이라는 데 유보적(김학동a, 156; 김용직·손병희, 415).
1938. 11.	李陸史	조선문화는 세계문화의 일륜(一輪): 지성 옹호의 변	비판	문예/평론	

연월일	필명	작품명	발표지면	장르	비고(*)
1938. 11.	李陸史	아편	비판	문예/시	1943년에 일본어로 번역(김소운b, 262~63).
1938. 12. 24~28.	李陸史	계절의 오행(五行)	조선일보	문예/수필	
1939. 01.*	李陸史*	소년에게*	시학	문예/시	① 1939년 1월에 발표(박현수a, 94)한 것으로 1940년 1월(박현수a, 286; 김용직·손병희, 41)은 착오. ② 손병희는 육사의 작품이라는 데 유보적이나(김용직·손병희, 417), 육사 작품이 분명함.
1939. 02.	李活*	영화에 대한 문화적 촉망	비판	문예/영화평론	문예(영화)에 대한 글에서 드물게 필명 '李活'을 사용.
1939. 03.	李陸史	남한산성	비판	문예/시	
1939. 03.	李陸史	연보	시학	문예/시	
1939. 05.	李陸史*	씨나리오 문학의 특징: 예술형식의 변천과 영화의 집단성	청색지	문예/영화평론	문예(영화)에 대한 글로 필명 '陸史' 사용. 1939년 2월의 '李活' 사용과 대비됨.
1939. 06.	李陸史	호수	시학	문예/시	
1939. 08.	李陸史	청포도	문장	문예/시	1940년과 1943년에 일본어로 번역(김소운a, 240~41; 김소운b, 258~59).
1939. 10.	李陸史	횡액(橫厄)	문장	문예/수필	
1939(?)*	李陸史	편복(蝙蝠)	육사시집(1956)	문예/시	신석초의 서간문(『시학』5집, 1940. 1)에 이미 「편복」에 대한 언급이 있음(김용직·손병희, 81).
1940. 01.	李陸史	절정	문장	문예/시	1940년과 1943년에 일본어로 번역(김소운a, 242~43; 김소운b, 260~61).

의의가패(依依可佩), 이육사 작품연보 323

연월일	필명	작품명	발표지면	장르	비고(*)
1940. 01.	?	앙케에트에 대한 응답	시학	문예/설문	
1940. 03.	李陸史	반묘(班猫)	인문평론	문예/시	육사가 "그의 단 한사람의 비밀한 여성에게 준 작품"(신석초c, 105)이라고 함.
1940. 04. 17.*	陸史弟	신석초에게	이육사 전집 (2004)	서신/엽서	부기: 四月 十七日 下午 五時頃 於京釜線車中 陸史弟 拜上. 소인(消印)은 쇼오와(昭和) 15년. 쇼오와 15년은 1940년.
1940. 04. 27.	李陸史	광인의 태양	조선일보	문예/시	"거칠은 해협(海峽)"을 노래 함. 바로 앞의 엽서에서 언급한 바다와 연관이 있을 수도.
1940. 05.	李陸史	일식	문장	문예/시	부기: ××에게 주는.
1940. 07.	李陸史	교목(喬木)	인문평론	문예/시	부기: SS에게.
1940. 09.	李陸史	청란몽(青蘭夢)	문장	문예/수필	
1940. 10 (음력 9)*	陸史生	무량사(無量寺)에서: 최정희 님께 보낸 엽서	문화세계(1954. 01)	서신/엽서	1940년 10월이란 시기는 신석초의 글(신석초a, 240)에 의거. 엽서의 소인(박현수b, 166)은 확인 불명. 부여여행 시기를 1938년 가을로 본 것(박현수a, 279; 김희곤a, 권두 연보)은 착오.
1940. 10.	李陸史	서풍	삼천리	문예/시	
1940. 10.	李陸史	은하수	농업조선	문예/수필	
1940. 11.	李陸史	윤공강 시집 『빙화(氷華)』 기타	인문평론	문예/서평	
1940. 12.	李陸史	현주(玄酒)·냉광(冷光): 나의 대용품	여성	문예/수필	

연월일	필명	작품명	발표지면	장르	비고(*)
1941. 01.	李陸史	연인기 (戀印記)	조광	문예 / 수필	
1941. 01.	李陸史	독백	인문평론	문예/시	
1941. 01/04.	李陸史	중국문학 50년사(胡適 원작)	문장	문예 / 평론 번역	부기: 以下中斷. 후스(胡適)의 글을 초역(抄譯)함.
1941. 03.	李陸史	농촌 문화문제 특집 설문에 대한 답	조광	문예 / 응답	'민중적 오락'으로 '짱치기'와 연극·영화의 중요성 지적(원문: 심원섭, 266).
1941. 04.	李陸史	자야곡	문장	문예/시	
	李陸史	서울		문예/시	
	李陸史	아미 (娥眉): 구름의 백작부인		문예/시	
1941. 06.	李陸史	연륜(年輪)	조광	문예 / 수필	
1941. 06.*	李陸史	중국 현대시의 일단면	춘추	문예 / 시평론	부기: 四月 二十五日 夜 於元山 臨海莊.
1941. 06.*	陸史	골목 안(古丁 원작)	조광	문예 / 소설 번역	부기: 四月 二十六日 於元山 聽濤莊.
1941. 08.*	李陸史	산사기 (山寺記)	조광	문예 / 수필	"해당화가 만발"이라는 구절로 봐서 집필 시기는 늦봄에서 초여름.
1941. 12.*	李陸史	파초*	춘추	문예/시	폐병 악화 이후(수묵화 시기) 첫 시.
1942. 01.*	李陸史	계절의 표정*	조광	문예 / 수필	수묵화 시기 첫 수필.
1942. 06.(?)*		만등동산 (晩登東山)	육사시문집: 청포도(1964)	문예 / 한시	두 한시는 같은 날 작품. 1943년 봄(심원섭, 414; 박현수a, 282)으로 비정하나, 1942년 6월로 사료됨.
		주난흥여 (酒暖興餘)		문예 / 한시	

연월일	필명	작품명	발표지면	장르	비고(*)
1942. 07. 10.(?)*	陸史生	옥룡암(玉龍菴)에서	광야에서 부르리라 (1981)	서신/엽서	부기: 七月 十日. 연도 미상이나 1942년 8월 4일의 시조 엽서에서 언급한 '전서(前書)'로 판단됨.
1942. 08. 04.*	李陸史	옥룡암에서 신석초에게: 뵈올가 바란 마음	이육사 전집 (2004)	서신/시조	부기: 八月 四日. 육사의 유일한 시조. 1936년 작으로 보는 것은 오독(김용직·손병희, 86; 박현수a, 209). 소인(박현수a, 210)은 쇼오와(昭和) 11년(1936)이 아니라 쇼오와 17년(1942).
1942. 11. 10.	陸史	재종 원석(原錫)군에게	이육사 전집 (2004)	서신/엽서	육사의 마지막 편지로 발신지는 서울. 이 해 8월 24일(음력 7월 13)에 맏형이 사망한 후 큰집이 이미 원촌으로 내려간 사실을 알 수 있음.
1942. 12. 01.	李陸史	고란(皐蘭)*	매일신보 사진순보	문예/수필	육사의 마지막 수필. 자신의 문학활동을 극채화와 수묵화로 나눔.
1943. 06.		근하 석정선생 육순(謹賀 石庭先生六旬)	육사시문집: 청포도(1964)	문예/한시	석정의 육순인 1943년 6월 9일(음력 5월 7일) 전후 창작.
1943. 10. 이전*	李陸史	해후(邂逅)	육사시집 (1946)	문예/시	1943년 10월 25일 일본어로 번역 출간(김소운b, 264~65). 육사가 "그의 단 한 사람의 비밀한 여성에게 준 작품"(신석초c, 105)이라고 함.
1943~ 44. 01. 16.(?)*	李陸史	나의 뮤-즈	육사시집 (1946)	문예/시	「광야」「꽃」과 시세계가 밀접하게 연결, 1943년 작으로 비정.
미상	?	바다의 마음	나라사랑 16집 (1974, 가을)	문예/시	부기: 八月 二十三日. 신석초 소장(원고 사진: 박현수a, 205).

연월일	필명	작품명	발표지면	장르	비고(*)
1943~44. 01. 16.	李陸史	꽃	자 유 신 문(1945. 12. 17)*	문예/시	『자유신문』 발표(원문 사진: 박현수a, 163, 168) 이후 『육사시집』(1946)에 수록.
	李陸史	광야		문예/시	

■ 육사 전집 · 시집

김용직·손병희 엮음『이육사 전집』, 깊은샘 2004.

김종해 엮음『광야에서 부르리라』, 문학세계사 1981.

박현수 엮음(박현수a)『원전주해 이육사 시전집』, 예옥 2008.

박현수 엮음(박현수b)『한권에 담은 264 작은 문학관』, 울력 2016.

심원섭 편주『원본 이육사 전집』, 집문당 1986.

외솔회 엮음『나라사랑』16집(육사 이원록 선생 특집호), 외솔회 1974.

이동영 엮음『육사시집』, 범조사 1956.

이동영 엮음『육사시집: 광야』, 형설출판사 1971.

이원조 엮음『육사시집』, 서울출판사 1946.

이육사선생기념비건립위원회 엮음『육사시문집: 청포도』, 범조사 1964.

■ 신문 · 족보 · 사전

『동아일보』

『조선일보』

『대한매일신보』

『진성이씨상계파세보(眞城李氏上溪派世譜)』, 도산서원 1986.(연보에서「진성」으로

약칭. 이하 약칭은 모두 연보에서만 쓰임)

『岩波佛敎辭典』, 中村元·田村芳朗·福永光司·今野達 編, 東京: 岩波書店 1989.

■ 사료

朝鮮總督府警察局「軍官學校事件ノ眞相」(1934. 12), 한홍구·이재화 엮음『한국민족
　　해방운동사 자료총서』3, 경원문화사 1988.(「군관」으로 약칭)

「金公信 訊問調書(제3회)」(1935. 5. 1), 국사편찬위원회 편역『한민족독립운동사 자
　　료집』31권, 국사편찬위원회 1997.(「김공신3」으로 약칭)

京城本町警察署「李活 訊問調書」제1회(1934. 6. 17), 제2회(1934. 6. 19), 국사편찬위
　　원회 편역『한민족독립운동사 자료집』30권, 국사편찬위원회 1997.(제1회와 제
　　2회를 각각 「이활1」과 「이활2」로 약칭)

安東警察署 陶山警察官駐在所「李源祿 素行調書」(1934. 7. 20), 국사편찬위원회 편역
　　『한민족독립운동사 자료집』30권, 국사편찬위원회 1997.(「소행」으로 약칭)

「愼秉桓 訊問調書」(1934. 12. 25), 국사편찬위원회 편역『한민족독립운동사 자료집』
　　31권, 국사편찬위원회 1997.(「신병환」으로 약칭)

「尹益均 訊問調書」(1934. 6. 17), 국사편찬위원회 편역『한민족독립운동사 자료집』
　　30권, 국사편찬위원회 1997.(「윤익균」으로 약칭)

京畿道警察部「證人 李源祿 訊問調書」(1935. 5. 15), 국사편찬위원회 편역『한민족독
　　립운동사 자료집』31권, 국사편찬위원회 1997.(「증인」으로 약칭)

「洪加勒 訊問調書(제7회)」(1934. 11. 29), 국사편찬위원회 편역『한민족독립운동사
　　자료집』31권, 국사편찬위원회 1997.(「홍가륵7」로 약칭)

국사편찬위원회 편역『한민족독립운동사 자료집』30~31권, 국사편찬위원회 1997.

독립운동사편찬위원회 엮음『독립운동사 자료집』12집(문화투쟁사 자료집), 독립
　　유공자사업기금운용위원회 1977.

경상북도독립운동기념관 엮음『추강 김지섭』, 디자인 판 2014.

■ 전집

杜甫『杜詩鏡銓』卷1~20; 楊倫 編『杜詩鏡銓』上·下(1791 번각본), 上海古籍出版社
　　1980; 양륜(楊倫) 엮음『두시경전』1~3, 이관성 옮김, 문진 2013.

杜甫 『杜詩詳註』 卷1~25; 仇兆鰲 編 『杜詩詳註』 1~5(1693 영인본), 北京: 中華書局 1999(第5次).

鲁迅 『鲁迅全集』(全十六卷), 北京: 人民文学出版社 1981.

『全唐詩』, 彭定求 外 9人 奉敕编校, 北京: 中華書局 1999(1705 增訂本).

두보 『두시언해』(중간본), 조위·유윤겸·의침 엮음, 대제각 1985(1632 영인본).

루쉰 『노신선집(4): 서간문·평론』, 노신문학회 옮김, 여강출판사 2004.

루쉰 『루쉰전집』 4, 루쉰전집번역위원회 옮김, 그린비 2014.

윌리엄 버틀러 예이츠 『예이츠 서정시 전집(1): 아일랜드』, 김상무 역주, 서울대학교 출판문화원 2014.

윌리엄 버틀러 예이츠 『예이츠 서정시 전집(3): 상상력』, 김상무 역주, 서울대학교출 판문화원 2014.

이만도 『향산전서(響山全書)』, 한국국학진흥원 국학자료부 엮음, 한국국학진흥원 2007.

이황 『퇴계전서』, 성균관대학교 대동문화연구원 1985(영인본).

■ 연구논저·회고록

국가보훈처 엮음 『대한민국 독립유공인물록: 1949~1997년도 포상자』, 국가보훈처 1997.

국가보훈처 엮음 『독립유공자 공훈록』 5, 국가보훈처 1988.

강만길 「조선혁명군사정치간부학교와 육사 이활」, 『민족문학사연구』 8호, 민족문학 사연구소 1995.

강순식 「이육사와 초인의 고향 원천」, 『동양문학』 1988년 9월호(3호).

강창민 『이육사 시의 연구』, 국학자료원 2002.

강희정 『나라의 정화(精華), 조선의 표상(表象): 일제강점기 석굴암론』, 서강대학교 출판부 2012.

고준석 「예이츠의 비전과 윤회사상」, *The Yeats Journal of Korea*(한국 예이츠 저널), Vol. 33, 한국예이츠학회 2010.

구본현 「한시 절구(絶句)의 기승전결 구성에 대하여」, 『국문학연구』 30호, 국문학회 2014.

국립경주박물관 엮음『신라의 사자(獅子)』, 씨티파트너 2006.

국립중앙박물관『부석사 괘불』, 열린박물관 2007.

권영민「이육사의 〈절정(絶頂)〉과 '강철로 된 무지개'의 의미」, 국립국어원『새국어
생활』1999년 봄호(9권 1호).

권오봉「계상도학연원방(溪上道學淵源坊)의 고증과 복원: 탄생 50주년 기념사업의
1」,『퇴계학보』94권 1호, 퇴계학연구원 1997.

권중서「부처님의 악사 삼형제」,『불교신문』152호, 2008. 2. 29.

권혁웅「현재 속에 내포된 미래, 이육사의 〈꽃〉에 나타난 우리 시의 새로운 시제」,
이숭원 외『시의 아포리아를 넘어서』, 이룸 2001.

김경복「이육사 시의 사회주의 의식 연구」,『한국시학연구』12호, 한국시학회 2005.

김구『정본 백범일지』, 도진순 탈초·교감, 돌베개 2016.

김근『한시(漢詩)의 비밀: 시경과 초사 편』, 소나무 2008.

김기현「퇴계의 자기성찰 정신」,『유교사상문화연구』37집, 성균관대학교 유교문화
연구소 2009.

김달진『청시(靑枾)』(청색지사 1940), 미래사 1991(복각본).

김도형「동학민요 파랑새 노래 연구」,『한국언어문학』67집, 한국언어문학회 2008.

김리나「석굴암 불상군의 명칭과 양식에 관하여」,『정신문화연구』48호(15권 3호),
한국정신문화연구원 1992.

김명호「상하이 엑스포 중국관은 '애국노인' 마상보 칩거 장소」,『중앙일보』2010. 8. 7.

김병철 엮음『세계문학번역서지목록총람』, 국학자료원 2002.

김사량『노마만리』, 동광출판사 1989.

김성룡『불멸의 발자취』, 북경: 민족출판사 2005.

金素雲 訳編(김소운a)『乳色の雲: 朝鮮詩集』, 東京: 河出書房 1940.

金素雲 訳編(김소운b)『朝鮮詩集』(中期), 東京: 興風館 1943.

김수연「별자리 천문화소 두우성(斗牛星)의 서사적 수용 양상과 해석의 문제」,『시
학과 언어학』27호, 시학과언어학회 2014.

김영률 옮김『기세인본경(起世因本經)』, 동국대학교 전자불전문화콘텐츠
연구소 웹사이트: http://ebti.dongguk.ac.kr/h_tripitaka/page/PageView.
asp?bookNum=321&startNum=2, 2012. 4.

김영범 「이육사의 독립운동 시·공간(1926~1933)과 의열단 문제: 통설의 분석적 재검토를 겸하여」, 『한국독립운동사연구』 34집, 독립기념관 한국독립운동사연구소 2009.

김영범 『윤세주: 의열단·민족혁명당·조선의용대의 영혼』, 역사공간 2013.

김용권 「예이츠 시 번(오)역 100년: "He wishes for the Cloths of Heaven"을 중심으로」, *The Yeats Journal of Korea*(한국 예이츠 저널), Vol. 40, 한국예이츠학회 2013.

김용직 엮음 『이병각 문학전집』, 푸른사상 2006.

김용직 엮음 『이육사』, 서강대학교출판부 1995.

김용직 「저항의 논리와 그 정신적 맥락: 이육사 연구」, 『한국현대시연구』, 일지사 1974.

김윤식 「육사의 〈광야〉와 연암의 〈호곡장〉」, 『문학동네』 2004년 봄호.

김윤식 「절명지의 꽃」, 『한국근대문학사상』, 서문당 1974.

김은실 「발굴: 여성 독립운동가 이병희 씨」, 『여성신문』 733호, 2003. 7. 4.

김인덕 『박열: 극일에서 분단을 넘은 박애주의자』, 역사공간 2013.

김임구 「나르시스-디오니소스적 축제와 비극적 현실수용」, 『동서문화』 30집, 계명대학교 인문과학연구소 1998.

김재봉 「집단추모의 한 양식: 예이츠의 〈1916년 부활절〉」, *The Yeats Journal of Korea*(한국 예이츠 저널), Vol. 33, 한국예이츠학회 2010.

김재홍 「육사 이원록」, 『한국현대시인연구』, 일지사 1986.

김정희 『추사집』, 최완수 옮김, 현암사 2014.

김정희 『신장상』, 대원사 1989.

김종길 「육사의 시」, 외솔회 엮음 『나라사랑』 16집, 외솔회 1974.

김종길 「한국시에 있어서의 비극적 황홀」, 『심상』 1973년 11월호.

김종석 「『도산급문제현록』의 집성과 간행에 관하여」, 『한국의 철학』 28호, 경북대학교 퇴계연구소 2000.

김진국·김학재·조용효 『최신 와인학개론』, 백산출판사 2013.

김창숙 『심산유고(心山遺稿)』, 국사편찬위원회 1973.

金泰燁 『抗日朝鮮人の証言: 回想の金突破』, 石坂浩一 訳, 東京: 不二出版 1984.

김학동 「민족적 염원의 실천과 시로의 승화」, 김용직 엮음 『이육사』, 서강대학교출판부 1995.

김학동a『이육사 평전』, 새문사 2012.

김현승『한국현대시 해설』, 관동출판사 1972.

김홍규「육사의 시와 세계인식」,『창작과비평』 1976년 여름호.

김희곤『나라 위해 목숨 바친 안동 선비 열 사람』, 지식산업사 2010.

김희곤『안동 사람들의 항일투쟁』, 지식산업사 2007.

김희곤a『이육사 평전』, 푸른역사 2010.

김희곤「하계마을 선비정신과 민족운동의 만남」, 안동대학교 안동문화연구소 엮음
　　『터를 안고 仁을 펴다: 퇴계가 굽어보는 하계마을』, 예문서원 2005.

꽁도르세『인간 정신의 진보에 관한 역사적 개요』, 장세룡 옮김, 책세상 2002.

남동신「천궁(天宮)으로서의 석굴암」,『미술사와 시각문화』 13호, 미술사와 시각문
　　화학회 2014.

니체『짜라두짜는 이렇게 말했다: 차라투스트라에 대한 살아 있는 재해석』, 박성현
　　옮김, 심볼리쿠스 2015.

니체『차라투스트라는 이렇게 말했다』, 정동호 옮김, 책세상 2000.

도진순「몽골초원답사기: 허공 속의 역사를 찾아서」,『역사비평』 1999년 겨울호(49
　　호).

도진순「육사의 비명(碑銘), 〈나의 뮤-즈〉: '건달바'와 '영원한 과거'의 본래면목」,
　　『국어국문학』 175호, 국어국문학회 2016.

도진순「육사의 유언, 〈광야〉: '죽어서도 쉬지 않으리'」,『창작과비평』 2016년 여름호.

도진순「육사의 〈절정〉: '강철로 된 무지개'와 'Terrible Beauty'」,『민족문학사연구』
　　60호, 민족문학사연구소 2016.

도진순「육사의 〈청포도〉 재해석: '청포도'와 '청포', 그리고 윤세주」,『역사비평』
　　2016년 봄호(114호).

도진순「육사의 한시 〈晩登東山〉과 〈酒暖興餘〉: 그의 두 돌기둥, 石正 윤세주와 石艸
　　신응식」,『한국근현대사연구』 76집, 한국근현대사학회 2016.

독립기념관 한국독립운동사연구소 엮음『한국독립운동사 자료총서(20): 독립운동
　　가 서한집』, 독립기념관 한국독립운동사연구소 2006.

동시영「육사(陸史) 시(詩)의 니체철학 영향 연구」,『동악어문학』 30집, 동악어문학

회 1995.

똘스또이『예술이란 무엇인가』, 동완 옮김, 신원문화사 2007.

루쉰「致趙其文」(1925. 4. 11),『노신선집(4): 서간문·평론』, 노신문학회 옮김, 여강출
　　판사 2004.

루쉰『루쉰, 시를 쓰다』, 김영문 옮김, 역락 2010

루쉰『무덤』, 홍석표 옮김, 선학사 2003.

류순태「이육사 시 〈절정〉의 비극적 실존 의식과 저항성 연구」,『우리문학연구』38
　　집, 우리문학회 2013.

마광수「이육사의 시 〈절정〉의 또 다른 해석」,『현대문학의 연구』16호, 한국문학연
　　구학회 2001.

민영진「카이로스와 크로노스」,『기독교사상』43권 12호, 대한기독교서회 1999.

박곤복『고암문집(古庵文集)』, 대해사 1998.

박노균「니체와 한국문학(2): 이육사를 중심으로」,『개신어문연구』31집, 개신어문
　　학회 2010.

박도「실록소설 '들꽃': 제9장 광야의 초인」,『오마이뉴스』2015. 1. 31~2. 7.

박도『허형식 장군: 만주 제일의 항일 파르티잔』, 눈빛 2016년.

박민영「고원에 뜬 흰 무지개: 이육사의 〈絶頂〉」,『시안』2009년 겨울호.

박민영『향산 이만도: 거룩한 순국지사』, 지식산업사 2010.

박석무(황헌만 사진)『조선의 의인들: 역사의 땅 사상의 고향을 가다』, 한길사 2010.

박성창「한·중 근대문학 비교의 쟁점: 이육사의 문학적 모색과 루쉰」, *Comparative
　　Korean Studies* 23권 2호, 국제비교한국학회 2015.

박순원「이육사의 〈광야〉 연구」,『비평문학』40집, 한국비평문학회 2011.

박찬국『니체를 읽는다: 막스 셸러에서 들뢰즈까지』, 아카넷 2015년.

박현수「이육사의 현실인식의 재구성과 작품 해석의 방향: 〈노정기〉와 〈광인의 태
　　양〉을 중심으로」,『어문학』118집, 한국어문학회 2012.

박호영「이육사의 〈광야〉에 대한 실증적 접근」,『한국시학연구』5호, 한국시학회
　　2001.

박훈산「항쟁의 시인: 육사의 시와 생애」(『조선일보』1956. 5. 25), 박현수 엮음『원
　　전주해 이육사 시전집』, 예옥 2008.

백철a『진리와 현실: 문학자서전(1부)』, 박영사 1976.

백철b『續·진리와 현실: 문학자서전(2부)』, 박영사 1976.

보나르(A. Bonnard)『우정론』, 황명걸 옮김, 집문당 2014.

서경식『시의 힘: 절망의 시대, 시는 어떻게 인간을 구원하는가』, 서은혜 옮김, 현암
　　사 2015.

서정주「건달파(乾達婆) 고(考)」,『불광』1976년 8월호(22호).

석재시서화집간행위원회 엮음『석재 시서화집』상·하, 이화문화출판사 1998.

성낙주『석굴암 백년의 빛: 사진으로 읽는 수난과 영광의 한 세기』, 동국대학교출판
　　부 2009.

성낙주『석굴암, 법정에 서다: 신화와 환상에 가려진 석굴암의 맨얼굴을 찾아서』, 불
　　광출판사 2014.

성백효 역주『시경집전』상·하, 전통문화연구회 2010.

송철규「죽음으로 사랑을 지키다: 중국판 로미오와 줄리엣, 공작동남비」,『주간조
　　선』2110호, 2010. 6. 21.

신석초a「이육사의 추억」,『현대문학』1962년 12월호.

신석초b「이육사의 생애와 시」,『사상계』1964년 7월호.

신석초c「이육사의 인물」, 외솔회 엮음『나라사랑』16집, 외솔회 1974.

신석초d『시는 늙지 않는다』, 융성출판 1985.

신영명「7세기 초 신라 정치사와〈혜성가〉」,『우리문학연구』24집, 우리문학회 2008.

신용철「신라 팔부중 도상 전개에 있어 쌍탑의 역할」,『정신문화연구』118호(33권 1
　　호), 한국학중앙연구원 2010.

신준영「안동보문의숙(安東寶文義塾) 연구」, 안동대학교 대학원 2015.

심산사상연구회('심산'으로 약칭) 엮음『김창숙 문존』, 성균관대학교출판부 1994.

심송화「백마 타고 사라진 허형식 할아버지」, http://m.blog.daum.net/skxogkswhl/
　　17956544, 2004.

심원섭「이육사의 徐志摩 시 수용 양상」,『원본 이육사 전집』, 집문당 1986.

안상학「서릿발 칼날진 그 우에 서다」,『영남일보』2008. 10. 20.

야마다 쇼오지『가네코 후미코 : 식민지 조선을 사랑한 일본제국의 아나키스트』, 정
　　선태 옮김, 산처럼 2003.

야오란(姚然) 「이육사 문학의 사상적 배경 연구: 중국 유학체험을 중심으로」, 서울대
학교 대학원 석사논문 2012.

양주동 『조선고가연구(朝鮮古歌硏究)』, 박문서관 1942; 『증정(增訂) 고가연구(古歌
硏究)』, 일조각 1965.

양홍진 「칠월칠석, 견우와 직녀 별자리 이야기」, 과학기술정보통신부 웹진: http://
www.msip.go.kr/webzine/posts.do?postIdx=130, 2015.

오세영 「어데 닭 우는 소리 들렸으랴: 이육사의 〈광야〉」, 『20세기 한국시의 표정』, 새
미 2002.

오세영 「육사의 〈절정〉: 비극적 초월과 세계인식」, 김용직·박철희 엮음 『한국현대시
작품론』, 문장 1981.

오탁번 『한국현대시사의 대위적(對位的) 구조』, 고려대학교 민족문화연구원 1988.

오하근 「시작품 해석의 오류 연구: 이육사 〈절정〉의 경우」, 『한국언어문학』 40집, 한
국언어문학회 1998.

왕후이(汪暉) 『절망에 반항하라: 왕후이의 루쉰 읽기』, 송인재 옮김, 글항아리 2014.

유길만 『김일성 장군: 조선민중의 전설적 영웅』, 광성 2006.

유성호 「육사 시의 교육적 가치」, 이육사문학관 엮음 『이육사 문학과 저항정신』, 이
육사문학관 2014.

윤경렬 『경주 남산의 탑골』, 열화당 1995.

윤길중 『이 시대를 앓고 있는 사람들을 위하여』, 호암출판사 1991.

이경규 「중국비천의 연원에 관하여」, 『인문과학연구』 8집, 대구가톨릭대학교 인문
과학연구소 2007.

이규호 『우송문고(友松文稿)』, 뿌리문화사 2002.

이남호 『윤동주 시의 이해』, 고려대학교출판부 2014.

이동영 『한국독립유공지사열전』, 육우당기념회 1993.

이명자 「새 자료를 통해 본 이육사의 생애」, 『문학사상』 1976년 1월호.

이병각 「陸史兄님」, 서상경 엮음 『조선문인서간집』, 삼문사 1936.

이상섭 「시간과 무시간의 교차점: 엘리엇의 휴머니즘 비판의 시」, 『기독교사상』 36
권 7호, 대한기독교서회 1992.

이성원 『천년의 선비를 찾아서: 농암 17대 종손이 들려주는 종택 이야기』, 푸른역사

2008.

이우성 찬(撰) 「면와처사벽진이공묘갈명(勉窩處士碧珍李公墓碣銘)」, 『이우성 저작집 제6권: 碧史館文存(下)』, 창비 2010.

이원성 엮음 『건당규방문학(建堂閨房文學): 허다 겹운 다 지낫스니, 附 許氏夫人 簡牘』, 그루 2003.

이인숙 「석재(石齋) 서병오(徐丙五, 1862~1936) 묵란화 연구」, 『영남학』 26호, 경북대학교 영남문화연구원 2014.

이창민 「이육사 시의 상황설정 및 대상지정 방식」, 『한국학연구』 40집, 고려대학교 한국학연구소 2012.

이창배 『W. B. 예이츠 시 연구』, 동국대학교출판부 2002.

이형권 「이육사 문학의 독자와 새로운 기대 지평: 미학적 인간과 관련하여」, 이육사문학관 엮음 『이육사 문학과 저항정신』, 이육사문학관 2014.

이황 「도산십이곡 발(跋)」, 열상고전연구회 엮음 『한국의 서·발』, 바른글방 1992.

이희중 『현대시의 방법 연구』, 월인 2001.

임도현 「예이츠의 비극적 환희와 영웅주의」, 『현대영미드라마』 23권 2호, 한국현대영미드라마학회 2010.

임희국 『선비목사 이원영』, 조이웍스 2014.

장도준 「최종적 행위와 세계 인식: 이육사의 〈절정〉 재론」, 『연세어문학』 18집, 연세대학교 국어국문학과 1985.

장세윤 「허형식, 북만주 최후의 항일 투쟁가: "백마 타고 오는 초인"」, 『내일을 여는 역사』 2007년 봄호(27호).

전용훈 「전통 별자리에 대한 오해와 진실; 견우성은 독수리자리에 없다」, 『과학동아』 2007년 7월호.

전정중 「신라석탑 팔부중상(八部衆像)의 양식과 변천」, 『문화사학』 16호, 한국문화사학회 2011.

정동호 『니체』, 책세상 2014.

정병모 「빈풍칠월도류 회화와 조선조 후기 속화」, 『고고미술』 174호, 한국미술사학회 1987.

정병준 「조선건국동맹의 조직과 활동」, 『한국사연구』 80호, 한국사연구회 1993.

정약용「자찬묘지명」, 박석무·정해렴 공역『다산문학선집』, 현대실학사 1996.

정우택「이육사 시에서 북방의식의 의미: 호 '육사'의 새로운 해석을 중심으로」,『어
　　문연구』33권 1호, 한국어문교육연구회 2005.

정우택「조선혁명군사정치간부학교와 이육사, 그리고 〈꽃〉」,『한중인문학연구』46
　　집, 한중인문학회 2015.

정인보『담원 정인보 전집』1, 연세대학교출판부 1983.

정한모「육사 시의 특질과 시사적 의의」, 외솔회 엮음『나라사랑』16집, 외솔회 1974.

조동일『한국문학통사』5, 지식산업사 2005.

조선총독부 엮음『조선보물고적도록: 불국사와 석굴암』, 조원영 옮김, 민족문화
　　2004.

조용훈『신석초 연구』, 역락 2001.

주정(朱正)『루쉰 평전: 나의 피를 혁명에 바치리라』, 홍윤기 옮김, 북폴리오 2006.

최재목「'건달'의 재발견: 불교미학, 불교풍류 탐색의 한 시론」,『미학예술학연구』
　　23집, 한국미학예술학회 2006.

최재목「1930년대 조선학 운동과 '실학자 정다산'의 재발견」,『다산과 현대』4·5호
　　합본호, 연세대학교 강진다산실학연구원 2012.

최재희「1916년 부활절 봉기, 아일랜드 민족운동의 전환점」,『역사비평』2004년 여
　　름호(67호).

최현수「김경천 후손 귀화신청」,『국민일보』2015. 7. 21.

포항시사편찬위원회『포항시사』1~3, 포항시 2010.

하정옥 옮김『중국현대시선』, 민음사 1975.

한국문화상징사전편찬위원회『한국문화상징사전』, 동아출판사 1992.

한국판소리연구회 엮음『판소리 사전』(전자책), 유페이퍼 2016.

한명희「절망의 절정에서 생각하는 지지 않는 무지개」, 이숭원 외『시의 아포리아를
　　넘어서』, 이룸 2001.

한상도『한국독립운동과 중국군관학교』, 문학과지성사 1994.

허재훈「대구·경북 지역 아나키즘 사상운동의 전개」,『철학논총』40집, 새한철학회
　　2005.

허은『아직도 내 귀엔 서간도 바람소리가』, 정우사 1995.

홍기돈 「육사의 문학관과 연출된 요양여행」, 『한국근대문학연구』 6권 1호, 한국근대
　　문학회 2005.

홍기삼 「혁명의지와 시의 복합」, 『문학사상』 1976년 1월호.

홍석표 「루쉰의 정신구조」, 『중국현대문학』 31호, 한국중국현대문학학회 2004.

홍석표 『근대 한중 교류의 기원』, 이화여자대학교출판부 2015.

홍석표a 『루쉰과 근대 한국: 동아시아 공존을 위한 상상』, 이화여자대학교출판문화
　　원 2017.

홍영의 「육사일대기(陸史一代記)」, 백기만 엮음 『씨 뿌린 사람들: 경북 작고 예술가
　　평전』, 사조사 1959.

홍영희 「거경궁리(居敬窮理)의 정신과 예언자적 지성: 이육사론」(『한국문학연구』
　　38집, 동국대학교 한국문학연구소 2010), 이육사문학관 엮음 『이육사의 문학과
　　저항정신』 이육사문학관 2014.

황현산 「이육사의 광야를 읽는다」, 『우물에서 하늘 보기』, 삼인 2015.

희당이순호선생추모사업회('희당'으로 약칭) 『이순호 선생 행장기: 한 항일독립운
　　동가의 삶과 꿈의 기록』, 비봉출판사 2011.

方军 『我认识的鬼子兵: 一个留日学生的札记』, 中国对外翻译出版公司 1997.

徐志摩 「再別康橋」(1928. 11. 6), 『徐志摩全集』, 上海書店出版 1995.

张道一 『汉画故事』, 重庆大学出版社 2006.

吴冠文·談蓓芳·章培恒 『玉台新咏汇校』, 上海古籍出版社 2011.

王鏜令 「想起徐迟的两次"激动万分"」, 『文匯報』 2014. 9. 15(http://wenhui.news365.
　　com.cn/images/2014-09/15/8/wh140915008.pdf).

晓菊 「北京东厂胡同的故事」, 香港中文大学中国研究服务中心主办 '民間歷史'(http://
　　mjlsh.usc.cuhk.edu.hk/Book.aspx?cid=4&tid=2968), 2015. 6. 12.

Kim, Jinwoo, *Design for Experience: Where Technology Meets Design and Strategy*, Springer
　　2015.

Nietzsche, F.(Bill Chapko ed.), *Thus Spoke Zarathustra*, Kindle Edition(http://
　　nationalvanguard.org/books/Thus-Spoke-Zarathustra-by-F.-Nietzsche.pdf),
　　2010.

■ 웹사이트

『삼국사기』: http://db.history.go.kr/item/level.do?itemId=sg(국사편찬위원회 한국사
　데이터베이스).

『용비어천가』: http://gojun.knu.ac.kr/search_read.html?id=4052&orderbystr=down_
　count(경북대 김문기 교수와 함께하는 한국고전의 세계).

『조선왕조실록』: http://sillok.history.go.kr/main/main.do(국사편찬위원회).

「치암 이만현 선생 행장(恥巖李晩鉉先生行狀)」: 원문은 국학진흥원에 소장되어 있
　고, 번역은 진성 이씨 인터넷 카페(http://cluster1.cafe.daum.net/_c21_/bbs_
　search_read?grpid=7J3U&fldid=JbzJ&datanum=75&openArticle=true&docid=7
　J3UJbzJ7520060512181124)에서 볼 수 있다.

이원기 간찰(1930. 12. 24) 원문과 사진: http://m.cafe.daum.net/lhl0775/OiHu/
　298?listURI=%2Flhl0775%2F_rec%3Fpage%3D3.

이육사문학관: http://www.264.or.kr/.

『康熙字典』: http://tool.httpcn.com/KangXi/.

『百度詞典』: http://dict.baidu.com/.

『月令』: http://baike.baidu.com/view/902742.htm(『百度百科』).

자오쥔춘(昭君村)과 자오쥔구리(昭君故里)에 대한 설명: http://baike.baidu.com/
　subview/90057/5812483.htm(昭君村); http://baike.baidu.com/view/54654.
　htm(昭君故里).

毛澤東「七绝·改西乡隆盛诗赠父亲」: 1) 『百度百科』 웹사이트: http://baike.baidu.com/
　item/七绝·改西乡隆盛诗赠父亲, 2) 중국 『인민일보』 웹사이트(人民网) '中国共
　产党新闻〉〉领袖人物纪念馆〉〉毛泽东纪念馆〉〉毛泽东传'(http://cpc.people.com.cn/
　GB/69112/70190/70192/70270/4764043.html)의 「一, 出乡关」에서 "一九一〇年
　秋天"으로 시작하는 문단 뒷부분.

강철로 된 무지개

다시 읽는 이육사

초판 1쇄 발행 / 2017년 11월 30일
초판 4쇄 발행 / 2022년 1월 17일

지은이 / 도진순
펴낸이 / 강일우
책임편집 / 김선영 김성은
조판 / 황숙화
펴낸곳 / (주)창비
등록 / 1986년 8월 5일 제85호
주소 / 10881 경기도 파주시 회동길 184
전화 / 031-955-3333
팩시밀리 / 영업 031-955-3399 편집 031-955-3400
홈페이지 / www.changbi.com
전자우편 / lit@changbi.com

ⓒ 도진순 2017
ISBN 978-89-364-6348-9 03810